Amaya Buda

Translated to Turkish from the English version of
Amaya the Buddha

Varghese V Devasia

Ukiyoto Publishing

Tüm küresel yayın hakları

Ukiyoto Yayıncılık

2023 yılında yayınlandı

İçerik Telif Hakkı © Varghese V Devasia

ISBN 9789358460186

Tüm hakları saklıdır.

Bu yayının hiçbir bölümü, yayıncının önceden izni alınmaksızın elektronik, mekanik, fotokopi, kayıt veya başka herhangi bir yolla çoğaltılamaz, iletilemez veya bir erişim sisteminde saklanamaz.

Yazarın manevi hakları ileri sürülmüştür.

Bu bir kurgu eseridir. İsimler, karakterler, işletmeler, yerler, olaylar, yöreler ve olaylar ya yazarın hayal gücünün ürünüdür ya da hayali bir şekilde kullanılmıştır. Yaşayan veya ölmüş gerçek kişilerle veya gerçek olaylarla olan benzerlikler tamamen tesadüfidir.

Bu kitap, yayıncının önceden izni olmaksızın, yayınlandığı cilt veya kapak dışında herhangi bir şekilde ödünç verilmemesi, yeniden satılmaması, kiralanmaması veya başka bir şekilde dağıtılmaması koşuluyla satılmaktadır.

www.ukiyoto.com

Adanmışlık

Çocukluğumun ve ergenliğimin en iyi arkadaşı olan kız kardeşim Valsamma Thomas, beni Malayalam dilinde kurgu okumaya teşvik etti. Sahyadri'de bir guguk kuşu yuvası gibi tünemiş olan Kerala, Ayyankunnu'daki köy çiftliğimizde, kendimize ait özel bir evrende, bereketli yaprakların arkasına gizlenmiş mango ağaçlarının alçak dallarında oturup saatlerce birlikte hikayeler okuduğumuza dair güzel anılarım var.

Teşekkür

Ukiyoto Yayınları'na ve seçkin editör ekibine böylesine muhteşem bir kitap ortaya çıkardıkları için teşekkür ediyorum. Editörüm Isvi Mishra bu romanı cilalamama yardımcı oldu ve nihai ürün onun mükemmel estetik anlayışını, objektifliğini ve edebi zekasını yansıtıyor.

Bu romanı yazmak bir meditasyon, varoluşuma bir yolculuktu. Defalarca başkalarına gittiğim ama nafile olan bir çıkmaz sokak deneyimi yaşadım. Vipassana, karmaşık bilinçten eşzamanlı ve refleksif bilince, bilinmeyene atlamak için sınırları kırmama yardımcı oldu. "Bilmiyorum "dan "biliyorum "a ve "bildiğimi biliyorum "a, yani saf Aydınlanma'ya geçebileceğimi keşfettim. Bodh Gaya'daki Mahabodhi Tapınak Kompleksini ziyaret etmek alçakgönüllüydü ve Evrenin siluetindeki varlığımın doğruluğunu sorgulamama yardımcı oldu. Nalanda bana mütevazı birkaç ders verdi: gerçekliği gözlemlemek ve kesinliği olduğu gibi anlamak. Ghum'daki Yiga Choeling Manastırı'na yaptığım yolculuk, konsantre olmamı, düşünmemi ve çalışmamı kolaylaştıran, ateist kalıbı ve insanın hayatta kalma gerekliliğini analiz eden kendi içime bir yolculuktu. Altın Tapınak Kushalnagara, Sartre'ın varlığın özden önce geldiğini söylediği gibi varlığımı dışarıdan algılamamı sağladı. Epistemolojik olarak, yazı ilerledikçe sorgulama nesnem haline geldim.

Her erkeğin içinde bir kadın vardır; derecesi değişir; Amaya benim, farklı bir boyuttaki varlığımın sık sık bir araya gelmesidir. Romanın kahramanı olarak Amaya, her cümle ve bölümde kendini piyanosuna, araştırmasına, hukuk pratiğine ve Vipassana'ya dahil ederek metamorfoz geçirdi. Onun için mahkeme, müvekkiller, iş arkadaşları, ebeveynler, Bodh Gaya ve Nalanda hayatta kalmasını simgeliyor. Kızı Supriya ile hapishanede ilk kez buluşması katarsis, Raja Ampat'a yolculuğu ise Aydınlanmanın doruk noktasıydı. Bu kitap onun deneyimlerinin bir özetidir. Bu büyüleyici keşif gezisinde karşılaştığım herkese minnettarım.

Bu romanı yazmama yardımcı olanlara, özellikle de Gilsi, Anju, Aparna ve Jills'e, taslağı okuyup eleştirel önerilerde bulundukları için minnettarım..

İçindekiler

Anne ve Kızı	1
Kızım Arıyor	20
Kızının Babası	33
The Promise	51
Hakları ve Hayatı	69
Onun Özgürlüğü	87
Bir Kız Çocuğuna Hamile	104
Onun Umutları	119
Bir Kız Çocuğunun Doğumu	135
Kızını Arıyor	151
Bir Buda Olmak	170
Yazar Hakkında	190

Anne ve Kızı

Telefona cevap veren Amaya, konuşan genç kadının, babasının yirmi dört yıl önce Barcelona'daki bir doğumevinden kaçırdığı kızı Supriya olduğunu hiç düşünmemişti. Amaya doğum yaptığında komadaydı ve üç hafta sonra kendine geldiğinde bebek çoktan ortadan kaybolmuştu.

Amaya kızını aramak için Avrupa ve Hindistan'ı dolaşırken Supriya'ya kavuşma arzusunun ötesinde bir özlem vardı. Daha sonra, annesinin Kerala'daki evindeki yalnızlığında, kalbinin duvarlarına çeşitli renk ve boyutlarda kızının milyonlarca resmini çizdi. Avukatlık mesleğine başladığında, Amaya mahkemede kadın haklarını savunmak için davalar açarken Supriya da benliğinin derinliklerinde umut yeşertti.

"Her zaman yanında olacağım Supriya, her durumda seni koruyacağım," diyordu Amaya zihninden.

Akşamları, saat beşten itibaren, hukuki yardım için kendisinden randevu almak üzere çok sayıda telefon geliyordu ve telefon çaldığında saat dokuzu çeyrek geçiyordu.

Amaya son yirmi dört yıl boyunca kızının adını sayısız kez anmış olabilirdi. "Supriya", "seni seviyorum" diye ünleyerek ona sarıldı. Bebek Supriya'nın çarpan kalbini hissetmek, samimi ve saf, duyarlı ve özverili bir anne-kızın yakınlığının ilk işaretleri, heyecan verici bir deneyimdi. Supriya biraz daha uzun boylu olacaktı; babası altı-iki yaşındaydı. Karan'ın büyüleyici bir gülümsemesi vardı. Hisse senedi piyasasındaydı; başta İspanya, Fransa, Almanya ve İngiltere olmak üzere Avrupa'daki futbol kulüplerinin hisselerini alıp satıyor ve servet biriktiriyordu. Ayrılmaz bir kültürel fenomen olan futbol, İspanyol gururunun sembolüydü. Barcelona'daki evlerinde futbol, futbolun kökeni, büyümesi, İspanya'da, özellikle Katalonya'daki futbol çılgınlığı, futbol kulüpleri ve hisse senedi piyasası hakkında yüzlerce kitap vardı.

Amaya ve Karan'ın küçük villasında iki yatak odası, bir salon, bir mutfak, güzelce geliştirilmiş bir yemek alanı ve futbol kitapları, bilgisayarlar ve diğer iletişim cihazlarıyla dolu bir çalışma odası vardı. Villanın biri doğuda diğeri güneyde olmak üzere iki balkonu vardı. Balkonlardan manzara muhteşemdi, çünkü açık mavimsi yeşil muz yapraklarının sonsuzluğa yayılması gibi yumuşak mavi Akdeniz'i saatlerce izlemek huzur vericiydi. Güneşin doğuşu, yaz aylarında Helsinki sokaklarında görülen, Roman kadınların dans ederken taktıkları takılarla süslü başörtüsü Diklo gibi denizin üzerinde olağanüstü bir ihtişama sahipti. Sabah güneşinin delici ışınları, Onam mevsiminde Punnamada'daki yılan kayığı yarışından hemen önce Alappuzha'ya giren Vembanad Gölü'nün iki yanındaki hindistan cevizi palmiye yapraklarının altında saklanan erkek arkadaşını arayan genç bir kadın gibiydi. Karan'la birlikte açık galeride dururken sürekli esen taze meltem çıplak bedenini okşuyordu. Burun deliklerinde yankılanıyor, ciğerlerini dolduruyor, yıllar sonra seksin yasak olduğu Nalanda'daki bir Buda Vihar'ında uyguladığı Vipassana meditasyonu gibi tüm hücrelerine yayılıyordu. Sayısız kez balkonda, çıplak, birbirlerine sarılmış, sevişmişlerdi. Bu, lise günlerinden beri özlemini çektiği ama sözle ifade edemediği nihai birlikteliktir. Karan ona tutkuyla sarılırken, meraklı ve dikkatli bir turistin erotik kaçamaklar arayan gözlerini kasıtlı olarak görmezden geldi.

La Pedrera olarak da bilinen ve Kodaikanal'daki Pillar Rocks'ın bir kopyası olan Casa Mila, büyük sürgülü cam panelden uzaktan görünüyordu. Karan'ın piyanosu güney balkonundaydı ve Çaykovski, Paganini, Brahms ve Clara Schumann çalıyordu. Onun favorileri ise Mozart, Bach, Chopin ve Beethoven'dı. Birlikte saatlerce çaldılar ve arada çalmayı bırakıp parmaklarının klavye üzerinde nazikçe hareket etmesini hayranlıkla izledi. Yine de zaman zaman müziği, Cenevre'deki Lemon Gölü'nün üzerinden duyulan Alpler'in ortasında gök gürültüsü gibi kükreyen yankılar yapıyordu. Durup dinlerken sanki La Sagrada Familia'da müzik yaratıyor gibiydi. Kilise müziğinin yoğunlaştırıcı, odaklanmış bir cinsel uvertürü vardı, manyetik, çekici ve üst üste bindiren, ona karşı direnilmesi zor büyülü bir arzuyla bedende tekrarlanan titremeler yaratıyordu. Karan piyanoya "Aşkımız", villaya da "Lotus" adını vermişti. O günlerde hayatlarındaki en rahat yer orasıydı. Onun ihtiyaçlarını hissedebiliyor ve her zaman yanında olmaya hazır olabiliyordu. Balkondayken sık sık ona sarılırdı; vücudu sıcacıktı ve Supriya onun sevişirken yaptığı her hareketi severdi.

Supriya da şüphesiz Karan gibi olacaktı. Supriya'ya akan sevgiyi hissedebiliyor, onu kalbinde kucaklıyordu. Supriya hayatının her anında annesinin gizli benliğinde büyüdü. Yeni yürümeye başlayan bir bebekken sevginin kişileşmiş haliydi, çevikti ve bebeklik döneminde gülümsüyordu. Çocukken, üç aylık bir Pomeranian yavrusu olarak düğüm düğümdü, öğrenmeye meraklıydı. Ergenlik çağında ise dev mürekkep balığı gözlü, şüphesiz yunus zekâlı ve yavru bir fil gibi kaygısızdı. Supriya kendine güven ve sorumluluk duygusuyla yakında yirmi dört yaşına basacaktı.

"Onun adı ne?"

"Ona ne diyor?"

Ama Amaya ona bir isim vermişti: Supriya; ana dili Malayalamcada "en sevgili" anlamına geliyordu.

Kızıyla arasındaki yakınlığı hissetmek buz gibi bir deneyimdi; Kochi'den arabayla otuz dakika uzaklıkta, ailesinin evinin yakınındaki tepeden küçük bir şelale, yumuşak ve ışıltılı. Yazın, küçük damlacıklardan oluşan bir kümeye dönüşüyordu. Ama muson yağmurları sırasında taşardı. Hindistan cevizi, mango ve jackfruit ağaçlarıyla çevrili, bereketli bitki örtüsü, sarmaşıklar ve uzun çalılar arasında tepeden düşen dere turistleri cezbediyordu: yeşillik, temiz hava, cıvıl cıvıl kuşlar, zıplayan sincaplar ve altın gagalı yeşil papağanlar. Bir mango ağacının dalından diğerine sıçrayan sincapları izlemek, eğitimli voleybolcuların topa vurmasına benziyordu. Sincaplar en iyi akrobatlardı, çünkü Süpermen'deki Christopher Reeve'i utandıracak dikey ve yatay sıçramalar yapabiliyorlardı. En görkemli gizemli hayvanı sincaptı ve sık sık onun bir ağaca nasıl tırmanıp inebildiğini ve zahmetsizce baş aşağı asılı kalabildiğini merak ederdi. Bir gün balkonlarının yanındaki Kanarya Adası hurma ağacına tırmanan bir sincabı izlerken Karan'a sorana kadar bu onun için bir sırdı. Karan birkaç dakika içinde The New York Times'da yer alan bir araştırma bulgusuyla geldi.

Sincaplar, güçlü bir itiş gücü sağlamak için sağlam arka ayaklara sahiptir. Arka bacaklarının bilekleri çift eklemli ve aşırı uzatılabilirdir, böylece bir sincap pençe yönünü tersine çevirebilir ve bir ağaçtan yukarı koştuğu kadar hızlı bir şekilde aşağı koşabilir. Minik, keskin pençeler ve ters çevrilebilir arka bacaklar, bir sincabın istediği zaman baş aşağı asılı kalmasına yardımcı olur. Keskin pençeler ayrıca bir sincabın her yerde güvenli bir dayanak noktası bulmasını sağlar. Araştırma bulgularını açıklayan Karan güldü.

"Sincaplar gibi olmalıyız," dedi Amaya'ya bakarak.

Sanki bunu söylediğine pişman olmuş gibi şaşkın bir ifadesi vardı. Ancak Amaya, Barselona'daki sincapların Kanarya Adası hurma ağaçlarına tırmanıp inmeyi sevdikleri gibi, sincapların da sincap çığlığı atmayı sevdiklerini gözlemledi. Yıllar sonra, hayalinde Supriya'ya her sarıldığında o sincapları ve onun sözlerini hatırladı.

Hayal kurarken Supriya ile tepeye çıkıp şelaleyi yukarıdan seyretmeyi çok severdi. Kızına olan sevgisi o güzel çağlayan gibiydi ve asla tamamen azalmıyordu.

Amaya, Rose ve Shankar Menon'a hayatındaki iki eşsiz olay için minnettardı; bunlardan ilki ona Amaya adını vermeleriydi. İspanya'daki pek çok arkadaşı ona bu ismin en güzel İspanyol isimlerinden biri olduğunu söylemişti. Madrid'de ve Bask bölgesinde tanıdığı hemen herkes bu ismin ona çok yakıştığını ifade etti. Arkadaşları onu gördüklerinde mutlu oluyor ve ona "Amaya" diye sesleniyorlardı. Sık sık İspanyol bir isme ve İspanyol görünümüne sahip olduğu yorumlarını duyuyordu. Ines Sastre ve Amaia Urizar gibi bazı İspanyollar için son derece çekici ve güzeldi.

Ancak, Amaya okuldan arkadaşlarıyla birlikte bir eğitim turuna çıktığında San Sebastian havaalanındaki bir hostes, adının Bask dilinden geldiğini, değerli ya da fevkalade büyüleyici olduğunu söyledi. Madrid'deki ilkokulun beşinci sınıfında okurken İspanyolca konuşan öğretmenlerinin ona söylediklerinin aksine, hostesin sözleri daha gerçekçiydi. Basklar, Pireneler üzerinde, İspanya ile Fransa arasındaki Biscay Körfezi'ne kadar uzanan topraklarıyla gurur duyuyorlardı. O toprak parçasını kendi kalpleri gibi seviyorlardı. Dilleri eşsizdi, Avrupa'daki diğer dillerden tamamen farklıydı. Gelenekleri beş bin yıldan daha eskiydi, kültürleri bütünleştirici ve sağlamdı. Kız kardeşleri ve eşleri son derece yetenekliydi, Viking kadınları gibi her bakımdan erkeklerle eşittiler. Bask erkekleri vahşi, özgürlüğüne düşkün, bağımsız, zeki ve atletikti. Sahip oldukları ayrı kimlik, çevrelerindeki diğer Avrupalılardan tamamen farklıydı. Özgürlük mücadelesi veren bir örgütün aktif bir üyesi olan Ainhoa, Amaya'nın İspanyolların kendilerinden çaldığı güzel isimlerinden biri olduğunu belirtiyor.

Amaya, son ismi olan Menon'dan ziyade ilk ismini seviyordu. Rose Madrid'den Barselona'ya turneye çıktığında orada doğdu. Mumbai'de bir mimarlık firmasında yapı tasarımcısı olarak çalışırken Antoni Gaudi tarafından tasarlanan en ünlü binayı çizmek istedi. İspanya'daki Hindistan Büyükelçiliği'nde kıdemli bir memur olan kocası da resmi görevi nedeniyle

İspanya'nın her yerine sık sık seyahat etmek zorunda olduğundan, karısına tüm seyahatlerinde eşlik etti.

Menon'lar Barselona'daki bazilika La Sagrada Familia'yı ziyaret ettiklerinde Rose kızını kilisenin içinde dünyaya getirdi. Doğum aniden ve hiçbir uyarı işareti olmadan gerçekleştiği için, her iki Menon da şaşkındı ve bebeklerinin gelişine hiç hazırlıklı değillerdi. Kilise rahibi onlara bebeklerinin La Sagrada Familia'nın kutsal bölgelerinde doğan tek çocuk olduğunu söyledi. Her hafta çok sayıda bebek vaftiz için bazilikaya getirilse de, o Tanrı için çok değerliydi. Aniden orada beliren Loreto Rahibeleri'nden bir rahibe bebeği ellerine aldı ve anne ile çocuğu hemen kilisenin yanındaki manastıra taşıdı. Rose ve yeni doğan bebek on gün boyunca rahibe manastırında kaldı, çünkü bebek altı hafta önce doğmuştu; sürekli gözlem ve tıbbi bakım gerektiriyordu. Amaya adlı rahibe bebeği kucağına aldı. Rahibenin onuruna Rose ve Shankar Menon kızlarına Amaya adını verdiler; ancak ona Malayalam dilinde Mol, sevgili sevgilim diyorlardı.

Amaya'nın La Sagrada Familia'ya, aynı derecede görkemli Loreto Manastırı'na, renkli, görkemli, canlı Akdeniz şehri Barselona'ya ve melodik Katalan diline özel bir sevgisi vardı. Ayrıca Bask ülkesini, insanlarını, melodik dilleri Euskara'yı, geleneklerini ve kültürlerini de çocukluğundan beri çok severdi.

Barselona'da, bazilikanın dışında, ana yolun kenarında dev bir afiş vardı ve Amaya doğduğu yeri her ziyaret ettiğinde bir dakikalığına onun önünde dururdu. Harfler güçlü bir anlam ifade ediyordu: Katalonya'da Barselona ve Katalanca konuşuyoruz. Aynı şekilde Bask Bölgesi'nin her yerinde, her on kilometrede bir, şu ifadelerin yer aldığı afişler vardı Biz Euskadi adında Bağımsız Bir Ulusuz ve Euskara Konuşuyoruz.

Amaya ilk eğitimini Madrid'de Loreto Rahibeleri tarafından yönetilen bir okulda aldı. Daha öğrenciyken bile doğuştan gelen bir gezme tutkusu vardı. Babası Hindistan Dışişleri Bakanlığı'ndan istifa edip çok uluslu bir şirkette bilgi analisti olarak çalışmaya başladığında, ailesiyle birlikte Avrupa'nın dört bir yanına seyahat etme fırsatı buldu; tatillerinde büyük şehirlerde kısa süreli konaklamalarından keyif aldı. Bu geziler sırasında birçok insanı, çevrelerini, yaşam tarzlarını, geleneklerini ve kültürlerini yakından gözlemlemek müthiş bir deneyimdi. Onların bağımsızlıklarını sevdi ve özgürlüğün insanı insan yaptığına, özgürlüğün adaletten ayrılamayacağına olan inancını pekiştirdi. Barselona, Pamplona ve San Sebastian'ın bağımsızlıklarını ve özgünlüklerini sevdi. Katalonya ve Bask gökyüzünün, havasının, suyunun ve ortamının eşsiz bir cazibesi vardı ve Katalonya ve Bask ülkesinin her köşesinde özgürlüğü yaşadı.

On üç yaşındayken, Shankar Menon Mumbai'de yayınlanan The Word'ün baş editörü olarak yeni bir pozisyon kabul etti ve Amaya şehirdeki lisesine katıldı. Kannurlu usta bir dokumacı gibi İspanya'ya dair canlı anılar biriktirdi, atkı ipliklerini ustalıkla dolayarak tezgâhında parlak motifleri birbirine geçirdi. Madrid, Barselona ve Pireneler'in Bask bölgesi, oralara seyahat etmeyi ve İspanyolca, Fransızca, İngilizce, Euskara ve Katalanca iletişim kurmayı hayal ederek hoş hayallere daldı.

Mumbai'de, Navarre Krallığı'nda bir ordu subayı olarak ordusunu yönetmiş ve on altıncı yüzyılın başlarında Pamplona Savaşı'nda İspanyol garnizonunu yenmiş olan Basklı bir azizin adını taşıyan bir okula katılmayı tercih etti. Daha sonra altı arkadaşıyla birlikte İsa Cemiyeti'ni kurmuştur. Adı Ignazio Loiolakoa idi ve Latince'de Ignatius de Loyola olarak anılıyordu.

Amaya, liseyi bitirdikten sonra, adını İsa Cemiyeti'nin kurucularından alan, mükemmel bir kolej olan Aziz Xavier'in ortaokuluna katıldı. Xavier'in Navarre'lı bir Basklı, Paris Üniversitesi'nde profesör ve Ignatius Loyola'nın yoldaşı olduğunu biliyordu. Birkaç yıl boyunca Goa ve Kerala'da misyoner olarak bulunmuştu.

Cizvitler Amaya'yı topluluk önünde konuşma konusunda teşvik etti ve Amaya güçlü bir hatip olarak ortaya çıktı. Ne zaman bir toplantıda konuşma yapsa, dinleyiciler "Amaya, Amaya" diye bağırıyor, bu da St. Xavier'deki büyük konferans salonunun duvarlarında, öğretmenlerinin ve öğrenci arkadaşlarının kafalarında yankılar yaratıyordu. Bir konunun artılarını ve eksilerini açıklayarak mantıklı bir şekilde konuşabilir, bildiği fikirleri kısa ve öz bir şekilde çerçeveleyip iyi gerekçelendirebilirdi. Siyasi parti çalışanları ondan kendilerine katılmasını istediler; böylece yeteneklerini geliştirecek ve inandığı şeylere insanları ikna edecek, ayrıca bu fikirleri ülke yararına uygulayacaktı. Birçok sivil toplum kuruluşundan da çabalarını güçlendirmek için kendilerine katılması yönünde davetler geliyordu.

Siyaseti sevmiyordu ama gazeteciliği daha çok seviyordu, gazeteci olmaktan gurur duyuyordu ve bu ikinci konu için ailesine minnettardı. Ailesiyle birlikte Mumbai'ye yerleştiğinde cesur, objektif ve analitik olmak istiyordu. Her sabah babasının The Word'de kaleme aldığı başyazıyı okumak yaptığı ilk şeydi. Bu gazete Hindistan'ın en saygın gazetelerinden biriydi ve genç yaşına rağmen içindeki her kelimeye değer veriyordu. Makaleler üzerinde kelime kelime, cümle cümle düşündü; fikirlerin netliği, iletilen mesajın gücü, kısa ifadeler ve dikkat çekici dil tarzı karşısında çoğu zaman hayrete düştü. Babasının başyazılarına yapılan her yorum, mükemmel düşünceyi yansıtmak, etrafındaki toplumun yüzünü yansıtmak için çekici bir şekilde yontuldu. Böylece, olgun bir zihni ve gelişmiş bir beyni yansıtan rasyonel düşünce kalıplarını oyarak kızının hayatında güçlü bir güç haline geldi. Babası ayartmalar ve çalkantılar sırasında bile başını dik tuttu. Kendine ait bir sesi vardı, zenginlerin yardakçısı olmayı reddetti ve politik olarak güçlüydü.

Amaya'ya göre babası gerçek verilere ve kişisel dürüstlüğe her şeyden çok değer verir, Kodaikanal'daki Sütun Kayalar gibi tek başına ayakta dururken siyasi ve sosyal etkilere ya da psikolojik baskılara asla boyun eğmezdi. Her Pazar gazetenin üçüncü sayfasında Sütun Kayalar adlı bir köşe yazısı yazar ve her okuyucu ilk sayfadaki ana başlıklara göz atmadan önce üçüncü sayfaya dönerek bu yazıyı okurdu. Genel yayın yönetmeni olarak Shankar Menon, iktidar partisine ya da çoğunlukla "aydınlanmamış, cahil, suçlu, görgüsüz ve kibirli politikacılardan" oluşan muhalefete boyun eğmeyi reddetti.

Menon yirmi yıl boyunca Londra, Tokyo, Canberra, Rio, Pekin ve Madrid'de dışişleri hizmetinde bulundu. Görev yaptığı ülkelerdeki hukuki, sosyal, ekonomik ve siyasi olayların hükümete en iyi tercümanı oldu. Yetkililer onun yorumlarına güveniyordu. Hükümet dış politikalarını öncelikle Shankar Menon'un analizlerine dayanarak belirledi. Ancak bazı bakanların önceden modellenmiş bir sonuç istedikleri için müdahaleleri nedeniyle Hindistan Dışişleri Bakanlığı'ndan istifa etti. Böylece, hükümet Menon'un çalıştığı ekonomik alanlarda ülkeyle ilgilenirken doğruluğu teyit edilmemiş bilgilerden mali ve siyasi kazançlar elde edebileceklerdi.

Gazetecilik ve kaya tırmanışı Shankar Menon'un gençliğindeki tutkularıydı. Ahmedabad'daki Loyola'da her yıl iki ay boyunca Mount Abu'daki kaya tırmanışı enstitüsünde yaz kamplarına katılarak Aravalli dağlarındaki, özellikle de Nakki Gölü'ne bakan kayalara tırmanmanın temellerini öğreniyordu. Bangalore Gazetecilik Enstitüsü'nde birinci sınıftayken, öğrenciler Tamil Nadu'da bir çalışma gezisine çıktılar. Dravidian siyasi partilerinin ideolojileri çalışmalarının konusunu oluşturuyordu. Kodaikanal'ı ziyaret ederken, sınıf arkadaşlarından bazıları Shankar'ın Abu Dağı'ndaki kaya tırmanışı geçmişini bilmeden ona Sütun Kayaları'na tırmanması için meydan okudu. Ona hiç kimsenin zirveye tırmanmada başarılı olamadığını ve bu muazzam monoliti fethetmeye çalışanların bir daha asla yeryüzünde yürüme fırsatı bulamadıklarını söylediler. Shankar'ın o dev graniti aşması yedi saat sürmüş. Güneydeki zirvesinden Kambum Vadisi ve Madurai Meenakshi Tapınağı görünüyordu. Palani tapınağı ve etrafındaki kasaba kuzeydeydi. Batıda Munnar'ın yeşil tepeleri; doğuda ise Shenbaganur'daki Cizvit Felsefe Koleji vardı. Shankar tepede durmaya değer veriyor ve uzun süre o megalitin üzerinde olmak istiyordu. Bu dikey sütuna tırmanmak onu kolej arkadaşları arasında bir kahraman haline getirdi ve adını Shankar Kayalıkları olarak değiştirmeye çalıştılar. Ancak yıllar sonra Menon görev yerine Sütun Kayaları adını verdi.

Dışişlerine katılmak da Shankar Menon için zorlu bir görevdi. Dikkat çekici, zeki ve yetkin biriydi; üstleri ve astları dürüstlüğü nedeniyle ona saygı duyuyor ve onunla gurur duyuyorlardı. Londra'da, çizim ve tasarım konusunda uzmanlaşmış bir mimar olan Rose ile tanıştı. İkisi de Malayalamca konuştuğu için hemen bir yakınlık ve uyum kurdular. Thrissur'daki kayıt bürosunda evlendiler ve on beş yıllık evlilik hayatının ardından Amaya dünyaya geldi.

Menon'un Madrid'deki Hindistan Büyükelçiliği'nde, asıl işi İspanyolca, Fransızca, Katalanca ve Euskara dillerindeki belgeleri İngilizceye çevirmek olan genç bir İspanyol memuru vardı ve bu kişi Elixane'di. Menon'lar meslektaşları ve aileleri için bir parti verdiğinde kızı ve kocasıyla birlikte Menon'ların evini ziyaret ederdi. Elixane'nin kızı Alasne, Amaya'nın yaşlarındaydı ve ikisi de aynı okulda aynı sınıfa gittikleri için yakın arkadaş oldular. Amaya Euskara dilini Alasne'den öğrendi ve Bask ülkesindeki herhangi bir anadil konuşucusu gibi konuşabiliyordu. Rose ve Shankar Menon, Elixane ve ailesini seviyorlardı ve sık sık Elixane'in Biscay Körfezi'ndeki San Sebastian'da bulunan atalarının evini ziyaret ediyorlardı. Elixane ve kocası Hugo, Bask halkının hikayelerini, tarihini, dilini, kültürünü, geleneklerini ve İspanya ve Fransa'ya karşı bağımsızlık mücadelesini sayısız yolculuklarında anlattılar. Fransa ve İspanya'daki tüm Bask bölgelerini kapsayan bir ülke hayal ettiler. Amaya, ailesi Elixane, Alasne ve Hugo ile birlikte İspanya ve Fransa'ya yayılmış Bask bölgeleri Araba, Biscay, Gipuzkoa, Navarre, Bayonne ve Iparralde'ye seyahat etti. Bask halkının insan hakları ve kahramanlık hikayelerini dinleyerek büyüdü. Amaya yavaş yavaş ismiyle, diliyle ve ruhuyla Basklı oldu. Amaya, Rose ve Shankar Menon'dan bağımsız olmayı ve kendi kararlarını vermeyi öğrendi. Ailesi mutluydu; kızları kendi ayakları üzerinde durabiliyordu. Amaya, ailesi ve arkadaşı Alasne ile çıktığı yolculuklarda temel insan hakları derslerini öğrendi.

Gazetecilikten mezun olduktan sonra Amaya, LLB için Bengaluru'daki Hukuk Fakültesi'ne katıldı. Yıllar sonra bir yüksek mahkemede avukat olduğunda, en sevdiği alan kadının insan haklarıydı. LLB'sini tamamladıktan sonra Amaya, İspanya'daki gazete ve TV haber kanallarında insan hakları üzerine araştırma yapmak üzere burslu olarak Barselona'ya gitti. Bir gün üniversitenin kafeteryasında Karan'la tanıştı. Bu tanışma onun hayatını hayal edebileceğinin ötesinde tamamen değiştirdi ve bir yıl boyunca aralıklı olarak Londra'ya ve Avrupa'nın diğer büyük şehirlerine seyahat ederek kızını aradı. Kızının orada bir yerde, babasıyla birlikte olduğuna inanıyordu.

Amaya derin bir depresyon içinde ailesinin evine gitti. Kızının yanında olmak için Mumbai'deki şirketinden uzun süreli izin alan annesi Rose dışında kimse onun yalnızlığını, acısını ve ıstırabını anlayamadı. Shankar Menon, The Word ile birlikte Mumbai'deydi ve kızıyla sürekli irtibat halindeydi. Rose, Amaya'ya zihnini sakinleştirmesi için on günlük bir Vipassana eğitim programına katılmasını önerdi. Amaya tepki vermedi ve uzun süre annesine baktı. Sonra yüksek sesle güldü ama bu kahkaha bir süre sonra kalp delici bir çığlığa dönüştü. Rose kızına defalarca sarıldı; günlerini ve gecelerini onunla geçirdi. İkinci yıl, Rose bir kez daha isteğini tekrarladı. Amaya annesinin sözleri üzerine düşündü ve günlerce sessizce oturdu. Tepeye çıktı, gün batımını izledi, ağaçlara baktı ve kalp atışlarını hissetmek için onlara sarıldı. Çiçekleri koparmadan kokladı, çalıların arasında dolaştı. Her şeye, yeşilliğe, akan sulara, havaya, ışığa, hatta karanlığa dokunmak ve hissetmek istedi, merakla kaplumbağaları ve tavşanları izledi, kelebeklerin peşinden koştu ve gölgelerle saklambaç oynadı. Serçelerin ve guguk kuşlarının yuvalarına bakarken, bir o yana bir bu yana koşuyor ve bir guguk kuşu gibi ötmeye çalışıyordu. Akıntıyı hissetmek için bacaklarını suya soktuğunda çağlayan daha inceydi. Sincaplar topladıkları fındıkları saklamaya çalışıyorlardı.

Arada bir Gül de Mol'a katılıyor; çocukluğundan, arkadaşlarından, okullarından, kolejden, üniversiteden bahsediyordu. Onu merak ve ilgiyle dinledi. Rose onun konuşmasına, dertlerini dökmesine, kalbini açmasına ve zihnini sakinleştirmesine yardımcı oldu. Onu dinledikten sonra, bir arkadaş gibi kollarını boynuna dolayan Rose, ebeveynleri, kardeşleri ve arkadaşlarıyla ilgili hikayeler anlattı. Samimi bir paylaşımdı bu ve hayatlarının iç pencerelerini açmaya yardımcı oldu. Duyguların yaşamda büyük bir yeri vardı ve bir insanın varlığının özünü oluşturuyordu. Birçok durumda duyguların nedenlerin önüne geçmesi gerekir. Rose, rasyonelliğin bir bedendeki kemikler gibi olduğunu, duyguların ise et ve kan olduğunu açıkladı. İnsanlar mahrem yaşam durumlarında rasyonel değildi; insan kararları mantıksızdı, Amaya tepki gösterecekti ve Rose kızıyla birlikte rıza gösterecekti. Rose, giysi, yemek ve günlük konuşmalarda kullanılan kelimelerin seçiminin duygulara dayandığını da eklerdi. Amaya, eğitim için seçilen çalışma alanının, okuldaki arkadaşların, üniversitenin, kariyerin, kalınacak yerin, evin, okunan gazetenin ve izlenen TV programlarının hepsinin duygulara bağlı olduğunu açıklayacaktı. Rose, başbakan ya da cumhurbaşkanı gibi bir temsilcinin seçilmesinde bile duyguların baskın rol oynadığını ekliyordu.

Rose, "Hayatta nedenler kenarda saklanır," diyordu.

Amaya annesine sanki onunla aynı fikirdeymiş gibi bakardı.

"Son olarak, bir hayat arkadaşı seçerken rasyonelliğin çok az yeri vardır. Babam seni eş olarak seçtiğinde duygular ağır basıyordu, eminim sen de tam tersini yapmışsındır," diye açıklama yaptı Amaya.

"Bu doğru. Psikologlar insan kararlarının yaklaşık yüzde doksan beşinin nedenlere değil duygulara dayandığını söylüyor. Siz buna önyargı diyebilirsiniz ama sonuçta hepsi duygulardan ibarettir. Hiroşima ve Nagazaki'nin bombalanması duyguların sonucuydu. Birçok Amerikalı Cermen kökenliydi ve ailelerinin atalarının topraklarını yok etmek istemiyorlardı. Bu yüzden bombayı Japonya üzerinde denemeyi tercih ettiler. Ayrıca Japonlar tamamen yabancıydı; Amerikalılar yabancıları öldürmenin önemli olmadığına inanıyordu. Bu yüzden Japonya'nın bombalanması galiplerde kalıcı bir acı yaratmadı, diye analiz etti Rose.

"Sana katılıyorum anne; Karan'ı seçme kararım bile saf ve basit duygulara dayanıyordu. Zerre kadar sebep yoktu," dedi Amaya. Rose kızına bakarken ona sarıldı, Mol'ün sarılmaktan hoşlandığını biliyordu. Her ikisi de serin esintiyi ve şelalenin yumuşak mırıltısını hissedebiliyordu.

Üçüncü yılda Rose yine kızını Vipassana üzerine on günlük bir kursa katılmaya ikna ederken ona yakın oturdu ve şöyle dedi: "Mimari çizimlerde ve tasarımlarda hayali bir bilinç vardır. Buna önerilen binanın yapısının zihni diyelim çünkü bir binanın bütünlüğünü, birliğini ve bütünlüğünü veren insan zihninden başka bir şey değildir. Akıl, bir yapının güzelliğinin, dinamizminin ve ihtişamının nedenidir. Sizi kendine çeker, onu seyretmeye zorlar ve ihtişamından zevk almanızı sağlar. Bir yapının özgünlüğüne ve yapısal canlılığına ulaşabilmesi için hayal edilen zihnin sakin ve dingin olması gerekir. Havayı cezbetmeli, ışığı baştan çıkarmalı ve iç mekanlarında canlılığı davet etmelidir. Binanın bu sakinliği, asaleti ve kişiliği onu ebediyen muhteşem kılar. La Sagrada Familia'ya, Tac Mahal'e ve Padmanabha Tapınağı'na bakın; hepsinde bu hayal edilmiş zihin, sakin bir bilinç ve iç sessizlik vardır. Eğer bu sakinlik eksikse, sonuç gaddarlık olacaktır. Her şehrin her köşesinde böyle binlerce nahoş yapı görmüş olabilirsiniz. Dinginlikten ve içsel müzikten yoksundurlar. Angkor Wat'a, Versailles Sarayı'na ya da Neuschwanstein Şatosu'na baktığınızda her şeyi unutursunuz; sadece tek bir şeye odaklanırsınız, binaya değil, yapının ruhuna. Mutlaklığın huzurunda kaybolursunuz. Meenakshi Tapınağı aslında evrenin sembolüdür. Kozmosla birliğe ulaşmak için sakin olmalısınız. İnsan zihni hayali bir gerçeklik değildir; milyonlarca yıllık değişimle evrimleşir. O sizin aklınız değil, beyninizle iç içe geçmiş bağımsız bir gerçekliktir; buna eylem halindeki bilinç de diyebilirsiniz. Ancak zihninizi kontrol ederek bu tam bilince erişebilirsiniz. Aksi takdirde, bu sınırsız iç dünyanın tüm kuytu ve köşelerinde sonsuza dek dolaşırsınız. Kontrolsüz bir zihin size üzüntü, ıstırap ve acı getiren yanılsamalar örer çünkü durumu istediği gibi analiz etmeye çalışır. Sonuç sonsuz bir mücadele, anlamsız bir çaba, amaçsız bir arayış, patikasız bir yolculuk olacaktır."

Rose'u dinledikten sonra kızı annesine baktı. Rose'un gözlerinde empati dolu bir sepet vardı. Bir mimarın bu sözleri kızının beyninde tekrar tekrar yankılanmaya başladı.

Çağlayana yakın otururlardı ve annenin sözleri çağlayanla birlikte akardı.

"Eğer siz olmasaydınız, hiçbir şey olmazdı. Yeşillik, çağlayan, bu kuşlar ve hayvanlar, güneş, ay ve yıldızlar ve nihayetinde bu evren sizin beyninizin ürünüdür. Siz onları bildiğinizde, onlar var olurlar. Her şey ancak sizin aklınız, zihniniz ve bilinciniz sayesinde anlam kazanır. Ancak zihniniz çıldırabilir ve onu kontrol etmekte zorlanırsınız. Çoğu zaman zihin sizi tutmaya başlar ve bir gezintiye çıkarır. Sizi düşünülemeyecek şeyleri düşünmeye zorlar ve siz de onun kölesi olursunuz. Zihninizi kontrol ederek onun patronu olun. Onu kontrol etmek için yoğun ve sıkı bir eğitim almanız gerekir. Dikkat edin; zihniniz bir numaralı düşmanınız haline gelebilir. Kişiliğiniz, bireyselliğiniz ve varlığınız birbirinden bağımsız ama birbirine bağlı üç gerçeklikten kaynaklanır. Bunlar bedeniniz, aklınız ve zihninizdir. Beden olmadan ne beyin ne de zihin var olabilir. Zihin olmadan bir bitki olursunuz ve hayatta kalamazsınız. Zihin bedeni ve aklı kontrol ettiğinde, bir köle haline gelirsiniz. Dolayısıyla, zihninizi mutluluğa, tatmine ve gerçekleştirmeye yönlendirmelisiniz. Evrimsel süreç boyunca DNA'mız büyüdü, gelişti ve değişti."

Sohbet gülümsemeler ve sarılmalarla uzun sürer, kız ve anne uzun bir ayrılıktan sonra ilk kez konuşuyormuş gibi birbirlerini dinlerlerdi.

Canlı Dünya gibi, anne de otururken kızını kucaklardı. Sıcaklık ve sevgi hissi, durmak bilmeyen bir şelale, bir bulut patlamasından sonra akşam güneşi ışınları, bir fırtınanın yanındaki bebek esintisi gibi, neşeli, canlı ve ağaçların, bitkilerin ve yapraklarının kalplerini okşayarak akardı. Kız çocuğu, rahminin iç müziğini dinlemek için başını annesinin karnına yakın tutardı. Dörtnala koşan ve endişeli milyonlarca spermden birinin kıymetli yumurtasıyla buluşup uzuvları, aklı ve ayrı bir kimliği olan yeni bir varlığa dönüştüğü andan itibaren onu taşıyan o güzel rahmi çok severdi. Bu çekirdek uyumla birleşerek onun konuşmasını dinlerdi. Onun sesi, yaralı kalbinin üzerinde yatıştırıcı bir turnike gibiydi.

"İnsan zekâsı yavaş yavaş gelişti; milyonlarca yıl sürdü. Şimdi zekânın zihin olmadan da var olabileceğini kanıtladık. Bilgisayar zekası insan zekasından çok daha üstün. Bilgisayar zihni yaratmaya başladığında, insanlar bilgisayara itaat edecek. Zihin bu evrendeki en güçlü varlıktır. Ancak kişinin zihnini kontrol etmesi, geliştirmesi ve kanalize etmesi gerekir. Vipassana zihni kontrol etmek ve biçimlendirmek için bir yöntemdir. Bedeni eğitmek gibidir. Bedenin, aklın ve zihnin sizin bir parçanız olduğunu idrak etmeniz gerekir. Siz bütünsünüz; siz efendisiniz. Sürekli olarak kendinizin farkında olmak ve bedeninizin, aklınızın veya zihninizin size hükmetmesine izin vermemektir. Siz bir kişi olarak bunların hepsinin ötesine geçersiniz. Zihninizi kontrol edip biçimlendirdiğinizde üretkenliğiniz yüz kat artar ve bedeninizin görünümü, parçaları, yeteneği ve kapasitesiyle mutlu hissedersiniz. Aklınızı ihtiyaçlarınız için kullanır, daha empatik olur ve insanların acılarını hafifletmek için çalışırsınız." Son olarak Rose, acının üstesinden gelmemiz gerektiğini kızıyla birlikte yağmurda yürüyerek açıklıyordu.

Muson, sabahların akşamlara benzediği, Hint Okyanusu üzerindeki tsunami gibi dağın üzerindeki alacalı bulutlar ve tatlı jackfruits, dev bal arısı kovanları gibi büyüsü ve muhteşemliği ile Haziran ayında geldi. Çağlayan, Manjampatti Vadisi'nin görkemli siyah boynuzlu albino bizon sürüsünün dörtnala koşması gibi daha hızlı ve daha yüksek sesle büyüdü. Gök gürültüsü, dalgalı yeşil tepelerdeki kerpiç evlerin arasında yankılandı. Toprağın rahminde uyuyan bambu tohumları, yumuşak, etli çamurdan içeri giren geveze yağmur damlalarının yaklaşan kucaklaşmasının beklentisiyle titreşti. Tavus kuşları hoplayıp zıplıyor ve guguk kuşları, yeşilimsi kırmızı fasulye salkımlarının göz kamaştırıcı bir coşkuyla sayısız mısır koçanına benzediği kahve çalılarının bol yaprakları arasında yumurtlayacak bir yuva arıyordu. Anne ve kızı nehir kenarındaki bungalovlarının avlusunda zıpladılar, döndüler, sallandılar, sırılsıklam oldular çünkü sağanak yağmur büyüleyici ve ışıltılıydı. Atmosfer ıslaktı ve hindistan cevizi palmiyesi yaprakları damlacıklarla ıslanmış gibi görünürken her yerde su vardı. Rose'un Sierra Nevada dağlarından getirdiği yalnız bir sekoya ağacı muhteşem görünüyordu. Oyun devam etti ve birbirlerinin heykelsi görünümüne bakarak içtenlikle güldüler. Amaya üç yıldan beri ilk kez gülüyordu. Rose kızına sarıldı ve onun ıslak yanaklarını ve gözlerini öptü.

"Seni seviyorum Mol," diye bağırdı Rose.

"Seni seviyorum anne," dedi Amaya annesinin ulotrichous'unu okşayıp ayırırken, gözlerini kapatıp üzerlerinden öperken.

Amaya doğayı çok sevdiği için Rose için kızıyla birlikte Vembanad gölü, Kuttanad, Alappuzha, Kovalam ve Idukki'de uçsuz bucaksız bir su tabakasıyla çevrili yeşillikler arasında seyahat etmek bir hac ziyaretiydi. Araba kullanırken Rose hayat, hayatın anlamı, benlik ve onun muazzam güçleri hakkında konuşurdu. Bir gün Kovalam sahilinde otururken, zarif bir yaşam sürmek için sakin bir zihne sahip olmanın gerekliliğinden bahsetti. Thekkady ve Munnar tepelerindeyken Rose kızına Vipassana aracılığıyla kendini yeniden kazanma potansiyelini hatırlattı. Amaya derin bir sessizliğe büründü; günlerce düşündü ve on günlük bir Vipassana eğitimine katılmak üzere Nalanda'ya gitmeye karar verdi.

Bu bir değişimin başlangıcıydı. Amaya bir sırt çantası aldı ve Vipassana meditasyonuna gitti. Nalanda yeniydi. On gün boyunca öğretmeni dikkatle dinledi, tüm talimatlara uydu ve görünüşte etkilenmeden egzersizi yapmak için elinden gelenin en iyisini yapmaya çalıştı. Birkaç gün içinde içinde değişiklikler oldu, eylemlerine ve algılarına yansıyan içsel bir dönüşüm. Nefesine konsantre oldu, sadece nefesi deneyimledi ve nefesiyle bir oldu. Bu onun varoluşuydu. Bu zihin üzerinde ustalıktı. Öğretmeni ona yeni arabuluculuk yolları keşfetmesinde yardımcı oldu ve o da bu egzersizi binlerce kez tekrarladı. Zihni dolaşmayı bıraktı, tamamen onunla kaldı ve onun her talimatına itaat etti. Düşünme sürecini kontrol edebiliyor ve sınırlar çizebiliyordu. Zihin onun her komutuna itaat etti ve sonunda tamamen konsantre olabildi.

Amaya eve yeni bir insan olarak döndü. Rose onun kendinden emin görünüşünü, duruşunu, soğukkanlılığını ve öz farkındalığını görmekten mutluydu. Annesiyle uzun saatler boyunca paylaşımlarda ve tartışmalarda bulundu ve tepede dolaşarak çağlayanın sakin sularına dokundu. Şelale görkemliydi ve onun içsel gücünün ve güzelliğinin tadını çıkarabiliyordu. Sincaplar hâlâ oradaydı, ağaçtan ağaca sıçrıyorlardı. Onları izlerken gülümsedi. Kanarya Adası hurma ağaçlarına tırmanıp inen sincaplar kayboldu ve Amaya yeni bir insan olarak evrimleşiyordu; Vipassana meditasyonu her sabah ve akşam devam ediyordu. Birkaç hafta içinde avukat olarak kaydoldu. Bölge ve yüksek mahkemede çalışmaya başladığında yirmi sekiz yaşındaydı. Profesyonel hizmetlerinden yalnızca erkeklerin aldatması, yolsuzluk, şiddet, tecavüz ve terk edilme mağduru kadınlar yararlanabiliyordu.

Amaya, davalarını titiz bir hazırlıktan sonra, rakibinin olası argümanlarının artılarını ve eksilerini inceleyerek güçlü bir şekilde savunan başarılı bir avukattı. Kadınların yanındaydı ve duruşu her zaman profesyoneldi, hukuka, yüksek mahkeme ve Yargıtay kararlarına dayanıyordu. Hiçbir kadının kendisinin yaşadığı gibi erkek aldatmacasının kurbanı olmayacağından emindi. Vahşi ve çok maskeli erkeklere asla sempati göstermedi.

Şehirde, mahkemeye arabayla beş dakika uzaklıkta bir villa satın alan Amaya, kütüphanesini kapsamlı hukuk kitapları, dergiler ve kadınlarla ilgili önemli kararlarla donattı. Kütüphanenin bitişiğinde müvekkilleriyle toplantı odası, onun yanında da yaklaşık on müvekkilin oturabileceği bir bekleme odası vardı. Aldığı ücret cüzi ve müvekkilleri için karşılanabilir düzeydeydi; birçok müvekkili için mahkemeye ücret almadan çıkıyordu. Müvekkilleriyle, meslektaşlarıyla ve personeliyle her zaman profesyonel bir ilişki kurdu, ancak yasal yollara başvuran yoksul, ezilen ve sömürülen kadınlara karşı davranışlarından anlayış yayıldı. Her durumu objektif bir şekilde değerlendirir, hukuki bakış açısını ve argümanlarının psikolojik etkisini göz önünde bulundururdu.

Müvekkiliyle görüşmek ve tartışmak, gerçekleri hatırlamasına yardımcı olan bir zorunluluktu. Yazılı başvuruları dikte ettikten sonra, dava dosyalarını hazırlamaları için stajyerlerini yönlendirirdi. Müvekkiliyle görüşürken ve mahkemenin başvurusunu yazdırırken birkaç stajyerinin kendisiyle birlikte bulunmasına izin verdi, böylece stajyerleri gelecekte bağımsız olarak çalıştıklarında en iyi avukatlar olmayı öğrenecek ve kapasitelerini geliştirecekti. Amaya sadece kadın avukatları stajyer olarak kabul etti; onların mesleki gelişimleriyle ilgilendi. Beş yıl içinde birçok hukuk mezunu onun stajyeri olmak istedi. Onlarla kişisel bir görüşme yaptıktan sonra, en çok hak eden ve kendini adamış kişileri seçti. Ofisini yönetmek için hepsi kadın olan yaklaşık on personel vardı. Amaya hepsine saygılı davrandı; herkese makul bir ücret ödedi, benzer konumdaki kişilere verilen ücretten çok daha fazlasını verdi. Müşteriler dramatik bir şekilde arttı ve iş yükü de arttı. Amaya her gün saat dörtte kalktıktan sonra bir saat Vipassana meditasyonu yapıyordu. Bu onun zihnini, düşüncelerini ve arzularını kontrol etmesine yardımcı oldu. Zihni nadiren dolaşıyor ve çektiği acılar üzerine kafa yormadan kızına karşı derin bir sevgi geliştirebiliyordu. Amaya uyumadan önce bir saat boyunca meditasyon yapıyor, böylece deliksiz bir uyku çekebiliyordu. Ondan hiçbir zaman nefret etmemiş olsa da Karan'ı affetmesi zor bir karardı. Amaya bu istikrar aşamasına ulaşmak için yıllarca mücadele etti ve avukatlık mesleğini ciddiye aldı; müvekkillerine ve kendisine adalet getirebilmesinin tek yolunun bu olduğunu biliyordu.

Savunduğu davalar, mahkeme önünde hukuk pratiği yapmanın ikna edici örnekleriydi. Ne zaman hakim karşısına çıksa, mahkeme diğer avukatlarla, hatta kıdemlilerle, öğretmenlerle ve farklı hukuk fakültelerinden öğrencilerle dolup taşıyordu. Zaman zaman yargıçlar açıklayıcı sorular sormakta zorlanıyordu ve Amaya'nın dava kaybettiği bir durum yoktu. Mesleğinin onuncu yılında, etkin, bilgili ve kendini işine adamış genç bir avukatı vardı. Adı Sunanda'ydı ve Amaya ona çok güveniyordu. Amaya ne zaman bir seminer, konferans ya da mahkemeye çıkmak için başka şehirlere gitse, Sunanda Amaya'nın ofisini yönetiyor ve Amaya'yı mahkemede temsil ediyordu. Sunanda'da Amaya'nın evinin, ofisinin ve arabasının yedek anahtarı vardı.

Amaya Vipassana meditasyonu yapmaya başladığında vejetaryen olmuştu. Et yiyiciyi hor görmüyordu ama vejetaryenliğin kişisel yaşamı için uygun olduğuna karar verdi. Yalnız kalıyor ve hafta sonları çalışanlarını ve gençlerini kendisiyle birlikte yemek yemeye davet ediyordu. Birlikte farklı yemekler pişiriyor, hayatın mutluluk ve birlikteliğin bir kutlaması olduğunu düşündükleri için müzik ve dans eşliğinde partinin tadını çıkarıyorlardı. Partilerine katılanların saat dokuzda evlerine dönmeleri için gerekli düzenlemeleri yaptı.

Ev kadınlarına ve işçi sınıfından kadınlara hukuk bilinci kazandırmak için yerel bir hukuk fakültesine katılmasıyla toplum hizmetleri rutininin ayrılmaz bir parçası haline geldi. Temel haklar, devlet politikasının yönlendirici ilkeleri ve evlilik, miras, bakım, çocukların korunması ve boşanma ile ilgili çeşitli mevzuat hakkında bilgi sahibi olmanın kadınların onurlu bir yaşam sürmelerine yardımcı olacağına inanarak kadınlarla çalıştı. Amaya, okul ve üniversite öğrencileriyle eğitim kurumlarında buluşabildiği her zaman onlara hitap etmek için zaman buldu. Bir sosyal hizmet koleji düzenli olarak Amaya'yı hukukun toplum örgütlenmesi ve sosyal refah üzerindeki etkisi üzerine dersler vermeye davet etti. Üniversitenin terk edilmiş ve okuma yazma bilmeyen çocuklar için yürüttüğü çalışmaların bir parçası oldu.

Piyano Amaya'ya büyük bir mutluluk veriyordu. Hafta sonları birlikte saatlerce piyano çalardı. Annesi Amaya'ya piyano çalmayı öğretti; daha sonra Loreto Rahibeleri onu büyük bestecilerle tanıştırdı. Okuldaki konser grubunun aktif bir üyesiydi ve her ay Madrid'deki çeşitli kültür merkezlerinde programlar sunuyordu. Loyola ve St Xavier's'de birçok piyano fırsatı yakaladı. Ancak Bengaluru Hukuk Fakültesi'nde tamamen dersleriyle, hukuki tartışmalarla, münazara mahkemeleriyle ve hukuki farkındalık faaliyetleriyle meşgul oldu.

Kochi'de hukuk pratiği yaparken Amaya kurgu için ayrı bir kütüphane geliştirdi. En sevdiği yazar, cinsel uyanış, sembolizm ve kadınların Kerala toplumundaki yerinin psiko-sosyal analizini derinlemesine ifade ettiği için Madhavikutty idi. Kısa öykü yazarları arasında en çok Zacharia'yı cinsel, siyasi ve dini gericiliği ve Kafkasyalı karakterleri ifşa eden konformist olmayan, patlayıcı fikirleri için severdi. Sadece kendisi için değil, başkaları için de acısız bir yaşam arayışı sürekli var olduğundan, acıyı ortadan kaldıran öyküler onun okumalarında manyetik bir çekime sahipti. Bununla birlikte, acı çekmenin insan hayatının ayrılmaz bir parçası olduğu düşünüldüğünde, acı çekmeden yaşanacak bir hayat ütopik bir idealdi. Bir insan ancak acı çekerek büyüyebilir, bilgi üretebilir ve tatmin edici bir deneyim yaşayabilirdi. Ama içinde acının ötesine geçmek için sonsuz bir özlem vardı. Onun için kurgu, hayata herhangi bir sosyolojik analizden, yaşam olaylarından veya bilimsel teoremlerden daha yakındı. Onun roman dünyasında adalet kavramı vardı. Bireylerden kaynaklanıyordu ve bireyler arasında karşılıklı bir adalet paylaşımı vardı. Adalet sadece bir amaç değil, aynı zamanda bir yoldu. Hakikat ve adalet el ele gider; karşı karşıya gelirlerse adaletin yanında dururlardı, çünkü hakikat idealdi ve yoktu ama adalet pratikti. Belirli bir zamanda var olmadığı için tam adalet konusunda endişelenmedi.

Adalet insan hayatında güçlü bir kavramdı, günlük yaşamda uygulanıyordu ve adaletin bu kısmı aynı anda hem tam hem de eksikti. Bu yüzden Toni Morrison'ın romanlarından zevk alıyordu. Karakterleri, belirli bir zamanda tecrübe edilen adaletle tatmin olurken, adaleti tam anlamıyla elde etmek için çabalıyordu. Kafka'da yaşama arzusu her şeyden önemliydi. Yaşam, kahramanın idamı sırasında bile yankılanıyordu, bir yaşama arayışı. Camus okumak sonsuz düşünceler veriyordu. İnsanın adaleti bütünlük içinde deneyimlemesi için sonunu beklemesi gereksizdi, çünkü adalet hayatın her anında bütünlük içindeydi. Bu parça içinde bütün arayışı insan arzularının sebebiydi.

Yüksek mahkemede çalışmaya başlamasının yirminci yıldönümünde Amaya, Sunanda ve diğer tüm meslektaşlarını akşam yemeğine davet etti. O artık kıdemli bir avukattı ve yüksek mahkeme yargıcı olması için ismi önerilmişti. Ancak Amaya, yardıma muhtaç yüzlerce kadına yardımcı olabilecek yasaları yargıçların önünde açıklayabileceği için bunu kibarca reddetti. Düzenlediği parti yaklaşık yirmi kişilik bir toplantıydı. Yemekler vejetaryendi, pirinç-pulav ve payasam da dahil olmak üzere çok sayıda yemek vardı. Partiden sonra, konuklar ayrılırken, cep telefonuna bir çağrı geldi, ancak Amaya katılamadı. On beş dakika sonra, yalnız olduğu bir anda tekrar bir arama geldi. Aynı kişi tekrar arıyordu, numara ortaya çıktı.

Amaya aramayı cevapladı.

"Alo," diye seslendi biri diğer uçtan. Bir kadın sesiydi bu.

"Merhaba," diye cevap verdi Amaya.

"Rahatsız ettiğim için özür dilerim hanımefendi. Ben Chandigarh'dan Poornima," dedi.

"Evet, Poornima, sizin için ne yapabilirim?" Amaya sordu.

"Hanımefendi, siz Amaya mısınız?" diye sordu Poornima.

"Evet, ben Amaya'yım. Ne istiyorsun, Poornima?" diye sordu.

"Kişisel sorular sorduğum için özür dilerim hanımefendi. İçimi rahatlatmak için sormak zorundayım." Poornima'nın sesi açıktı.

"Söyle bana, neden benim detaylarımı öğrenmek istiyorsun?" Amaya sorguladı.

"Hanımefendi, genç bir adama aşık mıydınız?"

Ne kadar aptalca bir soruydu. Yine de Amaya'nın zihninde şimşekler çakıyordu. Genç bir adama deliler gibi aşık olmuştu. Ama bunun neden olduğu kaygıları ve acıları hatırlamak istemiyordu. Savunacak mızrağı olmayan bir İspanyol boğası gibi onu ezip geçen geçmiş yılların insanlık dışı olaylarını düşünmeyi reddetti. Zihnini kontrol etmeye çalıştı. Sakin ol, beni bunaltma, dedi zihnine. Sonra bastırılmış bir sesle kendine sordu: Bu kim? Zihnini bulmacanın çözümüne dahil etmek, problem çözmede aktif bir ortak olmak ve onun hizmetkarı gibi davranmak istedi.

"Poornima, tüm kadınlar geçmişlerinden anılar taşır. Her zaman hemen hemen herkes birisine, parlayan bir prense aşık olur. Benim de geçmişim vardı." Amaya'nın sözleri yumuşak ve nazikti.

"Babamı şahsen tanıyor musunuz?" Süssüz, açık bir soruydu.

Ama Poornima'nın sesinde bir titreme olduğu her halinden belliydi. Derinden acı veren bir şey vardı; bir şey onun huzurunu kaçırmıştı; soğukkanlılığını yeniden kazanmaya çalışıyordu.

"Hanımefendi, babam Amaya adında birini tanıyordu. Görünüşe göre ona çok yakındı ya da ayrılmaz bir parçasıydı. Son üç aydır İspanya'da yüz tane Amaya ile iletişime geçtim, İspanyol bir isim, Baskça. Hatta Avrupa'nın diğer bölgelerinde de çok sayıda aradım. Hiç tanımadığınız insanlarla telefonda görüşmenin ıstırabını tahmin edebilirsiniz. Sanki ne bekleyeceğimi, ne yapmayacağımı bilmiyormuşum gibi varoluşsal bir krizdi. Zaman zaman tamamen hayal kırıklığına uğradım, zihinsel gücüm, dengem ve umudum tükendi. Bu gerçek anlamda bir ölüm kalım mücadelesiydi. Bu hayatta kalma mücadelesi beni zihinsel olarak felç edebilirdi; ıstırap dayanılmaz, korkunç ve yıkıcıydı. Her gün bazı insanlar bana bağırarak karşılık veriyordu. Bu hayatımdaki en üzücü deneyimdi. Hindistan'da bile bu isimle bir düzine insanla iletişime geçtim. Hanımefendi, çok mutluyum. Sonunda bana bağırmadınız."

Amaya, Poornima'nın birkaç saniye boyunca devam eden hıçkırıklarını duyabiliyordu. Kalbi delen bir ses, bir patlama deneyimi gibiydi. Bunu çok iyi biliyordu. Supriya'nın kaçırılmasından sonra dört yıl boyunca aynı sıkıntıyı yaşamıştı. Amaya Poornima'yla derin bir empati kurdu.

"Hanımefendi, lütfen sizi yarın akşam sekiz buçuk gibi aramama izin verin. Şu anda zihnim heyecanlı ve telaşlı olduğu için konuşmakta zorlanıyorum. Ama çok mutluyum. Sizi akşam dokuzdan sonra aradığım için sizden çok özür dilerim. Size minnettarım hanımefendi. İyi geceler, Hanımefendi," dedi Poornima.

"Yarın saat sekiz buçukta beni aramakta özgürsünüz. İyi geceler, Poornima."

En derinlerinde bir ürperti vardı. Karan'a aşık olmuştu ama bu yirmi beş yıl önceydi. Çektiği acı çok büyüktü ve Poornima da aynı ıstırabı çekiyor olabilirdi; onun kederi kendisine aitti. Amansız acı, kalpteki kendini yok eden ağırlık, bilmek için duyulan özlem ve umutsuzluk duvarını aşmak için gösterilen çaresiz çaba dayanılmazdı. Acının ötesinde bir dünya nasıl deneyimlenirdi? O günlerde bir martı gibi kanatlarını çırpmadan, acıların olmadığı uzak adalara uçmak istiyordu,

Birdenbire zihnini kontrol etti, gerçek dünyaya döndü ve zihinsel ortamını ve soğukkanlılığını kaybetmekten kaçındı. Vipassana yaparken yine sakindi ve Poornima hakkında düşünmüyordu. Zihninde bir kez daha hiçbir çalkantı yoktu. Günlük meditasyon hiçbir şey düşünmeden kendini tanıma çabasıydı. Vipassana düşüncelerin ötesindeydi ve hissedecek hiçbir şey yoktu. Endişelenmemeliydi. Zihninin huzurlu, üretken ve güçlü kalmasına yardımcı olmuyordu. Hiçbir şeyin var olmadığı boşluk evrenini seviyordu. Boştu ama her şeye sahip olma potansiyeli vardı. Amaya nefesine konsantre oldu. Yalnızdı ve beynini, başını, yüzünü, göğüslerini, kalbini, akciğerlerini, karaciğerini, midesini, bağırsaklarını, rahmini, cinsel organlarını, yumurtalarını, kemiklerini, milyonlarca hücresini ve her birinin içinde yaşamla birlikte dolaşan kanı deneyimledi. Akıl, zihin ve bilinç vardı. Ama o hepsinden farklıydı. Amaya'nın kişiliği farklıydı, eşsizdi, tüm parçalarının ötesinde, bütünlüklerinin ötesindeydi. O bağımsız olarak var oldu. Varoluş bilinci, varoluşunun farkındalığı ve epifanisinin uygunluğu vardı. Bu tam anlamıyla bir keskinlikti.

Kızım Arıyor

Pazartesi günüydü. Bir önceki akşam meslektaşlarıyla verdiği parti çok zarif geçmişti. Sabah erkenden Vipassana'dan sonra Amaya, farklı mahkemelerde o gün için listelenen davaların ayrıntılarını gözden geçirdi. Üç mahkemede yedi dava vardı; ikisi kabul, üçü geçici rahatlama sağlamak için ilk duruşma ve ikisi de son duruşma içindi. Davalardan biri, kocasının maddi olarak sömürdüğü kırk sekiz yaşındaki Sunita'nın davasıydı. Kocası genç muhasebecisiyle evlenmeye karar verdiğinde, Sunita durumun ciddiyetini anlamıştı. Zengin bir işadamı olan kocası ile muhasebecisi arasında, Maldivler, Bali ve diğer egzotik yerlerde birlikte tatil yaptıkları son birkaç yıldır bir ilişki yaşanıyordu.

Madhav yıllar önce tren istasyonuna giden yollardan birinde kozmetik dükkânı işletiyordu. Dik duracak yer olmadığı için küçücük dükkânında çömelirdi. Madhav kadınlara çeşitli güzellik ürünleri satardı; gençleri ve yaşlıları kendine çekmekte ustaydı; onlarla kibarca konuşurdu ve dudaklarında her zaman bir gülümseme bulurlardı. Okula giden kızlar ve genç kızlar Madhav'ın güzellik dükkânını tercih ediyordu çünkü ihtiyaçları olan her şey orada mevcuttu. Sunita onu her sabah okuluna giden sabah trenine yetişmek için tren istasyonuna doğru koşarken dükkânında otururken görmüştü.

Sunita birkaç kez dönerken Madhav'dan sabun, kajal ve krem satın almıştı. Dükkânına her gittiğinde onunla nazikçe konuşurdu; yaklaşımı hoştu. Bir yıl sonra, bir gün Sunita'ya evlenme teklif etti; Madhav o zamanlar yirmi beş yaşındaydı ve Sunita yirmi üç yaşında, iki yıldır ilkokul öğretmeniydi. Dul ve emekli bir öğretmen olan babasıyla Madhav hakkında konuşmuş. Babası, Sunita Madhav'ı son bir yıldır tanıdığı için bir itirazı olmadığını söyledi. Eğer iyi bir adamsa, devam et, diye güvence verdi babası tek çocuğuna. Sunita ve Madhav bir hafta içinde mahalledeki tapınakta evlilik törenlerini gerçekleştirdiler. Madhav iki kişiyle birlikte tek odalı kiralık bir dairede kalıyordu ve hemen Sunita'nın banliyöde babasına ait iki odalı bir daireye taşındı. Madhav sevgi dolu ve şefkatli bir koca olduğu için ilk evlilik hayatları altın gibiydi. Sunita onu daha uygun bir yerde daha kapsamlı bir dükkan açması için teşvik etti.

Sunita evliliklerinin ikinci yıldönümünde Madhav'a maaşından biriktirdiği bir milyon rupilik bir çek verdi. Bu, yeni işyerine Sunita Beauty Care adını veren Madhav için hayırlı bir başlangıç oldu. Beş yıl içinde şehrin farklı yerlerinde iki dükkan daha açtı. Bu arada Sunita, babası artık olmadığı için iki odalı dairesini sattı ve parayla Madhav kendi adına yeni bir ev satın aldı.

Onuncu yılda Madhav, kadınlar için güzellik saç yağı üretmek ve pazarlamak üzere bir Ayurvedik saç bakım birimi kurdu. Ürettiği yağın koyu renkli, parlak, sağlıklı saçların bolca çıkmasına yardımcı olduğunu iddia etti. Bu yeni girişimin eşi benzeri görülmemişti; şehrin çevresinde üç yıl içinde yirmi beş işçinin çalıştığı mekanize, ultramodern bir üretim birimi açıldı. Madhav ürününü ülkenin dört bir yanında pazarlamak üzere yarım düzine MBA atadı.

Sunita işine devam etti, artık bir ilkokulun müdiresiydi ve yatak odasını Sunita ile paylaşmayı bırakan Madhav'ın davranışlarında yavaş yavaş bir değişiklik gözlemledi. Madhav turnede olduğu ya da işiyle meşgul olduğu için Sunita evde hep yalnızdı. Karısıyla nadiren konuşan ve hiçbir paylaşım ya da birliktelik yaşamayan Madhav, karısını boşanmaya zorlamaya başladı. Banliyöde beş yatak odalı bir villa inşa etti ve bir yıl içinde oraya tek başına taşındı. Biri doktor olan büyük kızı başka bir şehre yerleşip diğeri de MBA için yurtdışına gidince Sunita reddedilme ve yalnızlık duygusu yaşamaya başladı. Madhav Sunita'nın bir milyonunu iade etmeye hazırdı, daha fazlasını değil. Sunita, Amaya ile tanıştı ve aile mahkemesinin kararından memnun olmadığı için uygun bir tazminat ve nafaka davası açtı. Dilekçe o günkü son duruşma için listede yer alıyordu.

Dava dosyasını incelerken Amaya'nın aklına birden önceki akşam Chandigarh'dan aldığı telefon geldi. Poornima kimdi? Gerçek miydi? Amaya bir süre derin düşüncelere daldı. Amaya'nın odasına girdiğinde, astlarından biri Amaya'yı derin düşüncelere dalmış bir halde gördüğünü ve bunun sabahları Amaya için alışılagelmiş bir durum olmadığını ifade etti.

Amaya ile Khadija Mohammed Kuttyhassan'ın kabul başvurusunu görüşmek için oradaydı. Hatice yirmi sekiz yaşındaydı ve otuz altı yaşındaki Muhammed Kuttyhassan ile evliydi. Üç kız ve iki erkek çocuk doğurmuştu. Kuttyhassan'ın balık pazarının yakınında bir çay dükkânı vardı; günde bin rupi kazanıyordu ve bunun sekiz yüz rupisi kârdı. Hatice'ye üç yüz rupi, önceki iki karısına ve yedi çocuğuna da ikişer yüz rupi vermişti. Yaklaşık elli rupiye mal olan bir bardak yerel içkinin tadını çıkarıyor, kalan elli rupiyi de iki haftada bir yaklaşık bir saatliğine ziyaret ettiği Nabesa'ya ödüyordu. Kuttyhassan, Hatice'nin on sekiz yaşında olduğunu iddia eden sahte bir doğum belgesi ibraz ettikten sonra Hatice ile on dört yaşındayken evlendi.

Hatice'nin Amaya ile tanışmasından bir hafta önce, Kuttyhassan Hatice'den ve çocuklarından evi boşaltmalarını istemiştir çünkü Hatice'ye Müslüman kişisel hukuku uyarınca üçlü talak ilan etmiştir; bir belediye okulunda sekizinci sınıfta okuyan başka bir kızla görüşmüştür. Beş çocuğuyla birlikte Hatice evsiz kaldı; tek seçeneği Nabeesa'yı takip etmekti. Amaya astından Hatice'yi mahkemede hazır bulunması için bilgilendirmesini istedi. Amaya küçük kızına üçlü talakın cezai bir suç olduğunu ve bu suçu işleyen Müslüman bir erkek için üç yıl hapis cezası öngördüğünü açıkladı. Amaya astına hapis cezasının Hatice ve çocuklarının sorununu çözmeyeceğini, çünkü yaşayacak bir yere ve iyi bir geçim kaynağına ihtiyaçları olduğunu söyledi. Beş parasız olduğu için Kuttyhassan'dan tazminat alma ihtimali de yoktu. Amaya, çocuklarını beslemek ve barındırmak için gençlerinden Hatice'ye bir iş bulmalarını istedi. Bu arada, iki küçük çocuğu için kreş ve iki çocuğu için de anaokulu bulmak gerekiyordu. Çocuklardan biri ilkokul olan yerel bir medresenin birinci sınıfına devam ediyordu.

Amaya, yedi dava dosyasını da titizlikle inceledi ve davayla ilgili yasaları ve mahkemenin değerlendirmesi için olası argümanları tartıştı. Argümanlarını vurgulama konusunda kendine güveniyordu. Çağrıları her zaman mantıksal muhakeme ile kısa ve özdü, yasal çözüm yollarına vurgu yapıyordu. Amaya'nın mahkeme önündeki dava sunumlarında tutarlılık ve açıklık vardı; analitik, şeffaf ve objektifti, hukuka ve izin verilen emsallere dayanıyordu.

Amaya mahkemeye doğru giderken Chandigarh'dan Poornima ile yaptığı konuşmayı hatırladı. O şehre iki kez gitmişti; biri amniyo sentezi ve doğmamış kız çocuklarının Hintli ebeveynler tarafından erkek çocuk sahibi olmak için ortadan kaldırılması konulu bir konferans için, ikincisi ise kocasından uygun bir tazminat almak için mahkemede terk edilmiş bir kadını temsil etmek için. Poornima'nın sesinde sanki birçok kez duymuş gibi bir aşinalık vardı. Dahası, kalbine dokunuyordu.

Amaya tüm davalarda mahkeme önüne çıktı ve sonuçlar beklentileri aştı. Mahkeme Sunita'nın Madhav'dan gayrimenkullerin, iş yerlerinin, hisselerin ve diğer servetin yüzde ellisini alma hakkı olduğuna karar verdi. Madhav, karara itiraz etmek için yirmi bir gün içinde apeks mahkemesine başvurmakta serbestti. Mahkeme, mahkeme tarafından atanan bir amicus curiae'nin kararın uygulanmasıyla ilgileneceğini söyledi.

Hatice'nin başvurusu son duruşma için listeye alındı ve mahkeme Kuttyhassan'ı Hatice ve çocuklarına günlük beş yüz rupi ödemeye yönlendirdi. Mahkeme, Kuttyhassan'ın son duruşmaya kadar evini boşaltmasına ve Hatice ile çocuklarının evde oturmasına izin vermesine karar verdi. Hatice sevinçten ağladı ve yardımları için Amaya'ya teşekkür edecek kelime bulamadı.

Leena Mathew'in davası benzersizdi ve mahkeme nihai kararını açıkladı. Leena'nın ailesi Idukki tepelerinde iki dönüm arazisi olan çiftçilerdi. Leena'dan çok daha küçük olan biri kız, ikisi erkek üç çocuklarına yeterli yiyecek, giyecek ve eğitim sağlamakta zorlanıyorlardı. Leena okuluna ulaşmak için yaklaşık sekiz kilometre yürümek ve muson yağmurları sırasında tehlikeli olan birkaç dereyi geçmek zorundaydı. Toprak kaymaları nedeniyle çay arazilerini çevreleyen tepelerde sık sık şiddetli yağmurlar olurdu. Leena on yıl boyunca yalınayak yürüdü; matris eğitimini üstün başarıyla tamamladı. Okulu yöneten rahibeler Leena'yı iki yıl daha ortaokula devam etmesi için teşvik etti ve onların maddi desteğiyle Leena okulu bölge birincisi olarak tamamladı. Rahibeler Leena'nın tıp giriş sınavına hazırlanması için burslu bir yurtta kalmasına izin verdi. Sonuçlar açıklandığında Leena giriş sınavına katılan ilk elli aday arasındaydı. Kısa süre sonra Leena Bengaluru'daki bir tıp fakültesine girdi; bursu tüm masraflarını karşılamaya yetiyordu.

Leena mezuniyetini ve yüksek lisansını yedi yıl içinde tamamladı ve KBB alanında uzmanlaştı. Kısa süre sonra Dr. Leena iyi bir hastanede cerrah olarak işe başladı ve iyi bir ücret aldı. Kazancının neredeyse tamamını ailesine gönderdi; kardeşleri onun desteğiyle mükemmel bir eğitim aldı. Dr. Leena ailesine şehir yakınlarında bir villa inşa etmeleri için yardım etti. Ebeveynlerine ve kardeşlerine yardım etmek Dr. Leena'nın tek arzusuydu, bu yüzden onların refahı için her zaman endişelendiği için bir aile sahibi olmak için evlenmeyi unuttu. Dr. Leena anne ve babasına yaşlılıklarında destek olmak istiyordu. Erkek kardeşleri evlendi, başka şehirlere yerleşti ve hayatını onların iyiliği için harcayan ablalarını unuttu. Ne yazık ki Leena iş yerine giderken bir kaza geçirdi. Yaralanma ağırdı; sağ eli felç oldu. Leena elli sekiz yaşındaydı ve ilk aylarda tekerlekli sandalye kullandı.

Rahmetli ailesinin yanına vardığında, kardeşleri, eşleri ve çocukları Leena'nın eve girmesine izin vermedi. Bazı sosyal hizmet görevlilerinin yardımıyla Leena iki odalı bir daire kiraladı ve odalardan birinde bir klinik açtı. Bir ay içinde Leena Amaya ile tanıştı, sorununu tartıştı ve Amaya'dan davasını üstlenmesini ve yasal yollara başvurmasını talep etti. Her iki erkek kardeşi de davalı konumundaydı. Amaya mahkemeye müvekkilinin içinde bulunduğu durumu ve bunun sevgi dolu ve sade kalpli, ünlü bir cerrah olan doktorun hayatındaki hukuki sonuçlarını ayrıntılı bir şekilde anlattı. Amaya, davanın toplumdaki gençler ve onların aile yaşamları üzerindeki etkisinin altını çizdi. Müvekkilinin haklarını sistematik bir şekilde savunan, rakibinin ortaya attığı yasal olarak savunulamaz argümanları açığa çıkaran ve yerle bir eden Amaya, mahkemeyi adaletin tamamen ve bütünüyle müvekkilinin yanında olduğuna ikna etti. Nihai kararda mahkeme, davalıların kız kardeşleri tarafından ebeveynleri için inşa edilen evin mülkiyetini ve zilyetliğini derhal Dr Leena Mathew'e devrederek evi boşaltmalarını emretti. Mahkeme ayrıca, çocukluklarından itibaren kendilerine rahatça baktığı ve onları eğittiği için Dr. Leena'ya ömür boyu tazminat olarak her ay yüz bin rupi ödemelerine hükmetti. Bu Amaya ve müvekkili için büyük bir zaferdi.

Amaya akşam beşte eve varmıştı. Saat altıda ofisinde olacaktı ve tüm yardımcıları da orada olacaktı. Çalışma saatleri sabah sekizden akşam beşe ve sonra da altıdan sekize kadardı. Müvekkille görüşme ve gerekli belgeleri toplama gibi avukatlık becerilerini öğrenmeleri için onlara sıkı bir eğitim vermek istiyordu. Belgeleri kronolojik olarak dosyalamak, bunları üst makamlara sunmak, dilekçeler hazırlamak, ekler hazırlamak ve yeterli sayıda kopya hazırlamak da görevleri arasındaydı. Mahkemenin değerlendirmesine sunmak, duruşmalar sırasında hazır bulunmak ve mahkemenin kararlarını kaydetmek de aynı derecede önemliydi. Son adım, tasdik edilmiş kararların kopyalarını yazı işleri müdürlüğünden almaktı.

Stajyerleri, Amaya'nın duruşma sırasında davayı nasıl savunduğuna, mahkemeye sunduğu belirli belgelere ve mahkemede kullandığı kelime ve ifadelere dikkat ediyordu.

kullandığı yasal kavramlar. Son olarak Amaya, karşı tarafın argümanlarını çürütmeye çalıştı ve müvekkilini nasıl savunduğunu anayasa hükümleri, çeşitli yasalar ve içtihatlara vurgu yaparak anlattı.

Amaya ofisine girerken bekleme odasında oturan genç bir kadın fark etti. Stajyerleri Amaya'ya kadının şehirdeki üniversitelerden birinde yardımcı doçent olduğunu ve davasını görüşmek istediğini söylediler. On beş dakika içinde Amaya onu aradı ve sorununu açıklamasını istedi. Bir saat boyunca tartıştılar. Kadının adı Teresa Joseph'ti; tanınmış bir üniversitenin fen bölümünden mezun olmuş ve fizik alanında yüksek lisans yapmıştı. Teresa burs kazandıktan sonra ABD'de bir Ivy League üniversitesinde doktora yapmak için araştırma yapmıştı. Yurtdışındaki üniversitelerden ve araştırma kurumlarından cazip iş teklifleri gelse de Teresa ülkesinde çalışmak üzere Hindistan'a döndü. Bu arada, hakemli uluslararası dergilerde iki makale yayınladı.

Hindistan'a döndükten sonraki iki ay içinde Teresa, bir kasabadaki Katolik piskoposuna ait bir üniversiteye bağlı bir kolejde yardımcı doçentlik pozisyonu için seçmelere katıldı. Üniversitenin kuralları ve Hindistan'ın yükseköğretimdeki en üst organı olan Üniversite Bağış Komisyonu, kolej için zorunluydu. Öğretim üyelerinin ve idari personelin maaşı eyalet hükümetinden geliyordu. Teresa ders vermeyi, araştırma yapmayı ve lisansüstü öğrencilere rehberlik etmeyi çok seviyordu. Öğrenciler onun bilgisi, becerileri ve tutumu hakkında yüksek bir görüşe sahipti.

Üniversiteye katıldıktan sonraki altı ay içinde, üniversite yönetimi Teresa'nın atamasını onaylamak için beş milyon rupi rüşvet ödemesi konusunda ısrar etmeye başladı. Eğer beş milyonu toplu olarak ödeyemezse, emekliliğine kadar aylık temel maaşının yarısını ödemesi de bir seçenek olarak sunuldu. Teresa bunu yapmayı reddetti ve piskopos da onun görevine derhal son verdi. Bekar bir anne olduğu için öğrencilere kötü örnek olacaktı, çünkü Teresa görüşme sırasında bekar bir anne olduğunu açıklamamıştı ve bu da hizmetlerine son verilmesinin nedeniydi. Daha sonra Teresa, tüm fakülte ve idari personelin atanmaları veya hizmette onaylanmaları için önemli miktarda rüşvet ödediğini fark etti. Teresa'nın iki yaşındaki çocuğuna ve ona bakan dul annesine bakmak için hiçbir geliri yoktu.

Dini gruplar da dahil olmak üzere özel yönetim tarafından işletilen okul ve kolejlerdeki öğretim üyeleri ve diğer personelin atanmasında, personelin maaşlarını devlet ödediği halde yolsuzluk yaygındı. Kerala'daki eğitim kurumları, hastaneler ve hayır kurumlarının çoğu özel gruplara, dini cemaatlere ve kuruluşlara aitti. Bunların eyalet yasama meclisi seçimlerindeki etkisi çok büyüktü. Bu tür kuruluşların hiçbiri milyonlarca rupi rüşvet kabul etmenin suç ve etik açıdan kabul edilemez bir eylem olduğunu düşünmüyordu. Üniversite, UGC ve hükümet hatalı yönetime karşı nadiren harekete geçti. Dolayısıyla, ciddi yanlışların yapılmasına zımnen onay veriliyordu. Teresa'nın durumu ortadaydı çünkü onurlu bir yaşam için Hindistan'ı terk etmek zorundaydı; aksi takdirde piskoposu yaptığı yanlışlar için cezalandırmasına ancak mahkeme yardımcı olabilirdi. Amaya yardımcılarından, yönetimin Teresa'nın hizmetlerine son verme kararını iptal etmek için gerekli adımları derhal tamamlamalarını istedi.

Orada iki müşteri daha bekliyordu. Onlarla görüştü ve daha ileri adımlar için dava dosyalarını görmelerini istedi. Saat sekiz buçukta telefonu çaldı; arayan Poornima'ydı.

"İyi akşamlar hanımefendi; ben Chandigarh'dan Poornima. Dün sizi aramıştım. Sizi bir kez daha rahatsız ettiğim için özür dilerim hanımefendi." Parlak ve farklı bir sesti. Sanki hayalinde, rüyalarında ve uyanık olduğu saatlerde defalarca duymuş gibi tanıdık bir sesti.

"Evet, Poornima, iyi akşamlar. Konuşmamızı hatırlıyorum."

"Hanımefendi, nasıl başlayacağımı bilemiyorum. Sen her zaman hayatımdaydın. Hayatım boyunca sizi hissedebildim ve deneyimleyebildim. Bu bir duyguydu, görünmeyen bir gerçeklikti, hayali değil. Sen içimde sağlam bir duyguydun; seni hissedebiliyordum; sensiz eksiktim. Son üç ay boyunca kendimi senin bu dünyada bir yerlerde olduğuna inandırdım. Sen de etten kemikten bir insandın; düşünebilen, hareket edebilen ve hayatın karmaşık duygularını hissedebilen bir insandın."

Konuşan kişiyle bir bütünlük hissi vardı. Sanki Poornima onun hayatının bir parçasıydı ve aralarında ayrılmaz bir bağ vardı.

"Poornima, duygularını anlayabiliyorum. Ama lütfen bana tam olarak ne söylemek istediğini söyle."

"Hanımefendi, söze dökmekte zorlanıyorum ama izin verin açıklayayım. Yardımınıza, varlığınıza ihtiyacım var. Siz olmadan çektiğim acı sonsuz olacak ve böyle bir durumu hayal bile edemiyorum. Bu benim varlığımın sonu olacak."

"Poornima, bunu anlamakta zorlanıyorum. Lütfen açıklar mısın?"

"Hanımefendi, babamın son üç aydır bilinci yerinde değil. Bilincini yeniden kazanmasına sadece siz yardım edebilirsiniz." Poornima'nın sözleri basitti.

Amaya bu isteği tuhaf buldu. O bir nörolog değildi, hatta bir insanın bilincini yeniden kazanmasına yardımcı olacak bir hekim bile değildi. Babasının uzman tıbbi bakıma, bilimsel testlere, doğrulamaya, analizlere ve zihinsel ve fiziksel durumunun yorumlanmasına ihtiyacı vardı. Bir hukukçunun bu işi yapmak için eğitimi yoktur. Olsa olsa baba ve kızın haklarını yasal olarak korumalarına yardımcı olabilirdi. Ancak Poornima'ya tepki göstermedi, onu incitmek istemedi, çünkü acıyı ortadan kaldırmaya çalışmak bir ihtiyaç, nihai bir görevdi.

"Poornima, bu konuda sana fazla yardımcı olamayabilirim. En iyi nörologlardan, doktorlardan ve psikologlardan hizmet almalısın. Önemsiz olsalar bile hayatındaki geçmiş olayları derinlemesine araştırın. Çoğu zaman önemsiz görünen olaylar bir insanda ruhsal ıstıraba neden olabilir." Endişelerini dile getiren bir tavsiyeydi bu.

"Hanımefendi, size gelmemin özel nedeni de buydu. Benim için, babamın bilincini yeniden kazanmasına yardımcı olacak en iyi nörolog ve psikolog sizsiniz." Poornima kesin konuştu.

Poornima'nın sözleri çekiciydi ama yine de gerçek dışıydı. Dinleyen için çekiciydi, büyüleyiciydi, hayatın bazı yönlerini gerçekmiş gibi kabul ederek hayali gerçeklik alanına çekiyordu ama gerçek değillerdi. Poornima'nın sözleri yanıltıcıydı çünkü onları gerçek bir nesnellik olmadan yarattı ve efsane olarak kaldılar. Gerçek olduklarına inandığı gerçeklerin ötesinde kaygılarından, endişelerinden ve umutlarından bir efsane geliştirdi. Bir yanlış anlama onun için elle tutulur hale geldi ve paranoyaya yol açabilirdi. Uzun bir sessizlik oldu.

"Hanımefendi, açık olamadığım için bir kez daha özür dilerim. Zihnim karışık ve düşüncelerimi mantıklı bir şekilde dile getiremiyorum. İzin verin açıklayayım. Babamın bilinci yerinde değil; ara sıra 'Amaya, Amaya' diye sesleniyordu. Bana sertçe bakarken bir şeyler söylemek istiyordu. Onu dikkatle dinlemem için bana yalvarıyordu. Ben sadece Amaya'nın ne olduğunu merak ediyordum. Anlamını kavrayamadım."

Amaya büyük bir dikkatle Poornima'yı dinliyordu. Saat çoktan dokuz olmuştu ve arayan kişi ertesi gün sekiz buçukta onu aramak için izin istedi.

Hikâyedeki rolü neydi ve Poornima onu neden aramıştı? Cevap, Poornima'nın kendi hayatı kadar canlı ve karmaşık bir hayatı olduğuna dair yalnızlık içinde bir sondu.

Yine de kalbinde açıklanamayan bir huzursuzluk vardı, keskin ve şaşırtıcı bir sorgunun tesadüfü, iğneleyici ama yatıştırıcıydı. İnkâr edilemeyecek kadar canlı, pastoral, sonsuzlukta sükûneti yudumluyordu ve Amaya kendini yeni bir metanoya biyosferine yükseltti.

Vipassana'yı yaptıktan sonra saat onda yatağına çekildi.

O gün için listede yarım düzine vaka vardı. Amaya astları tarafından hazırlanan listeyi gözden geçirdi, ana konuları bir kez daha okudu ve savunmanın temel argümanlarını not etti. Genellikle, dilekçe sahibinin şikayetini tematik olarak sunuyor, yasayı vurguluyor, esasına ve yasal geçerliliğine vurgu yapıyor ve son olarak özgürlük, eşitlik ve fırsat eşitliği bağlamında hak ihlallerini vurguluyordu. Temsil ettiği davalar objektif ve dinamikti; hakimler sıklıkla onun kısalığını, doğallığını ve hukuki zekasını takdir ediyorlardı. utangaç hakkında

müvekkilleri, hakimler ve avukatlarla eleştirel bir ilişki kurmuştur. Amaya, belirli gerçeklere ya da hukuk görüşlerine aşina olmamasını asla kabullenmedi. Bilgisizliğini kabullenmenin kendisine duyulan saygıyı ve güvenilirliğini artırdığını deneyimleriyle öğrenmiştir. Mahkeme önündeki bir tartışma sadece bilgisini ortaya koymak değildi; tartışılan davaya hukuku uygulamaktı. En hayati kısım, olumlu bir karar için gereken argümanlardı. Bu nedenle, yargıçların önünde hukuki ve psikolojik bir ortam geliştirdi ve elindeki savunmayla sıkı sıkıya ilişkili içtihatlara dayanarak gerçekleri ortaya koydu. Ayrıca, söz konusu içtihatların davayı gören mahkeme heyeti için bağlayıcı olup olmadığını da araştırdı. Amaya zaman yönetimi konusunda dikkatliydi, çünkü argümanlar çok kısa olmamalı, özden yoksun ya da hakimlerin dikkatini dağıtacak kadar uzun olmamalıydı. Rakibine saygı gösterme konusunda da aynı derecede dikkatli davranarak herkesin saygısını kazandı.

Amaya, hukuk fakültesindeyken sınıf arkadaşı Surya Rao ve diğerleriyle birlikte üç yıl üst üste farklı şehirlerdeki münazara mahkemesi yarışmalarına katıldı. Tüm egzersiz gerçek bir mahkemedeki avukatları ve başkan hakimleri taklit ediyordu. Amaya'ya beceri geliştirme ve uygulama için dinamik fırsatlar sağladı ve böylece bir avukatın karşılaşabileceği karmaşık durumlarla karşılaştı. Araştırma, ilgili verilerin toplanması, konuların analiz edilmesi, içtihatların belirlenmesi, taslak hazırlama, yazılı sunum ve nihai argüman gibi temyizde, kararda bir davanın nasıl ele alınacağı. Amaya, çözülmemiş sorunları veya tartışmalı gibi görünen herhangi bir kararı memnuniyetle karşıladı.

Bir keresinde Kolkata'daki bir münazara mahkemesi yarışmasında Amaya, bir ibadet yerinde kadınların eşitliğini güçlü bir şekilde savundu. Bazı ibadet yerlerinde, on ila elli yaş arasındaki adet gören kadınların girmesine izin verilmemesi ve girişlerinin yasaklanması geleneği vardı. Bu uygulama, tanrının bekâr olduğu inancına dayanıyordu. Adet görme çağındaki kadınlar tanrıyı baştan çıkararak iffetini kaybetmesine neden oluyordu. Amaya bu geleneğe şiddetle karşı çıktı ve mahkemeye kadınlara erkeklerle eşitlik tanınması için dua etti. Rakibi, kadınların girişinin yasaklanmasının çok eski bir uygulama olduğunu ve söz konusu ibadet yerinin temel bir uygulaması olduğu için saygı gösterilmesi gerektiğini savundu. Her şeyden önce, bu tanrının bazı takipçilerinin güçlü bir inancıydı.

Amaya, muhaliflerine karşı koymak için bir kadının adet görmesinin doğal olduğunu ve kirli olmadığını savundu. Biyolojik bir gerçek olan âdet görme, çocuk sahibi olmanın ilk adımıydı. Hatta tüm erkekler âdet gören kadınlardan doğuyordu. Eğer âdet gören kadınlar kirli ve murdar ise, ibadethaneye nasıl girebilirlerdi? Kadınların girişine izin verilmeyerek, kadınlar için eşitlik ve fırsat eşitliği reddedilmiş oluyordu. Dolayısıyla, bu uygulama kadınların insan haklarını geçersiz kılıyordu. Bu, on ila elli yaş arasındaki kadınların, adet görme yaş grubunda olmasalar bile, girişlerinin reddedilmesiydi. Dolayısıyla, uygulama kadınlığın yadsınması anlamına geliyordu. Amaya, kadınlara yönelik yasağın yalnızca adet görme ile ilgili olmadığını, anayasada yer alan kadın özgürlüğüne saldırdığını savundu. Gelenek ve törelere dayalı her türlü inkar, insan hakları, kadın onuru, eşitlik ve fırsat eşitliği karşısında yenik düşmektedir. Geleneklere dayalı hak mahrumiyeti sadece anlaşılmaz değil aynı zamanda arkaikti.

İnkâr, mitlere, efsanelere ve önyargılara dayanıyordu. Demokratik bir ülkenin yasalarının ihlal edilmesine yol açtı. Mitolojilere, hurafelere dayanan dini uygulamalar ve kadınların anayasadaki temel haklarının inkârı, insan varlığının anlamını sorgulamaktadır. Amaya, Mumbai'deki bir Dargah ile ilgili bir mahkeme kararından alıntı yaptı. Mahkeme kararında kategorik olarak şöyle demiştir: "Kadınların Dargah'ın kutsal mekanına erkeklerle eşit şekilde girmelerine izin verilmelidir." Dolayısıyla yasak "temel haklara aykırıydı".

Hindistan anayasası her vatandaş için özgürlük, eşitlik ve fırsat eşitliğini garanti altına almıştır. Hindistan'daki her yaştan kadın, bu haklardan erkeklerle eşit şekilde yararlanma şansına sahip olmalıdır. Bu nedenle, belirli bir ibadet yerinin kadınlar üzerindeki yasağı kaldırması gerektiğini savundu. Sözlü sunumu objektif, gerçeklere dayalı, hukuka dayalı, güçlü ve ilham vericiydi.

Akşam saatlerinde birçok yeni müvekkil vardı. Bunlardan biri de yirmili yaşlarının başında bir üniversitede hukuk öğrencisi olan Kamala'ydı. Bir üniversiteye bağlı olan kolejin yaklaşık bin öğrencisi vardı ve özel bir yönetim tarafından işletiliyordu. Üç yıllık, beş yıllık LLB, iki yıllık LLM ve yargı yönetimi alanında MBA programı vardı. Öğrenciler uzak yerlerden geliyordu ve üniversitenin şehirden arabayla iki saat uzaklıkta yarı ormanlık bir alanda bulunan geniş kampüsünde erkekler ve kadınlar için iki büyük ayrı pansiyonu vardı. Yönetim ofisi kampüsteydi. Yönetim kurulu başkanı, altmış beş yaşlarında, tanrısal bir kişiliğe sahip, bekâr bir adamdı. Beş yıl boyunca kabinede bakanlık yapmış, geniş bağlantılar geliştirmiş, servet ve sınırsız güç biriktirmişti. Bölge tahsildarı, polis müdürü, gelir memurları ve bazı yargıçlar gibi yerel bürokratlar onun ruhani müritleriydi. Yurt sakinleri, özellikle de kadınlar sık sık dedikodu yapıyor, seks avcısı olan başkan gizli bir yaşam sürüyor ve yurt da onun sarayı oluyordu. Onunla yatanlar özel lütuflar ve burslar alıyor, lüks bir yaşam sürüyor, ancak kurbanlar derin bir sessizlik içinde kalıyordu.

Kamala, yaşadığı üzücü deneyimi anlatmak için Amaya ile buluşmaya geldi. Alt-orta sınıf bir aileye mensup olan Kamala'nın babası bir çay tarlasında çalışıyordu; annesi artık hayatta değildi ve iki küçük kardeşi vardı. Kamala önceki üç ay boyunca gecelerini başkanla geçirmek zorunda kalmıştı. Her gece saat onda özel kadın maiyeti sessizce pansiyona giriyor ve Kamala'yı alıyordu. Başlangıçta Kamala inkar ediyordu; başkan ona fiziksel olarak saldırdı ve itaatkar olmasını sağladı. İki gün içinde Kamala onun isteklerini kabul etmek zorunda kaldı ancak seks yaparken acımasızdı. Kamala sık sık onunla doğal olmayan faaliyetlerde bulunmak zorunda kalıyordu ve kampüsten kaçma imkanı yoktu.

İki hafta sonra Kamala, maruz kaldığı seks köleliğini yakın bir arkadaşıyla tartıştı. Kamala'ya, kendisini zorlarken fotoğraf çekmenin yanı sıra, kıyafetlerine iliştirilmiş küçük kayıt araçlarını kullanarak başkanın konuşmalarını kaydetmesini önerdi. Kamala bluzunun düğmesine gizli bir kamera ve ses kayıt aletleri yerleştirdi. Amaya tam bir sessizlik içinde Kamala'yı dinledi. Toplumun önemli mevkilerinde bulunan bir kişinin işlediği suçlarla ilgiliydi. Bir seks yağmacısı kadınların onuruna asla saygı duymazdı ve şiddete başvurup kurbanını öldürebilirdi. Suçlarını gizlemek için aynı anda hem yeri hem de göğü yerinden oynatabilirdi. Siyasi elitler, dini liderler ve bürokratlar bu tür yağmacıların yanında yer alırdı. Bu konudaki bilgisi son yirmi yıldır baktığı çeşitli davalardan geliyordu.

Kamala birçok gece konuşmaları kaydetmiş ve başkanın odasında fotoğraflar çekmişti. Amaya, kaydedilen konuşmayı dinlemek ve resimleri görerek yasanın incelemesine karşı durup duramayacaklarını doğrulamak istediğini söyledi.

Final sınavı yapıldığı için Kamala üniversiteye dönmeyecekti. Amaya gençlerden derhal bir dava dosyası hazırlamalarını istedi ve Kamala'ya profesyonel yardım sözü verdi.

Amaya'yı karşılamak için iki rahibe oradaydı; içlerinden biri başrahibeydi. Amaya'ya kendilerini tanıttılar ve bir iç köyde bulunan manastırlarında dört rahibe olduğunu söylediler. Bunlardan ikisi piskoposluk tarafından yönetilen bir okulda öğretmendi ve devletten maaş yardımı alıyorlardı. Diğer ikisi ise aynı köyde kendilerine ait bir klinikte çalışıyordu. Dini cemaatlerinin toplam kırk altı rahibe üyesi vardı ve hepsi de kırsal alanlarda ve gecekondu mahallelerinde çalışıyordu. Cemaatin rahibi okulun yerel yöneticisi ve başkanı olarak görev yapıyordu. Rahip, rahibelerden birini sürekli olarak cinsel iyilik için taciz ettiği için rahibeler ciddi bir sorunla karşı karşıya kalmıştır. Bir keresinde rahibe ofisine gittiğinde ona cinsel saldırıda bulunmuştur. Bu tacizler dayanılmaz bir hal almış ve rahibeler durumu birkaç kez yazılı olarak piskoposa bildirmişlerdir. Ancak piskopostan herhangi bir yanıt gelmedi ve sessizliği alaycıydı. Bekar rahiplerin cinsel kaçamaklarını ya da cinsel yırtıcı davranışlarını dolaylı olarak destekliyor, rahibelerin papazın arzularını yerine getirmesinin doğal olduğunu ima ediyor gibiydi.

Rahibeler piskoposa karşı isyan etmekten korkuyorlardı çünkü piskopos onların ruhani ve geçici başıydı. Maddi açıdan piskoposa bağımlı olan rahibeler, kliniklerinde ve günlük yaşamlarında piskoposun nihai söz sahibi olması nedeniyle yardıma muhtaç durumdaydı. Başka bir geçim kaynağından yoksun olan rahibeler cemaatten ayrılamazdı. Bekaret, itaat ve yoksulluk dolu bir yaşamı kabul ederek aile hayatlarından vazgeçen rahibeler, onurlu bir yaşam sürme seçeneklerinden yoksun yetimler haline gelmişlerdi. Başrahibe bu ikilemi açıklarken oldukça duygusaldı. Rahibelerin suçlu din adamlarının kurbanı olmalarının ilk kez olmadığını söyledi. Amaya'dan kilise rahibine gizli bir uyarı notu göndererek kendilerine yardım etmesini rica ettiler. Kısa bir süre düşündükten sonra, rahibe yazılı bir mesaj iletmeyi kabul etti.

E-postalarını gözden geçirirken Amaya annesinden gelen bir mesaj buldu. Uzun mektuplar yazmayı sevdiği için Rose'dan haftada en az bir kez düzenli olarak e-posta alıyordu. Rose seksenli yaşlarında olmasına rağmen gözleri hâlâ mükemmel görüyordu. Amaya onun mesajlarını okumayı çok severdi çünkü her bir kelimede ifade edilen redamancy taşardı. Rose sık sık şiirlerden ve anekdotlardan alıntılar yapıyor ve farklı şehirlerde tasarladığı binaların resimlerini gönderiyordu. Arada bir de Kottayam'da geçirdiği çocukluğunu yazıyordu.

Annesinin aksine babası Mol'ünü telefonla aramayı tercih ediyordu ve Amaya onun tarifsiz hikayelerini dinlemekten büyük keyif alıyordu.

Shankar Menon The Word'den emekli oldu, Kerala'ya döndü, Rose'a katıldı ve etrafında bol miktarda bitki ve hayvan türüyle bereketli bir yeşillik yaratan zengin bir çağlayanı olan köy evlerine yerleşti.

Saat sekiz buçuk civarıydı ve Amaya o günkü çalışmasından dolayı kendini mutlu hissediyordu. Birden telefonu çaldı. Arayan Poornima'ydı.

Kızının Babası

Poornima travmatik bir ruhsal acı yaşıyordu. Bu durum annesinin üç yıl önceki ölümüyle başlamış ve babasının geçirdiği trafik kazasıyla daha da şiddetlenmiş olabilir. Babasının aylarca süren bilinçsiz hali onun huzurunu ve refahını sürekli olarak etkilemişti. Ancak acısı bunun da ötesindeydi, çünkü annesi, babası ve kendisiyle ilgili garip bir sorunun farkına varmıştı. Bunun tam olarak ne olduğunu bilmek istiyordu. Annesi Kaliforniya'da doktora araştırması yaparken kocasıyla birlikte kalmıştı. Uzun yıllar süren birlikteliğinden sonra bile gebe kalamadığını fark ettiğinde depresyona girmişti. Psikiyatristin uyarısı Dr. Acharya'yı korkuttu. Ne pahasına olursa olsun bir trajediden kaçınmak istedi. Bu yüzden karısını Marsilya ve Barselona'ya götürdü ve orada iki yıl geçirdi. Barselona'da kızları Poornima dünyaya geldi. Ancak Poornima babasının bir iki saniyeliğine yarı baygın hale geldiğinde neden Amaya'nın adını tekrarladığını anlayamıyordu. Bu onun için bir gizemdi, bir bağlantı arıyordu. Bu bağlantının babasının hayatını kurtarabileceğine inanıyordu.

"Merhaba hanımefendi, iyi akşamlar. Ben Poornima." Amaya telefonu alır almaz, o net ve belirgin ses duyuldu.

"Merhaba, Poornima," diye onayladı Amaya.

"Hanımefendi, sizi bir kez daha rahatsız ettiğim için özür dilerim. Kafam çok karışık; sizinle konuşmam gerekiyor. Babamın hayatını kurtarmak için bazı gerçekleri bilmek istiyorum," diye ekledi Poornima.

Amaya'da sezgisel bir sessizlik oldu.

"Hanımefendi, ben de babamı annem kadar çok seviyorum. Onsuz bir hayat düşünemiyorum. Annemin ölümü onu çok etkiledi ve hâlâ acı çekiyor. Onu tam bilincine geri getirebileceğinize inanıyorum. Muhtemelen seni arıyordur, seninle görüşmek istiyordur," dedi Poornima.

Amaya onu sessizce dinledi.

"Bak, Poornima, babanı tanımıyorum. Onunla hiç karşılaşmadım. Bilincini yeniden kazanması için ona yardım edebileceğimi sanmıyorum.

Ama çektiğin acılar için üzülüyorum. Psişik acı, trajedinin en kötü şeklidir." Amaya sakindi ve sözleri ölçülüydü.

"Size birkaç kişisel soru sorduğum için beni bağışlayın. Lütfen." Karşı taraftan yalvaran bir ses geldi.

"Evet, devam edin."

"Hanımefendi, İspanya'da mıydınız?"

"Bu soruyu neden soruyorsunuz? Babanızın bilinçsiz durumuyla ne ilgisi var?" Bir süre durakladıktan sonra Amaya sordu.

"Babam her gün senin adını tekrarlarken, Amaya kelimesinin anlamını merak ediyordum. Anlamını öğrenmek için her yeri araştırdım. Birisi bana Amaya'nın İspanyolca bir isim olduğunu söyledi. Sonra Google'da arattım; Baskça olduğunu, İspanya'yı fethettiklerinde Araplar tarafından ödünç alındığını fark ettim. Bu açıklama bile gizemi çözmeye yetmedi. Babamla ilgili üniversite günlerinden kalma tüm belgeleri baştan sona gözden geçirdim. Hiçbir yerde Amaya'dan bahsedilmiyordu. Ama yarı bilinçli olduğu zamanlarda 'Amaya' dediğini duyabiliyordum. Deşifre etmek zordu ama bunun senin adın olduğunu hissettim. Birden aklıma geldi; Amaya'nın benimle bir ilgisi var; onu aramam, bulmam gerekiyordu." Poornima bir kez daha, sanki her hecesi anlam doluymuş gibi kelime kelime konuştu.

"İspanya'nın her yerinde yaygın bir isim olabilir. Avrupa'nın başka yerlerinde de bu isim popüler hale geldi. Hindistan'da bile bazıları bu isme sahip olabilir. Yani babanızın aradığı kişinin ben olduğuma dair hiçbir mantıksal bağlantı yok," diye açıkladı Amaya.

"Mantıklı bir çıkarım yapamıyorum. Ama lütfen kişisel bir soru sorduğum için beni bağışlayın. Barselona'da mı doğdunuz?" Poornima bir kez daha özür diledi.

"Evet, Barselona'da doğdum," diye yanıtladı Amaya.

"Tanrıya şükür. Artık sorunu çözebilirim. Babamın ABD'deki yıllarına kadar olan belgelerinde Amaya ile ilgili hiçbir ipucu bulamayınca, annemle babamın Marsilya ve Barselona'da geçirdikleri iki yılı titizlikle araştırdım. Defterlerinden birinde bir kağıt parçası gördüm; orada yazıyordu: "Amaya. Hanımefendi, o küçücük kâğıt parçasını görünce rahatladım. Çok değerliydi, ilaç şirketimizden çok daha değerliydi." Poornima'nın sözleri güvenle yankılandı.

"Ama bu benim ailenizle olan ilişkimi kanıtlamaz," diye kesin konuştu Amaya.

"Evet, bu kanıtlamaz. Daha fazla kanıt aramama izin verin. Yarın sekiz buçukta seni arayabilir miyim?" Poornima yalvardı.

"Evet, Poornima, eğer acını azaltabilirsem." Cevap açık sözlüydü.

"Hanımefendi, sizinle konuşmaktan zevk aldım. Diğer tarafta olduğunuzu hissettiğimde, sizi sonsuza dek tanıdığımı hissediyorum. İyi geceler, Hanımefendi."

"İyi geceler, Poornima. Kendine iyi bak."

Ertesi gün, ofiste o gün için listelenen vakaların ayrıntılarını gözden geçirirken, birden Poornima düşünceli bir şekilde belirdi. Bir dedektif gibi araştırmaya devam etti, doğrulanabilir gerçekleri sunmaya hazırdı. Poornima konuştuğu her kelimenin gerçekliğini test eder; başkalarına empati ve saygı gösterirdi. Anında yeterli sosyalleşme sürecinden geçmiş ve diğer insanların gerekli gördüğü değerleri içselleştirmiş olabilir. Poornima, konuştuğu kişinin ebeveynleriyle anlaşılmaz bir ilişkisi olabileceğinden şüpheleniyordu; bu ilişki onlar için çok değerliydi. Poornima'nın her kelimesi bu minnettarlık gizemiyle doluydu ve her türlü yanılsamayı yıkmayı umuyordu.

Ailesi, annesinin zihnine huzur getirmek için iki yıl boyunca Marsilya ve Barselona'da kaldı. Annesi Marsilya'da, Barselona'da ya da her ikisinde de tıbbi yardım almış olabilir. Bu, gebe kalamamanın yarattığı ruhsal travmanın üstesinden gelmek için psikolojik ve fiziksel yardım ya da gebe kalmak için tıbbi çareler olabilir. Poornima'nın iddia ettiği gibi, ailesinin Marsilya ve Barselona'da kalışı başarılı olmuş; mutlu sonla bitmiştir. Poornima, Barselona'da kaldıkları ikinci yılın sonunda dünyaya geldi. Ancak orada geçirdikleri günler kızları için bir gizem de yarattı. Babası bir araba kazası geçirdiğinden beri bu sırrı çözmeye çalışıyordu. Bilinci yerinde değildi ve ne zaman birkaç saniyeliğine yarı bilinçli hale gelse Amaya ismini sayıklıyordu. Babasının bilinçaltında onun görüntüsü vardı ve hayatının her anında onu hatırlıyordu. Babasının bilincini yeniden kazanmasına yardım edebilecek kişi Amaya'ydı. Poornima Amaya'yı aradı, onun hafızasının derinliklerinde yer etmiş bir arkadaşı olduğunu düşünüyordu. Onu babasının karşısına çıkarmak, onunla geçirdiği güzel günleri anımsamasına yardımcı olarak babasını iyileştirebilirdi. Poornima, Amaya'nın babasının tüm farkındalığını yeniden kazanmasına yardımcı olacak güce, büyüye ve yakınlığa sahip olduğuna inanıyordu. Kendisini kıskıvrak yakalayan dehşeti paramparça eden yalın gerçeği keşfetmek, tuhaf saatlerde bile tanımadığı insanları arama saplantısını ortadan kaldırmak ve zihnini yatıştırmak için huzurla bütünleşmek istiyordu. Çağrısında, o çehreyi ortaya çıkarmak için duyduğu amansız arzu da gizliydi.

Amaya sandalyesinde geriye doğru yaslandı. Poornima, Dr. Acharya ve karısı vardı. Poornima'nın annesi artık hayatta olmasa da zihnindeki resim netti. Dr. Acharya'nın bilinci yerinde değildi ve ihtiyaçlarını dile getiremiyordu. Bir dahaki sefere Poornima'ya babasının ilk adını soracaktı. "Neden bu kadar merak ediyorsun? Neden ilk adını öğrenmek istiyorsun?" Onun niyetini sorguladı. Yine de Poornima'nın zihinsel sıkıntılarının üstesinden gelmesine yardımcı olmak için onun hakkında daha fazla şey öğrenmek istiyordu. Amaya, Dr. Acharya'nın yerine Karan'ı koymaya çalıştı. Karan'la ilgili canlı hatıralar vardı. Yirmili yaşlarının sonlarında, yapılı bir adamdı; onunla ilk kez üniversitenin kafeteryasında tanışmıştı. Görünüşe göre birini arıyordu.

Barselona ışıl ışıldı. Amaya, Karan'la tanışmadan bir hafta önce Barselona'daki üniversite kampüsüne gelmişti. İspanya'daki insan hakları ihlalleri üzerine metodik bir şekilde medya haberciliği yapmak için kendini donattı. Elindeki bir burs onun çabalarını aydınlattı. Gazetecilik ve insan haklarıyla gerçekten ilgileniyordu ve nicel veriler toplayarak belirli bir olguyu incelemeye karar verdi. Çalışma, insan haklarının gazete makalelerine, başyazılara ve TV haber kanallarına nasıl yansıdığı ve sadece ezilen insanların kendi kaderlerini tayin etmeleri üzerineydi.

İnsan hakları yüce ideallerdi, ancak bireysel, toplumsal, ekonomik ve siyasi tercihlerle yüklü gazetecilik, elitist baskılar nedeniyle insanların dikkatini sıklıkla başka yöne çekiyordu. İnsan hakları ihlali vakaları, iktidar ve siyasetin ayrıcalıklı bölgelerinde yaşayan birilerinin dolaylı yararı için medyada yer aldı. Yelpazenin diğer ucundaki ayrıştırılmış mazlumlar, elitler kitlelerin bastırılmasındaki rollerini şiddetle inkar etseler de kurban haline geldiler. Nefret, insan hakları ihlallerinin patlak vermesinde alçakça alt tonlarla somutlaştı ve kopukluk korkunç bir boyutla giderek genişledi. Birçok insanı etkileyen ihlaller, adı açıklanmayan kişilerin çıkarlarını korumak için haber değeri kazandı. Bazı durumlarda, insan hakları ihlalleri bilinmeyen güçler tarafından gizlendi ve bastırıldı. Tek tük insan hakları ihlalleri, belirli durumlarda tüm ulusun sorunu haline gelebiliyordu. Amaya onları bir yıl boyunca analiz etmek ve ardından avukatlık yapmak için Hindistan'a dönmek istiyordu.

Barselona yaşamak için muhteşem bir yerdi; Amaya orada doğduğu ve çocukluğunu Madrid'de geçirdiği için şehri tanıyordu. Barselona'daki bazı üniversiteler Avrupa'da en üst sıralarda yer alıyordu. Katalanca, Euskera ve İspanyolca bildiği için üniversiteye burs başvurusu yapmak Amaya'ya yardımcı oldu ve üniversite karar vermeyi kolaylaştırdı. Gazetecilik Okulu'ndaki mülakat kurulu Amaya'yı kabul etmekten duyduğu mutluluğu dile getirdi. Kadın ve erkek öğrencilerin gece gündüz kaynaştığı yurtta iyi döşenmiş bir oda tuttu. Kampüs yaşamı heyecan vericiydi çünkü öğrenme ve titiz araştırma ortamı vardı. Mimari muhteşemdi ve Amaya annesiyle birlikte kampüse yaptığı ziyaretleri hatırlıyordu. Rose gotik tarzı seviyordu, onları yeni teknolojilerle yeniden keşfediyor ve Kerala'daki geleneksel sade binalarla kaynaştırıyordu.

Akdeniz yemeklerinin, temiz havanın ve parlak güneşin büyüsü vardı. Kampüsteki sanat galerileri her gün öğrenciler, öğretim üyeleri ve turistler de dahil olmak üzere yüzlerce ziyaretçi ağırlıyordu. Gece hayatı müzik, dans, filmler, tek perdelik oyunlar, kültürel sergiler, münazaralar, toplantılar ve yarışmalarla canlı ve renkliydi. Ancak hiç kimse bir başkasının özel hayatına burnunu sokmazdı. Mutlak özgürlük, eşitlik ve fırsat eşitliği vardı. Yaklaşık beş yüz elli yıllık üniversite, neredeyse tüm Avrupa ülkelerinden gelen öğrencilerle birçok ders veriyordu.

Hindistan'dan bir düzine öğrenci vardı ve Amaya Gazetecilik Okulu'ndaki tek öğrenciydi. Üniversitede okuma arzusu, yıllar önce annesiyle birlikte üniversiteyi ilk ziyaret ettiğinde filizlenmişti. Kampüs şehrin içinde, Placa Catalunya'nın yakınında yer alıyordu ve yaklaşık yetmiş lisans ve üç yüz elliden fazla yüksek lisans programı vardı. Gazetecilik Okulu, uluslararası alanda tanınan araştırmalar yapmak için tüm modern teknolojilere ve olanaklara sahipti. Amaya, kütüphanesini binlerce kitap, dergi, süreli yayın ve gazete ile iyi bir şekilde donatılmış buldu. Dijital kütüphane olağanüstü idi. Amaya kütüphanede hatırı sayılır bir zaman geçirdi.

Daha sonra Amaya, her şeyden çok güvendiği ve sevdiği Karan'la birlikte İspanya'nın farklı şehirlerindeki televizyon kanallarını, gazete bürolarını ve diğer iletişim kurumlarını ziyaret etmeye başladı. Ve sonraki yirmi dört yıl boyunca Amaya kızını ve babası Karan'ı aradı. Bu, Barselona'daki bir hastanenin doğum servisinde başlayan sonsuz bir kovalamacaydı. Hastane kayıtlarında, yeni doğan bebeğin babası Karan'ın bebeği on sekizinci günde kendi evlerine taşıdığı yazıyordu. Lotus adını verdikleri bu ev, Amaya ve Karan'ın birlikte bir yıl geçirdikleri sevgi ve mutluluk dolu bir yerdi. Karna ile birlikte hastaneye gidişini çok canlı bir şekilde hatırlıyordu.

Ve Karan'ın bebeği eve götürmesi de hastanenin izniyle olmuştu. Amaya doğum sırasında komada olsa da bebek sağlıklı ve dinçti. Yeni doğan bebek zorunlu tıbbi kontrollerden geçtiği ve gerekli tüm aşıları yapıldığı için, anne komadayken bebeğin doğumhanede tutulmasına gerek yoktu. Hastane Karan'ın bebeği eve götürmesine izin verdi ve anne yirmi iki gün boyunca komada kaldı. Ancak komadan çıktığında kızının yüzünü asla göremedi. Arabayla mahkemeye doğru giderken Amaya çektiği acıyı hatırladı.

O gün Amaya ve Sunanda, yetmişli yaşlarının başında olan Parvati adında bir kadını temsil ediyordu. Sekiz yıllık evliliğin ardından, yirmi altı yaşındayken, kocasını muson yağmurları sırasında köylerinde meydana gelen bir toprak kaymasında kaybetmişti. Tek çocuğuna bakmak için evlenmemiş ve yeterli parayı toplamakta zorlansa da onu okula ve üniversiteye göndermiş. Yıllar sonra, üç yatak odalı ve banyolu bir ev inşa etti. Oğlu yakınlardaki bir kasabada bir bankada iyi maaşlı bir iş buldu ve iş arkadaşıyla evlendi. Parvati sonraki yirmi beş yıl boyunca iki oğluna baktı, evi temizledi, yemek pişirdi ve herkesin kıyafetlerini yıkadı. O zamana kadar torunları iş bulmuş ve başka şehirlere göç etmişler. Parvati altmış sekiz yaşındayken, oğlu ve gelini Varanasi, Vrindavan ve kuzey Hindistan'daki diğer birçok kutsal yere hac ziyaretine gittiler. Parvati'yi de yanlarında götürdüler çünkü hacca gitmek onun hayaliydi.

İki ay sonra oğlu ve gelini döndüğünde Parvati yanlarında değildi. Akrabalarına, arkadaşlarına ve komşularına annelerinin Varanasi'yi ziyaret ederken kutsal Ganga nehrinin kıyısında yığılıp kaldığını ve öldüğünü bildirdiler. Dini geleneklere göre, cesedini ve küllerini yaktılar ve kutsal nehre daldırdılar. Parvati'nin oğlu, bir rahip ve ölü yakma yeri yetkilileri tarafından usulüne uygun olarak imzalanmış ölüm belgesini, evin kendi adına devredilmesi için belediyeye sundu. Bir hafta içinde, merhum annesinin anısına dini bir tören düzenledi ve ardından geleneklere uygun olarak yemek verdi.

Üç yıl sonra bir akşam, Parvati'nin oğlunun kaldığı köyde yaşlı bir kadın belirdi. Yorgun olmasına rağmen köylüler onu kirli kıyafetlerinden tanıyabilmişler. O Parvati'ydi. Mathura'daki Vrindavan'dayken, oğlu ve gelini Parvati'yi kalabalığın içinde bırakıp ortadan kayboldular. Parvati günlerce onları aradı. Nereye gideceğini ya da oğlunu nasıl bulacağını bilmiyordu. Hintçe bilmediği için kimseyle iletişim kuramıyordu. Ama oğlunun bir gün gelip onu sefaletten kurtaracağına inanıyordu. Aç ve yorgun olan Parvati, dul kadınlar için tapınak tarafından işletilen bir eve gitti. Orada çocukları tarafından terk edilmiş binlerce dul kadın vardı. Parvati orada iki yıl kaldı, bir gün barınaktan kaçtı ve bir trene bindi. Bir yıl boyunca pek çok yere seyahat etti. Vijayawada tren istasyonundayken Parvati Kerala'ya giden bir hemşireyle tanıştı. Hemşireye Kerala'ya gitmek istediğini ama hiç parası olmadığını söyledi. Hemşire onun tren biletlerini aldı, yiyecek satın aldı ve Kerala'ya gitti. Parvati'ye köyüne giden bir otobüse binmesi için yardım etti. Parvati'nin anlatacak yürek parçalayıcı bir hikayesi vardı. Bu, oğlu tarafından aldatılma ve terk edilme hikayesiydi. Amaya, Parvati'nin oğlu ve gelinine karşı açtığı davayı üstlendi ve karar duruşmasının yapılacağı gün geldi.

Amaya'nın baktığı bir başka dava da on dört yaşındaki bir çocukla ilgiliydi. Elli yedi yaşında bir adam olan medrese hocası onu hamile bırakmıştı. Kurbana iki yıl boyunca tecavüz etmiş, yaptığı şeyin onu daha zeki yapan bir tedavi olduğunu ve Arapça'yı kolayca öğrenmesine yardımcı olacağını söylemişti. İlk tartışmalardan sonra mahkeme son duruşma için bir gün daha belirledi.

Takip eden iki gün, Cumartesi ve Pazar, mahkeme için tatildi ve Amaya'nın gençleri ve ofis personeli Cuma akşamından Pazartesi sabahına kadar boştu. Amaya hafta boyunca gelen dergi ve süreli yayınları gözden geçirdi. Cumartesi günleri kişisel işlerini tamamlıyor, evi temizliyor, piyano çalıyor, roman okuyor, e-posta yazıyor ve film izliyordu.

Tüm kitaplarını okuduğu Harry Potter filmlerinden büyük keyif alıyordu. Amaya, Açlık Oyunları'ndaki Jennifer Lawrence'ı özellikle seviyordu. Amaya arada bir Twelve Years a Slave'in bazı bölümlerini izliyor; Queen of Katwe'de Madina Nalwanga'ya hayranlık duyuyordu. Sembolikti ve her küçük kızın uygun bir şekilde büyüklüğe ulaşabileceğine inanıyordu. Amaya, Reese Witherspoon'un Wild filmindeki performansını mükemmel bulmuştu. Amaya yerel gazetede Suffragette hakkında bir eleştiri yazmıştı ve Carey Mulligan, Meryl Streep, Ann Marie Duff ve Helena Bonham Carter onun ideal oyuncuları olarak kaldı.

Kadın merkezli Malayalam filmleri izlemek onun tutkusuydu. Bir filmde başrol kadın oyuncuya verildiğinde o filmin büyük bir çekiciliğe sahip olduğunu biliyordu. Malayalam'da kadınların aşk, incinme, endişe, acı, ıstırap, korku ve beklentiler gibi duyguları hassas bir şekilde ele alışı benzersizdi. Amaya, Parvathy Thiruvothu ve Manju Warrier'i Meryl Streep ya da Angelina Jolie ile aynı seviyede, dünya çapında oyuncular olarak görüyordu. Uyare'deki Parvathy ve Lucifer'deki Manju Warrier onun en iyi seçimleriydi. Amaya, Perumazha'daki Kavya Madhavan'ı beğendi ve Kavya'nın olağanüstü oyunculuk yeteneklerini ifade etmek için yeterince fırsat bulamadığını düşündü. Amaya geçmiş yılların oyuncuları arasında Chemmeen'de Sheela'yı, Iruttinte Athmavu'da Sharada'yı ve Nakhakshathangal'da Monisha'yı tercih etti. Eski Bollywood filmlerini çok severdi; en sevdiği oyuncular Smita Patil ve Shabana Azmi'ydi.

Amaya ofisinde yalnızdı. Akşam sakindi; pencereden, uzun ağaçların yeşillik yüklü dallarının siluetinde sokak ışıklarını görebiliyordu. Birden aklına Madrid'de Hindistan Büyükelçiliği kompleksi içindeki çocukluk evi ve banliyödeki okulu geldi. Okul yerleşkesinde çok sayıda ağaç vardı. Rahibeler, öğrenciler için daha iyi bir öğrenme ortamı yaratacağına inandıkları bol miktarda bitki örtüsüne sahip olmak konusunda çok titizdi. Amaya en çok fen bilgisi öğretmeni Alisa adındaki rahibeyi severdi. Alisa'nın bilimi tartışmak konusunda doğal bir yeteneği vardı ve her kavramı uygun örneklerle sistematik bir şekilde açıklardı. Böylece öğrencileri düşünmeye ve kendi çıkarımlarını geliştirmeye teşvik ederek onları bağımsız hale getiriyordu. Alisa'nın öğretimi bilgi, beceri ve tutum oluşturma açısından bütünseldi, çünkü asla bilgi toplama yeri değildi.

Alisa, Barselona'daki Basilica de la Sagrada Familia'da doğduktan sonra Amaya'yı hemen yanına alan küçük kız kardeşti. Amaya'nın hikayeyi anlatışını dinleyen Alisa sevinçle güldü ve Amaya'ya sarıldı. Bu yakın ve sağlıklı bir ilişkinin başlangıcıydı ve rahibe Amaya'ya özerk düşünmeyi, kendi kararlarını almayı, durumları objektif bir şekilde değerlendirmeyi ve olayları ve fikirleri yorumlamayı öğretti. Ancak Amaya hayatındaki en önemli kişiyi değerlendiremediği için sadece bir kez başarısız oldu. Ancak hemen herkesten farklı, atılgan, cesur ve dinamik olduğu için bunu belirlemek kolay değildi. Amaya ona son derece güveniyor ve insanlara olan köklü inancının aksine bir şey beklemiyordu. Yunan tanrısı Pistis gibi, güvenin, dürüstlüğün ve itimadın timsali olarak hayatına girmişti.

Bir akşam Gazetecilik Okulu'nun kafeteryasında Amaya kahvesini keyifle yudumluyordu. Sonra onu gördü, uzun boylu, kulak memesine kadar uzanan koyu renk saçları olan çekici bir genç adamdı. Sanki birini arıyormuş gibi bakıyordu.

"Merhaba," dedi Amaya'ya bakarak.

Amaya ona bakarak, "Merhaba," diye cevap verdi. Görünüşü çok çarpıcıydı.

"Oturabilir miyim?" diye sordu Amaya'nın yanındaki sehpanın üzerindeki boş sandalyeyi işaret ederek.

"Elbette, lütfen," dedi Amaya.

"Ben Karan," sandalyeye sıkıca oturduktan sonra sağ elini uzatarak kendini tanıttı.

"Tanıştığımıza memnun oldum Karan; ben Amaya," diyerek elini sıktı.

"Çok güzel bir isim. Tanıştığımıza memnun oldum Amaya," dedi gülümseyerek. Gülümserken onun yüzüne bakmak çok hoştu. Ağırbaşlı ve çekici bir görünümü vardı, diye düşündü.

"Teşekkür ederim Karan; Baskça. Ama İspanyollar sahip çıkıyor, Araplar da öyle," dedi Amaya.

"Çok güzel görünüyorsun, İspanya'da gördüğüm herkesten daha çekici. Nereden geliyorsun?" Onu överken bir yandan da sordu.

"Ben Kerala'danım," dedi Amaya.

Ben de Hindistanlıyım ama buraya yerleştim, iş yapıyorum," diye açıkladı Karan.

Amaya, "Gazetecilik Okulu'nda insan hakları üzerine araştırma yapıyorum," diye ekledi.

"Oh, bu harika. Hem entelektüelsin hem de sosyal aktivist," diye açıklama yaptı Karan.

İngilizcesinde Amerikan aksanı vardı. Sonra birlikte kahve içtiler.

"Ben çok kahve içerim. Ortak bir noktamız var. Buradan başlayalım," dedi Karan.

Amaya Karan'a baktı. Yüzü yontulmuş bir heykel gibiydi, olağanüstü bir şeydi; manyetik gözlerinde nadir bulunan bir ışık vardı.

"Her gün birlikte kahve içelim," diye önerdi Karan.

Amaya sanki bir davet bekliyormuş gibi, "Elbette," dedi. Onunla tekrar buluşmak için bir dürtü duyuyordu.

"Amaya, yarın bu saatlerde döneceğim; seninle tanışmayı çok isterim," dedi Karan.

"Burada olacağım," diye söz verdi Amaya.

Ayağa kalktı ve uzaklaştı. Arkasından bakıldığında zarif görünüyordu; koyu renk dalgalı saçlarında kışkırtıcı titreşimler vardı. Ama Amaya onunla tekrar buluşmak için neden söz verdiğini hiç bilmiyordu ve nedenini de anlayamıyordu. Bir anda olmuş olabilirdi. Aklının verdiği bir karardı bu, zekâsının değil. Bunun bir amacı olmadığını ya da bilinçdışı bazı güdüleri olduğunu düşünüyordu. Okulda ve üniversitedeyken bu dürtüleri bastırmış olabilir. Hukuk fakültesinde hukukla ve hukuki tartışmalarla meşguldü. Münazara mahkemesinde Surya Rao çoğunlukla onun partneriydi. Çevresinde erkek öğrenciler vardı ama onlarla kişisel görüşmeler yapmak herkes için doğal olsa da garip bir fikirdi. Popülerliği nedeniyle bu tür dürtülerini bastırmış olabilirdi. Amaya birdenbire yeni bir ortama girmişti; Karan'ın varlığı cezbediciydi, karşısına çıktığında görünüşü görkemliydi. Ondan hoşlanıyordu; büyüleyici olduğu için onunla uzun sohbetler etmek istiyordu.

Kampüsteki gece hayatı bir erkek arkadaş için özlem yaratmış olabileceğinden, Amaya tüm akşam boyunca Karan'ı aklında taşıdı. Daha parlak ışıklar, daha yüksek sesli müzik ve daha yakın bir samimiyet kadar çekiciydi. Umut onu sarmıştı ve bir erkekle tanışma özlemi vardı ve Karan onun için o dosttu. Yine de Amaya, bir erkek arkadaşın yokluğunu doldurabileceğini düşündüğü için ertesi gün ortaya çıkıp çıkmayacağından endişeleniyordu. Duyguları sağlam bir adama karşı duyduğu çekimin ürünüydü ama bu tek başına gerçek bir aşka dönüşemezdi, çünkü karasevda dünyasında kalmak istemiyordu. Ama onu düşünmek keyifli bir deneyimdi. Arzulanabilirliğin ötesine geçmek istese de, fiziksel yakınlığı, inkar edemeyeceği bir cinsel ilgi kıvılcımını özlüyordu. Amaya uzun süre Karan'ı düşündü; ona sarılmaktan ve onunla sevişmekten zevk aldı. Gün boyunca, bir kolokyumdayken onu unutmaya çalıştı, ancak ara sıra aklına geldiği için bu zor bir görevdi.

Akşam oldu ve Amaya onu kafeteryada bekledi. Hızla göründü, genişçe gülümsüyordu. Elinde bir demet gül vardı.

"Merhaba Amaya," diye ona uzaktan selam verdi.

"Merhaba Karan," diye karşılık verdi ve gözleri parlayarak beklentiyle ayağa kalktı.

"Seninle tanıştığıma sevindim Amaya. Seni tekrar görmek gerçekten harika." Coşkuluydu. Sonra bir demet gülü nazikçe Amaya'nın eline tutuşturdu.

"Bu güzel güller için teşekkür ederim Karan. Taptaze ve çok güzeller," dedi.

"Sen bu güllerden çok daha güzelsin. Bu yüzden seni görmeye, seninle konuşmaya, bu güzel bayanla saatlerce birlikte olmaya geldim." Amaya onun sözlerinin büyüleyici olduğunu düşündü.

Birlikte kahve içtiler ve sonra dışarı çıktılar. Amaya onun varlığını canlandırıcı buluyor ve onun yanında yürümekten zevk alıyordu. Patika labirentleri davetkâr görünüyordu ve birlikte kilometrelerce yürüdüler, hikâyeler, olaylar, kavramlar ve fikirler paylaştılar. Ayrılmadan önce, saat on bir civarında, onun avucunu tuttu ve öptü.

"Seni seviyorum Amaya, yarın görüşürüz," dedi.

"Seni seviyorum Karan," dedi ama sözlerine şaşırmıştı. Kalbine onu sevip sevmediğini sordu ve kalbi olumlu yanıt verdi. Onun ata binişini izledi; yüreğini ısıtan bir duyguydu bu. Okul girişindeki Umut Heykeli'nin arkasında gözden kaybolana kadar orada durup baktı.

Amaya'nın Karan hakkındaki ilk izlenimi onun esrarengiz kişiliğiydi. Başlangıçta bir şaşkınlıktı bu, baştan çıkarma, zihni baştan çıkarma, bedenin çok da açık olmayan cazibesiyle kalbi ikna etme konusunda bir tuzağa düşme hissiydi. Onunla tanıştıktan sonraki ikinci gün, fiziksel çekicilikten çok mizacını araştırdı, tepkilerini, tavırlarını, dürüstlüğünü, nezaketini, duygularını ve zekasını vurguladı. Onu değerlendirdi ve saygılı, ayakları yere basan, cesaretlendirici ve yargılayıcı olmayan biri olduğunu teyit etti. Uyumadan önce kalbine yanlış bir karar verip vermediğini sordu ve kalbi ona arzularının peşinden gitmesini söyledi.

Ertesi gün Karan Amaya'yı aradı ve onu sahilde bir restoranda birlikte akşam yemeği yemeye davet etti. Amaya onunla gitmekten mutluluk duyacağını söyledi. Karan saat beş buçuk civarında geldi ve Amaya'ya ata binerken rahat olup olmadığını sordu. Sözleri nazikti ve Amaya onayladığını mırıldandı. Amaya için Karan'la gitmek çok güzel bir duyguydu. Şehir baştan çıkarıcı ve muhteşem görünüyordu. Barselona'da yaz mevsimi zirvedeydi ve insanlar akşamları aileleri ve arkadaşlarıyla eğleniyordu. Her sokakta müzikli ve danslı kutlamalar vardı. Restoranlar ve kafeteryalar dolup taşıyordu.

Yirmi dakika içinde sahildeydiler. Barselona bir plaj severler cennetiydi; Amaya ailesiyle birlikte şehri birçok kez ziyaret ettiğinde bunu biliyordu. Davulcular, kemancılar, sihirbazlar, şarkı söyleyen satıcılar ve kum sanatçıları vardı. Karan BMW GS'sini bir restoranın önüne park etti ve Amaya'nın inmesine nazikçe yardım etti. Restoranın zarif oturma düzenleri vardı ve önceden ayırttığı iki kişilik köşe masasına oturdular.

"Amaya, ben dünyanın en mutlu adamıyım. Artık sana sahibim. Geçen yıl boyunca yoğun bir şekilde bir eş arıyordum ve bu güzel bayanla tanıştığımda arayışım sona erdi," diye konuşmaya başladı Karan.

"Seninle tanıştığım için ben de aynı derecede mutluyum, Karan. Sana aşık olduğumu bilmeden kalbimi fethettin," diye ekledi Amaya.

"Teşekkür ederim Amaya; harikulade, zeki, eğitimli ve çekicisin. Gençsin, coşkulusun, neşelisin ve davetkârsın." Karan büyüleyici bir gülümsemeyle şöyle dedi.

"Yirmi üç yaşındayım," dedi Amaya. Ama ona kaç yaşında olduğunu neden söylediğini bilmiyordu. Kalbinde onu iğneleyen bir pişmanlık vardı.

"Yirmi dokuz yaşındayım ama güzel bir kadınla bu tesadüfi karşılaşma için uzun süre beklemenin olumlu sonuçları oldu. Şimdi burada benimlesin. Bu zengin bir deneyim. Senin arkadaşlığınla güçlendiğimi hissediyorum." Karan'ın sözleri Amaya'nın zihninde sanki telkin ediyormuş gibi özel bir psikolojik etki yaratmıştı. Karan'la olan her şey keyifli görünüyordu; onun övgüleri Amaya'yı açıklanamaz vaatler ve düğümlü kişisel taahhütlerle sarıyordu. Karan'a bakmanın manyetik bir etkisi vardı. Ona olan sevgisini ifade ediyor, her sözüne güveniyor ve akan siyah saçları zihninde uhrevi bir etki yaratıyordu. Amaya uzun bir süre büyünün etkisi altında kaldı.

Karan, Amaya'dan sipariş vermesini istedi ve o da Katalonya'da geleneksel bir balık yemeği olan Bacalla'yı seçti. İkinci yemek, kremalı soslu mürekkep balığı ile pişirilmiş köftelerdi. Ardından patates püreli tavuk ve ıstakoz biryani geldi. Son olarak da şekersiz sıcak sade kahve içtiler. Amaya ve Karan yemek yerken sohbet ettiler ve sekize kadar restoranda kaldılar. Daha sonra sahilde bir saat boyunca uzun bir gezintiye çıktılar ve gece yarısı civarında üniversite yurduna döndüler. Ayrılmadan önce Karan, Amaya'dan ona sarılmak için izin istedi.

"Karan, seni seviyorum. Sen ve ben sonsuza kadar arkadaşız." Sözleri çağrışımlıydı ve bunları gülümseyerek söyledi. Sonra aniden ona doğru yöneldi; kıvrak bedenini onun kollarına bıraktı. Onun yakınlığının verdiği mutluluk Amaya için yeni bir şeydi.

"Teşekkür ederim Amaya," diye fısıldadı. Ona doğru eğilirken, Pireneler'deki egzotik bir üzüm bağındaki eski şarap gibi kokan, ruhani ve büyüleyici bereketli siyah saçlarını görebiliyordu. Kız yüzünü onun göğsüne saklarken, adam kızın bedenini sıkı ve şefkatli bir tutuşla kendine doğru çekti ama Amaya bunu güzel, nazik, doyurucu ve zevkli buldu.

"Amaya'm, seni seviyorum," dedi tekrar. "Bugün hayatımın en ödüllendirici günü," dedi çenesini avucunun içinde tutarken ve koyu renk gözlerini görmek için kaldırırken.

Kadın gülümsedi.

İyi geceler sevgilim," diye mırıldandı.

"İyi geceler Karan," dedi Amaya ona. Ama dudak hareketlerinden fark ettiği yaklaşan ayrılık yüzünden inledi.

Neden Karan'dan etkilendiğini hissediyordu? Neden onu uzun zamandır tanıyormuş gibi davranıyordu, Amaya kendi içinde tartıştı. Onu seviyor muydu, yoksa bu sadece bir karasevda mıydı? Amaya, sanki bir duygu ağına dolanmış gibi, bu ilişkiden çıkış olmadığını hissediyordu. Bir an için boğulma hissi onu ele geçirdi. Ama hemen duygularını düzeltti ve boğulmanın geçici bir korku evresinden kaynaklandığını iddia etti. Onunla kurmuş olduğu dokunaklı yakınlık, bir sillage, havada asılı kalan koku ve parfümünün iziyle hiçbir ilgisi yoktu.

Heyecanın yanı sıra, gelecekle ilgili geçici bir endişe duygusu, geçici kaygılardan yoksun, heyecan verici bir sonsuzluk hissiyle sarılırken baskı yapan bir izlenimdi. Amaya aşkının, yakışıklı olduğu için değil, rasyonel kararların bir sonucu olduğu için bir aşktan daha fazlası olduğunu hissetti. Aşkın, Karan'ın ilgisiyle aşılanan bir güven olarak büyüdüğünü deneyimledi. Amaya, aşkının nasıl annesinin kocasına duyduğu aşktan daha yoğun olduğunu karşılaştırdı. Amaya hiç tereddüt etmeden Karan'a tamamen aşıktı.

Karan'a olan yakınlığı inanılmaz bir bağ kuran bir sözdü; sonsuza kadar bu sözün içinde, yalnızca onun içinde kalmak istiyordu. Onun hakkında hiçbir şey bilmemesine rağmen başka her şeyi düşünebilirdi. Öncüllerin hiçbir öneminin olmadığı güçlü bir bağ için güven yeterliydi.

Ertesi sabah Karan'dan bir telefon geldi. "Sevgilim, gel ve benimle kal, birlikte olacağız."

"Elbette Karan, seninle yaşamayı çok isterim," diye cevap verdi. Ölçülü bir karar vermek için onun niyetini analiz etmeye gerek olmadığını düşünüyordu.

"Eşyalarını topla; akşam altıya kadar orada olacağım.

"Hazır olacağım Karan," diye cevap verdi.

Karan onun içinde büyüdü, özlemlerini ve gizli arzularını bir avatar olarak dönüştürdü. Hızlı davranmazsa birinin onu kaçıracağını düşünerek uzun bir süre sinmiş halde dururken onu yeme dürtüsü duydu. Korku onu dönüştürmüş, içinde gezinen bilinçsiz dürtüleri açığa çıkarmış ama daha önce hiç deneyimlemediği bir şekilde onu aşırı yüklemişti. Aynı değerlere ve hedeflere sahip olduğu için kendini ondan geri çekmesi imkansızdı. Onun niteliklerine hayranlık duymaya, kendisine ve karşılıklı ve rızaya dayalı tercihlerine değer verdiğine inanmaya başladı.

Söz verdiği gibi, Karan akşam altıda geldi ve Amaya'yı şefkatle kucakladı.

"Amaya, seni seviyorum. Çok çekici görünüyorsun; seni tamamen seviyorum," dedi.

Sözleri büyüleyiciydi; Amaya'nın kalbinin derinliklerine inerek şüphelerini ve korkularını yok etti. Aynası olduğu için onda kendini görebiliyordu ve onun saygı duyduğu birçok niteliğe ve yeteneğe sahip bir insan olarak kendini yeniden onaylamaya başladı.

Karan bavulları arabasına taşıdı; Amaya'nın hiçbirini tutmasına izin vermedi; onları dikkatlice BMW'sinin bagajına yerleştirdi. Arabanın kapısını açtı ve Amaya'dan sürücünün yanındaki koltuğa oturmasını istedi. Arabanın içinde Karan gülümsedi, onun sağ avucunu öptü ve mırıldandı, "Seni seviyorum, sevgilim. Sana sahip olduğum için şanslıyım, çünkü sen paha biçilmez bir mücevhersin."

Amaya, "Teşekkür ederim sevgili Karan," diye karşılık verdi.

Yirmi dakika içinde Nova Mar Bella Plajı'nın karşısındaki küçük ama iyi tasarlanmış bir villanın avlusuna ulaştılar.

Arabanın kapısını açarken, "Lotus'a hoş geldin Amaya," dedi.

Amaya için yeni bir duyguydu bu. O ve Karan Barselona'da sahile yakın bir evde yalnızdılar. Karan Amaya'nın elini tuttu ve onu içeri götürdü. Oturma odası dediği, duvardan duvara İran halısı serili, iyi döşenmiş bir salondu. Merkezi bir avize, duvara monte edilmiş bir televizyon, görkemli bir dede saati ve zarif oymalı ahşap mobilyalar odayı süslüyordu.

"Sevgilim, burası bizim evimiz," diyerek ona nazikçe sarıldı ve dudaklarından öptü. Amaya kendini rahat ve çılgın hissediyordu, çünkü bu sersemletici bir duyguydu, vücudunun her hücresini birleştiren kışkırtıcı bir his.

Karan ona evi gezdirdi. Yemek odası, Amaya'nın kendini hemen evinde hissettiği modern bir mutfağa bitişikti. Mutfağın yanında bir depo ve çamaşır odası vardı. Yemek odasının yanında ana yatak odaları, oturma odasının yanında da başka bir yatak odası vardı. Karan'ın çalışma odası ise diğer taraftaydı ve içinde futbol, futbol kulüpleri ve hisse senedi piyasası hakkında pek çok kitap vardı. Oturma odasından, mahremiyeti korumak için üç tarafı yüksek duvarlarla çevrili, bakımlı, mermer kaplı yüzme havuzuna doğru bir açıklık vardı.

"Bu evi senin adına satın aldım, sevgili Amaya. Dün kiradaydı; kendi evimizde kalmamız gerektiğini düşündüm," dedi Karan, Amaya'ya kayıt belgelerini ve yedek anahtarı uzatarak. Sözlerinde bir sevinç sesi vardı. Barselona şehir yetkilileri belgeleri imzaladı. Adını okudu, Amaya Menon, yirmi üç yaşında, bir Hint vatandaşı.

"Karan," diye seslendi. Sözleri heyecan doluydu. "Evi, yani Lotus'umuzu kendi adına kaydettirmeliydin."

"Amaya, seni seviyorum." Ona bir kez daha sarıldı. Onu sıkmamaya özen gösterdiğini fark etti.

Karan akşam yemeği için zeytinyağında dilimlenmiş domates, soğan ve mantarla kuzu pirzolası pişirdi. Amaya jeera pilavı pişirdi. Beyaz ve kırmızı şarap vardı. "Her gün yemekten sonra biraz beyaz şarap için; sindirime ve sağlıklı uykuya iyi gelir. Araştırmalar beyaz şarabın kadınlar tarafından tercih edildiğini söylüyor," dedi Karan beyaz şarap önererek.

"Araştırmalar ne diyor?" Amaya sordu.

"Beyaz şarabın faydaları konusunda herhangi bir bulgu yok. Ancak beyaz şarabın kadınların gebe kalmasına, sorunsuz bir hamilelik geçirmesine ve sağlıklı ve zeki bebeklere sahip olmasına yardımcı olduğuna dair güçlü bir inanç var" diye açıkladı Karan.

Karan'a bakan Amaya gülümsedi. "O halde ben de her gün beyaz şarap içmeyi tercih ederim," dedi.

Yemekten sonra, Kiran'ın favorileri olan BBC ve CNN'i dinlediler; Amaya da onları seviyordu. Uykuya dalmadan önce birçok kez seks yaptılar. Bu Amaya için en güzel deneyimdi ve Karan'ın sevişirken onu incitmemeye özen gösterdiğini biliyordu. Sonra Amaya onun yanında uyudu.

"Merhaba Amaya," diye seslendi Karan ertesi sabah altı sularında, elinde dumanı tüten bir fincan kahveyle. İkisi de yatak odasındaki kanepeye oturup kahvelerini yudumladılar. Amaya gülümseyerek Karan'a baktı.

"Merhaba Karan, seni seviyorum," dedi. Onunla olan yakınlığı arkadaşlığın romantizmi gibiydi. Onun şimdiden en iyi arkadaşı olduğunu biliyordu. Amaya'nın bağlılığı sadakatti, çünkü onunla birlikte olmaya karar vermişti. Birlikteliklerinin inişli çıkışlı olacağının farkındaydı ama yine de ilişkileri dürüstlük içinde bir yolculuk olacaktı. Karan'ın onu sevdiğinden emindi.

Karan'la olan ani bağı aşık olmak gibiydi. Kahvesini yudumlayışının büyüleyici bir gücü vardı. Kendini heyecanlı ve meşgul hissediyor ve hep onunla birlikte olmak istiyordu. Ona bir hafta boyunca üniversiteye gitmeyeceğini ve onunla kalacağını söyledi. Karan onun önerisini kabul etti ve sanki tamamen aşkı yüzünden onunla birlikte karar vermiş gibi gülümsedi. Amaya beklenmedik bir şekilde Karan'a sarılmak istedi; Madrid, ailesi ve Mumbai ve Bengaluru'dan mezuniyetiyle ilgili hikayeler anlatmayı seviyordu. Bazı olayların önemsiz olduğunu biliyordu ama bunları Karan'la paylaşarak onunla bütünleşmek ve ayrı kimliğini kaybetmek gerektiğini hissediyordu.

Kahvaltıdan sonra el ele Karan'ın piyanosunun bulunduğu güney balkonuna gittiler. Hem doğu hem de güney galerilerinden sahili görebiliyordu ve birçok turist şimdiden yazın tadını çıkarıyordu. Lotus'un yerleşkesinin duvarları arasında birkaç Kanarya Adası hurma ağacı vardı ve sincaplar onların gövdelerinde ve yapraklarında koşuşturuyordu. Karan'ın yanında durduğunu hissetti ve ona doğru dönüp sarıldı; ona deliler gibi aşık olduğunu hissetti. Onu öptükten sonra soyunmasına yardım etti. Orada dururken seviştiler, bu onun hayatındaki en zevkli eylemdi.

Sonra piyanonun başına oturdular ve birlikte Franz Schubert çaldılar. Karan son derece iyi çalıyordu ve on beş dakika sonra Amaya çalmayı bırakıp onun parmak hareketlerini izledi. İlişkileri hakkında fanteziler örmeye başladı. Renkler, müzik, dans ve hayali gerçekliklerden oluşan bir dünyaydı bu. Bazen kendini mantıksız hissetse de aralarında gerçekten de manyetik bir çekim, yakınlık ve bağlılık vardı. Ama onlara tutunmayı seviyordu. Karan'ın duyguları onu etkilemiş ve hayal dünyasının ötesine geçmişti. Bu tür fantezilerin üstesinden gelmenin birkaç gün daha alacağını biliyordu.

Bazen, birlikte yaşadıkları hayat üzerine düşüncelere dalmamak için kendini zor tutuyordu; Amaya içinse bu ilk görüşte aşktı ve kendini tamamen Karan'a vermişti. Onun belli bir şekilde yürüdüğünü ve hareket ettiğini, görkemli bir şekilde hareketsiz durduğunu ve onunla ilgili her şeyi sevdiğini hayal etti.

"Karan," diye seslendi ona aniden.

"Evet, Amaya?" diye sordu, yan tarafına bakarak.

"Son derece iyi piyano çalıyorsun," dedi Amaya.

"Sen daha iyi piyano çalıyorsun, sevgili Amaya," dedi ona sarılarak.

"Teşekkür ederim, sevgili Karan," diye cevap verdi.

Karan'la birlikte çalışmaya gitti. "Amaya, Avrupa futbol kulüplerinin hisselerini alıp satıyorum. Bu oldukça kazançlı bir iş. Her kulübün tarihi, taraftar kulüpleri, oynadıkları maçlar, oyuncuların isimleri ve geçmişleri ve piyasa değeri hakkında yeterli bilgiye sahip olmanız gerekir. Bir yıl önce başladım ve bugünlerde günde en az altı saatimi harcıyorum. Bu evi, arabayı, bisikleti ve her şeyi hisse senedi piyasasından kazandığım parayla aldım." Sözleri sakin, sevecen ve büyüleyiciydi.

Bilgisayarlar ve diğer elektronik aletlerle donatılmış çalışma odası bir müzik stüdyosunu andırıyordu.

Akşam dört sularında yüzme havuzuna gittiler. Karan çıplak yüzmeyi seviyordu; Amaya'ya kıyafetlerini çıkarmasını önerdi. Karan'ı bir profesyonel gibi yüzerken izlemek heyecan vericiydi. Amaya da ona katıldı ama yüzme konusunda acemiydi. Saat altıya kadar havuzda kaldılar ve Karan Amaya'nın vücudunu pamuklu bir havluyla kuruladı. "Çok güzel görünüyorsun; tüm vücudun iyi şekillenmiş Amaya," dedi ıslak saçlarını silerken. Sonra ona sarıldı ve Amaya, Karan'la tek bir vücuda sahipmiş gibi hissetti.

Akşam güzeldi ve esinti canlandırıcıydı. Amaya ve Karan uzun bir yürüyüş yaptılar, hikâyeler ve olaylar paylaştılar. Karan'ın da kendisiyle aynı hislere sahip olduğunu bildiği için ona saygı gösteriyordu. Sürekli onu düşündüğü için yürürken onun bedenine yakın olmayı arzuluyordu. Bazen ondan uzakta olduğunu hayal ediyordu; aşırı sıkıntı yaşıyordu, bu yüzden yürürken sol avucunu sıkıca tutuyordu.

Amaya üzüntüden, endişeden ve yalnızlıktan hoşlanmazdı ama Karan'la birlikte olmanın sevinci ve onu kaybetme korkusu ısrarcıydı ve zihnine ansızın giriyorlardı. Konuşurken onun yüzüne baktı ve kendisini dikkatle dinlediğini fark etti. Sonra Karan'ın yanlış yapmayacağını, onunla olan ilişkisine kusursuz bir şekilde güvendiğini hayal etti. Onlar mükemmel bir çiftti ve sonsuza dek birlikte olacaklardı. Birdenbire kişisel hikâyesini anlatmak için bir dürtü duydu.

"Karan," diye seslendi.

"Evet canım," diye cevap verdi ona bakarak ve yürümeyi bıraktı.

"Karan'ı tanıyor musun? Sagrada Familia Katedrali'nin içinde doğdum."

"Gerçekten mi?" Sözlerinde büyük bir şaşkınlık vardı.

Kumların üzerine oturdular, birbirlerine baktılar ve o da hikâyeyi anlattı. Karan sevgili Amaya'sının başına gelen her şeyi öğrenmek için sabırsızlanıyordu. Gözleri büyüdü; sanki daha önce hiç kimse böylesine samimi, büyüleyici, büyülü bir hikâye anlatmamış gibi her kelimesine değer verdi. Uçsuz bucaksız, kalabalık kumsalda başka kimse yoktu. Karan ona doğru eğilerek, doğumundan hemen sonra Amaya adında bir rahibenin kendisini kucağına aldığını söylediğinde duyduğu şaşkınlığı dile getirdi. Neşeli, yardımsever ve nazik beyaz cüppeli bir rahibenin, Pançatantra öykülerindeki en değerli mücevheri ağzında tutan bir yılan gibi kıymetli bebeği elinde taşıdığını görebiliyordu.

"Amaya, hadi gidip Rahibe Amaya'yla tanışalım," diye rahibeyle tanışma arzusunu dile getirdi Karan.

Tamam, gidip tanışalım," dedi gülümseyerek ve Karan'ın önerisini destekledi.

"Yarın gidelim mi?" diye sordu.

"Elbette," diye onayladığını ve hazır olduğunu ifade etti.

Birdenbire bir dizi gök gürültüsü ve şimşek çaktı. Amaya sandalyesinden fırladı ve zihnini Barselona sahilinden geri çekti. Yağmur yağmaya başlamıştı; ofisinden yağmurdan ıslanmış ağaç tepelerini görebiliyordu. Aralıklı gök gürültüsü, şimşek ve sert rüzgâr devam ediyordu. Yerleşke duvarının kapısının dışında bir şeyin düştüğünü duydu. Ana kapının yanındaki pencereye gitti ve dışarıya baktı. Ana girişin yakınında devrilmiş bir ağaç dalı vardı. Rüzgâr devam ediyordu; beklenmedik bir anda telefon çaldı. Poornima aradı, diye düşündü.

The Promise

Poornima'nın paylaşmak istediği karmaşık bir insani sorun vardı. Bu sorun huzurunu durmaksızın kaçırıyor, onu babasını arayan bir kişiyi bulma arayışını tatmin edebilecek bir cevap bulmaya zorluyordu. Poornima, bir bireyin onun bilincini yeniden kazanmasına yardımcı olabileceğini düşünebilirdi. Poornima'nın acısı nüfuz edici ve akıl almazdı.

Amaya telefonu açtıktan sonra, "Merhaba," dedi.

"Merhaba hanımefendi, iyi akşamlar. Ben Chandigarh'dan Poornima. Sizi tekrar rahatsız ettiğim için özür dilerim. Dün size babamın çoğu zaman komada olmasına rağmen yarı baygınken sürekli adını sayıkladığı kişi hakkında daha fazla kanıt arayacağımı söylemiştim. Son üç aydır o kişiyi arıyorum. O kişinin siz olduğunuza inanıyorum." Poornima kesindi.

"Kanıtınız var mı?" Amaya sorguladı.

"Barselona'daki üniversitede miydin?" Poornima sordu.

"Elbette, Barselona Üniversitesi'ndeydim," diye yanıtladı Amaya.

"İşte benim kanıtım bu hanımefendi; aradığım kişi sizsiniz." Poornima'nın sesinde bir kesinlik ve neşe vardı.

Bir dizi gök gürültüsü ve şimşek çaktı ve telefon kapandı. Elektrik de kesildi ve Arap Denizi'nden gelen bir kasırga gibi zifiri karanlık çöktü. Amaya cep fenerini aldı, ana kapıya çıktı ve tüm alanın karanlık olduğunu fark etti. Kullanılmayan bir invertörü açarak ofisi ve konutu aydınlattı. Telefon hâlâ aktif değildi. Bununla birlikte, anlaşılmaz bir endişe vardı; büyük bir şey kafaya baskı yapıyor, kalbin içinde gizemli bir delik açıyordu. Poornima babası ve onun tanıştığı kadınla ilgili araştırmasının sonucunu paylaşmak istiyordu. Barselona'da, tam da üniversitede tanışmışlardı. Bu, babasının geliştirdiği ve kimseye açıklamadığı kişisel ve samimi bir ilişkiyle ilgiliydi. Poornima ona yardım etmek için eski dosyalarını ve günlüklerini karıştırdı. Amacı özel hayatını dikizlemek değildi. Onu yargılamamak, babasına asılsız ithamlarda bulunmamak için ihtiyatlı davranıyordu. Konuşmaya devam edemedi; aniden sona erdi. Gök gürültüsü ve şimşek yüzünden sabit hat kesilmişti. Poornima ertesi gün arayacaktı. Sonsuz ama elle tutulamaz gibi görünen bu ani beklenti, yıkıcı bir kasırganın ardından gelenler gibi ağır ve külfetli olduğu için huzurunu kaçırıyordu.

Vipassana yaparken, Amaya sıkıntılı zihnini kontrol etti; en içteki benliğine, varoluşa, varlığa konsantre oldu. Acı ve kederin, ıstırap ve umutsuzluğun ötesine geçti. Bu neşe, coşku, tatmin değil, saf huzur, tam anlamıyla hiçlikti. Zihnine odaklandı, kendini boşluğa bıraktı ve orada mutluluk, Nirvana deneyimi vardı.

Amaya sabah dörde kadar iyi uyudu. Yine bir saat Vipassana yaptı ve sakinliği, herhangi bir duygunun olmadığı bir soğukkanlılık aşamasını deneyimledi; bu bir olumsuzlama değil, hiçlikti. Vipassana, tüm gün boyunca işine odaklanmasını, işinden tatmin olmasını ve farkındalık kazanmasını sağladı. Bu bir görev ya da sorumluluk değil, kendisinin ve başkalarının acılarını azaltmaya yönelik bir yolculuk, nihai bilinç yolculuğu, benliği tam anlamıyla deneyimlemekti.

Elektrik departmanı teknisyenleri sabah arızalı bağlantıları onardı; telefon da her zamanki gibi çalışıyordu. Kahvaltıdan sonra Amaya tüm evi süpürdü ve paspas yaptı. İşin tamamlanması yaklaşık üç saat sürdü. Ardından otomatik ütü sistemine bağlı otomatik makinede çamaşırlarını yıkadı. Bir fincan kahve içtikten sonra en sevdiği romanı okumaya başladı. Hikâye, bir kızın eğitim, kariyer ve mutlu bir hayat arayışını anlatıyordu. Kız, geçimini sağlamak için el işi yapan dul bir kadının kızıydı. Küçük kız derslerinde iyiydi; öğretmenleri onu cesaretlendirdi ve biri iyi resim yapabildiğini fark etti. Bazı temel eğitimler aldıktan sonra kız gerçeküstü resimler yapmaya başladı. Lise son sınıftayken resimlerini belediye binasında sergilemeye başladı. Yüzlerce kişi sergiyi ziyaret etti; kız resimlerinin bir düzinesini satabildi, bu da üniversite eğitimi için yeterliydi. Daha sonra sergiler için Hindistan'ın farklı şehirlerine ve yurtdışına gitmeye başladı. Birdenbire Amaya okurken onunla birlikte seyahat etmeye başladı. Kendini farklı bir dünyaya taşıdı. Başka insanlarla tanıştı, büyük şehirlerde yaşadı ve yeni diller konuştu. Onun için okumak, anlatıya kişisel katılımı yeniden yaratmaktı. Sonra geçmişine, Barselona'ya yolculuk etti.

Amaya adlı rahibeyle buluşmaya giderken Karan'ın yanındaydı. Görkemli Sagrada Familia'ya girmek iç açıcı bir deneyimdi ve Karan'ı katedrale götürdü. Yirmi üç yıl önce orada doğmuştu; hikâyesini tekrar anlattı.

"Amaya, çok şanslısın; bu kutsal bölgede doğan ilk ve muhtemelen tek kişisin," dedi Karan.

"Evet Karan, kendimi bu kiliseyle ve şimdi de seninle bir hissediyorum." Sözleri sevgiyle ışıldıyor, güvenle dalgalanıyordu.

"Sen benim için çok değerlisin, arayışımın son noktasısın. Seninle kafeteryada ilk kez karşılaştığımda, bunun yolculuğumun sonu olduğu sonucuna vardım. Ne kadar şanslıyım" diyen Karan, Amaya'ya sarıldı.

"Doğduğum yerde duruyoruz ve birbirimize sarılıyoruz. Ne güzel bir tesadüf," diye haykırdı Amaya.

"Kesinlikle. Burada birlikteliğimizin gerçekleşmesini deneyimliyoruz," dedi Karan.

Amaya, Karan'ın elini tutarak, "Gel, aynı yerleşkede, diğer tarafta bulunan Loreto Manastırı'na gidelim," diye önerdi.

Manastırın girişine vardıklarında hayatının ilk on gününü rahibe manastırında geçirdiğini tekrar anlattı. Rahibeler annesine ve yeni doğan bebeğe derin bir şefkatle bakmışlardı.

"Amaya, sen sevgi dolusun. Senin gibi sevebilen birini daha önce hiç görmedim. Ve bana bir çocuk gibi güveniyorsun. Bu özellikleri rahibelerden almış olabilirsin," dedi Karan Amaya'yı kucaklayarak, sonra da gülümsedi. Amaya onun gülümsemesine bayıldı.

Rahibe Amaya'yı sorduklarında yaşlı bir rahibe onun San Sebastian'da olduğunu söyledi. Amaya ve Karan hemen Barselona'dan beş yüz altmış yedi kilometre uzaklıktaki San Sebastian'a gitmeye karar verdiler. Karan Amaya'ya altı saat içinde orada olabileceklerini söyledi. Amaya, akşamı ve geceyi yol üzerindeki şirin bir kasaba olan Zaragoza'da geçirmeyi önerdi. Karan, Amaya'nın önerisini duyunca çok mutlu oldu.

Karan Amaya'dan direksiyona geçmesini rica etti. Barselona'dan Zaragoza'ya üç yüz on iki kilometrelik bir mesafe vardı. Önlerinde koca bir gün olduğunu söyledi ve oldukça yavaş sürmelerini, otoyolun her iki tarafındaki manzarayı seyretmelerini ve akşam dörtte Zaragoza'ya ulaşmalarını önerdi. Karan, Amaya'nın yanına oturdu ve taşra hakkında konuştu. Ancak Amaya için cazibe merkezi Karan'dı, çünkü yakın ilişkisinin bir ifadesi olarak ona sarılmak istiyordu. Fiziksel yakınlık, daha derin bir birliktelik ve birbirini yoğun bir şekilde paylaşmak için güçlü bir arzuydu bu. Kendisi hakkında düşünürken, onun ihtiyaçlarını önemsiyor, mutluluğuna değer veriyor ve her zaman onunla birlikte olmayı ve onunla seyahat etmeyi düşünüyordu. Sevgi, cinsel birleşme ve neşe dahil olmak üzere yoğun duyguları ifade etmek için ilgi, onay ve fiziksel temas almayı arzuluyordu. Varoluşu onunla bir olmak içindi.

Amaya kültürel bağlarının ve beklentilerinin aşık olmayı teşvik ettiğini biliyordu ve aşka dair önceden tasarladığı kavramlar duyguları ve eylemleriyle uyumluydu. Artan cinsel uyarılması, ebeveyni arasındaki derin sevginin sonucuydu. Karan'la karşılaştığı her yerde ya da onun yanında olduğu her an onunla yoğun bir erotik yakınlığın filizlenmesine yardımcı oldu. Uzun yıllar boyunca bastırdığı şehvet dolu duygular aniden patladı.

Karan yanında olduğu için sürüş keyifliydi. Onun varlığı yol boyunca ilerlemek için dinamik bir güçtü ve hedef oydu. Her iki taraftaki tarım arazileri ve malikaneler büyüleyici görünüyordu ama tamamen Karan'a konsantre olduğu için Amaya'nın dikkatini çekemiyorlardı.

Öğle saatlerinde, Aragon bölgesindeki bir benzin istasyonuna bağlı otoyol restoranının yakınında durdular. Arabayı doldurduktan sonra lokantaya gidip bir Ternasco rostosu ve şifalı kökler içinde küçük bir porsiyon genç kuzu eti sipariş ettiler. Amaya patatesli hodan otunu lezzetli buldu ve Karan'a hodan otunun sebzelerin kraliçesi olarak bilindiğini söyledi. Beyaz domuz pastırması parçaları ile karışık sebze güveci çok lezzetliydi. Son olarak, kırmızı şarapta tarçınla yumuşatılmış şeftali yemeği olan şaraplı şeftali yediler. Amaya ve Karan restoranda bir saatten biraz fazla zaman geçirdiler. Yemekten sonra Karan arabayı sürmeye başladı ve birçok yerde alçak tepeleri, nehirleri, tarım alanlarını ve üzüm bağlarını izlemek için durdular.

Akşam saat beşte Zaragoza'ya ulaştılar ve Ebro Nehri kıyısındaki bir otele yerleştiler. Amaya pencerenin yanında durmuş nehre bakıyordu. Karan yanına gelip ona sarıldı ve Karan'a bakarak, "Her zaman yanımda ol, beni asla yalnız bırakma," dedi. Karan, Amaya'ya bakarak gülümsedi ve onu dudaklarından öptü. Sanki Karan'la bütünleşiyormuş gibi hissetti.

"Beni seviyor musun Karan?" diye sordu aniden, sorusunun hiçbir anlamı olmadığını biliyordu. Yine de kalbi ondan olumlu bir cevap almayı arzuluyordu ya da Karan'dan "Seni seviyorum, sevgili Amaya" cevabını duymak istiyordu.

Karan onu göğsüne bastırarak, "Seni seviyorum Amaya, kalbimden daha çok seviyorum. Sen benim nefesimsin."

"Ben de seni seviyorum," dedi Amaya içtenlikle. "Murallas Romanas'a, Roma Surları'na bak. Biri bana anlatmıştı; Romalı bir binbaşı karısı için yaptırmış. Onu çok seviyormuş."

"Amaya, senin için bir saray inşa etmeyi seviyorum." Ona nehrin diğer tarafındaki Palacio de la Aljafería'yı gösterdi.

"O zaman annemden Ebro Nehri üzerinde Punte de Piedra'dan daha görkemli bir taş köprü inşa etmesini isteyeceğim," dedi Amaya bir kız gibi gülerek.

"Masumiyetine bayılıyorum Amaya; çok kurnazsın." Onun yanaklarından öptü.

"Birine zerre kadar şüphe duymadan güvendiğinizde, bencillikten uzak, naif biri olursunuz," diye yanıtladı Amaya.

Akşam karanlığında, kalabalığın arasına karışarak şehri dolaştılar. Akşam yemeğini nehir kıyısında, bahçeyle çevrili açık bir restoranda yediler ve chilindron soslu kümes hayvanları, biber, soğan ve domatesten oluşan tavuk chilindron'un tadını çıkardılar. Bacalao ajoarriero, eşsiz tatlara sahip olağanüstü hassas bir balık preparatıydı. Her ikisi de sebze güvecinin tadını çıkardı. Ardından sıcak sade kahve içtiler ve saat on bir buçuk civarında odalarına döndüler. Karan'ın yanında yatarken, sol elini onun çıplak göğsünde tutan Amaya, kendisini seven ve sevebileceği bir erkeğe sahip olduğu için şanslı olduğunu düşündü. Tüm fikirlerinde, sözlerinde ve eylemlerinde pozitifti ve onu endişesiz olmaya teşvik ediyordu. Amaya, Karan'ın onun duygularına odaklandığını ve en ufak üzüntülerini ve endişelerini anladığını çok iyi biliyordu. Sözlerinin yatıştırıcı bir gücü ve canlılığı vardı ve onu tekrar tekrar dinlemeyi, tüm zamanını onunla geçirmeyi seviyordu. İkisinin de hoşlandığı şeyleri yaparak zaman geçirdiklerinin farkındaydı. Karan'ın olağanüstü bir dikkati vardı; sevgi dolu sözlerinin yanı sıra fiziksel olarak da şefkatliydi. Dokunurken, okşarken ve sevişirken hiçbir çekingenliği yoktu ve her zaman Amaya'nın tercihlerini düşünüyordu. Tüm faaliyetlerinde Amaya onun için ilk sıradaydı.

Karan, o konuşurken dinledi ve kendisi konuşmadan önce onun konuşmasına izin verdi. Onun söylediği her şeyi anlamaya çalışırdı. Onu araba sürmeye ya da piyano çalmaya teşvik ederek mutluluk ve tatmin buluyordu, bu da onun hoşuna gidiyordu. Karan onu güldürebiliyordu; şaka yapmakta ve gülmekte çok iyiydi. Birlikte geçirdikleri sınırlı süre içinde, bazen bilgisizliğini ifade etti, bilgisini ilerletmeye ilgi gösterdi ve onun önerilerini ve uzmanlığını istemekten asla utanmadı. Bunun da ötesinde, Amaya'nın daha iyi kavradığını ya da becerikli olduğunu düşündüğü konularda ondan yardım istemekten de çekinmiyordu.

Amaya ve Karan ertesi gün kahvaltıdan sonra San Sebastian'a doğru yola çıktılar. Bir saat içinde Bask bölgesine girdiler. Otoyolun her iki tarafındaki tarım arazileri nefes kesici güzellikteydi. Elma bahçeleri ve üzüm bağları vardı. Amaya araba kullanmaktan keyif alıyordu; Karan'a öğrenciyken ailesiyle birlikte Bask bölgesine yaptığı ziyaretlerden bahsediyordu. Ara sıra durup küçük kasabalarda bile görülen şaşırtıcı derecede sofistike mimariyi izlediler. Öğle yemeği molasını Pamplona'da verdiler ve burada marmitako olarak bilinen ton balıklı, patatesli, soğanlı, biberli ve domatesli balık yahnisi yediler. Kırmızı biberli zeytinyağında kızartılmış morina balığının tadı harikaydı. Domuz eti bazlı bir sosis olan txistorra'nın ve tatlı olarak da leche frita'nın tadını çıkardılar.

Yemekten sonra Karan arabayı kuzeye doğru sürmeye başladı ve Amaya da onu izledi. Akşam dört sularında San Sebastian'a ulaştılar ve rahibe Amaya ile buluşmak üzere doğrudan manastıra gittiler. Sorgu sırasında, Rahibe Amaya ile görüşmek istediklerini öğrenen bir din görevlisi ziyaretçi odasında beklemelerini rica etti. Beş dakika içinde orta yaşlı bir rahibe odaya girdi ve kot pantolon ve tişört giymiş olan kadını hemen tanıdı.

"Amaya," diye bağırdı ve Amaya'ya doğru koşarak ona sarıldı. Amaya uzun süre onun kollarında kendini çok güzel hissetti. Rahibe Amaya'yı öptü ve onunla tanışmaktan duyduğu mutluluğu dile getirdi.

"Madre," diye seslendi Amaya rahibeye.

"Amaya, tıpkı annen gibi bir kadın olmuşsun. Seninle tanıştığım için çok mutluyum," diye haykırdı rahibe.

"Çok heyecanlıyım, Madre; hayat arkadaşım Karan'la tanış," diye rahibe Amaya'ya Karan'ı tanıttı Amaya.

"Nasılsın Karan," diyerek Karan'la el sıkışan rahibe onu selamladı.

"Nasılsınız, Madre," diye cevap verdi Karan.

"Amaya sürekli senden bahsediyordu. Ona dokunan ilk kişinin siz olduğunuzu söyledi. Göbek bağını kestikten sonra onu almışsınız ve anne ile çocuğu manastırınıza bizzat taşımışsınız. Ve on gün boyunca Loreto'da kaldılar," dedi Karan.

"Tanrım, Amaya, ona her şeyi anlatmışsın. Ne kadar harikasın; ne kadar güzel bir kadınsın; en son sen Hindistan'a gitmeden önce Madrid'de karşılaşmıştık. Şimdi on yıl sonra seninle buluşuyorum. Bu bir rüyanın gerçekleşmesi," diye haykırdı rahibe.

Amaya, Karan'a bakarak, "Evet, Madre, Karan sizinle tanışmak istediğini ifade etti," dedi.

"Karan, çok şanslısın; Amaya milyonda bir bulunur," dedi Rahibe Amaya.

"Evet, Madre" Karan omuz çantasını açtı ve altın kağıda sarılı küçük bir paket aldı. "Madre, bu sizin için küçük bir hediye," dedi Karan.

"Karan, buna gerek yoktu." Amaya ve Karan'dan hediyeyi aldı.

"Madre, açıp beğenip beğenmediğine bakabilirsin," dedi Amaya.

Rahibe Amaya küçük kutuyu açtı ve içinden platin haçlı altın bir tespih çıkardı. "Çok güzel görünüyor; bu güzel hediye için teşekkürler Amaya, Karan; çok değer veriyorum ama şahsen kullanamıyorum. Ziyaretinizin anısına müzemizde saklanacak," dedi rahibe Karan ve Amaya'ya bakarak.

Daha sonra Rahibe Amaya onları yemek salonuna götürdü ve kahve ile atıştırmalıklar ikram etti. Oturarak uzun süre sohbet ettiler. İkramdan sonra Rahibe Amaya onlara şapeli, seminer odasını, konferans salonlarını, kütüphaneyi ve bahçeyi gezdirdi. Vedalaşmadan önce Rahibe Amaya onlarla birlikte arabalarına kadar yürüdü. "Amaya, seninle tanışmak güzel bir sürpriz oldu. Her zaman kalbimdeydin," dedi Amaya'ya sarılırken.

Amaya, "Sevgin, beni hatırladığın ve kalbinde tuttuğun için teşekkür ederim Madre," dedi ve Rahibe Amaya'nın yanağını öptü.

"Karan, seninle tanışmak harika. İkiniz büyüleyici bir çiftsiniz. Önünüzde ödüllendirici bir zaman diliyorum." Karan ile el sıkıştı.

Karan, Rahibe Amaya'dan "Teşekkür ederim Madre; Barselona'yı ziyaret ettiğinizde lütfen bize de gelin," diye rica etti.

Rahibe Amaya, "Elbette, sizinle tekrar görüşmeyi çok isterim," diye güvence verdi.

"Güle güle, Madre," dedi Amaya

"Hoşça kalın," diye cevap verdi Rahibe Amaya.

Amaya ve Karan şehir merkezine gidip bir otele yerleştiler. Saat sekiz olduğu için dışarı çıkmadılar ve zemin kattaki bir restoranda akşam yemeği yediler. Dönüş yolculuğu sabah altıda başladı; Amaya sürücü koltuğundaydı ve sürüş sırasında yüzlerce şeyden bahsetti. Yüz elli kilometre sonra bir büfede kahvaltı ettiler ve öğlen bir benzin istasyonunun yakınındaki bir restoranda öğle yemeği yediler. Bir saatlik moladan sonra Karan yola devam etti ve akşam beşte Barselona'ya vardı. Amaya, Karan'ın kendisine verdiği yedek anahtarla otoparktan evin yan kapısını açtı.

Karan eve girerken, "Amaya, bu güzel yolculuk için teşekkür ederim," dedi.

"Sevgin, arkadaşlığın ve birlikteliğin için sana teşekkür etmeliyim Karan. Seninle seyahat etmek harika bir şey. Çok düşüncelisin," diyerek yanaklarından öptü Amaya.

Bir saat boyunca yüzme havuzunda vakit geçirdiler. Yazın zirvede olmasına rağmen su soğuktu. Amaya, Karan'la çıplak yüzmenin tadını çıkarıyordu, bunun eşsiz bir cazibesi vardı. Sonra sebzeli pulav, karnabahar ve patatesli ıspanak pişirdiler ve yemekten sonra bir saat boyunca piyano çaldılar. Karan, Amaya'nın parmaklarının klavye üzerindeki hareketlerini hayretle izledi. En sevdiği Chopin'i çalıyordu ve Karan besteciyi müzikten tanıyabiliyordu. Daha sonra Karan Clara Schumann çaldı.

Kitap elinden kayınca Amaya sandalyeden kalktı. Yirmi beş yıl önce Barselona'da değil de Kochi'de olduğunu fark etmesi onu bir an için şaşırttı. Çalışmasını tamamladıktan sonra e-postalarını gözden geçirdi ve daha sonra saat altı civarında yerel gazetelerde yayınlanan iki makalesini okudu. Biri kadınların babalarının mülklerinde eşit haklara sahip olması, ikincisi ise kadınların din alanında sömürülmesi üzerineydi. Chandigarh'dan bir telefon bekliyordu ve Poornima'nın ne söylemek istediğini öğrenmek için sabırsızlanıyordu. Beş dakika içinde telefon geldi.

"Hanımefendi, iyi akşamlar; ben Poornima."

"Merhaba, Poornima," diye cevap verdi Amaya.

Poornima, "Konuşmamız bölündüğü için konuşmama devam edemedim; sizi daha sonra rahatsız etmek istemedim," diye açıkladı.

"Dün Barselona'da bir üniversitede olup olmadığınızı soruyordum; üniversitede öğrenci olduğunuza dair olumlu bir yanıt verdiniz. Babamın belgesinde sizinle tanıştığına dair bir not gördüm," diye açıkladı Poornima.

"Notta ne yazıyor? Belirli kelimeler neler?" Amaya sordu.

"Amaya ile üniversitenin kafeteryasında tanıştım," diye notu okudu Poornima.

"Ama bu bir şey ifade etmiyor; kafeteryaya her gün yüzlerce insan geliyordu; Amaya ismine sahip çok sayıda kadın olabilirdi, çünkü bu sadece üniversitede değil tüm İspanya'da yaygın bir isimdi," dedi Amaya. Ama aklını kurcalayan bir şüphe vardı. "Poornima Amaya Menon'u mu arıyor? Poornima kim?" Amaya kendi içinde tartıştı. Ama Poornima'ya daha fazla kişisel soru sormak istemiyordu. Bırakın da Amaya'nın kimliğine dair daha fazla kanıt getirsin.

"Bilmek için sabırsızlanıyorum. Babamın Barselona'daki bir üniversiteden tanıdığı Amaya'nın babamın bilincini yeniden kazanmasına yardımcı olabileceğine inanıyorum. Bu benim için çok önemli. Lütfen yardım edin," diye yalvardı Poornima.

Poornima'ya boş yere umut vermek yanlıştı, üstelik konu, birinin gerçek kimliğiyle ilgili ciddi bir konuydu. Amaya, babasıyla Barselona'daki üniversite kafeteryasında tanışan kişinin kendisi olduğunu iddia etmek ya da Poornima'yı geçerli ve doğrulanabilir bir kanıtı olmayan birine kendi sonuçlarını dayatmaya teşvik etmek istemiyordu.

"Hanımefendi, tüm eski belgeleri incelememe izin verin. Çeyrek asırlık el yazısı notları aramak zordur. Ayrıca, böyle notların ya da belgelerin varlığından haberdar değilim. Ama araştırmayı ben yapacağım. Babamın üniversitede tanıştığı Amaya'yı bulmaya kararlıyım. Babama sadece o yardım edebilir. Aksi takdirde içim rahat etmeyecek," dedi Poornima.

"Böyle durumlarda sağlam kanıtlar şarttır," dedi Amaya.

"Hanımefendi, yarın bu saatte sizinle konuşabilir miyim?" Poornima yalvardı.

"Rica ederim, Poornima," diye yanıtladı Amaya.

"Teşekkür ederim, hanımefendi; iyi geceler."

"İyi geceler, Poornima."

Poornima acı çekiyordu ve Amaya Poornima'ya yardım etme kararlılığına sahipti. Bir keresinde yıllarca akıl almaz bir keder yaşamış ama annesinin yardımıyla bunun üstesinden gelmişti. Israrı çok yoğun, nüfuz edici ve hafifleticiydi. Rose sakindi, kişileşmişti ve kızının üzüntülerini hissedebiliyor ve onunla empati kurabiliyordu. Rose'un kızıyla katıksız özdeşleşmesi Amaya'yı yeni bir farkındalık dünyasına taşıdı ve bu da onun ihtiyaçlarının tam olarak anlaşılmasıyla sonuçlandı. İşin sırrı, acı çeken kişinin duygularını suçlamadan ya da yargılamadan bilmekti.

Rose'u eşit olarak görmek, Amaya'nın çocuk ya da genç bir yetişkin olarak hiç deneyimlemediği yeni bir bilgiydi. Nazik sözleri, eylemleri, kızının çektiği acılar için duyduğu endişe ve onun zihnini eğitmeye ve kontrol etmeye hazır olması her şeyi değiştirdi. Amaya annesinin önerdiği Vipassana'nın olanaklarına hayret etti. Bu farklı bir evrendi; garip ama gerçek, Vipassana Amaya'nın hayatının odağını büyük ölçüde değiştirdi çünkü sorunların insanın içinde var olduğunu fark etti. Bir dönüşüm, kişinin zihnini katman katman, yaprak yaprak kontrol etmesiyle gerçekleşir. Rose, Amaya'ya bunun bir keşif değil, kişinin kendi içinde bir yaratım olduğunu, önceden var olan bir şey olmadığını söyledi. Zihni düzenlemeyi öğrenmek yalnızlığa doğru bir yolculuktu, Amaya'nın tanışmayı sevdiği bir kişinin yokluğuyla şekillenen yalnızlığa karşı bir mücadeleydi.

Yalnız yaşayarak mutsuzluğu ve ıstırabı ortadan kaldırmak için kendini eğitti. Yıllar boyunca Supriya'nın yokluğu Amaya'nın hassasiyetlerine ve hayallerine bir darbe oldu. Olanları değerlendirdikten sonra Amaya, Supriya'nın yokluğunu geri alamayacağının bilincine vardı; bu, hissetmeden farkına vardığı güçlü bir gerçeklikti.

Rose, "Huzurlu ve üretken bir yaşam sürmek için gerçekleri tüm çıplaklığıyla kabul edin, onlardan kaçmayın, cesaret ve kararlılıkla onlarla yüzleşin" önerisinde bulundu.

Hayatta anlam yaratın ve tutarlı çabalarla bunu başarmaya çalışın. Korku, kaygı, endişe, öfke ve intikamı benimsemek huzuru yok eder, acıyı artırır ve gerçeği gerçek olmayandan ayırt edemez. Bu farkındalık güçtü; kişi kaderinin efendisi haline geldikçe kimse onu parçalayamazdı. Eğer uyanık olmasaydı, yalnızlık onu yine yiyip bitirecek, hayatı anlamsızlaştıracak ve acı dolu bir yola sürükleyecekti. Bu tür durumları hissettiğinde, zihninin dolaşmasını kontrol eder ve saatlerce piyano çalardı, çünkü müzik zihnini sakinleştirebilir ve onu evrenle bağlayabilirdi. Amaya yatıştırıcı ve hakim olan bir müzik yarattı.

Benliği, varlığı, uyanıklığı ve varoluşu üzerine meditasyon yapmaya başlamadan önce yaşadığı yalnızlık yıkıcıydı. Supriya'nın kayboluşundan hemen sonra, kalbinde sefalet, hayal kırıklığı ve ıstırap yaratan duygu esas olarak sevginin yokluğu ve bağlılığın yoksunluğu ile ilgiliydi. Gökyüzü karanlık ve korkutucu olduğu için hiçbir çıkış yolu, hiçbir umut ışığı yoktu.

Bu durum Amaya'nın muhakeme yeteneğini azalttı, çünkü sürekli olarak konsantre olamıyor ve en basit kişisel kararları bile veremiyordu. Günlük yaşam eski püskü ve kirliydi ve her şey mide bulantısı yaratıyordu. Problem çözme yetenekleri azaldı ve onu olumsuz kendine inançlara ve depresyona itti. Karan'ın Supriya'yla birlikte ortadan kaybolması kalbinde onulmaz yaralar açtı ve Karan'ın azalan ayak sesleri aile hayatının ölüm çanını çaldı. Amaya kendinden kaçmaya çalıştı ama Karan'ın gölgesi onu her yerde takip etti; gerçeklik korkusu bir leviathan gibi büyüdü. Her şeyin korkusu peşinden koşuyor ve aynı zamanda gerçek ondan kaçıyordu. Bu, Supriya'yı ele geçirmek için hiçlikle güreştiği bir yüzleşmeydi. Aşırı dehşet, utanç ve kendine acımadan kaynaklanan korku ve kaçış yarattı.

Amaya ilişkileri küçümsüyor ve herhangi birine güvenmekten nefret ediyordu, çünkü arkadaşlık onun için beyhude bir egzersizdi. Supriya ile olan birlikteliğinin farkına varmadan yalnızlığı onu aciz bırakıyordu. Amaya onun içinde kayboluyordu. Kimliğini karalıyor, varlığından nefret ediyor ve dinamitin tekrar tekrar patlaması gibi patlayan incinmiş duygularla kendini kışkırtıyordu. Aldatmaca hayal gücünün ötesindeydi ve vaatler paramparça olmuştu. Bu bir felaketti, çünkü hayat amacı gözlerinin önünde travmaya uğramıştı. Anne olmasına rağmen kızına dokunamıyor, onu kalbine yakın tutamıyordu. Milyonlarca kez kızının emeklediğini, bebek adımlarını attığını, yürüdüğünü ve oraya buraya koştuğunu hayal etti. Ve Amaya onun kızı oldu, Supriya da Amaya oldu.

Amaya'nın Poornima'ya endişelerinin üstesinden gelmesi için yardım etmek istemesinin nedeni buydu. Amaya'nın kadınların adalet için mücadele etmesine izin vermek istemesinin nedeni de buydu ve hukuk mücadelesi her zaman kadınlar için bir tarafsızlık destanı oldu. Son yirmi yılda yüzlerce kadının kendi ayakları üzerinde durmasına ve bağımsızlık, öz değer ve saygınlık kazanmasına yardımcı oldu. Çeşitli mahkemelerde açtığı davalar, kadınları seks köleliğinden, sömürüden ve baskıdan kurtarma ve onları gerçeklerle yüzleşmeye ve insanlık dışı ortamlarla mücadele etmeye hazırlama kararlılığını yansıtıyordu. Her durumda üstün tutulması gereken tarafsızlık insancıldı ve sloganı kadınlar lehine iyi huylu ayrımcılıktı.

Pazar sabahı güneşliydi; Amaya, şehirden yarı kentsel bir bölgeye arabayla otuz dakika uzaklıktaki ailesinin evini ziyaret etmeye karar vermişti bile. Rose ve Shankar Menon ana girişte Amaya'yı bekliyorlardı, çünkü Amaya'nın sabah on gibi evde olacağını biliyorlardı; bu onun her zamanki alışkanlığıydı. Shankar Menon Hindistan hükümetinin dış hizmetindeyken annesi mimar olarak çalışıyordu. Shankar Menon hükümetteki görevinden istifa ettikten sonra Rose kocasıyla birlikte Hindistan'a döndü. Shankar Menon Mumbai'de uzun yıllar The Word dergisinin editörlüğünü yaptı ve Rose da Malabar Hills'teki bir firmada tam zamanlı mimar olarak çalışmaya başladı. Rose'un çalıştığı firma Design-Glory, onun Gotik mimariyi ve Kerala arketipi olan güney Hint stilini çağdaş mimariyle birleştiren benzersiz tarzına değer veriyordu. Sadece çizim ve tasarım geliştirme konusunda uzmanlaşmış olan Design-Glory'nin Hindistan'ın dört bir yanından ve yurtdışından müşterileri vardı. Rose firmaya katıldıktan sonra müşteri sayısı üç kat arttı.

Amaya, sağlıklı ve dinç görünen seksenli yaşlardaki anne ve babasına sevgiyle sarıldı. Shankar Menon, The Word'ün editörü olarak çalışırken birçok gazetecilik okulunda misafir profesör olarak görev yaptı ve siyaset, gazetecilik ve özgürlük üzerine çeşitli kitaplar yazdı. The Freedom to Write ve The Editor Who Dares adlı kitapları gazeteciliğe önemli katkılarda bulunmuştur. Amaya'ya sahada çalışan muhabirlerle ilgili Bilinmeyen Gazeteci adlı bir başka kitabın ilk taslağını çoktan tamamladığını söyledi. Shankar Menon insan hakları ve eşitlik için mücadele eden bir hümanistti; Amaya onu çocukluğundan beri tanıyordu ve onun birçok özelliğini miras almıştı. İnsanlığın sürekli özgürlük ve adalet arayışının güçlü ifadeleri olan başyazılarına ve diğer köşe yazılarına hayranlık duyuyordu. Kimseye tapmaz, kimseden korkmaz ve demokrasiden doğan diktatörlere ve otokratlara gülerdi. Yıllarca istatistiki verileri inceleyerek şiddeti körükleyen, nefret söylemlerinde bulunan, linç ve pogromlara göz yuman insanları ifşa etti ve onların güçlü bakanlar olduklarını kanıtladı. Oysa onlar her şeyden, gölgelerinden bile korkan, korku dolu boş insanlardı. Bir editör olarak Menon, suçlu-siyasetçi bağını ve siyasetçi ve yönetici olarak evrilen suçluları ifşa etti. Demokrasiyi korumak için protestonun şart olduğunu yazdı. Protesto etmeyi unutan bir toplumun cahil ve ölü bir kültür olduğu sonucuna vardı. Shankar Menon için en önemli bilimsel keşif özgürlük ve eşitliği tespit etmekti.

Aynı şekilde Menon'a göre demokrasiyi korumanın en sağlıklı yolu da halk içinde protesto etmekti. Kendilerini tanrılığa yükselten politikacılar günlük rutinlerine ve eylemlerine kozmik bir anlam yüklüyor; her şeyi kendi şanları için yaptıklarını iddia ediyorlardı. Sonuç olarak, bir dalkavuk için siyasi efendisinin her sözü kehanet potansiyeli taşıyor ve böylece hakikat, post-truth'un bir ifadesi olan kahramana tapınma marjında kayboluyordu.

Amaya her hafta ailesini ziyaret ediyordu. Ayda bir kez de onlar Amaya ile birlikte gidip birkaç gün Kochi'de kalıyorlardı. Amaya için anne ve babası en yakın arkadaşlarıydı; onlar da Amaya'yı en iyi arkadaşları olarak görüyorlardı. Rose ve Shankar kızlarıyla tanışmaktan özel bir mutluluk duyduklarını ifade ettiler. Rose ve Menon sık sık kızlarına sımsıkı sarılarak oturuyor, her biri ellerini diğerinin omuzlarına koyuyor ve bu huzur verici birlikteliğin tadını çıkarıyorlardı. Dünya görüşlerini paylaşarak, hukuki ve sosyal konuları inceleyerek ve en son teknolojiyi, bilimsel buluşları, mimari harikaları, gazetecilik araştırmalarını, kitapları, müziği, sanatı, insan haklarını ve sosyal adaleti tartışarak saatler geçirdiler. Bazen Madrid'deki yaşamı, Barselona'ya, Bask ülkesine ve çeşitli Avrupa şehirlerine yaptıkları ziyaretleri anımsıyorlardı. Sohbetleri her zaman özel hayatlarını, sağlıklarını, arzularını, işlerini ve geleceklerini paylaşmalarıyla son buluyordu.

Amaya, appam, pirinç, farklı yemekler, sambar, papad ve payasamdan oluşan Kerala usulü vejetaryen bir yemek olan öğle yemeğini hazırlarken ailesine katılırdı. Yemek salonu mutfağın bir uzantısıydı ve birlikte, yüz yüze oturup yemek paylaşmak bağ kurucu ve büyüleyiciydi. Akşam saat dörde kadar çay içip atıştırdıktan sonra çağlayana doğru yürüyüşe çıkıyorlardı. Rose ve Shankar Menon tepeye tırmanmakta hiç zorlanmadılar. Görkemli şelale ve yeşillik, muson mevsimi aktif olduğu için hayret vericiydi. Amaya tepelerin diğer tarafında yeni yüksek binalar görebiliyordu. Yeni binaların tepelerin üzerine gelip şelalenin huzurunu ve serendipliğini yok etmesinden korkuyorlardı.

Rose ve Shankar Menon, Amaya yola çıkmak üzere arabasını çalıştırmadan önce kızlarına sarıldılar.

"Anne, baba, sizi seviyorum," diyerek ikisini de öptü.

Rose, "Seni seviyorum, sevgili Mol," dedi.

"Seni seviyorum, Amaya," dedi Shankar Menon.

Kochi'ye dönerken Rose ve Shankar Menon ve köydeki yaşamları Amaya'nın aklından çıkmıyordu. Kendilerinden ve sürdürdükleri hayattan memnundular. Sonra Poornima canlı bir şekilde ortaya çıktı ve konuşma şekli, bir hafiye gibi net bir amacı olduğu için, sesinde kesin bir tonlama vardı. Poornima'nın sözleri telaşsızdı ve konuştuğu kişiye saygı duyuyordu; asla kibirli değildi, her zaman alçakgönüllüydü, bu da yeterli sosyalleşme ve yetiştirilme tarzının bir işaretiydi.

Amaya, Poornima'nın onu bir kanıtla arayacağından emindi. Saat sekiz buçukta telefon çaldı; Amaya sesten Poornima'nın biraz heyecanlı olduğunu anladı.

Poornima, "Hanımefendi, babamın sizinle üniversitenin kafeteryasında tanıştığına dair sağlam bir kanıtım var," dedi.

"Nedir bu kanıt, Poornima?" Amaya kalbi çarparak sordu. Poornima'nın hikâyesi hakkında daha fazla şey öğrenmeye hevesliydi.

"Babamın dosyalarında Amaya hakkında birkaç not bulabildim ve bunların seninle ilgili olduğuna kesinlikle inanıyorum." Sonra Poornima ilkini okudu: "Amaya ile Ağustos'un ikisinde tanıştım."

Amaya'nın vücudunu bir ürperti kapladı ve kontrol edilemeyen bir varlığın onu dar bir tünelden geçirdiği hissine kapıldı. Selin doldurduğu sonsuzluk boşluğunda, baskın bir bilinmezlik yaşadı. Ve kesintisiz boşlukta ilerledi, taşlaşan ağırlıksızlığı deneyimledi, azalan nefessizliğin fethedici bir eyleminde iç içe geçti.

Amaya aksamalarla sandalyeye oturdu ve zihnine sakin olmasını emretti. Sandalyede otururken o ilk buluşmayı hatırladı. Bin dokuz yüz doksan beş yılının Ağustos ayının ikinci Çarşamba günüydü.

"Poornima, ikinci kanıt nedir?" Amaya kendini topartladıktan sonra sordu.

"Onun evine, Lotus'a yaptığın ziyaretle ilgili." Poornima aniden durdu.

Amaya kulaklarına inanamıyordu çünkü beş Ağustos Cuma günü Karan'la birlikte kalmaya gitmişti.

"Lütfen bana babanın tam adını söyle," diye rica etti Amaya.

"O Karan Acharya," diye yanıtladı Poornima.

Amaya birkaç saniye sessizce oturdu.

"Hanımefendi, siz babam hakkında bazı sırlar saklıyorsunuz. Ona sadece siz yardım edebilirsiniz. Sürekli sizin adınızı sayıklıyor," Poornima yardım istemek için sabırsızlanıyordu.

"Poornima, sen babanın tek çocuğu musun?" Amaya sordu.

"Evet, ben Dr. Eva ve Karan Acharya'nın tek çocuğuyum. Bin dokuz yüz doksan altı yılının otuz birinci Temmuz'unda Barselona'da doğmuşum," dedi Poornima.

"Poornima," diye seslendi Amaya, sanki daha fazla bir şey söylemek istiyormuş gibi ama durdu.

Poornima'nın cevabı bir sorguya benziyordu: "Evet, Hanımefendi," dedi.

"Poornima, ben Amaya; beni arıyormuşsun. Söyle bana, senin için ne yapabilirim?" Amaya sordu.

"Hanımefendi, lütfen hemen Chandigarh'a gelin. Babamla tanışın. Eminim babam sizin varlığınızı tanıyacaktır. Bilinci yerine gelecektir. Kochi'den Chandigarh'a direkt uçuş yoksa lütfen kiralık bir uçakla gelin. Her şeyi ödeyebilirim. Babam ülkenin en zengin insanlarından biri, bu yüzden para sorun değil." Poornima Amaya'yı ikna etme konusunda endişeliydi.

"Chandigarh'a ne zaman gelmeliyim?" Amaya sordu.

"Lütfen bugün başla; yoksa yarın. Sakıncası yoksa Kochi'ye gelip sizi özel uçağımızla Chandigarh'a götürebilirim." Poornima özür diledi.

"Ben bir avukatım; Pazartesi gününden başlayarak tüm hafta boyunca yaklaşık kırk dava listeleniyor. Müvekkillerim için dilekçeleri ölüm kalım meselesi. Bu dava onların ailelerini de etkiliyor ve ben onlardan sorumluyum," diye durumunu açıkladı Amaya.

"Hanımefendi, babam ölebilir. Lütfen gelin," diye yalvardı Poornima.

"Önceliğim olan müvekkillerimin acılarını dindirmek istiyorum. Eğer ısrar ederseniz Cumartesi günü evinizi ziyaret edebilirim." Amaya kesin konuştu.

"Size minnettarım, Hanımefendi. Sizden derhal Chandigarh'a gelmenizi istememin bir nedeni daha var. Babamın güvenliğinden endişe ediyorum; hayatı tehlikede. Birçok profesyonel rakibimiz ilaç şirketimizin eşi benzeri görülmemiş büyümesini hazmedemiyor. Şirketimizin içinde onlar için çalışan birileri olabilir. Onunla ilgilenmeleri için en güvendiğim doktor ve hemşireleri görevlendirdim. Ayrıca, babamla çok zaman geçiriyorum." Poornima'nın sözlerinde biraz ıstırap vardı.

"Babanı korumak için son derece dikkatli olmalısın. Etrafında güvenilir insanlar olduğunu bilmek güzel. Bu arada, Kochi'den Delhi'ye, oradan da aktarmalı olarak Chandigarh'a uçabilirim. Seyahatim konusunda endişelenmeyin; ben hallederim," dedi Amaya.

"Elbette. Hanımefendi, yarın akşam sekiz buçukta sizi arayayım mı?"

"Tabii, iyi geceler hanımefendi."

"İyi geceler, Poornima," diye cevap verdi Amaya.

Birdenbire tam bir sessizlik oldu. Eva, Karan'ın hastane kayıtlarına Amaya yerine girdiği isimdi; pasaport, vize, doğum tarihi, ikamet adresi ve diğer belgelerin kopyası. Doğan bebek Eva ve Karan'ın kızıydı.

Amaya ağladı. Gürültüsüz bir çığlıktı ama kalbi yerinden fırlayacak gibiydi, acısı çok yoğundu. Amaya yirmi yıl sonra ilk kez kontrolünü kaybetti; şartları zihni belirledi. "Bırak da ağlayıp sızlayayım, son yirmi dört yılın acı ve ıstırabından arınayım," dedi. Amaya orada iki saatten fazla bir süre hiçbir şey düşünmeden oturdu, sadece boşluğu ve tamamen karanlığı deneyimledi.

Bir kez daha, birbirine bağlanan binlerce ince şafttan oluşan bir tüneldeydi. Sonsuzluğun uçurumu her şeyi yutuyordu. Ama hiçbir yerden bir bebek ağlıyordu. Amaya çocuğa ulaşmak istedi ve hedefine hiç ulaşamadan koştu. Bağrışmalar daha da arttı; binlerce kişi muson öncesi sağanakların aralıklı kakofonik gök gürültüsü sırasında tilkiler gibi uludu, böğürdü ve ciyakladı. Çığlıklar daha gürültülü ve korkutucu hale geldi. Tsunaminin kükreyen sesleri çığlıkları bastırdı. Yaklaşan gökyüzü yüksekliğindeki su duvarı ve onun gücü her şeyi yok edebilir ve yoluna çıkan her şeyi paramparça edebilirdi. Tüyler ürperticiydi ve saatlerce dalgaların üzerinde süzülmeyi deneyimledi. Burun deliklerini, boğazı, ciğerleri ve mideyi patlatan bir ölüm hissiydi bu.

Amaya birbirinden kopuk yüzlerce ev görebiliyordu ve onlardan birine ulaşmaya çalıştı. Bir şekilde, sadece beyaz sarili ve traşlı kadınların insanları reddettiği büyük bir eve girdi. İstenmedikleri için oğulları onları bir tapınağa atıyordu.

"Günlerimiz sayılı; insan olarak yaşamaya hakkımız yok çünkü biz duluz," diye bağırıyorlardı hep bir ağızdan.

"Ama dulluk bir gün size de gelecek; çıkışınız yok," diye bağırdı bebeği emen kör bir kadın.

"Ona beddua etmeyin," diye hayıflandı bir başka kadın.

"Bugün ya da yarın dul kalman kaçınılmaz. Bir robot bedeninizi toplayacak, derin bir yarığa atacak ve orada bir fare gibi çürüyeceksiniz," dedi ilk kadın kutsal bir kitaptan okur gibi. "Hayat anlamsız bir mücadeledir. Ona bir anlam vermeye çalışırsan, kimse kabul etmez," diye devam etti kör kadın.

Dul kalmak ölüm gibi bir şey olurdu, ama biri diğerini dengeleyecek gibi görünmüyor. Kadınlar acı çeker ve ölürdü; Dünya onlardan kurtulurdu. Kadınlar yok olduğunda, erkekler de yok olacaktı. Son dört milyon yıldır bu konuşan ve düşünen hayvanlar vardı. Ayakları üzerinde yürümeleri yarım milyon yıl sürdü. Bir dil yaratmaları bir milyon yıldan fazla sürdü. Bu gezegenin tüm köşelerini kolonileştirdiler, Neandertalleri avladılar, kadınlarına aşık oldular, bazı melezler ürettiler ve Avustralya ve Amerika'daki neredeyse tüm hayvanları yok ettiler. Ateşi, demir cevherini, silahları, yemek pişirmeyi ve çiftçiliği keşfettiler. Tanrılar, enkarnasyonlar, bakire doğumlar, kurbanlar, parlayan kılıçlar, yüzlerce vahada gece baskınları, Yahudilerin katledilmesi, kadınlarının dönüştürülmesi, çocuk evlilikleri, haçlı seferleri, cihatlar ve Taliban ile dinler gelişti.

Dinlerin kurucuları ordular yönetti, barışçıl insanları işgal etti ve binlercesini katletti. Kadınları ve küçük kızları eş ve cariye olarak alarak inancı yaydılar ve her yerde binlerce kafa, sunaktaki kurbanlık hayvanlar gibi kana bulanmış kılıçlarla kesildi. Galipler hayali gerçeklikler için ibadet yerleri inşa ettiler ve onları iyiliksever olarak adlandırdılar. Bu hayali varlıklar insanları terörize etti ve onlar adına her şeye karar vermeye başladı. Kadınlar galiplerin malıydı ve genç kızların cinsel zevk için aşırı çoğaldığı ve içki derelerinin aktığı cenneti vaat ettiler. Pek çok kişi rahipler, hocalar ve dolandırıcılar tarafından belirlenen küfürler yüzünden kellesini kaybetti. Mitleri kodladılar, efsaneleri yeniden yazdılar, büyü kitapları dağıttılar, eski kültürleri ve eserleri yok ettiler ve inanmayı reddedenleri yok ettiler. Sonunda insanlar burada, insansız bir gezegeni bekliyorlar. Bebeği emen dul kadın, hamileyken gözlerini oyan dini fanatiklerin kurbanı olarak ağıt yakmaya devam etti. Kocasını vurdular çünkü onunla yürürken ayak bilekleri açıktı.

Bitişikteki tünelde bir canavar vardı; Amaya onun arkasında, uzakta bir ışık parıltısı görebiliyordu. Ama onun için dağ gibi duran canavarın üstesinden gelmek, tuneli başının üstünde taşımak çok zordu. Onun dikkatli gözlerinden kaçmak için ona doğru süründü ama ayaklarının altından geçmesi uzun saatler aldı. Canavar, seks kölesi olan genç kadınlar için bir toplama kampını koruyordu. Kampta saklanan köleleri kurtarmak için canavara karşı savaşmalı ve onu öldürmeliydiniz. Dünya bilmiyordu; seks köleleri için bir toplama kampı vardı ve milyonlarcası çürüyordu. Tarlaya girmek için duvarın üzerinden tırmandı. Dehşet verici bir manzaraydı, hiç böyle bir insanlık trajedisiyle karşılaşmamıştı. Bütün kadınlar çıplaktı, başları örtülüydü; hiçbirinin elleri yoktu, bacakları demir sütunlara zincirlenmişti. Çürüme aşamasındaki kadınların kesik ellerini girişe yakın bir yerde dağ gibi üst üste görebiliyordu. Bu iğrenç manzara onu paramparça etti.

Seks köleleri dehşete düşmüş maymunlar gibi ağlamaya başladılar, bu yürek burkan bir deneyimdi. Zincirleri teker teker kırdı. Görevi tamamlaması asırlar sürdü. Bir kasırga gibi kapıya doğru koştular ve hepsi aç olduğu için canavarı yuttular. Kargaşanın yarattığı dehşet verici gürültü toplama kampının her köşesinde yankılandı. Sömürülen ve zincire vurulan kadınlar için bir kurtuluş, bir özgürlük mücadelesiydi bu. Amaya da onlara katıldı ve bir bulut duvarı gibi hareket ettiler.

"Amaya," diye omzunu sıvazlayarak kendi kendine konuştu, Poornima'yla konuştuktan sonra derin bir şok içindeydi. Saat gece yarısıydı. Zihnindeki kargaşa çok güçlü olduğu için yirmi bir yıldır ilk kez Vipassana'yı kaçırmıştı. Çömelmek, kollarını uyluklarının üzerinde lotus pozisyonunda tutmak ve meditasyon yapmak zordu; göz kapaklarını kapatmaya çalışsa da uyumak da zordu. Son yirmi dört yıldır uyanık olduğu tüm saatlerde rüyasında gördüğü kızıyla konuştuğunu biliyordu. Onunla yüz yüze görüşmek, konuşmak, kucaklaşmak için bitmek bilmeyen bir özlem duyuyordu. Ama Poornima'yla konuşmanın verdiği içsel haz eksikti.

Bir kopukluk hissi, Poornima'ya duygusal bir mesafe koyma, onun kendi hayatını, mutluluğunu ve tatminini yaşamasına izin verme arzusu vardı. Yine de Poornima'nın mümkünse babasıyla görüşerek acısını dindirmesini istiyordu. Onun kızı olamayacağı için hayatını Poornima ile paylaşması mümkün değildi. Poornima, annesinin kalbini okşadığı, yaklaşık çeyrek asırdır hayalini kurduğu kişi değildi. Amaya için Supriya kendisiydi ama Poornima başka birine aitti. Birdenbire Karan bir yabancıya, bir yabancıya dönüştü. Üniversitede tanıştığı Karan şefkatli, sevgi dolu, dinamik, bir yoldaş ve bir arkadaştı. Ama kızlarıyla birlikte ortadan kaybolan Karan bir yabancıydı.

Sonra Amaya uyudu ve üç saatlik rahatsız bir uykudan sonra altıda kalktı. Uzun yıllar sonra ilk kez geç saatlere kadar uyumuştu. Bir saat boyunca Vipassana yapabilirdi ve zihni kontrol altında olurdu. Meditasyondan sonra, kalbinden kocaman bir taşı sonsuza dek çıkarmanın sevincini yaşadı. Bu özgürlüğün tadını tam anlamıyla çıkardı.

Hakları ve Hayatı

San Sebastian'dan döndükten sonra Amaya benzersiz bir içsel neşe ve Karan ile daha derin bir bağ yaşadı. Amaya onu çocukluğundan beri tanıdığını ve her yerde birlikte olduklarını düşünüyordu. Onun futbolla, futbol kulüpleriyle, hisse senedi pazarlarıyla, motosikletlerle, arabalarla özdeşleşmesinden ve başkalarını değerlendirmesinden hoşlanmaya başladı ama yine de boğa güreşlerinden nefret ediyordu. Birlik ve beraberlikleri her geçen gün katlanarak artıyordu. Bu kadar çok ortak noktaları olduğunu fark ettiğinde Amaya'nın şaşkınlığı hiç bitmedi. Bu, Karan'ın aşkını daha iyi anlamasına yardımcı oldu. Sabah erkenden uyandıklarında yatağına kahve yapıyordu ve Amaya bunu çok seviyordu. Karan her gün kahvaltı için özel bir şeyler yapmakta ısrar ediyordu. Kahvaltıda boğa gözü kızartırdı. Amaya ise kırmızı biber, dilimlenmiş soğan, bir parça kaju, karanfil, kakule, bir tutam tarçın ve bir tutam tuzla çırpılmış yumurtayı tercih ediyordu. Tadı çok lezzetliydi.

Amaya, Karan'ı incitmek istemediği için boğa gözünü yedi. Gazetecilik Okulu'na her gittiğinde öğle yemeğini üniversitenin kafeteryasında yerdi. Karan ve Amaya akşam yemeğini birlikte hazırladılar; Karan'la yemek yemek her zaman iç açıcı bir deneyimdi. Güneşin altındaki her şey hakkında hikayeler paylaşır, şakalar yapar ve Tere Ghar Ke Samne'de Dev Anand için Mohammed Rafi'nin Hintçe aşk şarkılarını söylerdi. Karan, son yemeği pişirdikten sonra mutfağı her gün kendi başına temizlemek ve paspaslamak konusunda çok titizdi. Amaya her sabah üniversiteye giderdi; o ise günün geri kalanında hisse işiyle meşgul olurdu.

Haftada bir kez yüzme havuzunu boşaltıp yeşil deterjanlarla temizliyorlardı. Karan'la yaşamak hoş bir deneyimdi; endişelenecek hiçbir şey yoktu ve onunla olan hayatında hiçbir sorun yoktu. Amaya zaman zaman Karan'ın kendisini çok fazla sevdiğini hissediyordu. Onunla tartışmak ve kavga etmek istiyordu, ki bu yaşam boyu birliktelik ve hayatın gerçeklerini paylaşmak için gerekliydi. Tartışmaların ve sürtüşmelerin olmadığı bir hayat zihninde hafif hayal kırıklıkları yaratıyordu. Üniversite kütüphanesinde tek başına otururken, zaman zaman Karan'ın bir gizem olduğunu, kimsenin bu kadar düşünceli, sevgi dolu ve mükemmel olamayacağını düşünüyordu. Arada bir Karan'dan kendisiyle kavga etmesini rica ediyordu. Amaya'nın itirazını duyan Karan gülerdi. "Bazen benimle aynı fikirde olmamalı, egomu incitmeli ve beni ağlatmalısın. Hayatımı sorunsuz ve birlikteliğimizi mükemmel hale getiriyorsun. Annemle babamı kavga ederken görmüştüm ama yarım saat sonra arkadaş olurlardı. Böyle kavgalarda güzellik vardı," diye açıkladı Amaya.

İnsan hakları araştırması için veri toplamak üzere gazete ofislerini, TV kanallarını, kütüphaneleri ve arşivleri ziyaret ettiği turda Karan da ona eşlik ediyordu, çünkü onu asla yalnız bırakmak istemiyordu. Amaya'nın otel rezervasyonlarını ve seyahat programlarını mükemmel bir şekilde ayarladı. Bu işleri yapmaya istekli olduğunu gösterdi. Karan'la yaşam mükemmel bir senfoniydi ama Amaya bu mükemmelliğin kendisini korkuttuğunu hissediyordu. Bu koşulların trajediye ve hayal bile edilemeyecek acılara yol açacağına dair içini kemiren bir korku vardı. Amaya Karan'a korku ve endişelerinden bahsettiğinde, Karan ona sıkıca sarıldı ve onu kalbine yakın tuttu. Amaya onun vücudunun kokusunu seviyordu. Burnunu onun koltuk altına değdirerek, onun kucaklayışındaki birliğin bir yan ürünü olan mutluluk verici coşkunun tadını çıkardı. Sonra seviştiler; paylaşım sersemleticiydi. En iyi arkadaşlar olarak büyüyorlardı. Arkadaşlıkta romantizm, paylaşımda samimiyet, güvende uyum vardı ve Karan yavaş yavaş Amaya'ya, Amaya da Karan'a dönüşüyordu.

Karan, Amaya'ya üniversiteye gitmek ve araştırması için veri toplamak üzere bir araba satın almak için banka hesabına bir miktar para aktarmak istediğini söyledi. Karan'a hesap numarasını verdikten sonra, yepyeni bir Mercedes Benz iki gün içinde garajlarındaydı. Amaya banka bakiyelerini kontrol ederken aynı derecede pahalı bir şey satın almak için yeterli para buldu. Ancak havalenin "kimliğini açıklamak istemeyen bir arkadaş" tarafından yapıldığını görünce biraz şaşırdı. Amaya güldü ve Karan'a "gizemli adam" diye seslendi. Karan da güldü.

Güney balkonunda Disklavier piyano ile uzun saatler geçirdiler. Bu, modern teknolojiyle birleştirilmiş geleneksel bir akustik piyanoydu. Amaya ilk piyano derslerini Rose'a ait olan bir Upright'ta çalmıştı. Madrid'deki Loreto Okulu'nda bulunan Grand piyano heybetli görünüyordu ve Amaya onun güzel klavyeleri üzerinde hatırı sayılır bir zaman geçirdi. Karan, piyano çalmanın el-göz koordinasyonunu senkronize etmeye yardımcı olduğuna, çevikliği geliştirdiğine ve yüksek tansiyon ile solunum hızını azalttığına inanıyordu. Piyano çalmak kalp rahatsızlıklarını önemli ölçüde azaltıyor, bağışıklık tepkilerini ve parmakların, avuç içlerinin ve ellerin becerisini artırıyordu. Konsantrasyon becerilerini keskinleştirerek beyni daha aktif ve dikkatli hale getirdi. Amaya, Karan'ın kalbinden geldiği gibi ama bir doktor gibi konuştuğunu biliyordu. Piyano çalmanın, piyanonun ürettiği müziği dinlemesine yardımcı olduğunun farkındaydı. Piyanist aynı anda pek çok şey yapıyordu; parçayı okuyor, çaldığınız notaları dinliyor ve aynı anda pedal üzerinde çalışıyordu. Karan piyanonun insana hayatını, arzularını ve geleceğini nasıl koordine edeceğini öğretebileceğini söylerdi. Amaya onun piyano çalmanın fiziksel ve tıbbi faydaları üzerine makaleler ve kitaplar okumuş olabileceğini düşündü.

Madrid'deki Loreto okulundaki rahibeler zihinsel ya da ruhsal yararları üzerinde ısrar ediyorlardı. Piyano kültürünü geliştirmeye ve içselleştirmeye odaklanmış mükemmel müzik öğretmenleriydiler. Amaya'ya piyano çalmanın kolay olduğunu, oturarak ve tuşlara basarak çalınabileceğini söylediler. Müzik doğal bir olguydu, Evrenin diliydi. Rahibeler galaksilerin, yıldızların ve gezegenlerin anlayabildikleri tek dil olduğu için müzikle iletişim kurduklarını açıkladılar. Tanrı Evreni yarattığında müzikle konuşmuştu ve evren her bir notayı öğrenip milyarlarca yıl boyunca kendisi için çalmıştı. Bu müzik Evrenin her köşesinde yankılandı ve uzaylılar gezegenimizi ziyaret ettiğinde, müzik notalarıyla konuştular, derdi rahibeler gülümseyerek. Karan, piyano çalmanın insan beynini değiştirdiğini söyledi. Karan, yunuslar, şempanzeler, filler, inekler, köpekler, kediler, tavus kuşları, tavuklar ve hatta fareler de dahil olmak üzere tüm hayvanların piyano müziği dinlerken sevinçlerini ifade ettiklerini düşünüyordu. Piyano çalmak ve müziği beyni uyarır, zihni yükseltir ve herkesi hayattan zevk almaya teşvik eder; Amaya annesinin sözlerini hatırladı.

Karan, "Piyano çalmak, tonları, aralıkları ve akorları tanıyarak ve perde duygusunu geliştirerek işitsel farkındalığı artırır," diye açıkladı.

"Amaya, enerji seviyen her zaman daha yüksek olur. Piyano çalarken, bir piyanist olarak yeni sinirsel bağlantılar eklersin," dedi Karan bir gün terasta oturup akşam çayı içerken.

"Sağlıklı düşünme, daha iyi konsantrasyon ve başarılı eylem gibi beyne ve işlevlerine yardımcı olur," diye devam etti Karan.

Amaya ona sanki bir nörolog gibi konuşuyormuş gibi baktı. Ona göre dinç bir beyin hoş anıların, rahatlatıcı farkındalığın, çekici konuşmanın, güçlü dilin ve kontrollü duygusal tepkilerin merkeziydi. Amaya Karan'a hayranlıkla baktı; açıklaması kesin ve bilimseldi.

Rose bir keresinde Madrid'deyken Amaya'ya "Piyano çalmak zihinsel olarak uyanık, genç ve canlı kalmanızı sağlar," demişti. Rose onun ilk piyano öğretmeniydi ve son derece iyi piyano çalıyordu; Shankar Menon onun yeteneklerine saygı duyuyor ve piyano çalarken uzun saatler yanında oturuyordu. Rose'un Londra, Bagley's Lane'de geniş bir piyano koleksiyonuna sahip bir piyano dükkanından satın aldığı bir Upright piyanosu vardı. Upright harika bir piyanoydu; gövde parçaları farklı ahşap türlerinden oluşuyordu. Ses tablası, esnekliği nedeniyle en yankılı olan ladindi. Piyano ses tahtaları kıvrımlı yapılırdı ve hoparlör konisi gibi bir tacı vardı. Pin-block için kullanılan akçaağaç yüksek derecede stabiliteye sahipti. Seksen sekiz tuşun tamamı tek bir ağaç parçasından elde edilmişti. Kasa meşe, ağız ise akçaağaç ve maun karışımıydı. Dış ve arka direkler abanozdandı.

Rose kızına notaları nasıl okuyacağını ve iki eliyle nasıl çalacağını öğretirken "Büyük bilim adamları mükemmel müzisyenlerdi" dedi. Amaya hızlı öğrenen biriydi ve Loreto okulundaki rahibeler Amaya'yı becerilerinde ustalaşması için teşvik ettiler.

Barselona'dan döndükten ve depresyondan kurtulduktan sonra Amaya, annesiyle birlikte çağlayana bakan köy evlerinde kalırken piyano çalmaya devam etti. Annesiyle geçirdiği üç yıl boyunca Rose, Amaya'nın paramparça olmuş hayatında sürekli olarak bir müzik ortamı yaratmaya çalıştı. Amaya avukatlık yapmak üzere Kochi'ye taşındığında Rose ona yeni bir Steinway Art Grand piyano hediye etti. Amaya her Cumartesi, tatil ve Pazar akşamı saatlerce birlikte çaldı. Müziğin hayatında yarattığı sihir inanılmazdı ve Vipassana ile birlikte hayatını tamamen değiştirdi. Yine de bir düşünce, bir umut ışığı olarak aklında kalmaya devam ediyordu, sevgili Supriya'sıyla buluşmak.

Telefon kesinlikle sekiz buçukta geldi. "Hanımefendi, Chandigarh'dan en içten dileklerimle. Ben Poornima," diye yankılandı ses.

"Merhaba Poornima," diye cevap verdi Amaya.

"Dün gece uyuyamadım; Chandigarh'a yapacağınız ziyareti düşünüyordum. Bu benim arayışımın son noktası olacak. Bir yerlerde var olduğunuza, babamı tanıdığınıza ve babama yardım edebileceğinize inanıyordum. Ama yine de hazmedemiyorum; seni bulabilirdim; seninle konuştum." Poornima'nın sözleri kendini gerçekleştirme ve umut doluydu.

"Poornima, benim tek niyetim acılarının üstesinden gelmene yardımcı olmak. Evine yaptığım ziyaret bu konuda sana yardımcı olacaksa, buna değer." Amaya'nın cevabında üstü kapalı bir tarafsızlık vardı. Acı, keder ve depresyon dünyasının çoktan ötesine geçtiğini biliyordu; burada yaşam bir görev ifadesiydi ve başkalarının öz değerlerine ulaşmalarına yardımcı olmaktı. Poornima'nın acı, endişe ve depresyonun yokluğunu hissedebileceği bir bilinç durumuna ulaşması gerekiyordu ve Amaya Poornima'ya yardım etmek istiyordu.

"Hanımefendi, çok naziksiniz. Bununla birlikte, babamla nasıl bir akrabalığınız olduğunu ya da babamın sizinle hangi bağlamda ilişki kurduğunu bilmiyorum. Ama kesin olan bir şey var ki, babam sizi unutamaz, çünkü siz onun hafızasının ve bilincinin derinliklerine yerleşmişsiniz. Bu, ifade edilmemiş bir minnettarlık ya da bastırılmış bir suçluluk duygusunun sonucu olabilir, hatta başka bir şey de olabilir. Onun içinde olduğunuza eminim," diye anlattı Poornima.

Amaya bir an düşündü ve Poornima'nın söylediği sözleri, tonunu, niyetini ve arka planını değerlendirdi. Her ne kadar düz bir anlam ifade etse de, kastedilen iki kişi arasında bir ilişki kurma niyeti vardı. Amaya'nın hukuki aklı bir varsayımda bulundu. Ancak bu konuda bir açıklama yapmak ya da tepki vermek gereksizdi ve uzun bir sessizlik oldu.

"Size kişisel bir soru sorabilir miyim?" Poornima alçak bir sesle yalvardı.

"Evet," diye yanıtladı Amaya.

"Bir kızınız var mı?"

Amaya hemen "Evet," diye cevap verdi.

"Ona ne diyorsunuz; kaç yaşında ve ne yapıyor?" Poornima'nın Amaya'yla olumlu bir ilişki kurmak için pek çok şeyi bilmek istediği anlaşılıyordu.

"Onun adı Supriya. Yirmi dört yaşında, yani senin yaşında. Ne iş yaptığını bilmiyorum, muhtemelen bir profesyonel." Amaya olabildiğince kısa ve objektifti.

Bir kez daha, sanki konuşacak başka bir şey yokmuş ya da çıkmaz bir sokaktaymışlar gibi sessizlik oldu.

"İyi geceler hanımefendi. Açık konuşmadığım için özür dilerim, yoksa duygularınızı incitebilirdim," diye duydu Amaya diğer uçtan. Kızının adını ve yaşını açıkladığı için pişmanlık duyarken zihni allak bullak olmuştu.

Amaya ertesi gün için listelenen vakaları dikkatle gözden geçirdi. Kabul için dört, ilk duruşma için üç ve son duruşma için bir başvuru vardı. Tüm dosyaları gözden geçirdi ve tartışmaların can alıcı noktalarını not aldı. Son duruşma yirmi yaşında bir kadının davasıydı. Davacı Divya, otuz iki yaşındaki Abdul Kunj'dan olan bir yaşındaki kızı ve kendisi için uygun bir tazminat talebinde bulunmuştu. Abdul Kunj, Divya ile bir ilişki yaşadıktan sonra onu terk etmiştir. Divya, zengin bir işadamı olan Abdul Kunj ile birkaç yıl samimi bir ilişki yaşadıktan sonra onunla birlikte kalmaya başlamıştır. Hindu olan anne ve babası onun bir Müslüman olan Abdul Kunj ile birlikte yaşamasına karşıydılar ancak Divya'nın altı aylık hamile olduğunu öğrendiklerinde buna gönülsüzce razı oldular. Abdul Kunj evliydi ve dört çocuğu vardı; Divya ile yasal olarak evlenemedi ama onu deposunun yakınındaki iki odalı bir evde tuttu. Doğumdan sonra Abdul Kunj, Divya'yı bir kız çocuğu doğurduğu için fiziksel olarak taciz etti ve iki hafta içinde anneyi ve çocuğu terk etti. Divya'nın ailesi onu kabul etmeyi reddetti ve Rahibe Teresa'nın rahibeleri onu kurtarana kadar birçok geceyi terk edilmiş bir çöplükte, başıboş köpeklerin saldırısına uğrayarak geçirdi. Amaya, Kerala'nın her yerinde bu tür yüzlerce vaka bildiği için Divya için adaleti sağlamaya kararlıydı.

Amaya ertesi gün Poornima'nın gönderdiği e-postayı görünce biraz eğlendi. Uzun bir mektuptu ve Poornima, kendisine e-posta göndermek için Amaya'dan izin almadığı için özür dileyerek başladı. Amaya'nın e-posta adresini, Amaya'nın Women's Rights and Women's Life dergisinde yakın zamanda yayınladığı bir makaleden aldığını açıkladı. Chandigarh'ı ziyaret ederken Poornima, Amaya'nın Dr. Acharya'nın ailesini tanımasına yardımcı olmak için belirli gerçekleri anlatmak istedi.

Poornima'nın ailesi hakkında kısa bir bilgi vardı. Chandigarh'da sevgi dolu ve şefkatli ebeveynlerle büyümüş. Onuncu sınıfa kadar rahibeler tarafından yönetilen bir okula gitmiş ve rahibeler ona iyi bir insan olmayı öğretmişler. Dr. Acharya İlaç Araştırma Merkezi'ne bağlı hastanede tamamen meşgul olmasına rağmen, doktor olan annesi Poornima ile ilgilenmek için yeterli zamanı buldu. Bu bir abartı değildi; Poornima sevginin anlamını annesinden öğrendi.

Babası Dr. Karan Acharya, Dr. Acharya İlaç Şirketi'nin CEO'suydu ve babasının vefatından sonra Yönetim Kurulu Başkanlığı görevini üstlendi.

Genç bir adamken Pencap'ın muzaffer futbol takımında üç kez temsil etti. Dr. Acharya parlak bir piyano sanatçısıydı ve evleri en büyük romantik usta bestecilerin müzikleriyle yankılanıyordu. Nöroloji alanında doktora yaparken ve Alzheimer için bir ilaç geliştirirken, müziğin beyin işleyişi üzerindeki etkilerini araştırdı.

Poornima'nın anne ve babası birbirlerinden ayrılmazdı ve aşkları göz kamaştırıcı bir güzelliğe sahipti. Genç yaşta tanışmışlar, birbirlerine aşık olmuşlar ve evlenmişler. Annesi yaklaşık yedi yıl boyunca hamile kalamadı, bu yüzden depresyona girdi. Çift üç yıl boyunca uzun süreli izne ayrıldı, Dr. Acharya eşiyle birlikte Marsilya'ya gitti ve annesi orada tedavi gördü. Dr. Acharya bir yılını Barselona'da tek başına geçirdi, ikinci yıl futbol kulüplerinin hisselerini alıp sattı. Zaten milyarder olduğu ve ilaç şirketi babasının liderliğinde iyi gittiği için hisse senedi piyasasına girmesi şaşırtıcı oldu. Poornima, bilinmeyen nedenlerden ötürü, futbol kulüplerinin hisselerini alıp satmakla meşgulmüş gibi davranmış olabileceği yorumunda bulundu.

Amaya bir an için okumayı bıraktı. Güvenilir bir kişinin yalanları onun bireyselliğini, kişiliğini ve insanlık onurunu çarpıtmıştı. Amaya bir sonraki paragrafı bir kez daha gözden geçirdi. "Son üç aydır seni arıyordum ve seninle konuşur konuşmaz, özellikle adının geçtiği yazılı belgeleri, hatta bir kâğıt parçasını bile ciddi bir şekilde incelemeye başladım. Yaklaşık yirmi beş yıl önce babam tarafından yazılmış bir dosyanın kenarında adınızı bulabildim. Bana gerçek belgeler göstermem için meydan okuduğunuzda, araştırdım ve babamın Barselona sahilindeki evine ilk ziyaretinizi öğrendim. Ancak hisse işiyle ilgili herhangi bir işlem kaydı yoktu. Hindistan'dan ev, araba ve diğer masraflar için para gönderildiğine dair kayıtlar vardı, ilaç şirketinin iş giderleri başlığı altında." Amaya okuduktan sonra tekrar durakladı. Poornima onun hisse senedi işiyle ilgili hiçbir kaydın izini sürememişti, bu bir gerçekti.

Anne ve babasının Avrupa'da geçirdikleri ikinci yılın ortasında Poornima Barselona'da dünyaya geldi. Ancak hamile annesinin doğum için neden Barselona'ya gittiğini anlayamadı. Marsilya'da tanınmış hastanelere bağlı iyi donanımlı anne ve çocuk bakım tesisleri vardı; annesi orada tedavi görüyordu.

Bu iyi planlanmış bir aldatmacaydı, Amaya'nın en çok güvendiği, değer verdiği ve sevdiği kişi tarafından yapılan bir hile vakasıydı. Okurken ıstırap duydu; acı onu alt etmeye çalışıyordu. "Sessiz ol, sakin ol." Zihnini kontrol etmeye çalıştı.

"Hanımefendi, babamın davranışlarında gizemli bir şeyler vardı. Nasıl olur da hamile karısını Marsilya'da bırakıp Barselona'da tek başına kalabilirdi? Sonra sizinle görüşmeye başladı. Babamla sizin aranızda bir ilişki olduğuna dair elimde hiçbir kanıt yok. Ama babamın dosyalarında saklı olabilecek daha fazla kanıt arıyorum. Onları kazıp çıkarıyorum, her karalamayı okuyorum. Babamın bilincini yeniden kazanmasına yardımcı olmak istiyorum; küçük notlar bu süreçte ona yardımcı olacaktır. Ona yardım edebilecek tek kişinin siz olduğunuza inanıyorum." Amaya iç çekerek e-postayı okumayı bitirdi.

Amaya sıktığı yumruğuyla masaya vurdu. Dayanılmaz bir acı vücuduna nüfuz etti. Bir yıldan fazla bir süredir Barselona, Londra, Cenevre, Viyana ve Helsinki'nin sokaklarında, parklarında ve tren istasyonlarında dolaşırken aynı acıyı binlerce kez yaşamıştı. Yeni doğan bebeğini ararken çok zor zamanlar geçirmişti. Sonsuz bir av, acınası bir arayıştı bu. Kalbi kırık yolculuklar arasında, korkunç bir karanlık onun boşluğunu doldurdu. Kendini hor görülen bir insana, kimliğini kaybetmiş amaçsız bir göçebeye dönüştürdü. Hyde Park'ta oturup saatlerce hiçbir yere bakmadan, Cenevre tren istasyonunda amaçsızca gezinerek, Viyana'nın Tuna kıyısında yürürken ninniler mırıldanarak kendini insan altı bir seviyeye indirdi. Çektiği acı Oizys'in çektiğinden bin kat daha yoğundu ve hiçbir insan bunun ötesinde acı çekemezdi.

Amaya başını masaya dayayarak sızlandı. Helsinki'de bir üniversite öğrencisi ona yakın oturdu ve sordu: "Neden bu kadar çaresizsin? Neden ağlıyorsun? Gözlerinde büyük bir keder var." Amaya'nın yüzünü bir mendille temizlemesine yardım etti. "Lütfen bir daha ağlama. Burada uzun süre oturma; hava kararıyor ve soğuyor. Sana nasıl yardımcı olabilirim? Lütfen benimle gel ve bir fincan kahve iç," diye rica etti. Amaya onunla birlikte gitti. Restoran sıcaktı, kahve dumanı tütüyordu ve besleyiciydi. Kadın Amaya'ya otel lobisine kadar eşlik etti. Amaya'nın omzuna vurarak, "Kendine iyi bak, sıcak tut," dedi. "Ben Esabel; bir sorununuz olursa, şehirdeyim, her zaman hizmetinizdeyim." Esabel ona bir kart verdi. Bir restoranda yarı zamanlı bir işte çalışan bir üniversite öğrencisiydi. Amaya'nın onun arkadaşlığında yaşadığı teselli sonsuz ve dokunaklıydı. Amaya, mutlu insanlar şehri Helsinki'nin kalbinde sıcak bir kalp hissedebiliyordu. Kahvaltı ederken, Amaya Esabel'in dost yüzünü hatırladı.

Kahvaltıdan sonra Amaya ofise gitti; astları sabah sekizde orada olacaktı. Amaya'nın yoğun bir günü vardı, zira farklı mahkemelerde duruşmalara çıkıyordu. Sunanda, Divya'nın iki yargıçlı bir heyet önünde görülen davasında Amaya'ya yardımcı oldu ve tartışmalar öğleden sonra iki saat boyunca devam etti. Davalı taraf Delhi'nin en pahalı avukatlarından birini atamıştı. Divya'nın hayatını ahlaksızca nitelendirdi, onu çırılçıplak soydu ve yaklaşık bir saat boyunca hukuk terminolojisini kullanarak tüm vücuduna çamur attı. Amaya'nın Divya'nın istismara uğramış bedenini ve morarmış yüzünü mahkemeye göstermesi fazla zaman almadı; Amaya çeşitli yasalara dayanarak rakibinin iftiralarını çürüttü ve Divya'nın haklarını ikna edici bir şekilde ortaya koydu. Mahkeme kararında kesin bir dil kullanarak Abdul Kunj'dan Divya'ya on milyon rupi tazminat ödemesini, ayrıca çocuğun bakımı, korunması ve eğitimi için belirlenen bir bankaya Divya adına on milyon rupi daha yatırmasını istedi.

Eve dönerken Barcelona vardı. Her gün akşam altı civarında üniversiteden eve dönmek için sabırsızlanıyordu. Karan çalışma odasında, hisse senedi alım satımıyla meşgul olurdu. "Amaya, seni seviyorum; günün nasıl geçti? Yemek yedin mi?" Sevgiyle sarmalanmış pek çok soru sorardı. Her akşam Amaya eve varır varmaz Karan ona sarılır ve dudaklarından öperdi. Birlikte akşam çayı içtiler; bildiği gibi Karan her zaman çay ve atıştırmalıklar için onu beklerdi. Barselona'daki Pencap ve Bengal restoranları atıştırmalık olarak düzenli olarak samosa, fırında namak para, bedmi puri raseela aloo veya chatpati aloo chat tedarik ediyordu.

Amaya, Karan'ın ifade ettiği sıcaklık ve sevginin karşılıksız olduğuna inanıyor ve onun kollarında, üniversite günlerinde bilmediği bir güven duygusunun tadını çıkarıyordu. Pek çok genç erkek Amaya'yla birlikte olmak, kalıcı bir bağ kurmak istediklerini dile getirdi ama Amaya herkese koşulsuz bir "hayır" dedi. Ergenlik yıllarında karmaşık psikolojisi bunu gerektirse de, hayatı paylaşacağı bir erkek arkadaşı ya da yoldaşı yoktu. Bağımsızlığın bir ürünü olan Amaya, yalnızlığını terk etmek için hiçbir nedeni olmadığından, biriyle bağ kurmayı, birliktelik içinde bir yaşam sürmeyi reddetti. Yalnız değildi ya da yalnızlık yaşamamıştı ve seks denemeleri yapmayı hiç düşünmemişti. Kalbinin bir arkadaşa sahip olma çağrısına kulak vermek hiç aklına gelmemişti.

Kişinin kimliğini geliştirmesinin özgüvenini artırdığının farkında olmadığından, fiziksel, duygusal ve sosyal gelişime yol açan yakın bir arkadaşlığın gerekli olduğunu hiç fark etmemişti. Barselona'dan döndükten sonra, depresyon yıllarında Amaya, erotik zevkler için kendisine yaklaşan bazı genç erkeklerde ya da kalıcı ilişkiler kurma arzusundaki diğerlerinde yarattığı olası hayal kırıklığını hatırladı. Birçok kişiye karşı kaba ya da kibirliydi çünkü özellikle münazaralar, topluluk önünde konuşma, bilgili tartışmalara liderlik etme ve kendini yarım düzine dilde akıcı bir şekilde ifade etme gibi yeteneklerine aşırı güveniyordu. Başkalarından aldığı övgüler ve hayranlık Amaya'yı genç erkekleri anlama konusunda cahil bırakmıştı. Okulda sadece bir arkadaşı vardı, ona Euskera konuşmayı öğreten Alasne. Ancak Amaya, diğer sınıf arkadaşlarıyla arkadaşlık kurmanın, uygun bir hayat arkadaşı seçerken sağlıklı beklentileri pekiştirmesi için onu teşvik edeceğinin farkında değildi. Arkadaş edinmeyi reddetmesi, başarılı yetişkin ilişkileri için güçlü bir zemin oluşturmasını etkiledi. Dolayısıyla, pek çok kişi arasından bir hayat arkadaşı seçmesini olumsuz etkiledi. Kişisel seçimi kendisine aitti, zira Rose dahil hiç kimseyle bu konuyu tartışmamıştı.

En azından birkaç kişiyle yakın arkadaşlık kurmanın, ihtiyaç anında onlara yaklaşmasına yardımcı olacağını ve onu daha iyi bir dirençle donatacağını bir kez bile anlamadı. Üç yıl boyunca annesiyle birlikte köyde kaldıktan sonra bir şeyin farkına vardı; Karan'ı değerlendirmesine yardımcı olabilecek farklı ilgi alanları, yetenekleri, görünüşleri, değerleri ve inançları olan arkadaşlara sahip olmayı özlemişti.

Lisans öğrencisiyken Mumbai'de gazetecilik yaparken sınıf arkadaşı olan Anurag ile ilgili canlı hatıraları vardı. Tüm programlarda ve etkinliklerde bir sanatçı, organizatör ve liderdi. Öğretmenler kadar öğrenciler de onu severdi; bazıları ona hayranlık duyar ve tapardı. Eğitimine devam ederken Anurag'ın geleceği için iyi tanımlanmış planları vardı; şehirde gelişmekte olan bir TV haber kanalının sahibi olan babasıyla birlikte çalışacaktı. Politikacılar, bürokratlar, sanayiciler ve film yıldızları stüdyosunun ziyaretçileriydi. Anurag, toplumda bir fikir yaratıcısı ve karar verici olarak, geleceğin politikacılarını ve politika yapıcılarını belirleyerek ilgi odağı olmayı seviyordu. Birçok erkek ve kadın öğrenci, maiyeti gibi her zaman onun etrafındaydı. Amaya, Anurag'la arasına dostça bir mesafe koyuyordu ama Anurag, Amaya'nın akademik mükemmelliğine, topluluk önünde konuşma becerisine, münazara yeteneklerine ve duygusal olgunluğuna sürekli hayranlık duyuyordu.

Amaya, üniversitenin yeni bir başlangıç için sunduğu fırsatlardan çok etkilenmişti çünkü burası birçok yeni yüzle çevrili yeni bir yerdi ama onlarla arkadaş olmak onun önceliği değildi. Bununla birlikte Anurag, ortak ilgi alanlarının ve kişiliğin geleceği şekillendirmede hayati bir söz sahibi olduğunu bildiği için çok sayıda arkadaş edinmeye özen gösteriyordu. Amaya'dan, izleyiciler üzerinde kalıcı bir etki bırakabilecek fikirler geliştirme ve bunları mantıklı ve güçlü bir şekilde ifade etme konusunda bir şeyler öğrenmek istiyordu. Ayrıca, Anurag Amaya'nın arkadaşlığına değer veriyordu, ancak Amaya saygılı bir mesafeyi korumayı tercih ediyor ve profesyonel bir ilişkiye inanıyordu. Anurag, Amaya ile daha fazla zaman geçirmek istiyor ve onunla ortak etkinlikler yapmaktan keyif alıyordu. Amaya ile kalıcı bir ilişki geliştirmeyi arzuluyordu; bu onu mutlu eden, kasıtlı bir şeydi. Fırsat buldukça Amaya'yı güldürmek için elinden geleni yapıyordu.

Anurag kendine güveniyordu; ilk yılının ilk iki ayı kalıcı ilişkiler kurmak için çok önemliydi. Küçük ayak işlerinde bile Amaya'ya yardımcı oluyor ve kampüs etkinliklerinde onunla birlikte oluyordu. Anurag, profesörlerin kendilerini tanıttıkları ve verdikleri dersler hakkında bilgilendirme konuşmaları yaptıkları öğretmenler haftası ya da profesörlerin dönem ödevlerini teslim eden öğrencileri davet ettikleri kahve kulüpleri gibi neredeyse tüm etkinliklerde aktif bir katılımcıydı. Amaya'yı kendisiyle konuşması için üstü kapalı bir şekilde cesaretlendirdi. Müzik festivalleri, yardım gösterileri, tiyatrolar, piknikler ve diğer sosyal etkinlikler, Anurag Amaya'yı takip etti ve bu tür etkinlikler ona doğal bir etkileşim fırsatı verdi.

Amaya'nın üye olduğu pek çok kampüs organizasyonu vardı ve Anurag bunlara katılırken seçici davranıyordu. Bu tür dernekler üyeleri arasında tekrarlanan etkileşimler sağladı ve Anurag isteyerek Amaya'ya yakın olmaya çalıştı. Yapılandırılmamış kampüs etkinlikleri daha iyi ve yakın iletişim için daha fazla fırsat sunuyordu ve grup projeleri fikir alışverişi için bolca fırsat sağlıyordu. Dolayısıyla Anurag, Amaya'ya daha yakın olabilmek için kasıtlı olarak Amaya'nın üyesi olduğu projeleri tercih etti. İkinci yılın sonunda Anurag, Amaya'ya babasının TV haber kanalında bir ay boyunca staj yapmasını önerdi çünkü bunun onunla kalıcı bir dostluk kurmak için mükemmel bir fırsat yaratabileceğini biliyordu. Birçok öğrenci orada staj yapmak için başvurmuştu ama seçilenler çok azdı. Amaya TV haber kanalına staj için başvurmaya karar verdiğinde, Anurag bunu kendisi için bir keşif olarak kutladı; Amaya ondan hoşlanmamıştı.

Yavaş yavaş, Anurag Amaya ile sıcak bir bağ kurmaya başladı ve onu ailesinin geniş villasındaki doğum günü kutlamaları, Deepawali, Ram Navami, Sri Krishna Jayanti, Yeni Yıl Günü ve Ganesh Chaturthi gibi festivallere ve aile buluşmalarına davet etti. Anurag her zaman Amaya'yı Bandra'daki evinden almaya ilgi gösterir, Mumbai'nin işlek caddelerinden geçerek iki kardeşiyle birlikte anne babasının yaşadığı Malabar Hills'e kadar giderdi. Anurag, Marine Drive'a bakan saray gibi eviyle gurur duyuyordu. Amaya'nın ilk ziyareti, Anurag'ın evinde lise öğrencisi olan ikiz kız kardeşleri Anupama ve Aparna'nın doğum günü kutlamaları içindi. Amaya'yı bir hafta önceden akşam yemeğine davet eden Anurag, Amaya'nın kalabalıktan hoşlanmadığını çok iyi bildiği için sadece aile üyelerinin orada bulunacağını söyledi. Amaya ilk kez iyi eğitimli bir insan olan Anurag'ın babasıyla tanıştı. Ülkedeki siyasi durumu tartışarak Amaya'yı evindeymiş gibi hissettirdi. Anurag'ın annesi bilgisayar bilimleri alanında yüksek lisans yapmıştı ve Mumbai'nin farklı gecekondu mahallelerindeki kadınlara ücretsiz bilgisayar okuryazarlığı veren bir STK'da çalışıyordu. Eve girdiğinde Amaya'ya nazikçe sarıldı; samimiyeti, sadeliği ve açıklığı Amaya'yı şaşırttı. Anupama ve Aparna okulları, öğretmenleri ve okulu yöneten rahibeler hakkında pek çok hikaye anlattılar ve Amaya'nın yanağından öptüler.

Basit bir doğum günü kutlamasıydı ama zengin bir sevgi alışverişiydi. Amaya, Marathi ibadet şarkıları ve bazı Hint film şarkıları söyleyen Anupama ve Aparna'nın arkadaşlığından hoşlandı. Görünüşe göre herkes yemekten keyif almış ve Amaya'nın varlığını takdir etmişti. Anurag'ın annesi Rose hakkında sorular sordu ve onun Cornell'li bir mimar olduğunu ve Londra, Madrid ve Mumbai'de çalıştığını duyunca memnun oldu. Anurag'ın babası Shankar Menon ve editörlüğünü yaptığı The Word hakkında çok iyi düşüncelere sahipti. Anurag yemek boyunca saygılı bir sessizlik içinde ebeveyninin Amaya ile sohbetini dinledi. Bir doğum günü partisi olmasına rağmen Amaya ilgi odağıydı ve Anupama Aparna da buna uygun bir tepki verdi.

Amaya kendisini davet ettikleri için teşekkür ettiğinde Anurag'ın annesi "Amaya, yine gel," dedi. Anupama ve Aparna'ya Alappuzha'da bir tekne yarışı ve Kathakali olmak üzere iki tablo hediye etti.

Bandra'daki eve ulaşırken Anurag Amaya ile konuştu ve evini ziyaret etmekten duyduğu mutluluğu dile getirdi. Doğum günü partisinden sonra Amaya Anurag'ın evini birçok kez ziyaret etti. Anupama ve Aparna Amaya'ya aşinaydılar ve onun varlığından mutluluk duyduklarını ifade ettiler. Anneleri Amaya'ya sanki aileden biriymiş gibi davranıyordu.

"Amaya, hayat bizim yaptığımız şeydir; aynı zamanda arkadaşlar tarafından yapılır. Son üç yıldır arkadaşız; seni hayatımı benimle birlikte kurmaya davet ediyorum ve ben de hayatımı seninle birlikte kurmaya hazırım." Anurag, final döneminin son ayında Amaya'ya beklentilerle söyledi.

Amaya bunun bir yalvarış olduğunu fark etti. Anurag iyi bir arkadaştı, olgun ve kararlıydı. Duyguları, arzuları ve beklentileri vardı ama Amaya bunlara hiçbir zaman yakınlık ve şefkat duygusuyla karşılık vermedi. Anurag ile ilişkileri bir arkadaş gibiydi ve bunun ötesinde bir şey değildi.

Amaya, "Anurag, sen benim arkadaşımsın ve arkadaşım olarak kalacaksın; bunun ötesinde hiçbir şey düşünmedim," dedi.

"Bütün hayatım boyunca seni bekleyebilirim. Bana bir söz ver; sen çok değerli bir mücevhersin. Hayatta harika şeyler yapabiliriz; bir ekip olarak başaracağız. Gel, bir hayat kuralım," diye yalvardı Anurag.

"Özür dilerim, Anurag. Seninle olan ilişkilerim profesyonelceydi; başka bir niyetim yoktu. Lütfen beni anla; sen harika, zeki, yakışıklı, çalışkan ve olgun birisin. Muazzam iyi niyet, umut ve samimiyete sahip bir insansın. Bana olan sevgini hissediyorum, dürüstsün ve içinde hiç hile yok," diye açıkladı Amaya.

"Amaya, seni asla unutamam. Sonsuza dek kalbimde olacaksın; seni çok seviyorum. Duygularım sadece ve sadece senin için. Başka birinden eşim, hayat arkadaşım olmasını istemeyi asla düşünmedim. Sende hayatın doluluğunu görüyorum; geleceğimiz muhteşem olacak. Ama senin hayatında başka planların olduğunu biliyorum; şu anda kalıcı bir arkadaşlık kurmayı düşünmüyorsun. Sana iyi şanslar ve parlak bir gelecek diliyorum," dedi Anurag. Amaya onun sesinde derin bir hüzün hissedebiliyordu.

"Anlayışın için teşekkür ederim Anurag. Sonsuza kadar arkadaş kalacağız," dedi Amaya.

"Eğer niyetini değiştirirsen, lütfen bana haber ver. Sonsuza kadar bekleyebilirim," dedi Anurag.

"Anurag, lütfen planlarına devam et; beni bekleme. Hoşça kal," diye karşılık verdi Amaya.

"Hoşça kal Amaya," diye cevap verdi Anurag.

O akşam Amaya, Anurag'ın annesinden bir telefon aldı. "Amaya, seni her zaman seviyoruz ve sen hepimiz için bir aile üyesisin. Hepimiz seni çok özlüyoruz, çünkü Anurag'ın hayat arkadaşı olarak başka birini düşünemeyoruz. İkinizin TV haber kanalımız üzerinde çalışarak onu büyük bir kurum haline getirmeniz gibi pek çok hayalimiz vardı. Sizi unutamam."

"Hanımefendi, hepinizi seviyorum; size olan saygım sınırların ötesinde. Ama benim kararım kesin," diye yanıtladı Amaya.

"Sizi sonsuza dek seviyorum," dedi kadın titreyerek.

Amaya onun bu sözlerini uzun süre, çoğunlukla da annesi Rose'la birlikte köydeki evlerindeyken hatırladı ve Amaya çağlayanın yaz aylarında aynı gürültülü sesi çıkardığını fark etti. Yüreğinden ağlıyordu.

Surya Rao farklıydı, farklı görünüyordu, farklı davranıyordu ve akıllıca konuşuyordu. Amaya'nın hukuk fakültesinden sınıf arkadaşıydı. Uzun boylu ve zayıftı, keskin bir zekâya sahipti ve sosyal ve hukuki konuları titizlikle analiz edebiliyordu. Surya birçok münazara mahkemesi yarışmasında Amaya'nın yol arkadaşıydı ve birlikte birçok şehre seyahat ettiler. Duygusuz konuşur, sadece hukuka ve mevcut yüksek mahkeme ve Yargıtay kararlarına dayanırdı.

Amaya, Surya ile ilk gün hukuk fakültesi koridorunda bir köşede tek başına dururken tanıştı. Amaya gibi onun da yakın arkadaşı yoktu, kampüste tek başına dolaşıyor ya da kütüphanede saatlerce birlikte oturuyordu. En keskin soruları sorabilir, hukuki bir sorunun altında yatan farklı konuları vurgulayabilirdi. Öğretmenler Surya'nın katıldığı bir tartışmayı yanıtlamak ya da yönlendirmek için düşünmek zorundaydı. Surya nadiren kendi argümanlarıyla çelişir, diğerlerini önemsiz argümanlarla karşı karşıya getirir veya rakiplerini küçük düşürürdü; bir kez bile saygısızca konuşmadı. Açıklamaları açık uçluydu, böylece diğerleri tartışmayı sürdürebilir ve bunları rasyonel bir şekilde analiz edebilirdi. Surya tipik bir hukuk profesyoneli, sessiz ve dalgın bir içe kapanıktı.

Surya, Amaya ile arkadaşlık kurmaya ya da onun varlığını tercih ettiğini göstermeye pek hevesli değildi. Yine de, ekip olarak bir münazara mahkemesi, münazara veya topluluk önünde konuşma için bir araya geldiklerinde, Amaya'nın iyiliğiyle yakından ilgilenirdi. Güçlü bir hatipti, insan hakları ve adalet üzerine iyi tanımlanmış terimlerle kısa ve öz bir şekilde konuşurdu ve dinleyiciler onun hitabetine ve bilgisine niteliksiz bir ilgi gösterirdi. Ona göre çoğunluğun refahı adaletin önüne geçmemeliydi, çünkü adalet siyasi pazarlığa tabi değildi. Hindistan Anayasası üzerine bir tartışmada Surya, Anayasa'nın kendi kendine yeterli bir ahlaki araç olmadığını, çünkü Anayasa Meclisi kararlarının hiçbir zaman herkes için adil bir antlaşmayı garanti etmediğini savundu. Hindistan'daki kabileleri örnek verdi, çünkü kimse onların haklarını korumaya çalışmamıştı; dolayısıyla adalet onlardan esirgenmişti. Anayasa seçkin bir grup insan tarafından yapılan bir anlaşmaydı, ancak hepsinin kabul ettiği yasaları oluşturmuyordu; bu nedenle kabilelerin adaleti sağlamak için isyan etmesi uygun olurdu. Anayasa, gönüllü bir eylem olduğu için karşılıklı yarar için yapılan bir anlaşmaydı, aynı zamanda onu özerk kılan erkek ve kadınların kararıydı. Ancak kabileler karşılıklı yararın eşit ortakları değildi ve hizmetlerin karşılıklılığı yoktu; sonuç olarak adil şartlar yoktu. Diğer Anayasal Meclis üyeleri yüksek eğitimli, iyi konumlanmış, nüfuzlu, konuşkan ve güçlüydü; aşiretlerde bunlar yoktu. Bu nedenle, kabilelerin adaletsiz bir yasaya saygı gösterme zorunluluğu yoktu. Kabileler için Anayasa, genellikle sözleşmelere ahlaki güç kazandıran kelimeleri hayata geçirmekte başarısız olmuştur; dolayısıyla ahlaki açıdan zayıftır. Anayasayı onaylayan organ içindeki tarafların pazarlık gücü, kabilelerin çıkarları açısından dengelenmemişti. Anayasayı yapan farklı gruplar kabileleri görmezden gelerek kabilenin özerklik ve mütekabiliyet ideallerini reddetti. Anayasayı kabul eden gruplar kendi bakış açıları konusunda kararlıydılar ve kabilelerin bakış açısıyla ilgilenmiyorlardı. Bundan böyle, Anayasa gerçek bir eşitlik ya da fırsat eşitliği sağlamadı.

Surya'nın önerileri dinleyiciler arasında hararetli tartışmalara neden oldu; bazıları onu Hindistan'a karşı çalışan bir kişi olarak anti-milliyetçi olarak nitelendirdi. Hindistan Ulusal Kongresi üyesi ve bir özgürlük savaşçısı olan Surya'nın büyük dedesi, Sevagram'da Mahatma Gandhi ile birlikte birkaç yıl geçirmiştir. Onunla birlikte Hindistan'ın birçok bölgesine seyahat etmiş ve insanları İngilizlere karşı örgütlemiştir. Özgürlük mücadelesine katıldığı için Yerawada merkez hapishanesinde dört yıl hapis yattı. Telangana'da bin dönümden fazla tarım arazisine sahip bir toprak ağası olarak dokuz yüz elli dönümü çiftliğinde çalışan emekçilere ve topraksızlara dağıtma iyiliğini gösterdi. Oğlu, egemen sınıfın yoksul karşıtı politikalarından hayal kırıklığına uğrayınca Hindistan Komünist Partisi'ne katıldı ve hapishanede öldü. Surya'nın babası, kitle seferberliği ve silahlı isyan yoluyla devlet iktidarını ele geçirmek için Maoist harekete, Devrimci Komünist Parti'ye katıldı. Kırk yılı aşkın bir süre boyunca Andhra Pradesh, Odisha ve Bastar'da kabileler arasında çalışmış ve merkezi paramiliter personelle savaşmıştır. Surya'nın annesi her gün sekiz ila on saat çiftlikte çalışmış, üç çocuğuna bakmış ve onları babalarının hikayeleri ve eşitlik, fırsat eşitliği, insan hakları ve adalet fikirleriyle eğitmiş ve aşılamıştır. Surya, kabileler için adalet için savaşmaya kararlı bir Maoist oldu. Surya akademide çok başarılı olduğu için kısa sürede burslar kazandı ve tanınmış eğitim kurumlarına kabul edildi.

Amaya ve Surya bir aylık saha çalışması projelerini Chhattisgarh'daki kabileler arasında yapmaya karar verdiler. Surya, babası on beş yıldan fazla bir süre orada çalıştığı için Dantewada bölgesindeki Sukma bölgesini önerdi. Surya hikayeyi Amaya'ya anlattığında, Amaya kabileleri tanımak için merak duydu ve çalışma arzusunu dile getirdi. Surya'nın Maoist geçmişini bilmeyen hukuk fakültesi, Surya ve Amaya'yı saha çalışması projelerini kabileler arasında yapmaları için teşvik etti. Sukma'da insanların sosyal ve ekonomik durumunu gözlemlemek dehşet vericiydi. Birçok köydeki neredeyse tüm erkekler, kadınlar ve çocuklar hükümet, maden şirketleri, iş adamları, orman memurları, esnaf, bürokratlar ve politikacılar tarafından insanlık dışı sömürüye maruz kalıyordu. Son derece fakir olan insanlar, yıkık dökük kerpiç evlerde ya da bambu evlerde yaşıyordu. Amaya ve Surya'da kalan kabilelerin çoğu diğer yerleşim yerlerinden tahliye edilenlerdi. Hükümet atalarından kalan toprakları kömür madeni, demir cevheri, kireçtaşı, dolomit, kalay cevheri, boksit ve çimento fabrikaları kuran maden baronlarına verdi. Birçok köy, hükümetin araziyi madencilik için zaten vermiş olması nedeniyle sakinlerinin kısa bir süre içinde mevcut topluluklarından tahliye edileceğini söyledi. Binlerce kabile, insan hakları ihlallerinin en kötü örneklerinden biri olan aşırı açlık ve yoksulluk içindeydi. Fiziksel saldırı ve tecavüz yaygındı; birçok çocuk bu tür durumlarda doğuyordu ve Amaya'nın tanık olduğu insanlık trajedisi hayal gücünün ötesindeydi. Çoğu insanın yiyecek hiçbir şeyi yoktu; birçok kadın ve çocuk ormanda yenilebilir kökler ve yapraklar ararken öldü. Okul olmadığı için pek çok çocuk okuma yazma bilmiyordu. Sağlık tesisleri mevcut değildi ve insanlar fiziksel olarak küçük, zayıf ve sefil görünüyordu.

Amaya ve Surya kabile ailelerinin yanında kalıyor ve onlarla birlikte ormandan kök, yaprak, tohum ve bal toplamaya gidiyorlardı. Arada bir yemek pişirmek için kuru dallar topluyor ve bunları başlarının üzerinde taşıyorlardı. Kadınlarla birlikte ormandan topladıkları kökleri ve yaprakları açık havada odunların üzerinde ya da havalandırmanın olmadığı evlerine bağlı küçük mutfaklarda pişiriyorlardı. Geniş bir kabile nüfusu, hükümetteki elitlerin ya da iş adamlarının aşırı sömürü ve baskısından muzdaripti. Amaya çok sayıda kadın ve çocukla konuşmuş, onlara özellikle sağlık ve çocuk yetiştirme konularında sorular sormuştur

Yetersiz akşam yemeklerinin ardından neredeyse tüm köylüler köyün orta yerinde yakılan ateşin etrafında kadın, erkek ve çocuklarla dans etmek için toplandı. Surya şarkılar ve danslar arasında onlara kendi lehçelerinde hitap ederek yapısal değişiklikler için ayaklanmanın gerekliliğini anlattı. Hükümetin refah programları ve STK'ların sosyal çalışmaları çevresel sosyal ve ekonomik kalkınmayla sonuçlandı. Ancak getirdikleri değişiklikler, insan hakları ve adaleti sağlamada başarısız oldukları için etkisizdi. Surya, gelir, zenginlik, siyasi güç ve kabileler için hiç sahip olmadıkları fırsatları savundu.

Bununla birlikte Surya, temel hak ve özgürlükleri ekonomik avantajlarla takas etmemeleri konusunda ısrar etti. Aşırı sosyal ve ekonomik eşitsizlikler nedeniyle, gelir ve servetin eşit dağılımı gerekliydi. Ayrıca, kabilelerin binlerce yıldır yaşadıkları topraklar onların atalarından kalma mülkleriydi ve hiçbir hükümet onları oradan çıkarma gücüne sahip değildi. Kabile topraklarından elde edilen zenginlik siyasi nüfuz sahibi ve varlıklı kişilere aktarıldıkça Surya, zenginliğin herkesin, özellikle de toplumun en altındakilerin yararına olacak şekilde dağıtılması gibi eşitlik ilkesini talep etti. Zenginlik ve fırsatların dağılımı keyfi yasalara dayanmamalıydı; bu nedenle, maden baronlarının yarattığı zenginlik, kabileler gibi en alttakilerin yararına çalışmalıydı.

İnsanlar şiddetli yağmurlar, gök gürültüsü ve sert rüzgârlar eşliğinde küçük kulübelerinde sıkışıp kalmışlardı. Birden bir genç koşarak geldi ve alçak sesle "Polis, polis" dedi. Kadınlar ve çocuklar yüksek sesle ağlamaya başladı ve erkekler koşarak ormanın içinde kayboldu. Gençler Amaya ve Surya'ya vadiye ulaşana kadar mümkün olduğunca hızlı koşmaları için yardım ettiler ve bir kayanın altında bütün gece saklandılar. Surya, Amaya'ya silahlı polislerin altı ayda en az bir kez mezralara baskın düzenlediğini, gençlere ayrım gözetmeksizin ateş ettiğini ve bu süreçte her köyün çok sayıda gencini kaybettiğini söyledi. Kabileler hükümetin insafına kaldığı için şikayet edebilecekleri bir pencere yoktu. Amaya'nın Surya'ya duyduğu saygı Sukma köylerinde kaldıkları süre boyunca katlanarak arttı. Surya, ezilen insanlık için adalet mücadelesi veren, adaletten yoksun bırakarak kabilelere boyun eğdirme gücünü kötüye kullanan baskıcı bir hükümete karşı isyan eden bir adamdı.

"Amaya, hukuk eğitimimi tamamladıktan sonra buraya döneceğim, bu insanlarla birlikte kalacağım ve onlarda farkındalık yaratmaya çalışacağım. Eşitlik, fırsat eşitliği ve adalet olarak gördüğüm zenginlik dağılımı için mücadele edeceğim," dedi Surya kayaların altında otururken.

Amaya Surya'ya baktı. Gözleri, ormanın içinde çakan şimşeklerin casuarina ağaçlarının tepelerini yaktığı meşaleler gibiydi. Surya çoktan kabilenin bir üyesi olmuştu. "Surya, samimiyetine, adanmışlığına ve vizyonuna hayranım," diye cevap verdi Amaya.

"Benim ne olduğum önemli değil ama bu insanların neye ihtiyacı olduğu hayati önem taşıyor. Seni bu amaç için benimle birlikte olmaya davet ediyorum ve birlikte çalışacağız. Sen ve ben müthiş bir güç olabiliriz; bu ezilen ve sesi çıkmayan kitleler için adaleti başarıyla sağlayacağız." Surya'nın sözleri doğru, güçlü ve nesneldi. Köyün ortasındaki devasa bir banyan ağacının bereketine benzeyen granit gölgelikten yankılandılar. Amaya, kulaklarında yankılanmasına rağmen ne söyleyeceğini ya da nasıl tepki vereceğini bilemiyordu.

"Surya, sana ve yaptığın işe büyük saygı ve hayranlık duyuyorum ama benim de planlarım var. Bir insan hakları gazetecisi olarak kamuoyunu, bürokrasiyi ve hükümeti aydınlatabilirim. Benim çağrım farklı," diye açıkladı Amaya.

"Tamam Amaya, ama ben de öyle düşünmüştüm," dedi Surya.

Surya ile geçirdiği günleri hatırlamak bektaşi üzümü yemek gibiydi, acı-keskin-ekşi-tatlı. Kayaların altındaki sığınakta, ateşböceklerinin ağaçlarla dolu tepeleri aydınlattığı gecenin ortasında, Matadero Madrid sırasında dönme dolapların milyonlarca aralıklı ışığı gibi, Dantewada kabilelerinin kiraladığı ufuk çizgisiyle birleşen doğanın karnavalında, daha uzun yıllar eşsiz bir cazibeye sahipti.

Ancak Barselona'da Karan, Zeus'u andıran görüntüsüyle Amaya'yı ele geçirmiş, baştan çıkarıcı sözleriyle onu büyülemiş ve niyetini belli etmeden onu büyüleyici kucağına almıştı. Amaya ona inandı ve güvendi; o da Dantewada'nın gölgeli mağarası gibi yağmurlu gecelerde bile parıldayan bir deniz feneri gibi durdu. Amaya, araştırması için babasının editörlüğünü yaptığı The Print'e denk olabilecek beş gazeteden ve Anurag'ınkine rakip olabilecek yarım düzine TV haber kanalından veri toplamak üzere Karan'la birlikte Madrid'e gitti. Her zamanki gibi Karan seyahat programını hazırladı, uçak biletlerini ve otel odalarını ayırttı, saha ziyaretleri, röportajlar, turistik yerleri ziyaret, eğlence ve son olarak boğa güreşi için bir program belirledi. Amaya boğa güreşlerinden hoşlanmıyordu ama bu Karan'ın tercihiydi. Nereye giderse gitsin onunla gitmek istiyordu. Karan Madrid'de geçireceği on gün boyunca her günün etkinliklerini ve ziyaretlerini ayarlamak için epey zaman harcadı.

Onun Özgürlüğü

Amaya, Madrid'in son on yıl içinde önemli ölçüde değiştiğini fark etti. Havaalanı göz kamaştırıcı bir görünüme sahipti, yollar inanılmaz derecede temiz ve trafik düzenliydi. Şehir ışıklar ve reklamlarla parlıyordu, binalar inanılmaz derecede güzel, mimari hayret verici ve teknoloji her yerde görülebiliyordu. Kaldıkları otel Salamanca'daki Serrano Caddesi'ndeydi ve Amaya daha önce hiç bu kadar lüks bir çevrede yaşamamıştı ama Karan kendini hemen evinde hissetti. Her konuda rahattı ve dikkatli Amaya da kendini rahat hissediyordu. Bir bahçe restoranında akşam yemeği yedikten sonra şehirde dolaştılar. Amaya on üç yıl boyunca çocukluğunu geçirdiği çevreyi tanıyabiliyordu. Sokaklar insanlarla doluydu; bazılarında trafik yoktu ve neredeyse tüm kavşaklarda müzik, dans ve diğer eğlencelerle bir festival havası vardı.

Amaya ve Karan durmadan konuşuyor, hikayeler paylaşıyor, gözlemler yapıyor ve birbirlerinin arkadaşlığından keyif alıyorlardı. Onunla yürümek çok hoş bir deneyimdi; sonsuza kadar onunla olmak, sonsuzluğa doğru ilerlemek istiyordu. Gece yarısı civarında otele döndüler. Yirmi sekizinci kattaki odalarının penceresinden Torre Bankia, Torre Picasso, Torre de Madrid, Torre Espacio Şapeli ve birçok kilise ve katedralin çan kuleleri görünüyordu.

Planlandığı gibi Amaya, İspanya'nın en eski gazetelerinden birinde insan hakları konularıyla ilgilenen kıdemli bir muhabirle röportaj yaptı. Muhabir İngilizce konuşmaya başladı ama Amaya'nın akıcı İspanyolca bildiğini bildiği için İspanyolcaya geçti. Amaya sorular sordu ve muhabir de Amaya'nın tüm sorularını onu tatmin edecek şekilde objektif olarak yanıtladı. Muhabir Amaya ve Karan'ı arşive götürdü ve insan haklarıyla ilgili birçok makale ve olay hikayesi gösterdi. Yüz binden fazla kitap, çeşitli konular ve gazetecilik, politika, din, sanat, kültür, ekonomi ve diğer ilgili konularda bir kütüphane vardı. Kütüphaneye bağlı müze de olağanüstü bir yerdi. Çeşitli sergileri gezerek yaklaşık bir saat geçirdiler. Muhabir Amaya'ya kütüphaneyi on iki ay boyunca kullanabilmesi için dijital bir şifre verdi. Amaya ona Kerala'dan Devadaru ağacından yapılmış enfes bir Kathakali heykelciği hediye etti. Gazete ofisine yaptığı ziyaret yaklaşık dört saat sürdü. Bir sonraki durak akşam saatlerinde bir TV haber kanalı stüdyosu olduğu için Amaya ve Karan otele döndüler. Karan on günlüğüne bir SUV kiralamıştı; farklı yerleri ziyaret etmek için uygun bir araçtı.

TV kanalının ofisini ziyaret etmek, medyada çıkan haberlerin gerçekliğini yeniden düşünmesine neden oldu. TV sunucusu Amaya'ya herhangi bir olayın, programı hazırlayanların bakış açısı ve ideolojilerine göre yansıtılabileceğini söyledi. Sunucu, "Çarpıtılmış gerçekler yanılsamalar yarattığı için nesnel bir gerçek yoktur, çünkü bir olayın kendisi asla yoktur; meydana gelen şey yorumdur," diye açıkladı. Aynı haber kanalında on sekiz yıllık çalışma deneyimine sahipti ve haberin haber olarak varlığından şüphe duyuyordu. Bir TV programını izleyenler bile bir açıklama izlemeyi tercih ediyordu. Bir resim ya da video ancak sunucu ya da muhabir tarafından açıklandığında anlam kazanıyordu. "Açıklama yapılmayan bir olay anlamdan ve gerçeklikten yoksundu. Bir ressamın resmine imzasıyla birlikte bir isim vermesi gibi, sanat da bu tür ayrıntılar olmadan değersizleşir. Bir TV programında, ister siyasi bir olay olsun, ister bir pazar yerinde bomba patlaması ya da dini bir toplantı, görüntüler, renk kombinasyonu, açı vb. açıklamalara göre bir anlam kazanır. Bir cinayet sahnesi bile, nasıl yorumlanırsa yorumlansın, bir yiğitlik olayı, vatansever bir anlatı ya da ihanet olabilir. Dolayısıyla, hakikat gözlemcidedir; değerini, gerçekliğini ve anlamını yalnızca o yaratır," diye devam etti. Ona göre, insan varlığı kavramının dışında insan hakları, insanın yaşadığı yerin ötesinde bir Tanrı ve sosyal grupların dışında bir ulus yoktu. Biri bir anlam yüklediğinde, belirli bir ideolojiyi varsayar; dolayısıyla, tek tek insanlar dışında hiçbir değer yoktur.

Bir restoranda akşam yemeği yedikten sonra Amaya ve Karan, yüzlerce gencin ikili ya da küçük gruplar halinde dolaştığı El Retiro Parkına doğru yürüdüler. Amaya ve Karan çeşmeye bakan bir bankta oturmuş, TV sunucusunun sözlerini düşünüyorlardı. Amaya onun önerilerinin çoğunu kabul etmekte zorlandı. Ancak Karan'a göre, sunucunun ifade ettiği fikirlerin çoğu gerçekliği temsil ediyordu, çünkü bireysel ihtiyaçlar birincil endişe kaynağıydı. Amaya şaşırdığını hissetti; Karan'ın bakış açısı ilk kez kendisininkinden farklıydı. Yine de Karan'a sevgisi için saygı duyuyordu.

Bir bankta oturduklarında Amaya, "Karan, benim için adalet topluma, zulüm nedeniyle acı çeken insanlara duyduğumuz sevginin bir ifadesidir," diye bir açıklama yaptı.

Karan, "Soyut terimlerle düşünerek adalete sahip olamayız; adalet bir bireyin tanımladığı şeydir; o birey de benim," diye cevap verdi.

Amaya, "Bir bireyin veya topluluğun tercihleri başka bir birey veya grup için baskıcı olabilir" dedi.

"Adalet benimle başlar ve benimle biter. Önceliğim eşim, çocuklarım, ebeveynlerim, kardeşlerim ve diğer aile üyelerimdir. Daha sonraki aşamada bu, topluma ve topluluğa doğru genişler. Dolayısıyla, bireyin tercihi nihai kriterdir," diye açıkladı Karan.

"İnsanlığın doğasında var olan değerleri korumak mümkün mü? Eğer adalet bireyin ve ailesinin meselesi olsaydı, daha büyük topluma ve onun varlığına ne olurdu? Bireysel ve toplumsal kaygıları kabul ederken insanlığı reddederseniz, özgürlük, eşitlik ve fırsat eşitliği sonsuza dek yok olur." Amaya korkularını dile getirdi.

"Bireysel özgürlük dışında hiçbir özgürlük yoktur. Bireylerin kimliklerini kaybettiği bir toplumda eşitlik ve fırsat eşitliği anlamsızdır. Bir birey ailesini sever ve her birey halkının refahı için bu kavrama sahiptir. İnsanlık sevgisi anlamsızdır ve ütopik olduğu için kimse bunu yapamaz; var olamaz. Birey varsa, aile, topluluk ve ulus da vardır." Karan kesin konuştu.

"Özgürlük, eşitlik ve adaletin bireyle sınırlı olduğunu ve daha geniş bağlamda hiçbir anlamı olmadığını mı söylüyorsunuz?" Amaya bir soru sordu.

"Elbette, tüm bağlamlarda birey önce gelir. Evrene renkleri, sesleri, tatları ve anlamı ben veririm. Ben var olduğum için Evren de var. Eğer ben orada olmazsam, o da yok olur. Yani her şey birey merkezli," diye açıkladı Karan Amaya'ya bakarak.

"Başkalarının iyiliğini kendininkinden nasıl ayırt ediyorsun?" Amaya sordu.

"Benim kaygılarım, endişelerim, acılarım, üzüntülerim, mutluluklarım, sevinçlerim ve umutlarım bana aittir. Kimse tam anlamını anlayamaz çünkü çağrışım ve yoğunluğu ben veririm. İnsanlarımla paylaştığımda kısmen kavrıyorlar. Bir birey olarak duygularımı şekillendiriyor ve geliştirdiğim çerçevenin siluetinde başkalarını görüyorum. Ne olduğum ve başıma ne geldiği benim algılarımın anlamı çerçevesinde beni ilgilendirir; kimse bunu bütünlük içinde paylaşamaz. Başkaları benim yarattığım yapı içinde tatmin bulurlarsa beni daha iyi anlayabilirler. Ancak ben eşsizim ve diğerleri kendi yapılarını arzu ve umutlarına göre geliştirmekte özgürdür.

Başkalarına hizmetleri için tam olarak, beklediklerinden veya hak ettiklerinden çok daha fazlasını ödeyin. Bu süreçte herkes kendi özgürlüğünün, eşitliğinin ve adaletinin tadını çıkaracaktır," diye analiz etti Karan.

"Yani bireyin birincil mesele olduğunu ve toplumun önemsiz olduğunu mu söylemek istiyorsunuz?" Amaya sorguladı.

"Bunun ötesinde, benim için her bağlamda önce ben gelirim. Halkımı, toplumumu ve ülkemi de dahil ediyorum. Kendimi sevdiğimde onları da severim. Hiçbir sevgi, seven kişiyi yadsıyarak var olamaz. Hikayelerimin kahramanı, eylemlerimin kahramanı benim; tüm anlatılar halkım ve benim hakkımda" dedi Karan.

"Yakın olduğunuz insanları nasıl görüyorsunuz?"

"Yakın olduğum kişileri kendim olarak görüyorum. Onlar için değerli olan şeyler benim için önemlidir ve onlara ulaşmak için her şeyi yaparım, bu nedenle neyin doğru neyin yanlış olduğu bu bağlamda önemsizdir." Karan cevabında niteliksizdi.

"Tüm insanlığa karşı sorumluluğunuzu nasıl açıklıyorsunuz?" Amaya sorguladı.

"İnsanlığa karşı hiçbir sorumluluğum yok, çünkü insanlık bir birim olarak mevcut değil. Şekli, uzunluğu, genişliği veya yoğunluğu olmayan bir kavramdır. Her birey kendi başının çaresine bakarsa, ortada hiçbir sorun kalmaz. Ayrıca, farkında olmadığım bir insanı sevemem; onlar yoklar. Örneğin, Sibirya'nın vahşi doğasında muhtemelen orada bulunan bir çiçeğe, Bengal Körfezi'ndeki bir yunusa veya Antarktika'daki penguenlere karşı hiçbir şey hissetmiyorum. İnsanlık sevgisi kavramı bir efsanedir. Henry Truman Hiroşima ve Nagazaki'yi bombalarken insanlığı düşünmemiştir. Stalin on milyondan fazla insanı kanlı canlı öldürdü. Hitler, Auschwitz, Tembinka, Belzec ve Chelmno'daki gaz odalarında milyonlarca Yahudi'yi yok etmekten çekinmemiştir. Mao döneminde Çin kırsalında milyonlarca insan öldü. Hindistan'ın bölünmesinden sonra Hindular ve Müslümanlar on milyondan fazla insanı katletti. Churchill, Bengal kıtlığı sırasında altı milyondan fazla Hintlinin ölümünden sorumluydu ve İspanyollar on altıncı yüzyılda Latin Amerika'da milyonlarca kişiyi öldürdü. Fransızlar, Belçikalılar ve Almanlar da Afrika'da aynı şeyi yaptılar. İran'ın Yemen ve Suriye'de yaptıkları da aynıdır. Suç, terörizm, savaş ve işgal nedeniyle acı çeken insanlık değil bireydir" dedi.

"Birey için seçim özgürlüğü adil bir toplumun koşulu mudur?" Amaya sordu.

"Özgürlük bireysel bir seçimdir ve sorumluluk gerektirir. Bazı insanlar için özgürlük köleliktir, çünkü onlar dalkavuk ya da köle olarak kalmayı tercih ederler. Bireyin dışında hiçbir özgürlük ilkesi yoktur. Hayatı mutluluğa ulaşmak için yaşamak benim özgürlüğümdür, bu da hayatın sabit bir amacı olduğu anlamına gelmez. Bir amaç yarattığımız her an, birey gelecekte ne olacağından habersiz olsa da düşünmekte özgürdür.

"Yine de, geleceğin içimizde önceden var olduğunu unutarak geleceğe ulaşmak için çabalarız. Dolayısıyla, bir hayat yaşamak bir arayışı, faydasını bilen bir arzuyu hayata geçirmektir. Barikatlar ve çıkmaz sokaklarla karşılaştığımda, seçimlerimi en iyi şekilde anlamlandırmak için onu uygun şekilde yeniden tasarlarım. Amacım sadece insanlarımı ve beni kapsar. Benim seçimimin dışında bir ahlak yoktur, çünkü ahlak bireyin eylemi olmadan var olamaz. Bireyin dışındaki herhangi bir ahlak, insanlık kadar soyuttur ve benim dışımda var olan bir ahlak beni rahatsız etmez. Benim için önemli olan hayatı yorumlayışımdır," diye açıkladı Karan. Amaya, Karan'ın argümanının akla yatkın olduğunu ve kavramların kendi inançlarına dayandığını düşünüyordu.

"Yaptığın seçimleri nasıl açıklıyorsun? Örneğin, beni yanında kalmam için davet etmeye karar verdin ve şimdi ortağız. Birbirimizi seviyor ve birbirimize güveniyoruz." Amaya bunu merak ediyordu.

"Benim seçimlerim yorumsaldır, birliktelik deneyimlediğim insanlarım için iyi hissettiğim şeylerdir. Sen bir yabancıydın; şimdi hayatımın bir parçasısın. Bu bilinçli bir karardı; elbette tüm kararlar bencildir çünkü bireyler bu tür seçimlerden elde ettikleri faydaları değerlendirirler. Siz de böyle hissetmiş olabilirsiniz ve kararlarınız da bencil güdülerinizin sonucuydu çünkü seçiminizin size fayda sağlayacağını düşünmüş olabilirsiniz. Bencil güdüler bir ilişkinin can damarıdır. Sevgi, güven ve empati, kendine fayda sağlayan kararların ürünüdür. Sevgi olarak sevgi ya da güven olarak güven yoktur. Birine ya da topluma karşı empatik olabilirsiniz, ancak empati sizin olgunlaşmamışlığınızı ve zayıflığınızı ifade eder. Acı verici ve inciticidir, kişiliğinizi etkiler, özsaygınızı yok eder. Sürekli üzgün hissetmek ve hayatta olumsuz eğilimler geliştirmek empatinin bir ürünüdür. Başlangıçta birine yardım etmek istemişsinizdir, ancak öfkeniz ve depresyonunuz nedeniyle giderek o kişiden bile nefret etmeye başlarsınız. Empatinin ötesine geçmeliyiz çünkü profesyonel bir ilişki her zaman herkese fayda sağlar. Bir aile üyesine duyulan sevgi özsevginin sonucudur. Burada sevgi saygı anlamına gelir. Sana sahip olma kararım, ailem ve benim için neyin iyi olduğu konusunda kendi kendime verdiğim bir karardı."

"Karan, şimdi daha iyi anlayabiliyorum. Beni seviyorsun çünkü kendini seviyorsun," diye yanıtladı Amaya.

"Aynen öyle. Eminim bu sizin durumunuz için de doğrudur. Eğer kendinizi sevmezseniz, beni ya da bir başkasını sevemezsiniz. Benlik varoluşumuzun merkezidir. İhtiyaçlarım hakkında hikâyeler yaratırım ve var olurum; siz sadece kendim hakkında yarattığım hikâyelerde var olursunuz. Yaşamımın her saniyesinde başkalarının öykülerini ve ihtiyaçlarını değerlendirir ve yeniden yaratırım. Varlığımı, hayatımı bütünsel kılan, ayrılmaz bir başka bireyle duyumsayabiliyorum. İşte aidiyetin sırrı, kişinin hayatındaki nihai seçim budur. Buna iki bireyin en küçük gruba samimi üyeliği diyebiliriz. Amaya, bugünlerde sen benim hayatımdaki o kişisin. Ama bu değişebilir." Amaya, Karan'ın sözlerinin net ve tutarlı olduğunu düşündü.

"Peki Karan, bilinmeyen insanların sorumluluklarını kabul etmene yol açabilecek değerleri, kimlikleri ve yönelimleri dikkate almıyor musun?" Amaya sordu.

"Hayır, Amaya, bu tür sorumlulukları üstlenmeyi sevmiyorum. Yakınımda olan, hissedebildiğim, dokunabildiğim, görebildiğim ve duyabildiğim insanlara değer veriyorum. Onların acıları ve sevinçleri benimdir; kendimi onlardan ayıramam. Benim evrenim yakınlarım ve benimle sınırlı; bunun ötesinde kimse yok çünkü onları tanımıyorum. Onlarla tanışana kadar, onlarla bir yakınlığım yoktu; benim için var değillerdi. Tarihsel olarak kast sistemi beş bin yıldan fazla bir süredir vardı ve insanların bazı kesimlerine kafesteki hayvanlardan daha kötü davranılıyordu. Ancak ben buna rıza göstermediğim ya da ilişki kurmadığım için bundan sorumlu değilim. Daha geniş bir bağlamda, atalarımın suçlarından, ülkemden ya da dinimden sorumlu değilim. Hiç kimse günümüz Araplarını Banu Kurayza kabilesinin erkeklerinin kafalarını kestikleri ve Muhammed ve ordusunun Arap vahalarına yayılmış Yahudi topluluklarını gece baskınlarıyla katledip yok ettikleri için sorumlu tutamaz. Benzer şekilde, Müslümanlara karşı düzenlenen Haçlı seferleri için Papa Francis'i suçlayamazsınız. Ayrıca, benim için doğru olanı yapmak suç değildir, çünkü bu hayatta kalma yasasıdır."

En azından bazı kısımlarda Karan'ın görüşleri Amaya'ya uygunsuz geliyordu ama o bir şey söylemedi. Üç aylık flörtün ardından Karan ilk kez kişisel inançlarından bahsetmişti ve bu Amaya için bir ifşaydı. Gelecekle ilgili, korku ile sarmalanmış, ifade edilmemiş endişeler ve kaygılar yaşadı. Yine de Amaya Karan'ı seviyor ve onun samimiyetine güveniyordu. Gece yarısı otele döndüklerinde Karan Amaya'ya sarıldı ve "Seni seviyorum Amaya" dedi. Amaya da Karan'a bakarak gülümsedi ve yanağından öptü.

Karan'ın varlığı Amaya'yı yüceltti, ancak TV haber sunucusuyla buluştuktan sonra onunla yaptığı tartışma, sanki insan hakları ve adalet algısında bir sorun varmış gibi onu rahatsız etti. Amaya, tutarsız sorular ve çelişkili cevaplar şekillendiren, içselleştirilmiş değerlere karşıt iki inançla karşı karşıya kaldı. Sonuç olarak Karan'ın ideolojilerini kabul etmekte sonsuz bir mücadele verdi ama onu bir insan olarak sevdi. Amaya onun dürüst, cömert, sevgi dolu ve ilham verici olduğunu biliyordu ve değer sistemleriyle ilgili anlaşmazlıkları hissedebiliyordu. Amaya çocukluğundan itibaren ebeveynlerinin etkisiyle derin bir sezgisel zekâya sahipti. Rose insanlığı müzik, dans, sanat, mimari, kıyafet, yemek, kültür, kutlamalar, festivaller, gruplar ve kalabalıklar gibi tüm boyutları, ifadeleri ve renkleriyle seviyordu. Başkalarıyla ve onların acılarıyla empati kurardı.

Shankar Menon sorunlarıyla başa çıkmada rasyoneldi. Bir dışişleri personeli ve daha sonra bir editör olarak başarısı, gerçekleri objektif, bilimsel bir şekilde analiz etmesinden ve olumlu tutumundan kaynaklanıyordu. Araştırma yoluyla elde edilen bilgiye saygı duyar ve insan davranışlarını bilimsel yöntemler uygulayarak yorumlardı. Aklın egemenliğini reddederek kalbine danışır ve aklın zekice kararlarını kabul ederdi. Rose ve Shankar Menon, kalplerinin diğer insanları ve onların duygularını tanımada önemli bir bileşen olan üstün zekayı taşıdığına yürekten inanıyordu. Kalp ince ve soyuttu ama insanların isteklerini, ihtiyaçlarını ve birliktelik duygusunu tanıyabiliyordu. Kalbin zekâsı insanı benzersiz ve diğer hayvanlardan farklı kılar; empati, hayırseverlik, sosyal hizmet, iletişim ve herkes için adaleti sağlamaya yönelik daha derin bir bağlılığı tanımlar. Hakikat kalbin içinde gelişti, insanlara yardım etme arzusunda filizlendi ve iyi huylu eylemleri besledi. Onlar için kalp, şefkatin müziğini dinleyerek ahlakın filizlendiği ve geliştiği ana rahmiydi. Kalbe ilgi gösterilmediği takdirde, bireyler tatmin edici ve gerçekçi olmazlardı. Kalpsiz bir yaşam kaotik, amaçsız, sevgisiz ve savurgandı. Rose sık sık Amaya'ya faşistlerin, teröristlerin, yozlaşmış politikacıların, köktendincilerin ve bencil insanların kalbi olmadığını söylerdi. Shankar

Menon başarılı bir yaşam için kalp ve kafanın dengelenmesinin şart olduğunu düşünüyordu. Amaya'ya "Kalbinizi ve kafanızı aynı anda dinleyin" dedi. Kalp ve kafa arasında denge olmadığında çatışma ortaya çıkıyordu.

Amaya, kalbinin ve aklının yüksek olduğu bir ortamda büyüdü ve Rose ve Shankar Menon'dan miras kalan değerleri içselleştirdi. Ayrıca, Loreto'daki eğitimi ahlaki ve etik değerlere dayanıyordu. Xavier's ve Hukuk Fakültesi sarsılmaz bir hümanizm aşıladı. Shankar Menon, mezuniyet için gazeteciliğe başlama arzusunu dile getirdiğinde kızına, "İnsanın inançları, fikirleri, beklentileri, arzuları ve hayalleri ne kadar yontulmuşsa, çatışma olasılığı da o kadar yüksek olur," dedi. "Vicdanlı bir gazeteci insan toplumlarındaki, özellikle de siyaset, finans, hukuk ve din alanlarındaki sefahati kolayca fark edebilir. Bir mesleği ancak kalbiniz istiyorsa ve aklınız destekliyorsa yapın" diye uyarmıştı babası. Amaya dünyayla cesaretle yüzleşmeye hazırdı ve Rose ile Shankar Menon onun idealleri ve kahramanlarıydı.

Karan'ın sözleri Amaya'nın sahip olduğu standartlara meydan okuyordu. Onun sevgisini azaltmak ya da kişiler arası çatışmayı körüklemek için hiçbir şey yapmadığını biliyordu. Aksine, onun sevgisi beklediğinden çok daha fazlaydı ve çoktan mükemmellik aşamasına ulaşmıştı. Bununla birlikte, sosyal sorumluluk ve insanlıkla ilgili iki karşıt inanca sahip olduklarından, değerleri konusunda bir rahatsızlık ve kafa karışıklığı hissi vardı. Amaya huzursuzluğunun oldukça soyut olduğunu ve Karan'la yaşadığı günlük hayatla hiçbir ilgisi olmadığını biliyordu. Amaya'nın analizi, Karan'ın hayatı dolu dolu yaşamak istediği ve Amaya'yı da aynısını yapmaya teşvik ettiği, etraflarında olup bitenleri görmezden geldiği ve insanlığın çektiği acıları görmezden geldiği yönündeydi. Karan, daha az şanslı olanları hayatının ayrılmaz bir parçası olarak kucaklayarak konfor alanından çıkmak için herhangi bir değişiklik yapmak istemiyordu.

Bu durum Amaya'nın zihninde bir savaş yarattı ve içindeki çatışmanın farkına vardı. Kalbini, sezgisel sesini dinlemek istiyordu; yine de kalbinin ona hükmetmesini, onu duygusallaştırmasını istemiyordu. Amaya kafasından kalbinin sesini dinlemesini ve zihnini tamamen bir kenara bırakmasını istedi. Nesnel gerçeklere dayanan rasyonel bir kararla birlikte kalbin son katmanlarını kabul etmenin gerekli olduğunu düşünüyordu. Kararsız zihnini terk etmeye, asları ve hayırları tartmaya, önceliklerini belirlemeye ve hangi yanlış inançların kararlarını beslediğini ve etkilediğini tespit etmeye karar verdi. İç çatışmalarının nedeni olarak kalbinden gelen sinyalleri değerlendirdi ve sonunda Karan'dan aldığı sevgiye karşılık vermeye, onunla mutlu ve tatmin edici bir yaşam sürmeye karar verdi. Amaya, Karan'ın insanlığın genelinden kopma konusundaki görüşlerinin hayatını etkilemediğini, aksine Karan'ı bir birey olarak anlamasına yardımcı olduğunu fark etti.

Amaya, Karan ile geçirdiği her andan keyif alıyordu. Beş gün süren görüşmeler ve veri toplama sürecinin ardından, akşam saatlerinde Amaya'nın ilkokulu tamamladığı Loreto okulunu ziyaret etmeye karar verdiler. Arabayı park ettikten sonra ana girişe yürüdüler ve oradan Amaya on altıncı yüzyılda inşa edilen gotik tarzdaki binaları görebiliyordu. Binaya girerken özel bir sevinç duydu, Karan'ın onunla birlikte olmasından içten içe bir haz duydu. Yarım düzine rahibe gördü ve Amaya'nın bir Loreto öğrencisi olduğunu bilmekten memnun olan oldukça yaşlı bir rahibeyle sohbete başladı. Karan'ı onunla tanıştırırken, her ikisi de karşılıklı hoşbeş ettiler. Rahibe onlara Fransız olduğunu, Madrid'e yeni geldiğini ve daha önce Fransa, İsviçre ve Avusturya'da çalıştığını söyledi. Amaya müzik odasını ziyaret etmek ve piyano çalmak istediğini ifade ettiğinde rahibe onları oraya götürdü. Amaya klasik müzik öğrendiği Grand'ı öptü. Amaya, Karan'ı kendisiyle birlikte çalması için davet etti ve ikisi de bir süre çaldı. Amaya harika/nostaljik bir deneyim yaşadı ve rahibeye nezaketi için teşekkür etti. Amaya daha sonra Karan'a eğitim gördüğü farklı sınıfları, kütüphaneyi, laboratuvarı ve oyun alanını gösterdi. Okul kafeteryasında kahve ve bizcocho içerken Karan'la birçok hikaye paylaştı.

Amaya, Karan'la birlikte şehrin labirentinde yürümeyi seviyordu. Küçük bir bahçesi olan bir kavşakta keman çalan bir çift gördüler; kadın başroldeydi.

"Ne kadar güzel çalıyorlar," dedi Karan.

"Evet, gerçekten de bir aşk şarkısına benziyor, bir kızla erkeğin aşkına," diye yanıtladı Amaya.

"Evet, Amaya, bunu çok iyi hissedebiliyorsun. Gerçekten de bir tutam şövalyelik içeren bir aşk şarkısı. Belki bir köy kızına aşık olan bir askerin ya da bir pazar yerinde bir kızla tanışan bir erkeğin şarkısı. Ama kulağa harika geliyor," dedi Karan.

Küçük bir kalabalık iğne ucu kadar sessizlik içinde müziği dinliyordu. Kemancının on-on iki yaşlarında olduğu tahmin edilen kızı elinde beyaz bir kuponla bahçenin girişinde duruyordu. Amaya en fazla iki yüz peseta ödeyen insanlar gördü. "İstediğiniz miktarı ödeyebilirsiniz. Ödeme yapmadan içeri girmekte özgürsünüz," dedi küçük kız gülümseyerek. Karan ona üç bin peseta verdiğinde kız şaşırdı.

"Senora, senor, gracias (Hanımefendi, Beyefendi, teşekkür ederim)," dedi kız.

"Dios bendiga (Tanrı sizi korusun)," diye cevap verdi Karan.

"Senor, deje que lenga un hijo pronto (Efendim, yakında bir çocuğunuz olsun)," dedi kız.

"Una nina como tu (Senin gibi bir kız çocuğu)," diye yanıtladı Karan.

Amaya gülümseyerek Karan'a baktı. Karan da gülümsedi.

Karan gerçekten de bir gizemdi. Herkesi sever, muhtaçlara yardım eder ve cömertti.

Orada durup bir saat boyunca müzik dinlediler. Muhteşem bir performanstı; Amaya çaldıkları müzik karşısında kendini sersemlemiş hissetti.

"Müzik insanları, hayvanları ve kuşları birbirine bağlar. Doğanın bir ifadesidir; nihayetinde kozmosa aittir," diye yorumladı Karan otele dönerken.

"Dikkatle dinleyin; her yerde müzik var; her şeyi kucaklıyor ve sonsuzluğa, sonsuzluğa doğru genişliyor," dedi Amaya.

"Sana katılıyorum Amaya; müzik insanların davranışlarını şekillendirir, zekayı harekete geçirir, zihne enerji verir ve hayatı yeniden keşfeder," diye açıkladı Karan.

"Duyguları ifade ederek müzik bizi sağlıklı kılar, büyümemizi sağlar, farkındalık yaratır ve istikrar aşılar. Müziğin gücü doğrudan dinleyicinin zihnine girer, iç yapısını yumuşatır ve neşeli konfigürasyonlara yol açar. Dinleyicide, zihnin sakinleşmesiyle somutlaşan kademeli bir değişim ortaya çıkar. Müzik dinleyici olmadan da var olabilir ama müziğe anlam ve tatmin veren yalnızca dinleyicidir. Dolayısıyla kemancı, ürettiği müzik ve dinleyici arasında karşılıklı bir bağımlılık vardır," diye analiz etti Amaya.

Karan Amaya'ya baktı ve gülümsedi. "Sana hayranım Amaya; sözlerin çok güzel. Biz insanlar her şeye bir anlam yükleriz. Müziğin anlamı bireyden bireye farklılık gösterir. Çocukluk, müzik sevgisini aşılamak için en iyi zaman, anlam yaratmak için en uygun dönemdir çünkü müziğin ifadeleri

hiçbir dirençle karşılaşmadan bir çocuğun zihninin derinliklerine inebilir."
Amaya, Karan'ın sözlerinin basit ve gerçekçi olduğunu düşündü.

Amaya, kültürün müziği etkilediğini biliyordu ve bir ortam geliştirdi, dinginliği başlattı, enginlik, derinlik ve müziğin sonsuz güzelliğini yarattı. Her sanatı kapsadığı gibi, tepkiler farklı olsa da müziğin temel duygusal özellikleri her toplumda benzerdi. Bunun nedeni, insan duygularının ve anlamlarının farklı şekillerde algılanmasıydı. Bazı kültürlerde duygusal ortam daha nüanslıydı ve müzikal ifadeler daha spesifikti. Amaya, ritmik artikülasyon, belirginlik ve temponun müzikal yapısının insanların zihinlerini ve bir toplumdaki etkileşimleri etkilediğinin farkındaydı. "Duygular insanda fiziksel ve psikolojik değişiklikler yaratır," dedi Amaya Karan'a bakarak.

"Bu doğru. Müzik bir insandaki kaygı, acı, ıstırap, endişe, intihar eğilimi ve diğer pek çok olumsuz duyguyu azaltabilir," diye karşılık verdi Karan.

Otele vardıklarında Karan Amaya'ya sarıldı ve "Kalbimin içinde saklanan müzisyeni ortaya çıkardın" dedi.

Amaya onun yüzüne bakarak "Beni yeniden şekillendiriyorsun ve aşkımı çözüyorsun" diye karşılık verdi.

Röportajlar ve TV haber kanallarına, arşivlere ve kütüphanelere yapılan ziyaretler iyi geçti. Amaya ilk çalışması için yeterli veri topladı ve Karan bunları yorumlamak üzere tablo haline getirmek için kodlamaya ilgi duyduğunu ifade etti. Karan'ın istatistiksel verileri analiz edebildiğini ve çeşitli testler uygulayabildiğini bilmek onu mutlu etti.

İki gün daha kalmıştı; son gün boğa güreşi içindi. Karan, matadorların ve aksiyonun yakınında, gölgenin altında iki ön sıra bilet satın almıştı ve boğa bir Toro Bravo, bir dövüş boğasıydı. Şehirde kaldıkları sondan bir önceki gün Madrid ve çevresindeki tarihi açıdan önemli yerleri ziyaret ettiler. Sabah ilk olarak M.Ö. ikinci yüzyılda Mısır tanrısı Amun için bir tapınak olan Debod Tapınağı'nı ziyaret ettiler. Amaya, Mısır'ın tapınağı bin dokuz yüz altmış sekiz yılında İspanya'ya bağışladığını biliyordu. Amaya ve Karan görkemli yapının etrafında yaklaşık iki saat dolaştıktan sonra Estacion De Atocha'yı görmek istediler. Amaya aniden huzursuzluk, mide bulantısı ve yorgunluk hissetti. "Karan," diye seslendi. Karan hemen onu eline aldı ve otoparka doğru yürüdü. Arabaya bindiğinde, kusmaya çalışan Amaya'nın yüzünü bir havluyla sildi. Karan arabayı bir kadın doğum uzmanına doğru sürerken, "Amaya, görünüşe göre hamilesin," dedi.

Yaklaşık yirmi dakika boyunca bazı testler ve incelemeler yaptıktan sonra kadın doğum uzmanı dışarı çıktı ve Karan'a gülümseyerek "Baba olacaksın, tebrikler" dedi.

"İyi haber için teşekkür ederim doktor. Öğrenmeyi çok istiyordum. Bu bizim için en sevinçli haber," dedi Karan heyecanla.

Doktor içeri dönerken Karan'a "Lütfen içeri gelin," dedi.

"Merhaba Amaya, tebrikler. Çok mutluyum," dedi Karan onun yanaklarından öperken. Amaya gülümsedi.

"Sevgin için teşekkür ederim Karan," diye karşılık verdi.

"Ben dünyanın en mutlu erkeğiyim." Karan onu tekrar öptü.

Doktor Karan'a, "Biraz daha dinlenmeye ihtiyacı var, üç saat kadar burada kalsın," dedi.

"Elbette, doktor," diye yanıtladı Karan.

Karan dışarıda bekledi. Amaya dışarı çıktığında gülümsüyordu. "Karan, ben iyiyim; seni seviyorum," dedi.

"Seni seviyorum, sevgili Amaya'm. Buna inanamıyorum. Sen taşıyorsun; bebeğimiz bizi dinliyor." Karan ona sarıldı. Heyecanlıydı, Amaya bunu fark etti.

Karan ilk ay boyunca Amaya'yı üniversiteye gitmekten vazgeçirdi. İkinci ayın tamamı boyunca Amaya'ya Gazetecilik Okulu'nda ulaştı, tüm gün ortak misafir odasında ziyaretçileri bekledi ve Amaya ile yemek yerken dikkatli davrandı. Üçüncü aydan itibaren Amaya'yı araba kullanmaya teşvik etti. Karan onun ılık bir duş almasına yardım etti ve temiz bir havluyla saçlarını ve vücudunu kuruladı. Akşamları sahilde el ele dolaşıyorlardı ve Karan hep onun yanında kalıyordu. Yürüyüşlerden sonra Karan, bebeğin suyun güzelliğini ve çevikliğini hissedebilmesi için Amaya'nın kendisiyle birlikte yüzme havuzunda çıplak yüzmesine yardımcı oldu. İlk üç ay boyunca Karan seksten tamamen kaçındı. Sevişmeye başladıklarında, Amaya'ya ve doğmamış bebeğe zarar vermemeye dikkat etti. Yavaş yavaş sevişme sıklığını iki haftada bire indirdi ve yirmi altıncı haftadan itibaren tamamen çekimser kaldı.

Karan, Amaya'nın kontrolleri ve tıbbi bakımı için en iyi doğum koğuşuna sahip en iyi hastaneyi seçti. Amaya yirmi altıncı haftaya kadar her dört haftada bir kadın doğum uzmanını ziyaret etti. Yirmi altıncı haftadan otuz ikinci haftaya kadar her üç haftada bir, otuz ikinci haftadan otuz altıncı haftaya kadar her iki haftada bir ve doğuma kadar otuz altı hafta boyunca her hafta bir kez ziyaret edildi. Kadın doğum uzmanı Amaya ve Karan ile bebeklerinin gelişine hazırlanma konusunda konuştu. Amaya'nın hamileliğini son adetinin ilk gününden itibaren saymalarını sağladı ve bebeği otuz yedinci haftadan sonra herhangi bir zamanda beklemelerini istedi. Doktor Amaya'ya gebe kalmanın son adetinin ilk gününden iki hafta sonra gerçekleştiğini ve döllenmiş yumurtanın rahme yerleşmesinin beş ila yedi gün sürdüğünü söyledi. Dokuzuncu haftada yapılan ultrason muayenesi ve rahim, vajinal ve abdominal test boyutlarının doğrulanmasının ardından doktor, Amaya ve Karan'a bebeği Ağustos ayının ilk haftasının başlarında bekleyebileceklerini söyledi.

Amaya ve Karan hafta sonları Katalonya'nın köylerinin derinliklerine, Fransa sınırındaki elma bahçeleri ve üzüm bağları ülkesine uzun yolculuklar yapıyorlardı. O günlerden birinde Karan Amaya'ya şarap tadımına gideceklerini söyledi ve sanki gayri resmi bir etkinlikmiş gibi rahat giyindiler; koku sürmemeye dikkat ettiler. Karan'ın bir tadım planı vardı ama Amaya'nın bir acemi olarak böyle bir planı yoktu. Daha önce hiç şarap tadımına katılmamış olsa da Amaya heyecanlanmıştı.

"Katalonya ile Roussillon'un birleştiği yerde yüzlerce üzüm bağı var" diyen Karan, bir şarap imalathanesine girerken Amaya'ya her iki taraftaki Katalanların da mükemmel şarap üreticileri olduğunu söyledi.

"Burada ne yapacağız?" diye sordu Amaya.

Karan, "Şarap tadımı yapacağız," diye yanıtladı.

"Gerçekten mi? Kırmızı şarap tadarsam bebeğimizi etkiler mi?" Amaya endişesini dile getirdi.

"Sadece her gün tükettiğiniz beyaz şarabı tadacaksınız. En iyi kırmızı şarabın çok az bir miktarı herhangi bir sorun yaratmaz," diye yanıtladı Karan.

"Herhangi bir bilimsel bulgu var mı?" Amaya sordu.

"Henüz doğrulanmış bir bulgu yok, ancak bazı çalışmalar kırmızı şarabın anne ve bebek üzerinde kötü etkilere neden olmadığını kanıtladı. İtalya, İspanya, Fransa ve Kaliforniya'da milyonlarca kadın her gün şarap tüketiyor; birçoğu da anne adayı. Tabii ki şarabın babaya bile bir zararı yok." Karan güldü.

Amaya ve Karan biraz ötede, açık bir salonda şarap tadımı yapan çok sayıda genç kadın ve erkeği görebiliyordu.

"Şarabı nasıl tadacağız?" Amaya sordu.

Karan, "Dört adım var; bak, kokla, tat ve yargıla," dedi.

"Tüm bu kategorilerde uzman olmanız gerekiyor," diye açıklama yaptı Amaya.

"Herkes daha önce herhangi bir bilgisi olmayan bir acemi olarak başlar. Uzun bir süre boyunca şarap tadımı konusunda bilgi, beceri ve tutum geliştirirsiniz. Önce şarabın rengini, opaklığını ve viskozitesini yani kalınlığını, yapışkanlığını, yapışkanlığını ve yapışkanlığını inceleyin. Şarabı şişelediklerinde, her şişede bağın adı, yeri ve üzüm çeşidinin detayları vardır ve bunları beş dakika içinde bulabilirsiniz. Ancak bir kadehten şarap tattığınızda hiçbir ayrıntı verilmez," diye açıkladı Karan.

"Şarabın aroması nasıl ayırt edilir?" Amaya sordu.

Karan, "Koku size kullanılan üzümün türünü söyler; zengin ve zayıf, baştan çıkarıcı veya sürükleyici gibi farklı boyutlarda birincil, ikincil ve üçüncül olabilir," diye ekledi.

"Kulağa harika geliyor. Şarap konusundaki bilginize hayranım," diyerek Karan'ı takdir etti Amaya.

"Sizin damak tadınız her tadı ayırt edebilir. Üzümler biraz asidik olduğu için ekşi tat birkaç parametreye göre temeldir; tat bağdan bağa, bölgeden bölgeye ve kıtadan kıtaya değişir. Bazı tatlar kalıcı, bazıları ise geçici olduğu için dokuya dil ile karar verilebilir," diye açıkladı Karan.

"Karan, bir şarabın kalitesine nasıl karar veriyorsun?" Amaya sordu.

"Şarap hakkındaki kararınız birçok özelliğine bağlıdır. Öncelikle dengeli mi yoksa dayanılmaz mı, fazla asidik mi yoksa alkollü mü, tonik mi yoksa vıcık vıcık mı olduğuna karar vermelisiniz. Tadına baktığınız şarabın eşsiz mi, teğet mi yoksa geçici mi olduğuna karar verirsiniz. En hayati karar, onun parlayan özellikleri ve sizin onu beğenip beğenmediğinizdir. Bu bir kadını yargılamak gibidir." Karan Amaya'ya baktı ve gülümsedi. "Gel, gidip şarap tadımı yapalım," dedi Karan ve Amaya'yı şarap tadım salonuna götürdü.

Birçok farklı şarap kategorisini tattılar ve değerlendirme notlarına karar verdiler. Karan, Amaya'yı şarap üreticileriyle tanıştırdı ve notlarını şarap üreticilerine sunarken tattığı şarabı tartıştı. Ayrılmadan önce dört şişe içeren yirmi kırmızı ve beyaz şarap kutusu satın aldı.

Mahkemeden döndükten sonra arabayı garaja park ederken Amaya'nın aklına Katalonya-Fransa sınırındaki bir şarap imalathanesinden satın alınan şişeler geldi. Karan ilk gün sadece beş kutuyu yemekhanenin mahzenine taşıyabildiği için şişeler iki gün boyunca Barselona'daki garajlarında kaldı.

O akşam Amaya'nın iki yeni müşterisi vardı. Elizabeth otuz yaşında bir ev bilimi mezunu ve beş ve üç yaşlarında iki çocuk annesi. Küçük bir seyahat acentesinin müdürü olan otuz beş yaşındaki kocası Thomas ise her zaman kutsal topraklara ziyaretler düzenlemekle meşguldü. Kırk beş ila elli kişiden oluşan gruplar için yılda dört kez Avrupa'ya gidiyordu. Tüm ziyaretleri o ayarlıyor ve grupla birlikte seyahat ediyordu. Yaklaşık yedi yıl önce Thomas, dini bir cemaatten Katolik bir rahip olan James'in mali desteğiyle seyahat acentesini kurdu. James, İtalya, Almanya ve Belçika'da teolojik ve dini çalışmalar yaptığı için seyahat acentesi konseptini veren üniversite arkadaşı Thomas'a ilham verdi. Kutsal topraklarda ve Avrupa'da bağlantıları vardı. James, Thomas'ın evine bitişik bir oda olan seyahat acentesinin ofisini sık sık ziyaret ederdi. İlk yıllarda Thomas ve James saatlerce birlikte planlar yaptılar, her ziyaret titizlikle gerçekleştirildi ve acente büyük bir başarı elde etti. Hizmetler ışıl ışıl parlarken, iki yıl içinde yüzlerce kişi bekleme listesine girdi ve Thomas mutlu ve zengin oldu.

Bu arada James, Elizabeth ile bir ilişki yaşamaya başladı ve ikisi de her gün cinsel yakınlıklarının tadını çıkardılar. Thomas ne zaman grupla birlikte kutsal topraklara ve Avrupa'ya gitse, James gecelerini Elizabeth'le geçiriyordu ve Elizabeth iki çocuğunun da babasının James olduğundan emindi. Daha sonra, James Viyana'ya transfer oldu ve dini cemaatinin uluslararası ofisinde üst düzey generalle birlikte çalıştı. Ayrılmadan önce James, Elizabeth'e onunla evlenmeye hazır olduğunu ve Thomas'ın artık olmaması koşuluyla onu ve çocuklarını Avrupa'ya götüreceğine söz verdi. Elizabeth, James ile Avrupa'da yaşamak istiyor ama Thomas'ı ortadan kaldırmak istemiyordu. Amaya Elizabeth'i sabırla dinledi. Elizabeth anlattıklarını tamamladığında Amaya bir süre derin derin düşündü. Sonra alçak bir sesle Elizabeth'e en kısa zamanda bir klinik psikologla görüşmesini tavsiye etti.

Yirmi beş yaşındaki Fatima'nın korkunç bir görüntüsü vardı. Amaya oturmasını istediğinde bir şeyden korkmuş gibi titriyor ve histerik bir hal alıyordu. Sandalyenin kenarına oturan Fatma hikayesini anlattı. Fatma beş yıl boyunca belediye tarafından işletilen bir okulda ilkokul öğretmenliği yapmış; on altı yaşındayken Yusuf Muhammed'le evlenmiş. Evlendikten altı ay sonra Yusuf, iyi bir maaşla büyük bir soğutma ünitesinde çalışmak üzere Katar'a gitti. Her yıl bir kez evi ziyaret ediyor ve bir ayını Fatıma ile geçiriyordu, ancak dokuz yıl sonra bile çocukları olmadı. Yusuf'un anne babası, evli dört kız kardeşi ve Dubai ve Kuveyt'te ailesiyle birlikte kalan dört erkek kardeşi vardı.

Fatıma bir okulda öğretmen olduğu ve devletten maaş aldığı için Yusuf Fatıma'yı Katar'a götürmek istememiş. Ayrıca, en küçük çocuk olarak Yusuf anne ve babasına yakındı ve Fatıma'nın yokluğunda, altmış beş yaşın üzerinde olan yaşlı anne ve babasının, özellikle de yatalak annesinin yalnız kalacağını biliyordu. Yusuf Katar'a gittikten sonra babası Fatıma'ya cinsel tacizde bulunmaya, her gün tecavüz etmeye başladı. Bu durum Fatıma için dayanılmaz bir hal aldığında, Fatıma direnir ve böyle durumlarda babaları evi Fatıma ve Yusuf adına devretme sözü verirdi. Daha sonra onu tehdit etti; oğluna Fatıma'nın yaşlı adama cinsel tacizde bulunduğunu ve onu kendisiyle yatmaya zorladığını söyleyecekti. Fatıma çektiği acının nedenini kocasına açıklamak istemedi, çünkü kocası ona inanmayı reddedecekti. Onun için anne ve babası Allah'ın inanılmaz hediyeleriydi. Fatıma Amaya'ya boşanmak ve yalnız yaşamak istediğini söyledi. Ancak kayınpederinden ve İslamcı köktendincilerin okul binasında bile ölümcül saldırılarda bulunmasından korkuyordu. Amaya astına ilgili tüm belgeleri toplamasını, boşanma ve uygun nafakanın yanı sıra Fatima için polis koruması talebiyle mahkemeye başvurmasını söyledi.

Bir saatlik Vipassana'dan sonra Amaya, Poornima'dan gelen e-postaları gözden geçirdi. Babasının Kaliforniya'daki bir üniversitede yaptığı doktora araştırmasıyla ilgiliydi. Dr. Acharya İngiltere'de mezun olduktan sonra Alzheimer için bir tedavi araştırmaya başlamış ve nihayet doktorası sırasında etkili bir ilaç geliştirmişti. Birçok ülkede farklı durumlarda demans hastaları üzerinde testler yaptı. İlacı beyaz şarapta çözdükten sonra akşam yemeği sırasında ya da sonrasında hastalara verdi. Test sonuçları her yerde olumlu çıktı ve Dr. Acharya İlaç Şirketi ilacı piyasaya sürmenin eşiğine geldi. "Babam büyük bir bilim adamıdır; yarattığı ilaç Alzheimer için etkili bir tedaviydi. Eminim tıp alanında en büyük ödülü alırdı," diye yazdı Poornima.

Bir grup araştırmacı, ilacın sıradan insanların beyinlerini ayartmak için kötüye kullanılabileceğini, bunun da ecstasy, öfori ve yanılsamalara yol açabileceğini keşfetti. Dolayısıyla, tıp doktorlarının, siyasi liderlerin, dini fanatiklerin veya psikopatların insan beynini istedikleri gibi şekillendirmede yetki ve güç sahibi olarak bunu kötüye kullanmaları gibi korkunç olasılıklar vardı. Bunun sonuçlarının korkunç ve yıkıcı olacağı sonucuna vardılar. Bu da ilacın piyasaya sürülmesinin durdurulması, üretim sürecinin yasaklanması ve içeriğinin kamuoyuna açıklanmasının engellenmesiyle sonuçlandı.

Poornima, "Açıkçası, babam bu ilacın kötüye kullanılmasından sorumlu değildi," diye sözlerini tamamladı.

"Gerçeklerden habersizsin Poornima," diye düşündü Amaya. E-postayı okuduktan sonra düşüncelere dalmıştı. Bir kez daha Karan'ın Katalonya'nın kuzeyinde, Roussillon sınırındaki bir şarap imalathanesinden satın aldığı ve Barselona'daki yemekhanelerinin mahzenine özenle yerleştirdiği beyaz şarap şişelerini düşündü.

Bir Kız Çocuğuna Hamile

Hamilelik, Karan'ın aşkının, Amaya'nın rahmindeki başkalaşım deneyiminin, bir kıvılcımla başlayan, yeni bir hayatın şişmesinin güzel bir katılımıydı. İnanılmaz bir dönemdi; Amaya Karan'la ilk karşılaşmasını, bebeklerinin onun içinde doğuşunu ve büyüme sürecini düşündü. Amaya tekrar tekrar Karan'la olan birliğini, ayrılmaz bağını ve onu uyanık olduğu her an Karan'a bağlayan umut filizlerini düşündü. Onun içinde ve çevresinde varlığının verdiği huzur sersemleticiydi. Karan onun bilincini rafine etti, algılarını odakladı, enerjilerini canlandırdı ve ona olan güvenini güçlendirerek umutlarını parlattı. Nerede hareket ederse etsin, neye bakarsa baksın, yeni renkler onu heyecanlandırıyor ve içinde yaşam vizyonları büyüyordu. Serin bir esinti, Endülüs'ün aroması, kendine özgü kokusuyla gece çiçek açan yasemin gibi her yerdeydi. Amaya kendini Karan'ın dünyasına çekmiş, onun büyülü varlığı karşısında şaşkına dönmüştü ve içinde büyüyen yaşamı nadiren düşünüyordu.

Amaya ilk aylarda sık sık yaşadığı mide bulantılarını önemsemedi, Karan'ın ona bakmak için orada olduğunu düşünüyordu; onun sevgi dolu dokunuşu tekrarlayan fiziksel huzursuzluğun tüm kötü etkilerini hafifletecekti. Bebeğin kalp atışlarını ilk kez dinlediğinde Amaya, karnında saklanan bebeğin Karan'a ait olduğunu düşündü. Kronik sırt ağrısı, ruh hali değişiklikleri ve sanki bir hız trenindeymiş gibi sürekli bir duygu gelgiti yaşamasına rağmen, Karan yanaklarını, boynunu, avuçlarını ve karnını öpüyor ve ılık suya batırılmış pamukla ona masaj yapıyordu. Uzun saatler boyunca piyano çaldı ve Amaya'nın yanına oturup onunla birlikte çalmasına yardımcı oldu. Yalnız olmadığı için Karan'ın koşulsuz sevgisine ve sürekli varlığına güven duyuyordu. Ne zaman bilinmeyen nedenlerden dolayı duygusal olarak üzülse ya da fiziksel olarak uyumsuz olsa, Karan yanına oturarak, ellerini tutarak, bacaklarına masaj yaparak ve kulağını şişkin karnına dayayarak bebeğin hareketlerini dinleyerek onu rahatlattı. Amaya, Karan'ın yakınlığından hoşlanıyor ve onun izleri yatıştırıcı olduğu ve kas gerginliklerini ve duygusal kargaşayı azalttığı için nazik dokunuşunu özlüyordu.

Karan, Amaya'ya içinde büyüyen kızlarının ışıltılı gözleriyle Amaya'ya benzeyeceğini söyledi. Hamileliğinden, ilişkisinden ve onunla olan yakınlığından gurur duyduğu için bebeğin Karan için çok değerli olacağını biliyordu. Her ikisinin de maddi açıdan sağlam olduğundan ve çocuklarına mutlu bir gelecek sağlayacağından emindi. Karan, Amaya'yı şüphe, endişe, üzüntü, ıstırap ve tatsızlık gibi başıboş duygularla da olsa mutlu olmaya ve sağlıklı kalmaya teşvik etti. Onu hoş deneyimler hakkında düşünmeye, doğmamış bebeğin yüzünün gülümsediğini, ellerini ve bacaklarını hareket ettirdiğini hayal etmeye teşvik etti. Karan, Amaya'ya doğuma nasıl hazırlanacağını önceden anlattı ve Amaya, Karan'ın hamileliği geçiren Amaya olduğunu düşündü. Enfes parfümler sipariş etti; kokusu, eşsiz birliktelik ve güven duygularıyla güzel sevişme anıları uyandırdı. Karan ilk aydan itibaren Amaya'nın yogada lotus pozisyonunda oturmasına ve meditasyon yapmasına yardım etti. Kendisi de onunla birlikte oturdu ve Amaya, Karan ile stresi ortadan kaldıran, kaygıyı kontrol eden ve öz farkındalığı artıran heyecan verici bir yakınlık yaşadı. Pranayama yaparken Amaya evrende sadece üç kişi olduğunu hissediyordu: Karan, bebek ve kendisi. Ayrıca Karan'dan sonsuz bir dere gibi akan ve kozmosun her köşesine yayılan iyiliği de hissedebiliyordu.

Amaya, bankadan "adını açıklamak istemeyen bir arkadaşı" tarafından hesabına iki yüz bin dolar havale edildiğini öğrenince şaşırdı. "Neden hesabıma bu kadar büyük miktarlar aktarıyorsunuz? Ben bu parayla ne yapacağım?" Amaya Karan'a sordu.

Karan gülümseyerek, "İhtiyacın olacak," dedi.

"Sen her zaman yanımdasın; benim hiçbir masrafım yok," diye yanıtladı Amaya.

"Para sana güç verecektir. Öngöremediğimiz bir durumda seni güvende tutacaktır," dedi Karan.

Amaya, "Öyleyse hastane masrafları için kullanabiliriz," dedi.

Karan, "Bunun için yeterli param var," diye cevap verdi.

Amaya Karan'a bakarak gülümsedi. Ama aklında bilinmeyen bir ıstırap vardı, ama bunu çabucak unuttu.

Amaya ev yemeklerini tercih ediyordu ve Karan kahvaltı, öğle ve akşam yemeklerini pişiriyordu. Onu yemek pişirirken izlemeye bayılıyor ve tatlı sebzeleri doğrarken ona katılıyordu. Karan başlangıçta bullseye tercih etse de Amaya omlet yapmayı seviyordu ama hamileliği sırasında o da omlete geçti. Yumurtaları tuz, karabiber, birer parça karanfil, kakule, yeşil biber, kırmızı biber ve biraz kişniş yaprağı ile çırptı. Yapışmaz bir tavaya zeytinyağı döktükten sonra çırpılmış yumurtaları içine boşalttı ve altın rengi göründüğünde omleti iki kez çevirerek çıtır çıtır olmasını sağladı. Karan ve Amaya omleti tavadan yedi ve ikisi de çok beğendi. Karan, Amaya'nın ağzına ekmek ve peynirle sarılmış minik omlet parçaları koymayı hiç unutmadı. Öğle yemeğinde kızarmış balık, pişmiş kuzu pirzolası, esmer pirinç ve etli sebzeler vardı.

Akşamları doğu balkonunda ayakta içtikleri samosa veya kachori ile birlikte Darjeeling çayı vardı. Sahilde yürüyüş yaptıktan sonra havuzda bir saat yüzmek canlandırıcıydı ve istedikleri zaman piyano çalıyorlardı. Her ikisi de bebeğin hoşuna gideceğine inandıkları için akşam yemeği sırasında hafif müzik dinlemeyi düzenli hale getirdiler. Yemekten sonra yarım saat boyunca haberleri izlediler ve Karan çok titizdi. Amaya iyi uyuyordu. Bazen Karan onun alnına, ellerine ve bacaklarına masaj yapıyor ve başını kucağına yaslarken alçak sesle Hintçe aşk şarkıları söylüyordu. Her sabah Amaya kalkar kalkmaz Karan'ın hazırladığı dumanı tüten bir fincan yatak kahvesi içmeye devam ettiler.

Yirmi altıncı haftadan otuz ikinci haftaya kadar Karan her gün Amaya ile birlikte üniversiteye gitti ve tüm gününü Gazetecilik Okulu'nun ortak misafir odasında geçirdi. Amaya'nın verileri tablolar halinde kodlamasına, istatistiksel testlerle analiz etmesine ve tüm tezi bilgisayar ortamına aktarmasına yardımcı oldu. Amaya, çalışmayı son haline getirmeden önce araştırma danışmanıyla ayrıntılı tartışmalar yaptı. Otuz ikinci haftadan sonra Amaya evdeydi ve her hafta Karan ile birlikte kadın doğum uzmanını ziyaret ediyordu. Karan her doktorun sözünü not etti ve hastane eczanesinden reçete edilen ilaçları topladı. Amaya'nın hamileliğinin başından itibaren Karan tüm talimatları titizlikle uygulayarak Amaya'ya ilaçlarını verdi. Karan her şeyi bildiği için Amaya hangi ilacı ne zaman alması gerektiğiyle ilgilenmiyor, hastasıyla ilgilenen uyanık ve özverili bir hemşire gibi idare ediyordu.

Bu arada Amaya araştırmasını tamamlamış ve danışmanının onayını aldıktan sonra tezini değerlendirilmek üzere üniversiteye teslim etmişti. Teşekkür bölümünde Karan'ın ve danışmanının adı yazıyordu. Amaya çocukluğundan beri çalışmalarını titizlikle ve zamanında tamamladı. İşini zamanında bitirmek Amaya'nın yüksek mahkemenin seçkin avukatlarından biri olarak parlamasına yardımcı oldu. Yargıçlar onu hiçbir zaman mahkemeyi yanlış yönlendirmeye çalışmayan ya da tartışmalarda bir kez bile hukuk dışı bir şey söylemeyen dürüst bir avukat olarak görüyorlardı.

Akşam ofisine ulaştıktan sonra Amaya tüm müvekkilleriyle görüştü ve stajyerlere yeni müvekkiller için dava dosyaları hazırlamaları, ertesi günkü duruşma için bir liste yapmaları ve son duruşma için listelenen davaları takip etmeleri talimatını verdi. Yatmadan önce e-postalarını kontrol ederken Poornima'dan gelen bir e-posta buldu; Amaya okumak için sabırsızlanıyordu.

"Merhaba, Madam," diye başladı. "Bugün size ailem hakkında daha fazla şey anlatmak istiyorum, bu da babamı tanımanıza yardımcı olacaktır. Annem babamı her türlü tarifin ötesinde severdi, çünkü dil onun sevgisinin, güveninin ve samimiyetinin yoğunluğunu açıklamakta yetersiz kalır. Bir kız çocuğu sahibi olmak istiyordu ve babam bu dileğinin gerçek olacağına dair ona güvence verdi. Annem günlerce ağlamış ve gülmüş, yüzümü görünce gözlerine inanamamış; sevinci sonsuzmuş. Doğumumdan bir yıl sonra, Avrupa'dan Hindistan'a döndüklerinde, annem doğumumu günlerce ailesi, akrabaları ve arkadaşlarıyla kutladı. Her yıl doğum günüm Dr. Acharya İlaç Şirketi'nde önemli bir olaydı ve annem şirketteki tüm personele ekstra bir artış duyurmayı asla unutmazdı.

"Aynı anda hemcinsi olan kocasının bir kopyasına sahip olmanın mutluluğu annemin kalbinde tarifsizdi. Sık sık kocasına benzeyen bir kız çocuğu tercih etmesi üzerine düşünürdüm. Bunun nedeninin, çocuğunun kendisine benzediğini gören bir babanın kendine daha çok güvenmesi, bebeğin kendisinin olduğunu düşünmesi ve çocuğuyla daha çok vakit geçirmesi, onunla ilgilenmesi ve onu sevmesi olabileceğini düşündüm. Ama annemin kocasına dolaylı olarak bebeğin ona benzeyeceğini söylemesi gereksizdi çünkü birbirlerine güveniyor ve seviyorlardı. Babamın karısının iffetinden şüphe duyduğunu hayal bile edemiyorum. Peki annem neden kocasına benzeyen bir kız çocuk sahibi olmak istiyordu? Bir anne, çoğu durumda, doğurduğu bebeğe bakar çünkü onun kendisinden olduğunu bilir. Bu aynı zamanda evrimsel bir ihtiyaçtır, ancak bir erkek çocuğun biyolojik babası olup olmadığından emin değildir. Dolayısıyla, babaya benzeyen çocuk, babayı biyolojik baba olduğuna ikna edebileceği için bir avantaja sahiptir, neden bir erkek karısının doğurduğu başka bir erkeğin çocuğuna bakmalıdır. Bu doğru olabilir; babanın çocuğun kendisinden olmasını sağlamakta hayati bir çıkarı vardır. Bir bebek doğar doğmaz, baba bebeğe bakar ve fiziksel benzerlik arar. Anne babayı ikna etmelidir; öz babanın o olduğuna. Ama annem neden kocasına benzeyen bir erkek çocuğu tercih etmedi? Hâlâ ikna edici bir cevap arıyorum."

Amaya biraz okumayı bıraktı. Poornima, bunun nedeni annenin senin biyolojik annen olmamasıydı. Ne pahasına olursa olsun kocasının servetini miras alabilecek bir çocuğa sahip olmak istiyordu. Ama sana karşı doğal bir yakınlık ve koşulsuz sevgi besleyebilmek için çocuğun kendi cinsiyetinden olmasını istemiş, böylece onu sahiplenebilecek, fiziksel kimliğini paylaşabilecek ve bebeğin kendisinden olduğuna kendini inandırabilecekmiş. Bir kez daha okumaya başladı: "Annem aynı zamanda benim ablam, arkadaşım ve akıl hocamdı. İlişkimiz sevgi ve güvene dayalı olarak gelişti. Bana nasıl bağımsız olunacağını ve risk alınacağını öğretti. Birbirimizi severdik ve birbirimizin duygularını anlardık; reddedilme korkusu yoktu. Çocukluğumda o benim amigo kızımdı.

"Babam hayatımda başka hiç kimsenin telafi edemeyeceği ilham verici bir rol oynadı, eminim. Vizyonumu, ideallerimi ve algılarımı şekillendirmeme yardımcı oldu; duygusal, bilişsel, entelektüel ve ruhsal gelişimimin temel direği olarak her zaman yanımda durdu. Hayatımın kurallarını belirlememe yardım ederek, bu kuralları günlük faaliyetlerinde uyguladı. Genel büyümeme ve misyonuma dahil olurken sağladığı duygusal ve fiziksel güvenlik dikkate değerdi. Sevecen ve destekleyici olarak, arzu ettiğim mesleki eğitimi ve nitelikleri edinmemi sağladı. Ben de ailem gibi nöroloji alanında cerrah hekim oldum. Onun varlığı insanlarla, özellikle ailemle, akrabalarımla, öğretmenlerimle, arkadaşlarımla ve diğerleriyle olan ilişkilerimi ayırt etmeme yardımcı oldu. Onun sayesinde insan ilişkilerindeki incelikleri ve anlamı farklı boyutlarda, durumlarda ve katmanlarda algılayabildim."

Amaya bir kez daha okumayı bıraktı. Evet, kendi çıkarı için yoğun duygularını ifade eden farklı maskeler takıyordu. Neyin gerçek neyin hayali olduğunu ayırt etmek imkânsızdı.

Okumaya devam etti: "Bir ergen ve genç yetişkin olarak, duygusal destek ve güvenlik için babama bağımlıydım. Bana iyi bir ilişkinin ne olduğunu ve yetişkin hayatımda ne tür bir ilişki geliştireceğimi göstermeye hevesliydi. Sevgi dolu ve nazik olan babam benim ideal ebeveynimdi ve ben de gelecekteki hayat arkadaşımda bu nitelikleri aradım. Psikolojik uyumumda oynadığı rol çok büyüktü; bu rol ben daha küçük bir çocukken başladı ve çocukluğumda, ergenliğimde, gençliğimde ve yetişkin bir kadın olarak devam etti. Onun hayatım üzerindeki muazzam etkisinin farkına vardım. Babam benim rol modelim, güvenliğimin, sevgimin ve güvenimin temeli olarak davrandı, çünkü o benim her durumda mihenk taşımdı. Özgüvenim, özsaygım ve başarı motivasyonum ailemizdeki farklı olaylarla gelişti ve babamın kişiliğini yansıttı. Eğitimimle eşsiz bir şekilde ilgilendiği için, babaları kızlarına karşı ilgisiz olan diğer kızlardan daha başarılı oldum. Babam yargılayıcı değildi ve başkaları hakkında asla kötü bir söz söylemezdi. Yabancılarla sağlıklı ilişkiler geliştirmem konusunda beni ihtiyatlı ve olgun olmaya teşvik etti ve çeşitli yaşam felsefelerini ve değişim yönlerini öğrenmemi sağladı."

Amaya bir an için okumayı bıraktı. "Sizi asla aldatmayacak hayat arkadaşınızı seçerken ihtiyatlı olmalısınız. Poornima, sana iyi şanslar diliyorum," diye mırıldandı Amaya. Birden Karan'ın bebeği kucağına almak için yaptığı hazırlıkları hatırladı.

Karan hamileliğin otuz altıncı haftasında tetikteydi ve Amaya'yı yatak odasında, mutfakta, yemek salonunda, tuvalette, çalışma odasında ve balkonlarda takip ediyordu. Şarap şişelerini sakladığı kiler, arabalar ve garaj da dahil olmak üzere tüm evi temizledi ve sterilize etti. Karan, Amaya için yumuşak giysiler, yünlüler, beşik adını verdiği bir bebek yatağı ve gerekli tüm eşyaları satın aldı ve onun ve bebeğin giysilerini farklı çantalara doldurdu. Karan her gün, hamileliğinden beri Amaya'ya özel tıbbi bakım sağlayan kadın doğum uzmanıyla konuşuyordu. Amaya'nın durumundaki en ufak değişiklikleri bile rapor ediyor ve doktorun önerileri hakkında ayrıntılı bir yazılı rapor tutuyordu. Karan, ambalajları da dahil olmak üzere istenmeyen ilaçları yakmış ve tüm boş şarap şişelerini deterjanla iyice temizledikten sonra satın aldığı şaraphaneye iade etmiştir. Amaya Karan'a şarap şişelerini neden yıkadığını sorduğunda, Karan bunun kendisi açısından kibar bir davranış olduğunu ve şatonun bunu takdir edeceğini söylemiştir. Amaya, Karan'ın evi temizlediğini ve paspasladığını, titiz olduğu için her şeyi düzenli tuttuğunu hatırladı; ev onun için düzenli ve güvenli olmalıydı.

Aniden yağmur yağmaya başladı; gök gürültüsü ufuk çizgisini aştı ve Amaya Vipassana yapmadan önce ofisinin bitişiğindeki evinin ana kapısını kilitleyip kilitlemediğini ve pencereleri kapatıp kapatmadığını bir kez daha kontrol etti.

Amaya ertesi gün meşguldü, çünkü farklı mahkemelerde birçok duruşma vardı. Akşam ofisine döndüğünde, bekleme odasında iki bebeği olan genç bir kadın vardı. Wayanad'da yaşayan Liza Thomas, bilgisayar bilimleri alanında yüksek lisans yapmış ve Bengaluru'da uluslararası bir firmada dört yıl boyunca iyi bir maaşla çalışmıştı. Liza dördüncü yılında

Kasargod'dan Abdul Aziz adında genç bir adamla tanıştı. Liza'ya Dubai'deki bir şirkette üst düzey bir yetkili olduğunu, iş anlaşmaları için Bengaluru'da bulunduğunu ve bir yıl boyunca orada kalacağını söyledi. Daha sonra sık sık buluştular, birbirlerine aşık oldular ve evlenmeye karar verdiler. Liza ortodoks Hıristiyan ailesinin bir Müslümanla evlenmeye karşı olduğunu biliyordu; bu nedenle Abdul ile onlara haber vermeden evlenecekti. Abdul'un şehirde birkaç arkadaşı vardı ve İslami yasalara göre bir nikah töreni düzenlediler.

Evlendikten sonra Abul Liza'ya pasaportunu ve vizesini kaybettiği için Gujarat sahilinden bir tekneyle Yemen ve Dubai'ye gideceklerini söyledi. Liza, Abdul'ün arkadaşlarının bir gemi ayarladığı Gujarat'taki devlet memurlarına kolayca rüşvet verebileceğini görünce şaşırdı. Ancak birkaç saat sonra, çoğu Hindistan'dan gelen mühendislik mezunu eğitimli kadın ve erkeklerle birlikte, savaşmak üzere Afganistan ve Yemen'e giden bir Pakistan gemisine bindiler. İki gün içinde Yemen'de köhne bir limana ulaştılar. Yemen'e ulaşır ulaşmaz Abdul ortadan kayboldu. Liza onu bir daha hiç görmedi ve terörist faaliyetlerde bulunan iki yüzden fazla kişiyle birlikte bir kampta kaldı. Kamptaki hayat cehennem gibiydi; Liza en az yarım düzine erkeği sık sık cinsel olarak tatmin etmek zorundaydı.

Asıl işi bir bilgisayarı çalıştırmak, İran'dan gelen mesajları çözmek ve bunları Suudi Arabistan'a karşı savaşanlara aktarmaktı. Neredeyse her gün on iki ila on beş saat çalışıyordu. Liza dışarı çıkma özgürlüğü olmadığı için dışarıda neler olup bittiğini bilmiyordu ama sık sık savaş uçaklarının gürültüsünü duyuyordu. Çocukları orada tıbbi yardım almadan doğmuş; erkek oldukları için kafaları kesilmekten kurtulmuşlar ama kız çocuklarının şansı yokmuş. Kampın bekçileri kızların başını doğdukları gün kesmişler. Liza çocuklarının babalarının kim olduğunu bilmiyordu.

Dördüncü yılda Liza, Mangalore'dan Abu adında bir adamla tanıştı ve bu adam uygun olduğu zaman yiyecek tedarik ediyordu. Abu, Liza'ya çocuklarıyla birlikte altı ay içinde kamptan kaçmasına yardım edeceğine söz verdi. Bir gece üssün yakınlarında düzensiz bombalamalar oldu, bu da kaosa neden oldu ve birçok insan yaralandı ya da öldü. Abu çocukları kucağına alıp denize doğru koştu; Liza da onun peşinden koştu. Onları bekleyen küçük bir tekne vardı ve üçüncü gün Malabar'daki Beypore'de karaya çıktılar. Liza bir ay boyunca Kozhikode'de bir ailenin yanında kaldı; onların yardımıyla Amaya ile buluşmak üzere Kochi'ye gitti.

Amaya, Liza'nın geçerli seyahat belgeleri olmadan Yemen'e gittiğini ve vizesi olmayan iki çocukla geri döndüğünü derhal polise bildirmesi gerektiğini söyledi. Amaya, Liza ve çocuklarının kalacak güvenli bir yer bulmalarına yardımcı olacağına dair güvence verdi; ayrıca doğru iş hakkında bilgi alacaktı.

Palakkad bölgesindeki bir aşiret topluluğundan gelen Deepa adındaki bir başka müşteri de annesiyle birlikte geldi. Zeki bir insan olan Deepa, ortaokul son sınıfı tamamlamış ve bir meslek kursuna giriş sınavına hazırlanmıştı. Anne ve babası orman departmanında bekçi olarak çalışıyordu ve Deepa üç çocuklarının en büyüğüydü. Yaklaşık sekiz ay önce, Delhi'deki bir üniversiteden antropoloji alanında doktora öğrencisi Krishnan Namboodiri, kabileleri araştırmak üzere altı aylığına köylerine geldi. Deepa'nın ailesinden kalacak yer ve yatacak yer talep etmiş, masraflarını karşılamanın yanı sıra Deepa'ya meslek giriş sınavında, iki kardeşine de eğitimlerinde koçluk yapacağına söz vermiş. Deepa'nın annesi tarafından pişirilen yemekleri paylaşarak Krishnan'ın evlerinde kalmasına memnuniyetle izin verdiler.

Deepa için yaz tatili olduğundan, Krishan günlük dört yüz rupi karşılığında farklı evleri ziyaret edip mülakat yaparak, anket doldurarak ve programları gözlemleyerek veri toplamak üzere kendisine eşlik etmesini istedi. Deepa, bilimsel araçları ve antropolojik veri analizi yöntemlerini kullanarak halkı hakkında daha fazla şey öğrenebildiği için bu işten büyük keyif aldı. Bunun da ötesinde, Deepa Krishan'ın kişiliğinden, araştırma zekasından ve insani düşüncelerinden etkilenmeye başladı ve yavaş yavaş onunla olan ilişkisi samimi bir hal aldı. Altı ay onunla kaldıktan ve veri toplamayı tamamladıktan sonra Krishnan Delhi'ye döndü ve Deepa'ya onu her gün arayacağına ve doktorasını tamamladığında onunla evleneceğine söz verdi. Ancak Deepa ayrıldıktan sonra Krishnan'dan ne bir telefon ne de bir mesaj aldı. Amaya ile buluşmadan yaklaşık bir ay önce Deepa hamile olduğunu fark etti ve Deepa on sekiz yaşından küçük olduğu için ailesi derin bir duygusal sıkıntı içindeydi. Giriş sınavına girmesi ve profesyonel bir kursa gitmesi gerekiyordu. Deepa'nın annesi, Deepa'nın doğmamış bebeği aldırıp aldıramayacağını öğrenmek istedi.

Amaya, hamileliğin tıbbi olarak sonlandırılması yasasına göre, Deepa'nın annesine kürtaj için Deepa'nın rızasının yeterli olduğunu söyledi. Reşit olmadığı için vasisinin onayı da geçerliydi ve her iki durumda da hamilelik tecavüzden kaynaklandığında yirmi hafta kadar kürtaj mümkündü. Deepa'nın reşit olmaması ve evli olmaması nedeniyle, tecavüz mağdurları, bekâr kadınlar ve diğer savunmasız kadınlar için güvenli kürtaj için gebelik sınırını yirmi dört haftaya kadar artıran bir hüküm vardı.

Deepa, Amaya'ya Krishnan Namboodiri ile cinsel yakınlaşmasının kendi rızasıyla olduğunu ve bunun bir tecavüz suçu olmadığını söyledi. Amaya, Deepa ve annesine Deepa'nın rızasının önemsiz olduğunu çünkü reşit olmadığı için rıza gösteremeyeceğini açıklamıştır. Dolayısıyla, Deepa'nın rızasına bakılmaksızın onunla cinsel ilişkiye girmek Krishnan Namboodiri'nin yasal tecavüzüdür. Çocukları cinsel suçlardan koruma yasası, herhangi bir cinsel eyleme karışan reşit olmayan bir kişiye adalet sağlıyordu ve Krishna Namboodiri yasayı ihlal etmekten suçluydu. Amaya ayrıca, yasanın ebeveynlerin veya vasilerin suçu özel çocuk polis birimine veya yerel polise bildirmelerini zorunlu kıldığını bildirdi. Bunu yapmamak suç teşkil ediyordu. Amaya, Deepa'nın annesini ihlali polise bildirmeye çağırdı.

Bunu duyan Deepa, Krishnan Namboodiri'yi hâlâ sevdiğini ve olayı polise bildirmeye karşı olduğunu söyleyerek ağlamaya başladı. Amaya ona Krishnan Namboodiri'nin Deepa'nın reşit olmadığını bildiğini söyledi. Ayrıca, sahte bir evlilik vaadinde bulunmuş; cinsel yakınlığı mağdur için uzun bir acı dolu yaşamı birleştirmiştir. Dolayısıyla, ceza sadece yasal değil, sosyal ve psikolojik bir gereklilikti. Ceza bir intikam ya da caydırıcılık değil, ahlaki bir zorunluluktu ve adam bunu hak etmişti.

Amaya'nın beklediği gibi Poornima'dan bir e-posta geldi. Amaya'ya bugünün Çarşamba olduğunu ve Delhi'yi ziyaret etmesine sadece üç gün kaldığını hatırlatıyor ve Amaya'yı havaalanında karşılamak için sabırsızlıkla bekleyeceğini bildiriyordu. Poornima babasının Amaya'yı komadayken bile tanıyacağından ve onun varlığının iyileşmesine yol açacağından emindi. Bir önceki gün babasının dosyalarında Amaya'nın olağanüstü bir piyano sanatçısı olduğuna dair bir karalama bulmuştu; parmakları klavyenin üzerinde zarif ve sihirli bir şekilde hareket ederek melodik bir müzik üretiyordu. Amaya'nın en sevdiği bestecilerin Mozart, Beethoven ve Chopin olduğunu belirtmişti. Poornima'nın babası, evlerinde özel olarak hazırlanmış bir odadaydı ve burada aralarında kendisinin de bulunduğu ilaç şirketinden bir grup doktor her saat babasıyla ilgileniyordu. Onlara danışarak odaya bir piyano yerleştirmiş ve Amaya'nın bir süre onu çalacağını ummuştu. Doktorların da inandığı gibi, müzik hiç şüphesiz babasının iyileşmesine yardımcı olacaktı. Amaya, Karan'la birlikte güney balkonunda oturup saatlerce piyano çaldıklarını hatırlıyordu. Amaya sık sık Karan'ın sağ tarafına oturur ve onunla birlikte çalardı. Çoğu zaman çalmayı bırakır ve Amaya'nın müziğini dinlerdi; ona duyduğu hayranlık inanılır gibi değildi. Piyano çalarken Amaya'yı öptüğünü ve ona sarıldığını asla unutmasa da, Karan aşkını ve sevgisini olağanüstü müziğiyle ifade etti. Birlikte geçirdikleri zaman olağanüstüydü; Karan'ın kendisini aldattığını bilse bile, Amaya ona karşı hiçbir kötü niyet taşımıyordu. Amaya, Vipassana eğitiminden geçtikten sonra onu temize çıkardı, belki de onun zorlaması olduğunu düşünüyordu, ancak kızıyla tanışmak için sönmeyen bir arzu vardı. Amaya zihnini sakin olmak üzere eğittiği için Karan'a karşı heyecan duymuyordu. Poornima ayrıca birkaç piyanistten kısa bir süre için çalmalarını istediğini ancak babasının durumunda herhangi bir değişiklik olmadığını belirtti.

Poornima e-postada ayrıca Amaya'nın aylarca Karan'la birlikte kaldığına dair notlar bulduğunu ve bunun Poornima'yı oldukça üzdüğünü belirtti. Annesinin hamileliği sırasında kocasının koşulsuz sevgi ve bağlılığına ihtiyaç duyduğu bir dönemde babasının neden Marsilya'yı terk ettiğini merak ediyordu. Poornima dünyada hiç kimsenin birbirini onlar gibi sevemeyeceğini ve babasının karısı için her şeyi yapmaya hazır olduğunu bildiği için annesinin babasına mutlak bir güveni vardı. Poornima, özellikle annesinin hamileliğinin kritik döneminde ayrılıklarını düşündüğünü anlattı. Poornima babasının neden Amaya'yı evine davet ettiğini ve onunla birlikte kaldığını anlayamıyordu. Bu tür bir birliktelik genellikle cinsel yakınlaşmaya yol açıyordu ve babası neden başka bir kadınla gayrimeşru bir ilişki geliştirdi? Seks biyolojik bir ihtiyaçtı, aşk ise duygusal. Ancak güven, başka bir kişiye karşı açık bir bağlılık nedeniyle bilinçli inançlar ve eylemler nedeniyle gelişti. Evli bir adam olarak babası, annesinin kendisine verdiği güveni affedilmez bir şekilde yanlış kullandı ve ihlal etti.

Amaya aniden okumayı bıraktı. Bu gerçekten de bir güven ihlaliydi, karısına karşı işlenmiş görünüşte savunulamaz bir suçtu. Ancak karısı da böyle bir eylemde bulunan bir taraftı, üçüncü bir kişiye karşı suç işlemişti ve dışarıdan gelen kişi yıllarca sayısız acı çekmiş, adaleti reddederek insan haklarını aşağılamıştı. Poornima için Barselona'da babasının yanında kalan kadını suçlamak kolaydı ama o kadın ona şüpheye yer bırakmayacak kadar güveniyordu. Poornima zeki, meraklı, analitik ve gerçeği bulmak için karşı konulmaz bir arzuya sahipti, ancak gerçeği bilmek acı yaratacak ve insanlığa olan güvenini sarsacaktı.

Poornima, babası ve annesi arasında herhangi bir çatışma olayının izini süremediğini yazmıştı; Dr. Eva hiçbir zaman kocasını suçlamamış ya da onu aldatmakla, güvenini ihlal etmekle suçlamamıştı. Avrupa'daki yaşamlarının altın çağ olduğunu, bir kızları olduğunu ve hayallerini gerçekleştirdiklerini belirtmişti. Dr. Eva kocasını defalarca övmüş ve çocuk sahibi olmak için ısrarlı çabalarını takdir etmiştir. Poornima'nın yaptığı açıklama, kocasının bir yıl boyunca Barselona'da yaptıklarının tamamen farkında olduğunu gösteriyor olabilir.

Bununla birlikte, Dr. Eva onu asla başka bir kadınla ilişki kurmaya teşvik etmezdi. Poornima, Marsilya'da annesine hamileliği sırasında bakacak nitelikli doktor ve hemşireler olduğundan emindi, çünkü para babası için bir sorun değildi. İlaç şirketleri, yetkililer yasaklamış olsa da Alzheimer için bir ilaç geliştirmişti bile. Nörolojik hastalıklar için başka tedaviler geliştirmenin eşiğindeydi. Şirketin adı ve ünü giderek artıyordu ve babasının ölümünden sonra babası şirketi devraldığında şirket katlanarak büyüdü, itibar kazandı ve servet biriktirdi.

Karan, Amaya'ya fiziksel olarak zarar vermemiş olsa da, tam bir güven ve hayranlık dolu hayali bir dünya yaratmak için ilaçla deneyler yaptı. Ona miras bıraktığı sevgi tartışılmazdı. Onun doğruluğundan, dürüstlüğünden ve yüce gönüllülüğünden asla şüphe duymadı. Aylar sonra, hesabına aktardığı paranın, evin ve arabanın kızının bedelleri olduğunu fark etti. Aynı zamanda, bebeğin annesinin kalbini onarılamayacak şekilde yaralayarak inanılmaz bir geri ödeme yaptı. Böylece aktardığı servet işe yaramaz, değersiz ve aşağılık bir hale geldi.

Poornima, babasının gelirlerinin yüzde yirmi beşini başta çocuklar ve kadınların refahı için olmak üzere hayır kurumlarına bağışladığını yazdı. Kızının doğumundan sonra Dr. Eva, yaşam felsefesini yeniden yazarak ve açlık, yoksulluk, cehalet ve sağlıksızlığın ortadan kaldırılması için büyük miktarlarda bağışta bulunarak değiştiğini söyledi.

İnsanlar evrimsel süreç nedeniyle değişebiliyordu; hiç kimse sonsuza kadar olduğu gibi kalamazdı. Derin bir uykuya dalmadan önce Amaya analiz etti.

Ertesi gün Annamma'nın son duruşması vardı ve çocukları başvuruda bulundu. Annamma, Roma Papası'na bağlı Syro-Malabar kilisesine mensup üst-orta sınıf bir aileden geliyordu. Kocası Mathai, Ernakulam bölgesinin kırsal kesimlerinde on iki dönümlük verimli tarım arazisine sahip bir çiftçiydi ve hindistan cevizi palmiyeleri, areka fıstığı, kauçuk ve kaju ağaçları yetiştiriyordu. Araziden elde edilen gelir ailenin birincil ve ikincil ihtiyaçları için yeterliydi. Mathai, Annamma ve çocuklarının mutlu ve müreffeh bir yaşamı vardı. Piskoposluk bölgesi rahibi ve piskopos ne zaman mali destek istese kiliseye nakit ve iyilik bağışında bulundular. Nispeten varlıklı oldukları için birçok rahibe ve rahip evlerini ziyaret ederek kilise tarafından düzenlenen dini programlara ve etkinliklere katılmalarını istedi. Sürekli olarak İsa'nın çilesi ve ölümü hakkında konuştular. Rahibe ve rahipler Mathai ve Annamma'ya, İsa'nın Tanrı'nın oğlu olmasına rağmen kendini alçalttığını, insanlık için, onların günahları için acı çektiğini ve çarmıhta öldüğünü söylediler. "Kilisenin öğrettiği gibi İsa'nın ayak izlerini takip ederek cennete zengin olun" derlerdi. Rahibeler ve rahipler sık sık evlerinde aylık dua toplantıları düzenler, komşuları davet eder ve her akşam tespih çekerek dua etmelerini isteyerek Meryem Ana'ya bağlılıklarını teşvik ederlerdi. Annamma ve Mathai'nin ailesini derin bir dua atmosferi sarmaya başladı; çocuklar derslerini ihmal ederek dualara odaklandılar. "Ne zaman günah işleseniz İsa'yı çarmıha geriyorsunuz. Rab hepimizi seviyor; bu yüzden biz onun gelinleriyiz," dedi rahibeler Annamma ve Mathai'ye. Annamma günde birçok kez, kahvaltıdan önce ve sonra, öğle ve akşam yemeklerinde dua ediyordu, çünkü günahtan nefret ediyorlardı; İsa'yı incitmek ya da cehenneme gitmek istemiyorlardı.

Bir grup rahip Pentekostal dualar için evlerini ziyaret etti. Birkaç gün sonra Annamma ve Mathai'ye on günlük bir dhyanam ya da binlerce adanmışın toplanıp dua edebildiği bir dua merkezi olan dhyana-kendram'da yapılan büyük bir Pentekostal dua toplantısına katılmalarını önerdiler. Dhyana-kendram'ın sloganı "kendinizi ebedi lanetten kurtarın, ruhunuzu kurtarmak için İsa'ya geri dönün" idi. En büyük kızlarından kardeşlerine bakmasını istedikten sonra Annamma ve Mathai on gün boyunca dhyanam'a katıldılar. Binlerce inananla birlikte yaşamak ve dua etmek çift için yeni bir deneyimdi. Yüksek sesle şarkı söyleyerek, çılgınca dans ederek, halüsinasyon halinde dualar okuyarak ve bilinmeyen dillerde gevezelik ederek İsa ve Meryem'i yücelttiler. Kutsal ruhun ilhamıyla, Pentekostal duaların bakış açılarını değiştirdiğine inanıyorlardı.

Dhyanam saat yedi civarında başladı ve akşam sekize kadar devam etti. Rahipler ücret karşılığında kalacak yer ve yatacak yer ayarladılar. Yemekler yetersiz, yatma olanakları standartların altında olsa da, dualar onları İsa ve Bakire ile buluşmak üzere cennete gitmeye hazırladığı için kimse şikayet etmedi. Ayini yöneten kişi cemaatteki belirli sayıda kişinin başlarına dokunduğunda kitlesel histeri binayı doldurdu. Çılgınca bir dua, rubrik, tütsü, büyü ve doğaüstü olaylara işaret eden el çanlarının çalındığı bir ortamda rahip "hallelujah, hallelujah" diye bağırarak kutsal ruhun bir güvercin şeklinde üzerlerine inmesini istedi. Yere düşen, sürekli yuvarlanan ve dillerde konuşan kadınlar ve erkekler sanki ele geçirilmiş insanlar gibi davranıyorlardı. Rahipler İsa'nın bedeni ve kanı olduğu varsayılan ekmeği kırıp şarabı içtiklerinde, birçok kişi sunakta dirilen İsa'ya tanık oldu.

Dhyana-kendram'daki en kritik olaylar, rahiplerin şeytanı özellikle kadınlardan kovması, onları bastonla dövmesi ve Süryanice, Latince ve belirsiz dillerde dualar okumasıydı. Hastaları iyileştirme işi ayini yöneten kişi tarafından yapılırdı.

Annamma ve Mathai kendilerini cennette İsa ve Meryem'in yanındaymış gibi hissettiler ve eve döndükten sonra dua dolu bir atmosferde kaldılar. Annamma, Mathai'ye Kerala'nın farklı bölgelerinde her biri on gün süren dört Pentekostal dua toplantısına daha katılması için eşlik etti ve üç ay içinde çocuklarını yalnız bıraktı. Annamma, çocuklar okula gitmeyi bıraktıkça, inekler ve kümes hayvanları aç ve hasta kaldıkça, tekrarlanan dhyanamların ailesinde yarattığı tahribatı yavaş yavaş fark etti. En vahim olanı ise çiftliklerinin kötü yönetilmesiydi; bunun sonucunda da gelirleri azaldı. Açlık ve sağlıksızlık baş göstermiş, çocuklar serserileşmiş, aile kavgaları sık sık patlak vermiş ve Mathai şiddet içeren davranışlarda bulunarak alkolik ve uyuşturucu bağımlısı olmuş. Annamma Mathai'den dua toplantılarına katılmayı bırakmasını ve bir psikiyatriste danışmasını istedi. Ancak Mathai alkolizminin üstesinden gelmek için dhyanamlara daha sık katılmaya başladı ve farklı dua merkezlerine seyahat etti. Mathai, inananlardan oluşan büyük toplantıları, yüksek sesle duaları, dillerde konuşmayı, şeytanları kovmayı, hastaları ilaçsız iyileştirmeyi, mucizeler gerçekleştirmesi için bakire Meryem'e yalvarmayı ve halüsinatif dansları seviyordu. Mathai, eski yamyamlar gibi ekmek ve şarabın İsa'nın bedeni ve kanına dönüştürülmesi gibi batıl inançlar ve büyülerden oluşan uydurma bir dünyada kaldı. Çeşitli dua merkezlerine seyahat etmek için çiftlik arazilerini satmaya başladı ve rahipler onu iffetli bir yaşam sürmesi için Meryem ve İsa ile kalmaya teşvik etti. Alkolizmini iyileştirmek için ellerini başına koyarak birlikte dua ettiler. Bu arada büyük kızı, köylerini ziyaret eden ve hazır sentetik giysiler satan Coimbatore'den biriyle kaçtı.

Annamma artık yeter diyerek Amaya ile görüştü ve sorunu enine boyuna tartıştıktan sonra Mathai'nin daha fazla arazi satmaması ve dua toplantılarına katılmaması için başvuruda bulundu. Annamma ayrıca mahkemeden meditasyon merkezinin rahibini ve yerel piskoposu, aile huzurunu ve mali güvenliğini bozdukları için bir crore rupi tazminat ödemeye yönlendirmesini istedi. Son duruşma sırasında Amaya davayı ayrıntılı olarak anlattı ve mahkemeyi Mathai'nin kalan üç dönümlük araziyi ve evi satmasını kısıtlamaya ikna etti. Mahkeme Mathai'ye evde kalmanın, tarlada çalışmanın, çocuklarına bakmanın ve onlara uygun gıda, eğitim ve güvenlik sağlamanın onun sorumluluğu olduğunu söyledi. Mahkeme Mathai'ye araziyi ve evi satmaması talimatını verdi.

Ayrıca mahkeme, rahiplere ve piskoposa Annamma'ya bir crore rupi tazminat ödemelerini emretti. Kilise kasıtlı olarak ve kötü niyetle barışı, uyumu ve mali refahı yok etmiştir. İnsanları dini köleliğe dönüştürmek ağır bir suçtu ve hapis cezası gerektiriyordu ve mahkeme Pentekostal vaize üç yıl ağır hapis cezası verdi.

Akşam ofise ulaştığında Amaya yeni bir müşteriyle tanıştı. Adı Kalyani Nambiar'dı, oşinografi alanında baş bilim görevlisi olarak çalışan emekli bir devlet memuruydu. Kalyani deniz ekolojisi doktorasını Boston Üniversitesi'nden almış ve otuz dört yıldan fazla bir süre devlette çalışmıştı. Kargil savaşı sırasında öldürülen bir asker olan kocası ve tek çocuğu olan kırk yaşlarındaki kızı zihinsel engelliydi. Kalyani kariyerinin sonlarına doğru, bekar olan ve çocukluğundan beri Kalyani'nin yanında kalan kızının tedavisi için üç yıllığına uzun süreli izne ayrılmak zorunda kaldı. Kalyani görevinden ayrıldığında, hükümet Kalyani'nin işini bıraktığını söyleyerek emekli maaşını ödemeyi reddetti. Kalyani'nin başka hiçbir geliri yoktu. Kızına bakabilmek için ciddi bir mali güvenceye ihtiyacı vardı. Durumun ciddiyetinin farkına varan Amaya, yardımcılarından derhal mahkemeye taşınmak üzere bir dava dosyası hazırlamalarını istedi.

Amaya yatmadan önce e-postalarına göz atarken Poornima'dan gelen bir mesaj buldu. Kısa bir mesajdı.

"Merhaba hanımefendi; bugün babamın karalamalarından bazı tatsız gerçeklerin izini sürebildim. Yazdıkları babama olan inancımı büyük ölçüde sarstı: 'Amaya'nın mide bulantıları tekrarladığı için onu Madrid'deki bir kadın doğum uzmanına götürdüm. Doktor Amaya'nın hamile olduğunu doğruladı. Hanımefendi, bunu okurken utandım, hamile olduğunuz için değil, babam annemi aldattığı ve masum bir kadını kandırdığı için, onun güvenini affedilemez bir şekilde ihlal ettiği için. Anneme haksızlık etti ve ben onu affedemem. Hamile kalmaya hakkınız vardı ama eminim babamın evli olduğunu ve karısının hamile olduğunu biliyordunuz. Babamı tahrik etmeniz, onunla aylarca birlikte kalmanız, onun çocuğuna hamile kalmanız yanlıştı, sinsi bir karardı. Adalet ve insan hakları konusundaki felsefelerinizi nereye sakladınız? İşlediğiniz bu iğrenç fiilden dolayı utanç duymalısınız. Üvey kardeşim Supriya'nın nerede olduğunu bilmek istemiyorum. Ondan nefret etmesem de, aşağılayıcı davranışınızdan dolayı sizden tiksiniyorum. Çok kötü davrandın. Sana hiç saygı duymuyorum. İyi geceler. Poornima."

Amaya yüreği ağzına gelirken sessizce oturdu; ağladı ama duygularını kontrol etmeye çalıştı. Gece işkence gibiydi; yine de her zamanki gibi bir saat boyunca Vipassana pratiği yaptı. Beklendiği gibi, derin bir uykuya dalmadan önceki en rahatlatıcı deneyim buydu.

Onun Umutları

Sabahtan beri sekiz dava farklı mahkemelerde görüldüğü için Amaya yoğun bir gün geçirdi ve Sunanda da ona yardımcı olmak için oradaydı. Son duruşmada, otuzlu yaşlarının sonundaki Vanaja'nın bir yıl önce yaptığı ve insan hakları ihlallerinin en kötü vakalarından biri olan başvurusu vardı. Vanaja, orman görevlilerinin bir çiftçinin geçim kaynağını acımasızca yok etmesi, tarlasını yakması, evini yıkması ve iddiaya göre bir yaban domuzunu öldürmesi nedeniyle tazminat talebinde bulundu. Amaya, orman memurlarının tepkisinin insanlık dışı olduğunu ve Hindistan anayasasında yer alan temel hakları ihlal ettiğini savundu. Vanaja ve ailesine yapılan zalimce muamelenin sonuçları yıkıcıydı. Özgürlük, eşitlik, fırsat eşitliği ve insanlık onuru ayaklar altına alınmıştı. Amaya, Hindistan anayasasının temel haklarla ilgili çeşitli bölümlerini ve Hindistan'ın da imzacısı olduğu BM İnsan Hakları Evrensel Beyannamesini vurgulayarak mahkemeyi ikna etmeye çalıştı. Orman memurları tarafından işlenen insan hakları ihlallerinin medeni bir toplumda kabul edilemez olduğunu, Vanaja'nın çiftliğinde yaşanan olaylardan alıntı yaparak açıkladı. Amaya, hükümet avukatının argümanlarını sistematik bir şekilde tuzağa düşürdü; Vanaja ve kocası koruma altındaki ormana tecavüz etti, ağaçları kesti ve vahşi hayvanları öldürdü, böylece üç dönümlük bir alanı çiftliğe dönüştürdü. Amaya, Vanaja ve Gopalan'ın arazinin ve burada inşa edilen evin yasal sahipleri olduğunu kanıtlamak için köy ofisi, Panchayat, gelir ofisi ve tapu sicil memurluğundan gerekli tüm belgeleri mahkemeye sundu. Söz konusu çiftliğin tapusu ve mülkiyeti Vanaja ve kocasına aitti. Aynı zamanda, orman dairesinin iddiaları yanlış, uydurma ve geçerli kanıtlardan yoksundu. Bu nedenle, çiftlik arazisinin ve evin yakılması yasaları ihlal etmiştir.

Amaya mahkemeye Gopalan'ın büyükbabasının yaklaşık yetmiş yıl önce tepelerde, ormanın yanında üç dönümlük bir arazi ve küçük bir ev satın aldığını açıkladı. Arazinin hükümet tarafından verilen tüm gerekli belgeleri vardı. Gopalan ve Vanaja çok çalışkandı; çiftliklerinde neredeyse her şeyi üretiyorlardı. Başlıca ürünleri, yılda iki kez ektikleri ve bir yıllık tüketimlerine yetecek kadar olan bir dönüm pirinç çeltiğiydi. Yarım dönüm tapyoka, çeyrek dönüm farklı türde sebze ve muz ağaçları onlara yılda yaklaşık iki yüz bin rupi kazandırıyordu. Arazinin geri kalanı için kauçuk, kaju, hindistan cevizi ve areka fıstığı ağaçlarından elde edilen kazanç, kızlarının eğitimi için yıllık yüz bin rupilik bir banka bakiyesine sahip olmak için yeterliydi. Ayrıca yaz aylarında en iyi meyve çeşitlerini sağlayan birkaç mango ve jackfruit ağaçları vardı. Vanaja iki inek ve bir mandadan elde ettiği yaklaşık otuz litre sütü satıyor ve çocuklarını okula gönderdikten sonra bütün gün yeşil otları kesmek ve yem toplamakla meşgul oluyordu. Yarım düzine keçi her zaman ahırında bulunurdu ve satmayıp evde kullandığı keçi sütü çocukları için sağlıklıydı. Kümes hayvanları günlük tüketimlerine yetecek kadar yumurta ve et veriyordu. Vanaja yaptığı tüm işlere değer veriyor, Gopalan'ı ve kızlarını seviyordu.

Amaya mahkemeye Gopalan'ın ideal bir çiftçi olduğunu söyledi. Örnek bir insan olan Gopalan, hiçbir bankadan ya da finans kuruluşundan kredi almamış, kendi ayakları üzerinde durmaya inanmış ve ülkenin refahına bilinçli bir şekilde katkıda bulunmuştur. Kimseye yük olmayan Gopalan, hiçbir kötü alışkanlığı olmayan bir yaşam sürdü, karısını ve çocuklarını çok sevdi. Yediden akşam dörde kadar tarlada çalışırdı. Çiftçiliğin tüm yönlerini mükemmel bir şekilde kavradı, yağmur suyunu küçük depolarda topladı ve bol miktarda su sağladı; böylece yaz aylarında tarım arazilerini sulayabildi. Arazisinin bir köşesinde balık yetiştirdiği küçük bir balık havuzu vardı. Vanaja ve Gopalan modern olanaklara sahip kiremitli bir ev inşa ederek mutlu ve müreffeh bir yaşam sürdüler. Çocuklarını profesyonel kolejlerde yüksek öğrenime gönderme hayalleri vardı. Evleri ormanın yanında olduğu için yılda en az birkaç kez, özellikle de muson mevsiminde, yaban domuzları geceleri çiftliklerine giriyor ve başta tapyoka olmak üzere ekili alanları tahrip ediyordu. Gopalan yaban domuzlarının çok sayıda geldiklerini ve tehlikeli davrandıklarını biliyordu ama evlerinin yakınına hiç gelmemişlerdi. Yaklaşık beş yıl önce muson mevsiminde bir gece, Gopalan ve Vanaja köpeklerinin sürekli havladığını duydular ve Gopalan kümes hayvanlarını yakalamak için bir tilki ya da piton olabileceğini düşündü. Amaya bir süre anlatmayı bıraktı, ancak mahkeme Vanaja ve Gopalan hakkında daha fazla bilgi edinmek istiyordu ve Amaya'dan anlatmaya devam etmesini istedi.

Gopalan kalktı, ana kapısını açtı ve köpeğin neden uzun süredir havladığını öğrenmek için kümesin yanına gitti. Köpek onun yanındaydı. Birden Gopalan kendisine doğru gelen bir şey gördü ve bir an içinde ona saldırdı; köpek onu kurtarmaya çalıştı. Bu dev bir yaban domuzuydu. Kargaşayı duyan Vanaja ve çocuklar kapıyı açıp Gopalan'a doğru koştular. Yerde ağır yaralı bir Gopalan ve köpek gördüler. Vanaja komşularının yardımıyla Gopalan'ı evlerinden yaklaşık otuz kilometre uzaklıktaki bir hastaneye götürdü.

Gopalan'ın karnındaki yaralar ağırdı; ellerini ya da bacaklarını hareket ettiremiyordu. Vücudunun her yerinde derin lezyonlar olduğu için köpek iki saat içinde öldü. Bir hafta içinde öfkeli köylüler yaban domuzunu bir kafese hapsederek etiyle ziyafet çektiler. Orman memurları olaydan haberdar olduklarında Gopalan, Vanaja ve kimliği bilinmeyen bazı köylüler hakkında ilk ihbarda bulundular. Vanaja kocasıyla birlikte hastanede olduğu için evde neler olduğunu hiç bilmiyordu.

Amaya mahkemeye, köylüler yaban domuzunu yakaladığında Gopalan'ın ağır omurilik yaralanması geçirdiği ve yatalak olduğu için hastanede kaldığını gösteren hastane belgelerini sundu. Üç ay sonra Vanaja Gopalan'ı evine götürdü. İş göremez hale gelmesi Vanaja ve çocukları için bir darbe oldu. Hastaneye hatırı sayılır bir meblağ ödemek zorunda kaldılar ve günlük tıbbi masraflar dayanılmaz bir hal aldı. Vanaja'nın hayalleri gözlerinin önünde yıkıldı ama yenilgiyi kabul etmeye hazır değildi. Çocuklarını okula gönderdikten ve kocasını besledikten sonra günde yaklaşık sekiz saat çiftlikte çalıştı. Tüm işleri zamanında tamamlayamasa da, çalışkanlığı yardımcı oluyordu ve çiftlikten elde ettiği gelirler cesaret vericiydi. Vanaja bir köle gibi çalışıyor, çocuklarına ve kocasına bakmak zorunda kalıyordu. İneklerin, keçilerin ve kümes hayvanlarının bakımı en zorlu görevdi. Sığırların üzerinde yeterince yeşil ot vardı. Ayrıca çiftliği de elinde tutuyordu ve Vanaja kümes hayvanları için bir çuval dolusu tahıl toplamak için yaklaşık üç saat harcıyordu.

Yaban domuzunun öldürülmesinden bir yıl sonra bir gün üç orman memuru Vanaja'nın evine geldi. Kendisine dava açacaklarını bildirdiler; kocasıyla birlikte bir yaban domuzunu öldürmüşlerdi ve bu da yaban hayatı koruma mevzuatının ağır bir ihlaliydi. Yaban domuzunun öldürülmesinde parmağı olmadığını ve kocasıyla birlikte hastanede olduğunu tekrarlayan Vanaja'nın ricaları orman memurlarını ikna edemedi. İki yüz bin rupi ödemesi halinde adını suçtan geri çekeceklerini söylediler. Vanaja'nın orman memurlarına ödeyecek parası yoktu çünkü zaten sakat kalan kocasının hastaneye yatırılması ve tedavisi için önemli miktarda para harcamıştı. İki ay sonra orman memurları Vanaja'nın evini ziyaret etti; tarım arazisinin ormanın bir parçası olduğunu iddia ettiler.

Vanaja ve kocası burayı yasadışı olarak işgal ediyordu. İnşa ettikleri bina izinsiz ve yasa dışıydı; bu nedenle evi ve araziyi bir ay içinde boşaltmaları gerekiyordu.

Vanaja köy ofisine, Panchayat'a ve yerel polis karakoluna giderek tarım arazisinin kendisine ve kocasına ait olduğunu kanıtladı. Ev yasadışı olarak işgal edilmiş orman arazisi üzerinde değildi. Köy ofisi ve Panchayat onun ıstırabına hiç ilgi göstermedi; bunun yerine kaba davrandılar. Polis, orman arazisini yasadışı olarak işgal ettiğini, yıllarca ekip biçtiğini, bir ev inşa ettiğini ve vahşi hayvanları öldürdüğünü söyleyerek onu taciz etti; uzun yıllar hapis yatmayı hak ediyordu. Vanaja kendini yıkılmış hissetti; komşularından ve köylülerden hiçbir yardım görmedi. Orman memurlarının kendilerini yaban domuzunu öldürmekle suçlayabileceğini düşünerek onun yanında durmaya korkuyorlardı. Bir gün, orman memurları ve on-on beş orman muhafızı iş makineleriyle geldi, hiçbir uyarıda bulunmadan evi yıktı, tarım arazisindeki ekinleri ve meyve ağaçlarını kesti ve yaktı. Vanaja ve çocukları çaresizce yüksek sesle ağladılar. Yangının çiftliklerini ve evlerini yuttuğunu görünce kalbi parçalandı.

Ailenin gidecek hiçbir yeri yoktu ve yaklaşık yirmi kilometre uzaklıktaki bir kasabanın sokak köşesinde toplandılar. Bir hafta boyunca açıkta aç kaldılar, kızlar hastalandı ve Gopalan onuncu gün öldü. Bir sosyal hizmet görevlisi Vanaja'yı görmeye gitti, acınası durumu hakkında bilgi aldı, ona yardım etmek istediklerini belirtti ve orman memurlarına karşı dava açtı. Bir hafta içinde sosyal hizmet görevlisi Vanaja'yı Amaya'ya götürdü. Cumartesi günüydü; ofisi yoktu. Yine de Amaya ofisine gitti, üç saat boyunca Vanaja'yı dinledi ve Vanaja ve sosyal hizmet görevlisiyle birlikte yanan çiftlik arazisini ve Vanaja ile çocuklarının kaldığı yeri görmeye gitmek istediğini belirtti.

Amaya, Vanaja ve sosyal hizmet uzmanıyla birlikte hemen yola koyuldu; yanmış tarım arazisi ve yıkılmış ev bombalanmış minyatür bir My Lai gibiydi. Amaya yanmış çiftliğin ve evin birkaç fotoğrafını çekti. Vanaja Amaya'ya bunun onların yaşam boyu başarısı olduğunu söyledi; babası ve büyükbabası Gopalan yetmiş yıl boyunca orada kalmış ve çalışmıştı. Yıkımı gören Amaya'nın nutku tutulsa da, orman ofisine giderek memurla görüşmek istedi ancak memur onu dinlemeyi reddetti. Sonra Vanaja ve kızlarının nerede kaldığını görmeye gitti. Acınası bir manzaraydı; açlıktan ölmek üzere olan çocuklar perişan görünüyordu; ateşleri vardı. Bunun meslek etiğine aykırı olduğunu bilse de Amaya gözyaşlarına hakim olamadı. Vanaja'nın izniyle Amaya birkaç fotoğraf çekti ve sosyal hizmet görevlileri ile birlikte kızları Kochi'deki bir hastaneye nakletti. Bir STK, Amaya'ya Vanaja'nın hastaneye yakın bir yerde kalması ve bir sebze pazarında iş bulması için yardımcı oldu.

Amaya yargıçlardan yakılan tarım arazilerinin ve Vanaja'nın yıkılan evinin bazı fotoğraflarını göstermelerini rica etti ve mahkeme de buna istekli olduğunu belirtti. Siyah-beyaz fotoğraflar orman memurlarının insan hakları ihlallerini açıkça gösteriyordu. Mahkeme, talihsiz bir ailenin temel insan haklarının alenen ihlal edilmesi karşısında şok olduğunu ifade etti.

Vanaja'nın bağımsız yaşama özgürlüğünü reddetmek ve geçim kaynağını yok ederek eşitliği reddetmek, orman memurlarının terörizmiyle sonuçlandı. Orman memurları ve hükümet tarafından benimsenen despotik yöntem, üç kuşak insanın yetmiş yıllık emeğini ortadan kaldırarak bir kadını ve üç kız çocuğunu yoksulluğa itmek, hayal bile edilemeyecek dehşette bir suçtu. Bu suç ağır cezaları hak ediyordu. Mahkeme her üç orman memuruna da on yıl hapis cezası verdi ve hükümete memuriyetlerine son verme talimatı verdi. Mahkeme, rüşvet talep ettikleri için orman memurlarının her birini yüz bin rupi para cezasına çarptırdı, ayrıca dört mağdura bir ay içinde üç yüz bin rupi tazminat ödemelerini istedi. Tazminatın ödenmemesi halinde beş yıl daha hapis cezasına çarptırılacaklardı.

Hükümet Vanaja ve çocuklarına bir ay içinde on crore rupi ödeyecekti. Orman Bakanlığı, üniversite eğitimlerini tamamlayana kadar her çocuğa yıllık yüz bin rupi mali yardımda bulunacaktı. Mahkeme ayrıca hükümete tarım arazilerini Vanaja'ya iade etmesi ve altı ay içinde tüm modern olanaklara sahip bir ev inşa etmesi talimatını verdi. Karar, özgürlük, insan hakları ve adalet değerlerini yücelttiği için Amaya ve Vanaja için büyük bir zafer oldu.

Amaya'nın o gün son duruşması yapılacak bir davası daha vardı. Sulu tarafından yapılan başvuru, eyalet kabinesindeki bir bakana karşı hile yaptığı gerekçesiyle yapılmıştı. Amaya'nın ofisi dilekçenin bir kopyasını bakanın avukatına gönderdiği gün, bakanın özel sekreterinden Amaya'nın Sulu'nun davasına bakmamasını talep eden bir telefon aldı. Amaya ona profesyonel işlerine karışmaya hakkı olmadığını söyledi. Bunun bakandan gelen bir talep olduğunu ve kendisine her türlü yardımı sağlamaya hazır olduğunu açıkladı. Amaya kesin konuştu; bakandan tavsiye beklemiyordu. Bir gün içinde bakandan gelen bir telefon, Amaya'ya Sulu'yu müvekkili olarak kabul etmekten kaçınmasını önerdi. Amaya, "Siz kendi işinize bakın

Sayın Bakan," diye cevap verdi. O gece ve takip eden gecelerde Amaya'yı tanımadığı kişiler arayarak ona bir ders vermekle tehdit etti. Bir hafta sonra, Amaya mahkemeye giderken arka camında yüksek bir patlama sesi duydu. Hemen arabayı yolun kenarında durdurdu ve parçalanmış arka camın düştüğünü gördü. Amaya karakola yazılı bir şikayet dilekçesi göndererek mahkemeye ulaşıp olayı anlattı. Amaya, bakanın telefon görüşmesini kaydetmiş olsa da, şikayetinde bundan bahsetmemeye karar verdi.

Mahkemede Amaya, iki bebekli dul bir kadın olan Sulu'nun başvurusunu anlattı. Kocası Abu Dabi'deyken pencere camlarını tamir ederken yüksek bir binadan düşerek ölmüştü. Sulu'nun Manimala Nehri kıyısına bakan, Kottayam'a arabayla yaklaşık yarım saat uzaklıkta, otuz sentlik bir arazi üzerinde dört yatak odalı bir evi vardı. İki odasını Avrupa'dan gelen turistlere aile yanında konaklama için kiralıyor, Kerala usulü sığır eti, balık ve diğer yemekleri makul fiyatlarla pişiriyor ve turistler Sulu'nun misafirperverliğinin tadını çıkarıyordu. Odaları yıl boyunca doluydu ve işinden yeterince para kazanıyordu. Sulu, çocuklarının eğitimi için düzenli olarak bankaya para yatırıyor ve annesine bakıyordu. Annesi de onunla birlikte kalıyor, ev işlerinde ve yemek pişirmede Sulu'ya yardımcı oluyordu.

Yerel yasama meclisi üyesi (MLA), bir su tema parkı, iki restoran ve turistler için iki yatak odalı elli bağımsız villa inşa etmek üzere Sulu'nun evinin yanında yaklaşık elli dönümlük bir arazi satın aldı. Projeye yaklaşık beş yüz crore rupi yatırım yapmayı planlamış ve Körfez ülkelerindeki sanayicilerden ortaklık almıştır. Milletvekili, Sulu'nun arazisini satın almadan parkına bir yaklaşım yolu inşa etmenin imkansız olduğunu biliyordu. Bir akşam Sulu'ya giderek arazisini ve evini satmasını istedi ve üç crore rupi teklif etti. Sulu'yu ne kadar büyük bir meblağ ödemeye hazır olduğuna ikna etmeye çalışırcasına bir kağıda üç rakamını yazdı ve ardından yedi sıfır ekledi. Sulu, milletvekiline sahip olduğu toprak parçasını ve evi satmakla ilgilenmediğini, çünkü geçiminin tamamen buna bağlı olduğunu söyledi. Buradan elde ettiği gelirle ailesini besliyor ve çocuklarını okutuyordu. Milletvekili Sulu'yu tehdit ederek, araziyi vermeyi reddetmesi halinde cesedinin birkaç gün içinde Manimala Nehri'nde yüzeceğini söyledi. Sulu mülkünü vermemekte kararlıydı. Aynı gece, serseriler taş ve sopalarla evine saldırarak Sulu'yu, çocuklarını ve orada uyuyan turistleri yaraladı. Ertesi gün Sulu polis karakoluna giderek polis memurundan MLA aleyhinde ilk bilgi tutanağı tutmasını talep etti ancak polis memuru bunu yapmayı reddetti. Polis memuru Sulu'ya sözlü tacizde bulunmuş ve "Asla milletvekili hakkında şikayette bulunmaya kalkma" demiştir. Ancak taş atma ve pencere camlarını kırma eylemleri gece saatlerinde de devam etti ve Sulu aile yanında konaklama işini yürütmekte zorlandı. Turistler Sulu'nun evini kiralamayı bırakınca, Sulu'nun işleri bir ay içinde çöktü.

Amaya mahkemeye, Sulu'nun araziyi ve evi üç crore rupi karşılığında MLA'ya satmayı kabul etmek zorunda kaldığını, MLA'nın da kendisine çekle bir crore rupi ödediğini ve bakiyeyi bir hafta içinde ödeme sözü verdiğini açıkladı. Tapu sicil müdürlüğünde Sulu, arazi ve ev için bir crore rupi aldığını gösteren satış senedini imzaladı. Sulu satış senedini imzaladığında milletvekili Sulu'yu evi boşaltmaya zorladı. Sulu, doksan beş lakh rupi karşılığında beş sentlik bir arazi ve oradan yaklaşık beş kilometre uzaklıkta üç yatak odalı bir ev satın aldı, ancak altı ay sonra bile, ana turistik noktalardan uzakta olduğu için aile yanında kalmak için turist bulamadı. Sulu, bakiyeyi almak için sık sık milletvekilinin ofisine gidiyor ama onunla hiç görüşemiyordu. Ailesini geçindirmek için hiçbir geliri olmadığından hayal kırıklığına uğradı.

Bu arada, milletvekili kabine bakanı oldu. Ancak iki crore rupilik bakiyeyi Sulu'ya hiç ödemedi. Mahkeme anlayışlı davrandı, ancak Sulu'ya kabulü konusunda herhangi bir geçici yardım yapılmadı. Son duruşma sırasında Amaya mahkemeyi, bakanın Sulu'ya evin ve arazinin bedeli olarak üç crore rupi ödeyeceğine söz verdiğine, ancak sadece bir crore ödediğine ikna etti. Amaya, bakanın üzerine üç rakamı ve ardından yedi sıfır yazdığı kağıt parçasını mahkemeye belge olarak sundu. Amaya, yazının gerçekliğini kanıtlamak için mahkemeye üç sertifika sundu. Bunlardan ilki, kağıdın el yazısının bakana ait olduğunu doğrulayan bir grafologun sertifikasıydı. Adli el yazısı uzmanı, ikinci sertifikada yazının bakana ait olduğunu birçok örnekle kesin bir şekilde teyit etti. Bir başka adli tıp uzmanı da kağıt üzerinde bakanın parmak izlerini tespit edebildi. Amaya argümanlarının yasallığını ve meşruiyetini açıkladı. Mahkeme bakandan iki hafta içinde Sulu'ya üç yıl boyunca yıllık yüzde on beş faizle iki crore rupi ve dava masrafları için on lakh rupi ödemesini istedi. Mahkeme, dul bir kadını aldatan bir bakanın görevine devam etmeye layık olmadığını gözlemledi.

Sulu kararı duyunca mutlu oldu ve Amaya'ya turistik bir yer olan Vembanad gölü yakınlarında dört yatak odalı bir ev satın alarak aile yanında konaklama işini canlandıracağını söyledi.

Akşam geç bir saatti; tüm arkadaşları gitmişti. Amaya yatmadan önce Poornima'dan gelen bir e-posta buldu. Koltuğuna oturan Anaya okumaya başladı:

"Merhaba Hanımefendi,

Önceki iletişimimde sarf ettiğim kaba sözler ve saygınlığınızı küçümsediğim için özür dilerim. Duygularınızı umursamadan, kalbinizi nasıl kıracağını göz ardı ederek ruh halimi kaba bir şekilde ifade etmek haysiyetsizlikti. Yazdıklarım gerçekti, ancak sizi babamla yaşamak zorunda bırakan koşulları tam olarak bilmeden sizi suçlayarak bunları ifade etmemeliydim. Babamın sizinle olan ilişkisinin boyutlarından habersizdim. Bana görünen durumları hayal etmek gerçek olmayabilir. Babam gibi dürüst görünen bir insan bile sizinle tanıştığında ve sizi evine davet ettiğinde iyi niyetli olmayabilirdi. Ayrıca, siz onun geçmişinden, niyetlerinden ve planlarından haberdar olmayabilirsiniz.

Lütfen uygunsuz sözlerim için beni affedin; size karşı dürüst olayım; kimseden nefret etmiyorum, özellikle de sizden asla nefret edemeyeceğim için. Sen her zaman özeldin ve seni ararken zihnimde bir resmin vardı. Seninle hiç yüz yüze görüşmeden, bilincimde nasıl göründüğünü yansıtabiliyordum; bana benziyordun ve senden hoşlanıyordum. Bu sadece bir varsayım değil, benim sizdeki psikolojik bir izdüşümümdü. Size nedenini söyleyebilirim. Şaşırabilirsiniz; hiç tanışmamış bireyler arasında karşılıklı ilişkiler olabilir, diğer kişinin bir yerlerde olduğunu kesin olarak hissederler. Birbirlerinin farkına varırlar ve birbirlerini çekerler. Diğer kişinin kim olduğunun bilincindedirler. Buna psişik çekim diyelim, ki bu doğru ve aynı zamanda fenomenolojiktir. Bu, yoklukta ötekinin varlığının karşılıklı olarak tanınmasıdır, çok yoğun ve her şeyi kapsayan bir şeydir. Bunu içinizde hissedebilir, duyumsayabilir ve deneyimleyebilirsiniz; diğerini görmeden, dokunmadan, koklamadan ve duymadan, diğer kişinin kim olduğunu bilirsiniz.

Çoğu durumda hisleriniz, özleminiz ve önsezileriniz doğru çıkar. Doğduğum anda orada olduğunuzu biliyordum; bir şekilde fiziksel, psikolojik veya ruhsal olarak benimle ilişkiliydiniz. Aramızda kişisel bir bağımlılık vardı, yine de özgürdük, ancak birbirimizle buluşmak, varlığımızı ve sevgimizi paylaşmak için derin bir özlem vardı. Buna kalplerin yakınlığı denir. İç sesim bana senin bana yakın ve ayrılmaz olduğunu söylüyor; hislerimiz, duygularımız, arzularımız ve vizyonlarımız birbirine bağlı ve sonsuza dek bağlı. Dün gece seni unutmaya çalıştım. Yine de bu imkânsız bir görevdi, çünkü ne zaman seni unutmak ya da senden uzaklaşmak istesem, daha büyük bir güçle ve daha parlak bir yüzle bana yaklaştın. Sen benim bilinç akışımsın, en derin duygularımı suluyorsun.

Çocukluğumdan beri yol gösterici bir güç, bir el lambası gibi yakınımda olan birini deneyimledim. Onun annem olmadığını ama anneme eşdeğer olduğunu biliyordum; varlığı ışık saçan, sürekli, yatıştırıcı ve uyarıcıydı. Bana ninniler söyler, hikayeler anlatır, uyumadan önce masallar okur ve kalktığımda kendimi yalnız ya da üzgün hissetmeyeyim diye yatağımın yanında beklerdi. Dokunuşu yumuşak, nazik ve şefkatliydi, o konuşmadan önce benim konuşmama izin verirdi. Bana dokunmadığı zamanlarda da onun yumuşaklığını hisseder ve yakınlığından asla mahrum kalmazdım. Oyun okulumda benimleydi, asla müdahale etmedi, beni yapmak istemediğim bir şeyi yapmaya zorlamadı ve sürekli hoş bir görünümle yanımda kaldı.

Okuldayken, sanki ben onu görebiliyormuşum ama başkalarına görünmüyormuşum gibi yanımda oturdu; öğretilen her dersi öğrenmeme yardımcı oldu, benimle oynadı ve fark edilmese de arkadaşlarıma katıldı. Başkalarından aldığım çikolataları, kekleri ve şekerleri paylaştık. Yanımda yürüdü ama giderek gölgem oldu, beni ön plana çıkardı ama sürekli yoldaşım oldu. Benimle konuştuğunu, beni çağırdığını duyabiliyordum ve ne zaman arkama baksam bakışlarını, gülümsemesini ve hareketlerini beğeniyordum. Beden dilini, jestlerini, mimiklerini ve hatta nefes alışını bile bilinçli bir taklit çabasıyla taklit etmeye çalıştım. Lisede onunla daha fazla zaman geçirmeyi arzuluyordum çünkü onun hayalet değil doğal olduğunu hissediyordum. Geleceğim hakkında ne düşünürsem düşüneyim, onun beni etkilediğini ve şekillendirdiğini biliyordum. Onun samimi ve nazik olduğunu düşündüğümde, ben de samimi ve cömert olmak istedim; onda istenmeyen özellikler görmediğim için başkalarına karşı düşmanca ya da kaba davranmadım.

Ergenlik dönemimde duygularımı hissedebiliyordum; onun olumlu tepkilerini deneyimleyebiliyordum çünkü mutlu olmamı istiyordu. Anladım ki düşünceli bir insandı, duyguları sıcaktı, bu yüzden nasıl mutlu bir yaşam sürdüreceğimi bildiğine güvenebilirdim. Zaman zaman bana mükemmel olmanın gerekli olmadığını, çünkü mükemmelliğin var olmadığını söyledi ve bu sözlerini duyduğuma sevindim. Ayrıca beni kırılgan olmamak için dikkatli olmam gerektiği konusunda da uyardı. Seçtiği kelimeler hoşuma gitti ve onun insan olduğunu ve insan olmanın güzel olduğunu anlamama yardımcı olan küçük hatalarını ve eksikliklerini sevdim. Erkeklerden ve onların arkadaşlığından hoşlanmaya başladığımda, beni anlatmaya teşvik etti; arkadaşlar büyümeme yardımcı olabilirdi, bu da kimin güvenilir bir arkadaş, hayatın ilerleyen aşamalarında ömür boyu bir yoldaş olabileceğini anlamama yardımcı oldu. Onun değerleri benimkilere benziyordu ve ben de benzer değerlere, tutumlara ve bakış açılarına sahip olduğu için onu seviyordum. O günlerde bazen bana incelikle dokunurdu, bu yüce bir deneyimdi çünkü dokunuşu büyük bir sıcaklık yaratırdı. Günden güne onun dokunuşunu özlerdim.

Gülümsemesi cana yakındı ve uykumda bile onu hatırlardım. Böylece onunla olan ilişkim, güler yüzlü olduğu için zahmetsizce akan bir dere gibi aktı. Arada bir bana kendisiyle ilgili sırları anlatırdı, bu bana güvendiğinin bir işaretiydi ve ilişkimiz daha derin ve sağlam bir hale geldi. Bazen bana duygularım, tutumlarım, değerlerim ve hoşlanmadığım şeyler hakkında kişisel sorular soruyordu. Açık sözlülüğünü sevdim; giderek kişiselleşti ve ben de daha yakın bir bağ kurdum. Kendisi hakkında konuştu ve arkadaşlık, çalışmalar, kariyer, para, yemek, cinsel fanteziler, eşler ve hayat arkadaşı hakkında kalpten kalbe bir tartışma başlattı. Onu ideal arkadaşım olarak hayal ettim ve zaman zaman sanki onun öğretmeni, akıl hocası ve rehberiymişim gibi davrandım. Ona sağlığına nasıl dikkat etmesi gerektiği, düzenli fiziksel egzersiz yapması gerektiği, ne yememesi ve ne kadar uyuması gerektiği konusunda tavsiyelerde bulundum. Duygusal olarak açık, dürüst ve güvenilirdi. Bana güvenebileceğini ve sırlarını saklayabileceğini söylediğinde son derece memnun oldum çünkü sözleri bana güven verdi. Zaman zaman espriliydi ve seks hakkında bile şakalar yapardı. Ondan hoşlanıyordum çünkü beni seviyordu; bu kadar basitti. Beni seven birinden asla nefret edemem; doğal olarak beni seven o kişiyi severim. Birinden nefret edemem çünkü o birinden nefret etmedi ve ben onun değerlerini özümsedim ve bana öğrettiklerini içselleştirdim. Bana karşı sıcakkanlıydı, başkalarına karşı nazik olmam gerektiğini gösteriyordu.

Genç bir yetişkin olarak büyürken bana eşit davrandı; birçok konuda aynı şartlara sahiptik. Bana, sözlerime, davranışlarıma ve fikirlerime saygı duyar, arkadaşlığımdan mutluluk duyduğunu ifade eder, özellikle diğer cinslerle olan yakın ilişkilerim hakkında soru sormaktan kaçınır, ancak refahımla ilgilenir ve karar verirken sağduyulu davranırdı. Varlığında bana duyduğu derin yakınlığı hissedebiliyordum; yokluğunda bile izleri devam ediyor, beni bağımsız ve özsaygılı olmaya teşvik ediyordu. Kendi fikirlerime ve kararlarıma sahip olmam için bana saygınlık aşılaması, onunla olan birlikteliğimin bir yan ürünüydü. Sonunda kişiliğimin, sosyal bakış açımın, psikolojik yönelimlerimin, duygusal oluşumlarımın ve değer sistemlerimin farkına vardım. Onu büyük ölçüde sahiplendim.

Sizinle ilk kez konuştuğumda o sesi duydum; son yirmi dört yıldır beni bir insan olarak şekillendiren, tanıdık ve kişisel olan onun sesiydi. Senin o olduğunu ve benim farklı olduğumu düşündüm; onunla birlikteydim ama bağımsızdım. Kendi kararlarımı vererek büyümeme yardımcı oldu. Tünelde yürürken bile zifiri karanlıkta el lambasıyla tanıştım onunla. Sonra sen o oldun, umudun sesi oldun ve ben seni tekrar tekrar aradım. Benimle konuştuğunda yaşadığım mutluluk, varlığımın katıksız ifadesinin en yüce örneğiydi. İçimde seninle konuşmak, seni sonsuza dek dinlemek için bir arzu vardı.

Sizi görmek için sabırsızlıkla bekliyorum. Sizinle şahsen tanışmak, sizi görmek, size dokunmak ve sizi deneyimlemek için farklı bir arzu var. Sizinle ilk konuşmama kadar hayattaki en büyük tutkum babamın iyileşmesiydi. Şimdi sizinle tanışmak da aynı derecede güçlü bir arzu haline geldi. Sizi hayal etmiyorum çünkü sizi yıllardır iç gözlerimle görüyorum ve nasıl göründüğünüzü, konuştuğunuzu, yürüdüğünüzü ve tepki verdiğinizi biliyorum. Size benzediğimden eminim; bugünlerde sizi görmek ve varlığınızı deneyimlemek için aynaya bakıyorum. Yalnız kaldığımda seninle saatlerce konuşuyorum. İnsanlar deli olduğumu düşünebilir. Ama benim için bu bir ihtiyaç; sizinle konuşmak kalbimin bir dışavurumu, sizin bende sakladığınız güzel kalbimin.

Hanımefendi, siz kimsiniz? Akrabalığımız nedir?

"Poornima."

Amaya uyumadan önce Poornima'ya bir e-posta gönderdi.

"Merhaba, Poornima. Mesajını okuduktan sonra nutkum tutuldu. Nasıl tepki vereceğim konusunda içimde bir ikilem vardı. Beni arkadaşın olarak görebilirsin. Seninle olan ilişkim her ailede görebileceğin en basit ilişki. İyi geceler.

Amaya."

Ertesi gün Amaya'yı bir e-posta bekliyordu ve Vipassana'sını yaptıktan sonra onu buldu.

"Sevgili Hanımefendi,

Bana yazdığınız için teşekkür ederim; sizden aldığım ilk e-posta. Okuduğum için kendimi mutlu hissettim. Bir ailedeki en karmaşık olmayan ilişki anne-kız ilişkisidir. Ama benim zaten bir annem var, şimdiye kadar tanıdığım en sevgi dolu insan. Yani siz benim biyolojik annem olamazsınız.

Bununla birlikte, babamın sizin yumurtanızın yarısını alarak annemin yumurtasının yarısı ile birleştirdiğini varsayabilirim; böylece iki anneli olarak doğdum; bu yüzden ikinize de eşit derecede bağlı hissediyorum. Bu bilimsel bir seçenektir; ABD, Singapur ve İsrail'deki en iyi üniversitelerde iki kadından alınan yumurtaların tek bir erkekten alınan spermlerle birleştirilerek üç biyolojik ebeveyne sahip bir çocuk üretilmesi ve en iyi özelliklerinin birleştirilmesi üzerine araştırmalar devam etmektedir. Hakemli uluslararası dergilerde bu tür olasılıklar üzerine iki makale okudum.

Bir keresinde benim yaşlarımdaki kızınız Supriya'dan bahsetmiştiniz. Nerede olduğundan ve ne yaptığından habersizdiniz. Böylesine sevecen ve çekici bir kişiliğiniz olduğu için hiçbir kızınız sizden uzak kalamaz. Supriya'nın varlığıyla bilincimde karşılaşmaya çalıştım ama nafile. Onun üzerine düşündüğümde benliğimin farkındalığı ortaya çıktı. Bilinç, duyguların geçerliliğini test edebilir. Zihin gibi bilinç de insan beyninin bir yan ürünüdür ve daha yüksek bir aleme aittir. Zihin sizi tehlikeli tuzaklarla dolu yanlış yollara sürükleyebilir, oysa bilinç doğru şekilde geliştirildiğinde tam olarak varoluşun sevincini yansıtır. Dolayısıyla, fiziksel olanın ötesinde bir dünya vardır, bilgi ya da ruhani değil, benliğin varlığının saf farkındalığı, bedenin ya da maddi evrenin ötesindeki hiçliğe götürür. Yeni bir bilim dalı olduğu için nörolojide bilinç çalışmaları henüz zigot aşamasında; bu konuya derin bir ilgi duyuyorum.

İçimde olduğunuzun farkında olduğum için, sizinle ilk konuştuğumda sizi tanıyabildim. Bu, kişinin farkındalığını anlamasından başka bir şey değildir. Bir aynada kendi görüntünüzü gördüğünüzde, kopyanın size ait olduğunu bilirsiniz ama bildiğinizi bilmenin ötesine geçebilirsiniz. Bu farkındalık sizi fiziksel sınırlamalarınızın ötesine, uzak diyarlara seyahat etmeye yönlendirir. Gelecekte, bedeninizle hareket etmeniz gerekmez; bilinciniz sıçrayabilir, diğer insanların bilinciyle buluşabilir ve kavram, fikir ve vizyon alışverişinde bulunabilir. Yani burada ve şimdi hissettiklerimizin ötesinde bir varoluş söz konusudur. Bu durumda ölüm yoktur çünkü bilinç asla ölmez; o başlı başına enerjidir.

Aynada Supriya'yı yansıtamıyordum. Ne zaman onu arasam, her seferinde iki kişi yerine benim yüzüm beliriyordu. Ama farkındalığımın önünde beliren sadece benim yüzümdü, Supriya'nınki değil. Son nörolojik çalışmalar, bilincin insan sezgisi kullanılarak test edilebileceği ve doğrulanabileceği varsayımını kanıtlamaya çalışıyor. Bu yöntemin maneviyatla, mistisizmle ya da büyüyle hiçbir ilgisi yoktur. Budist rahipler bu yöntemi hiçlik bağlamında gerçeği doğrulamak için uygularlar çünkü hiçlik var olmamak değildir. Boşluğun tüm doluluğuyla var olmasıdır ve başka bir şey değildir. Büyük Patlamadan önce hiçlik vardı, ama bu hiçlik boş ya da boşluk değildi, bu hiçlik bizim Evrenimizden önce bir Evrendi. Dolayısıyla, hiçlik evrim geçirme, bir varlık haline gelme potansiyeline sahiptir. Supriya fiziksel varlıktan çok daha fazlasıdır, çünkü saf maddi varoluş zihne, bilince ve tam gelişmiş bir beyne sahip olmayabilir. İnsanların kalbin bir ürünü olan duyguları vardır. Nöroloji yüksek lisansım sırasında birçok hipotezi doğrulamaya çalıştım, bunlardan en önemlisi varoluşun özden önce geldiğiydi. Basit bir ifadeyle, bir şeyin varlığı ayrıntılarından önce gelir. Yani Supriya'nın varlığı bilinç yoluyla hissedilebilir; benim teorim bu. Eğer bağımsız bir varlık olarak var olmasaydı, Supriya'nın hissedilebilirliği eksik olacaktı. Deneylerimde Supriya'nın varlığını kendi varlığım olarak deneyimledim.

Test etmek istediğim ikinci olgu, bilinçteki bir nesneden gelen bilgiydi. Bilgiyi bir kişinin bir nesneye dair farkındalığının ürünü olarak varsaymıştım. Dolayısıyla, bilgi bir nesne ve bir özneyi varsayar. Her bilgi, nesnenin özelliklerine ve bilen varlığın anlayışının özelliklerine sahiptir. Dolayısıyla bilgi tamamen nesnel ya da öznel değildir; öznenin tamlığını yansıtmaz. Ancak insanlarda, nesnelerin başlangıçtaki bilgisi, nesneyi bilen kişinin onun hakkında bir farkındalık geliştirdiği daha yüksek bir boyuta dönüşür. Özne bilir, bildiğini bilir, ne bildiğini bilir. Basit bir ifadeyle, ben bilincimin bilincindeyim.

İnsan bu bilinçten fiziksel varoluşun ötesinde daha yüksek bir bilinç alemine geçebilir ya da duyguların olmadığı özünü bir kenara bırakabilir. Bu, arzuların, ıstırapların, üzüntülerin, acıların veya mutluluğun olmadığı bir aşamadır. Esasen zihin, duygular, neşe ve entelektüel düşünme yoktur. Sadece mutluluk vardır, saf ve basittir ve ben buna Nirvana diyorum. Gelecekteki doktoram bu alanda olacak.

Hanımefendi, babamın Supriya'nın adını andığını hiç duymadım. Eğer kızı olsaydı, eminim onu unutamazdı, ondan bahsetmeye devam ederdi ve Supriya'yı benim ondan gördüğüm sevgiyle sarardı. Bir baba-kız ilişkisi zamansal olmanın ötesine geçer; yüce bir neşeyle karşılaşmak için bilincin enginliğini araştırmak gerekir. İki bireyin birlikteliği fiziksel olanla sınırlı kaldığında, sevgi olamaz, çünkü sevgi bilinçle ilgilidir; maddi dünyayı aşmalıdır. Benim yaşam felsefem basittir: zihninizi zincirleyin, bilincinizi özgür bırakın, bir martı gibi uzak bir adaya uçun ve korkusuzluğu ve ölümden özgürlüğü deneyimleyin. Tüm insan çabaları ölümü aşma girişimidir. Bir olasılık daha var, bir önsezi: Ben sizin Supriya'nızım; annem ve babam bana Poornima adını vermiş. Supriya benim. Bu önermeyi doğrulanabilir gerçeklerle test edebilirim.

Yakında Chandigarh'a varmış olacaksın. Seni karşılamak için havaalanında olacağım. Varlığınız bana umut verdiği için yüreğim ferahlıyor; babamın bilincini yeniden kazanmasına yardım ediyorsunuz. Size söylediğim gibi, piyano odasında; bir süre onu çalabilirsiniz ve müziğinizi tanıyacaktır.

Size iyi günler dilerim.

Poornima."

"Supriya, e-postanı okumak bir Vipassana deneyimiydi, çünkü zihnim sakindi; kalbim sana olan sevgiyle doluydu; bilincim seninle buluşmak için bilinmeyen diyarlara uçuyor, hayattaki doluluğu deneyimliyordu. Düşündüğümden çok daha fazla büyümüş ve beklentilerimin ötesinde olgunlaşmışsın. Fikirlerin çok gelişmişti, yılların refleksif bilincinin bir ürünüydü, ne konuştuğunu biliyordun, bilginin farkındaydın." Amaya kendi varlığını ve Poornima'nın varlığını deneyimledi ve birden Karan'la yaptığı konuşmayı hatırladı. "Senin içinde varlığımın bütünlüğüne sahibim." Bunu duyan Karan gülümsedi.

Gün batmadan önce sahilde yürüdüler. Amaya oradan biraz öteden, Karan'la bir yıl geçirdiği Lotus'larını görebiliyordu. Karan, "Yürümek vücut dengesini korumak için iyidir ve normal bir doğumun başlamasına yardımcı olur," dedi. Karan, hamileliğin otuz altıncı haftası olduğu için yürürken ekstra dikkatliydi. Her zaman onun yanındaydı. Parlak çiçekli beyaz dökümlü bir elbise giymişti. Karan'ın üzerinde tişörtü ve bol pijamaları vardı; sakin görünüyordu. Akşam güneşi yüzüne yansırken onun yüzüne bakmayı seviyordu. Yüzlerce turist vardı, erkekler, kadınlar ve çocuklar, hepsi de şenlik havasındaydı.

Amaya ve Karan denize karşı oturmuş, durmak bilmeyen dalgalara odaklanmışlardı. Denizin onun duygularıyla bir ilgisi vardı. Uzak kıyılardan gelen havanın kokusu baştan çıkarıcıydı, esinti saçlarını tarıyor, ılık güneş ışığı vücudunu sarıyor ve denizin sabit sesi kulaklarında yankılanıyordu.

"Amaya, yani anne karnındaki amniyotik sıvı, su ile biyolojik bir bağ oluşturur; çünkü vücudumuzun yüzde altmışından fazlası ve beynimizin yüzde yetmiş yedisi sudur. Pek çok bilim adamı suyun tüm canlı organizmalarla simbiyotik bir ilişki içinde olduğuna ve özellikle insan zihni üzerinde sakinleştirici bir etkiye sahip olmak üzere canlıları etkilediğine inanıyor."

"Karan, bir yerde denizin mavi renginin sadece zihin üzerinde değil kalp üzerinde de rahatlatıcı bir etkisi olduğunu okumuştum," diye karşılık verdi Amaya.

"Bu doğru, Amaya. Ayrıca denizin enginliği ve kumsalın dinginliği güven duygusu verir. Zihnimiz açık alanda gizli düşmanların olmadığını kolayca fark edebilir. İnsanlar milyonlarca yıldır mağaralarda yaşadıkları, karanlık ormanlarda ve hain savanlarda kendilerini bilinmeyen tehlikelerden korudukları için içlerinde her zaman bir mağara hissi taşırlar," diye açıkladı Karan.

Amaya Karan'a baktı ve güldü. "Seninleyken kendimi güvende hissediyorum; sen benim denizimsin sevgili Karan; sen benim de deniz kıyımsın. Beni tüm gizli tehlikelerden koruyorsun," dedi Amaya ve gülümsedi. Karan da Amaya'ya bakarak gülümsedi. "Bir sahil şeridindeyken sevdiklerimizle birlikte olduğumuz için kendimizi mutlu hissederiz, hoş anılar paylaşırız ve elektronik aletleri nadiren kullanırız," diye ekledi Amaya.

"Bu doğru, Amaya; sana katılıyorum. Bilim adamları, güneş ışığına maruz kalan cildimizin bol miktarda D vitamini ve serotonin üretip salgıladığını, insan beyninde sayısız iyi hissettiren kimyasal madde ürettiğini ve deniz kenarında doğal olarak mutlu hissettiğimizi kanıtladılar," dedi Karan bir restorana girerken.

Amaya'nın en sevdiği yemekleri yedikten sonra rahat evleri Lotus'a doğru yürüdüler ama Amaya bir daha asla Karan'la birlikte sahile ve restorana gitmeyeceğini hayal bile edemezdi.

Kahvaltıdan sonra Amaya aniden belinde ağrılar hissetti ve ertesi gün kasılmalar yaşadı. Karnının alt kısmında kramplar ve hafif mide bulantısıyla birlikte hafif sıvı sızıntısı vardı. Leğen kemiğindeki baskıyı hissedebiliyordu.

"Karan," diye seslendi Amaya.

"Evet canım," diye cevap verdi.

"Vakit geldi," dedi.

"Ah canım, doğumevine gidelim," diye cevap verdi Karan. "Evin ve arabanın yedek anahtarını çantanda saklıyorum." Karan onun yanaklarından öptü.

Karan bavulları arabaya taşıdı. Biri Amaya, ikisi de bebek için olmak üzere üç çanta vardı. Amaya hafif bir baş ağrısı hissetti; on dakika içinde hastaneye ulaştılar. Amaya düzenli olarak hastanenin doğum servisini ziyaret ediyor, hamileliğinin başından beri kadın doğum uzmanına danışıyor ve onunla birlikte eve geliyordu. Karan, Amaya'nın tekerlekli sandalyesini itti, doktor da oradaydı; Amaya kendini mutlu hissediyordu ama kafasının içinde bir ağırlık vardı, loş bir dünyaya doğru kayıyormuş gibi bir his.

"Karan," diye seslendi Amaya; sesi bulanıktı, daha fazla bir şey söylemek istedi ama dili ağzının içinde dolandı. Karan'ın yüzünün buğulandığını, ön camdan çıkan buharlar gibi eridiğini görebiliyordu. "Amaya," diye seslendi; onun adını son kez söylediğini duydu. Ve Amaya zifiri karanlığa gömüldü.

Bir Kız Çocuğunun Doğumu

Cuma günüydü, haftanın son iş günüydü ve Amaya sabah erkenden o günkü duruşma için listelenen dilekçeleri gözden geçirdi. Dört mahkemede üçü kabul, üçü geçici tedbir ve biri de son duruşma olmak üzere yedi dava vardı. Amaya tüm dosyaları inceledi, her bir dilekçenin özünü not etti ve Sunanda'ya telefon ederek müsait olduğu takdirde mahkemede kendisine yardımcı olmasını istedi.

Amaya, Susan Jacob'un istihdam bürosu sahibi Balu'ya karşı yaptığı başvurunun iki hakim kürsüsündeki son duruşmasında hazır bulundu. Amaya, davanın arka planını detaylı bir şekilde anlatarak yasa ihlallerini, Balu'ya karşı yasal işlemlerin nedenlerini ve mağdura tazminat ve eski hale iade gerekliliğini vurguladı. Susan, hemşirelik alanında lisans derecesine sahip eğitimli bir hemşireydi; yedi yıl önce Balu'nun istihdam bürosu aracılığıyla Suudi Arabistan'da bir hastane işi için başvuruda bulundu. Susan'ın işe başvurmadan önce üç yıllık çalışma deneyimi vardı. Balu ona Buraydah'da yüzlerce dönümlük hurma çiftliği olan zengin bir çiftçi tarafından işletilen bir hastanede mükemmel bir ücretle iş sözü verdi. Bir mülakattan ve iş bulma bürosuna önemli bir taahhüt ödedikten sonra Susan, Balu ile birlikte Suudi Arabistan'a gitti. Balu, hurma çiftliğinin sahibi olan ve iki yılda bir Ayurveda tedavisi için Kerala'yı ziyaret eden Abdulla'yı tanıyordu.

Buraydah'a vardıklarında Susan Abdulla ile buluştu, ancak orada sadece iki erkek doktorun çalıştığı, tarım işçilerine yönelik bir klinik vardı. Kliniğe katılmaya karar verdi çünkü vaat edilen maaş Kerala'da aldığının on katıydı. Kadınlar için bir pansiyon yoktu ve Abdulla Susan'a saray gibi evinde yemek ve kalacak yer teklif ederek iki karısı ve dokuz çocuğuyla birlikte güvende olacağını vaat etti. Susan onun evinde kalmaya başladıktan sonra, Abdulla Susan'ı kendisiyle evlenmesi için rahatsız etmeye başladı ve birkaç gün içinde zorla seks günlük bir olay haline geldi. Susan özgürlüğü arzuluyor ve Abdulla'nın kontrolünden kaçmayı hayal ediyordu ancak ilk çocuğunu doğurmadan ve İslam'ı seçmeden önce ailesiyle ve dış dünyayla irtibatını giderek kaybetti.

Amaya mahkemeye Balu tarafından Susan'a verilen görevlendirme belgesini ve Susan'ın Balu ile birlikte Suudi Arabistan'a yaptığı seyahat belgelerini sundu. Amaya, Balu'nun nitelikli bir hemşireyi seks kölesi haline getirdiğini ve ona kötü niyetle Buraydah'taki modern bir hastanede yüksek ücretli bir iş vaat ettiğini açıkladı. Amaya ayrıca Balu'nun Abdulla Kerala'yı her ziyaret ettiğinde mahkeme önünde pezevenklik yaptığına dair kanıtlar sundu. Mahkeme Balu'nun işlediği suçun ciddiyetini ve Susan'ın maruz kaldığı şiddeti anlayınca şok olduğunu ifade etti. Dört yıl içinde Susan iki çocuk doğurdu ve sağlığı bozulunca Abdulla Susan'ı uzman tıbbi tedavi için Riyad'a götürdü. Altı ay boyunca hastanede kaldı ve Susan'ın hastalığına bir çare bulunamadı. Sonunda Abdulla, Susan'ın çocuklarını Suudi Arabistan'da bırakarak Kerala'ya geri dönmesini kabul etti ve beş yıl sonra Susan ailesinin Thiruvalla'daki evine geri döndü.

Amaya mahkemeye Balu'nun insan kaçakçılığı, tecavüz, bir kadını zorla başka bir dine döndürmek ve rızası olmadan hamile bırakmaktan sorumlu olduğunu iddia etti. Bu suçlar Susan'a ve devlete karşı işlenmiş, mağdurun psikolojik sağlığını bozmuş ve onu akut duygusal krizlere ve fiziksel yetersizliğe sürüklemiştir. Susan'ın yaşadığı zihinsel ıstırap, fiziksel rahatsızlık, kişisel çatışmalar ve Abdullah'ın gözetiminde seks köleliğinden çektiği acılar Susan'ı insanlıktan çıkarmış ve intiharı bir seçenek olarak görmeye zorlamıştır. İradesi sayesinde, hiçliğin ortasında, bilinmeyen bir yerde, bir seks avcısının hareminde geçirdiği beş yılın aşırı ıstırabına ve çilesine dayanabilmiştir. Susan'ın çocuklarına karşı derin bir duygusal bağlılığı vardı ve onları sonsuza kadar tecavüzcünün evinde bırakmak çok üzücüydü. Kerala'ya ulaştıktan sonra eğitimli insanlardan bile alay ve aşağılama göreceği açıktı. Amaya, insan kaçakçılığı, saraya kapatma, tecavüz ve zorla çocuk doğurmanın Susan'ın temel haklarını ve insan haklarını ihlal ettiği için ona karşı aşağılık suçlar teşkil ettiğini savundu.

Balu'nun Susan'ın özgürlüğünü, eşitliğini, kişisel güvenliğini ve insanlık onurunu ihlal ettiği için cezalandırılması gerekiyordu, çünkü Susan Balu'nun istihdam bürosunun gerçek olduğuna inanıyordu ve ayrıca önemli miktarda komisyon kabul ediyordu. Amaya, Balu'nun özgür iradeye sahip olduğunu ve rasyonel kararlar verebileceğini, ancak ülkenin normlarını, değerlerini ve yasalarını bilinçli olarak ihlal ederek mağduru büyük acılar çekmeye zorladığını savundu. Mağdurun iyi bir ortamda çalışma özgürlüğünü korumak için meşru bir hakkı vardı, ancak suçlu onun haklarını ihlal etti ve kendi çıkarları için suça karıştı. Suçluya uygun bir ceza verilmesi zorunluydu çünkü ceza, toplumun suçlunun işlediği suçlardan duyduğu tiksintiyi yansıtıyordu.

Amaya, Balu'nun cezalandırılmasının toplumsal kınamanın bir ifadesi olduğunu savundu. Mahkeme, suç teşkil eden davranışın cezayı hak ettiğini, suçlunun eylemlerini kınayarak değerlendirirdi. Kanun vatandaşı suçtan koruduğu için suçlu kanunu çiğneyerek haksız avantaj elde etmişti. Ancak bu sadece vatandaşlar yasayı kabul ettiklerinde ve onu ihlal etmekten uzak durduklarında mümkündü. Bir kişi yasaya saygısızlık ettiğinde, toplumdan haksız bir avantaj elde etmiş oluyordu. Toplumun dengesi, sadece haksız avantajın hafifletildiği katı cezaları sürdürdü. Amaya ayrıca, cezanın yasal bir otorite tarafından suçluya acı çektirmek olduğunu; dolayısıyla suçlu için hoş karşılanmayan bir eylem olduğunu ancak toplum tarafından doğrudan kınandığını söyledi. Devlet, Balu'yu cezalandırarak mağdura karşı görevini yerine getirmiş, aynı zamanda düzeni yeniden sağlayarak bazı faydalar elde etmiştir.

Amaya, Balu'nun cezayı davet ettiğini ve bunu hak ettiğini analiz etmiştir. Devlet, suçu ülkenin kabul edilmiş normlarını ihlal etmek olarak tanımlayarak yasayı yapmıştır. Dolayısıyla bu kamusal bir yanlıştı. Balu bu ihlalden dolayı hükümete karşı sorumluydu, dolayısıyla Balu'yu cezalandırma yetkisi devlete aitti ve ceza onun yanlışlarına hak ettiği bir yanıttı. Talihsiz bir kadına karşı işlediği suç, suçluluk duygusu yaratmıştı; ceza, Susan'a ve devlete karşı manevi bir borç altına girmenin yanı sıra, suçluluğunu ortadan kaldıracak bir çözümdü. Amaya mahkemeye Balu'nun bir multimilyoner olduğunu hatırlattı; servetini esas olarak yasadışı faaliyetler yoluyla biriktirmişti. Polis, bürokrasi ve politikacılar, birçoğu Hindistan'da ve yurtdışında onun misafirperverliğinden faydalandığı için onun suç ilişkilerini görmezden geldi. Amaya, Balu'nun cezayı hak ettiğini ve mahkemenin ceza verme yetkisine sahip olduğunu söyleyerek tartışmasını sonlandırdı. Susan'ın uygun bir tazminat ödemesi Susan'ın çektiği acıları ortadan kaldırmayacak olsa da, Balu tazminatı ödemekle yükümlüydü.

Amaya, mahkemeyi argümanlarının yasallığı, rasyonelliği ve ahlaki gücü konusunda ikna etti. Mahkeme, bireyler, kuruluşlar veya devlet bireylerin temel haklarını ihlal ettiğinde tazminatın zorunlu olduğunu gözlemledi. Fail, tamamen kasıtlı olarak Susan'ın yasal haklarını zedelemiş, onu ruhsal travma, seks köleliği, istenmeyen çocuk doğurma, istenmeyen çocuk yetiştirme, özgürlük kaybı, yabancı bir ülkede gelir kaybı ve zorla İslam'a döndürme gibi zorluklara katlanmaya zorlamıştır. Davalı, mağdur olmasına rağmen evinde hor görülmüştür. Mahkeme ayrıca, verilen tazminatın yasal ve insani olduğu için mağdurun maddi kaybını geri kazanmasına yardımcı olduğunu belirtti. Mahkeme Balu'yu kefalet veya şartlı tahliye olmaksızın on yıl ağır hapis cezasına çarptırdı ve üç ay içinde davalıya on beş crore rupi ödemesine hükmetti. Mahkeme, devlete, suçlunun öngörülen süre içinde tazminat miktarının tamamını ödemesini sağlama, aksi takdirde hükümetin tazminat için mülklerini açık artırmaya çıkarmasına izin verme yetkisi verdi.

Akşamları Amaya yalnızdı; astları sadece Pazartesi sabahı ofise geliyordu. Her zamanki gibi bir saat boyunca piyano çaldı, rahatlatıcı bir müzikti; sakinleştiriciydi. Sonra bir gazete için Uttar Pradesh'te Dalit kızlara yönelik artan tecavüzler hakkında bir makale yazdı. Amaya, iktidar partisi ve politikacılarının Dalitlerin artan görünürlüğünü bastırmayı zımnen desteklediğini savundu. Uttar Pradesh'te Dalit bir kadın başbakanın görev süresi boyunca, toplam nüfusun yüzde yirmi biri olan Dalitler yüksek eğitim almış ve iş sahibi olmuştur.

Sonuç olarak, Dalitlerin sosyal ve ekonomik durumları önemli ölçüde iyileşti. Daha sonra, çoğunlukla üst kastlardan oluşan sağcı bir partinin üyeleri iktidara geldiğinde, dışlanmışlar olan Dalitlere baskı yapmaya ve boyun eğdirmeye başladılar. Üst kasttan insanlar, Dalitlerin özsaygılarını yok etmek için en güçlü silahın tecavüz olduğunu fark ettiler ve bilinçli olarak eğitimli kızları kurban olarak seçtiler. Dalitlere toplu tecavüz Uttar Pradesh'teki üst kast arasında yaygın bir uygulama haline geldi. Amaya, Hindistan'da her gün yaklaşık on Dalit kızın tecavüze uğradığını ve bunların önemli bir kısmının Uttar Pradesh'ten olduğunu istatistiklerle açıkladı.

Makaleyi gönderdikten sonra Amaya, Poornima'dan bir e-posta geldiğini fark etti. Poornima, Amaya ile olan ilişkisini güzel bir deneyim olarak tanımlıyor ve buna büyük değer veriyordu. Poornima, Amaya'nın on gün içinde Poornima'nın hayatının ayrılmaz bir parçası haline geldiğini belirtti. Birbirlerini hiç görmemiş olmalarına ve birbirlerinden uzakta olmalarına rağmen bu ilişki çok yoğundu. Aralarındaki uyum Poornima'nın beklediğinden çok daha derin ve sağlamdı. Poornima çocukken ve daha sonra ergenlik çağındayken içinde ve çevresinde görünmeyen bir gücün varlığını hissediyordu, tıpkı bir annenin bakımı ve koruması gibi. Amaya ile ilk konuştuğunda, Poornima'nın hayatın başlangıcından beri tanıdığı çok yakın, ayrılmaz biriyle konuşuyormuş gibi hissetti ve Amaya'nın ilk kelimesini duyduğunda kalbi yerinden fırladı. Aralarında anne-kız gibi nüfuz edici bir bağ vardı; empati, şefkat, güven ve sevgi ortaya çıkmıştı.

"Ne zaman seni düşünsem annemi görüyorum, iki annem varmış gibi hissediyorum. Kendimi senden ayıramıyorum; sen başından beri oradasın," diye yazdı Poornima.

Poornima için bir anne, bir kızın duygusal temelini oluşturuyordu. "Yargılamadan iyi bir dinleyicisin, asla küçük düşürücü ya da aşağılayıcı değilsin ve hiyerarşi göstermeden bir kaya gibi yanımda durdun. Sende koşulsuz güven ve sonsuz sevgi var. Bir en iyi arkadaşın bana sunabileceğinden çok daha fazlası." Poornima, Amaya ile ilişkisinin duygusal olarak tatmin edici, psikolojik olarak uyumlu, biyolojik olarak kırılmaz ve ruhsal olarak yansıtıcı olduğunu hissetti. Bu neredeyse açık sözlü, utanmaz, zenginleştirici, canlandırıcı ve varoluşsal olarak kalıcı bir arkadaşlıktı. "Her genç kadın eşinden başka bir arkadaş ister ve bu kişi genellikle annesidir; bugünlerde o kişinin sen olduğunu hissediyorum. Bebekliğimde sizi, sevgi dolu ilginizi ve varlığınızı fiziksel olarak özledim. Çocukluğumda öğretmenim, ergenliğimde akıl hocam ve genç bir yetişkin olduğumda arkadaşım olarak sana hayranlık duyardım." Poornima açık konuştu.

Amaya e-postayı okurken durakladı ve Supriya'sını düşündü. Seni zararlı olduğuna inandığım her şeyden korurdum. Biyolojik ve psikolojik olarak bir kız çocuğu annesine daha çok bağlıydı, çünkü anneler bir çocuğun hayatında daha etkiliydi. Bir kız çocuğu annesinin ruh halini kolayca anlayabilir, ancak baba bir gizem olarak kalır. Bir anne çocuğun büyüme sürecinde her zaman hazırdır, ancak baba duygusal olarak yok ve psikolojik olarak uzak kalır. Poornima, annenin dili, jestleri ve tepkileri çekici ve canlandırıcı olduğu için bir çocuk için anneyle iletişim kurmanın daha kolay olduğunu yazdı.

Babanın iletişim sorunu vardır; konuşması ince, resmi ve anlamını kavramak zordur. Çocuk duygusal, eğitimsel, kişiler arası veya cinsel bir sorunla karşılaştığında anneyle paylaşmayı ve yardım istemeyi tercih eder. Anne çocuğunu dinleyip anladığında baba tavsiye ve yönlendirmelerde bulunur.

Amaya bir kez daha kendini e-postaya kaptırdı.

"Bu bir gizem; sadece anne hamile kalabilir. Bunun üzerinde derinlemesine düşündüm ve açık olan bir neden buldum: Bir kadının hamile kalması sadece biyolojik nedenlerle değil, anne olma, çocuk yetiştirme ve çocuğun bir yetişkin olarak büyümesini izleme isteğiyle ilgilidir. Doğmamış çocuğunu sever ve doğduğunda da ona sevgi gösterir. Bir kadın dokuz ay boyunca taşıdığı çocuğu için acı çekmeye hazırdır. Doğmamış bebeği tüm tehlikelerden korur, ninni söylemek, gece gündüz onu okşamak, kucağında taşımak ve her ağladığında emzirmek için gelişini sabırsızlıkla bekler. Bu, bir babanın gerçekleştirmek istemediği saf ve basit bir sevgidir. Modern bilim bir erkekte rahim geliştirebilir, ancak erkek psikolojisi çocuk doğurmaya ve çocuk yetiştirmeye karşıdır, çünkü bir erkek içinde bir bebek olmasından nefret eder. Bir kadının psikolojisi ise bunun tam tersidir. Fiziksel acıları göğüslemeye hazırdır, doğum travmasını ve çocuk yetiştirmenin ıstırabını yaşamaya isteklidir ve bunları sonsuz bir neşeye dönüştürür. Bebeğini her durumda, hatta babayı bile korur ve çocuğu savunmak için sıkıntıya katlanır. Acılı ayrılıklarda annenin çocuğuna kavuşma arayışı tarifsizdir."

Amaya aniden okumayı bıraktı. "Evet Supriya, seni arayışım çok çetin, sonsuz ve anlaşılmazdı. Bunu ancak bir anne anlayabilir. Aynı şekilde senin beni arayışın da içimde doğduğun anda başladı. Sen benden uzaklaştığında, sevgili kızımı bulmak benim için acı verici bir arayışa, hiç bitmeyen bir göreve dönüştü. Anneni bulma arayışına bir son vermek iyidir, ancak yolculuğunu asla sonlandırma, çünkü yolculuğun sonunda önemli olan yolculuğun kendisidir. Aradığınız kişi onun yakınındadır ama onu bulduğunuzda, birini ya da bir şeyi veya yeni bir hedefi bulmak için yeni bir arayış başlar. Hayatın anlamı budur. Başlangıçta bir son, süreklilik ya da bitiş yoktur." Amaya, Poornima'nın kendisini dinlediğinden emindi ve tekrar durakladı.

"Bugün bütün gün babamın eski dosyalarını inceledim," diye yazdı Poornima. "Birdenbire annemin beyaz bir zarfta saklanan, Chandigarh, Delhi, Londra ve Palo Alto'daki farklı hastanelerden alınmış, babam ve annemin öğrencilik yıllarını geçirdiği bir grup eski tıbbi raporunu buldum. Birkaç rapor da babamın annemi bir dizi tıbbi muayene ve ameliyat için götürdüğü Marsilya'daki bir hastaneden gelmişti. Altı yıl boyunca doktorlardan, çoğunlukla jinekolog, kadın doğum uzmanı ve onkologlardan yaklaşık yirmi rapor. Palo Alto'daki bir hastaneden alınan raporda annemin asla gebe kalamayacağı belirtiliyordu. Chandigarh'daki bir hastane annemin orta yaşlarında yumurtalık kanserine yakalanma ihtimalinin ortalamanın üzerinde olduğunu belirtti. Annem Marsilya'da iki ameliyat geçirdi ve gelecekte kanserin büyümesini önlemek için kusurlu olan ve yumurta üretemeyen yumurtalıkları alındı. Şaşkınlık içinde raporları okudum ve şoktan kurtulamadım.

"Annemle babamın sana nasıl böylesine acımasız bir oyun oynayabildiklerini anlayamadım, en uğursuz ve korkunç olanını. Bu bir sahtekârlıktı; sen onların kurbanı oldun. Annem ve babam da bu şeytani eylemden eşit derecede sorumluydu. Babam sizinle Barselona'daki üniversitenin kafeteryasında kötü niyetlerle tanıştı, oyunculuğuyla sizi büyüledi ve davranışlarıyla sizi baştan çıkardı. Alzheimer için yasaklı ilacı sana vermiş, seni halüsinasyonlar dünyasında tutmak için beyaz şarapla karıştırmış ve seni bir çocukla hamile bırakmış olabileceğinden eminim. Her zaman coşkulu bir ruh hali içinde olduğunu, sevgi dolu, şefkatli ve güven dolu olduğunu öğrendim. Doğumhanede hafif ama uzun süreli bir komaya girmişsin ve doktorlar beni dünyaya getirmek için seni sezaryenle almışlar. Babam ne kadar süre komada kaldığınızı söylemedi ama hiçbir doktorun bunun nedenini belirleyemeyeceğinden emindi. Annem ilk gün Marsilya'dan hastaneye ulaşmış ve hastane yetkililerine kız kardeşi olduğunu söylemiş. Annem on sekiz gün boyunca günde yirmi dört saat seninle ve benimle birlikteydi. Sonunda babam, senin komada olduğun hastanede beni tutmak yerine daha iyi bakım ve rahatlık için bebeği eve nakletmesine izin vermesi konusunda doktoru ikna etti. Gerekli tüm aşılar yapıldıktan sonra babam beni Barselona'daki evin Lotus'a götürdü ve ailem aynı gece Manchester'a doğru yola çıktı. Babamın dosyalarından hastane kayıtlarında annemin adının Eva olduğunu öğrendiğimde bir kez daha şok oldum. Madrid'deki kadın doğum kliniğinin verdiği sağlık raporunda da adınız Eva'ydı. Yine Barselona'daki hastaneye ilk gittiğinizde de adınız Eva'ydı. Bu önceden planlanmış bir suçtu ve ailem sana karşı affedilmez bir sahtekârlık yaptı. Babama kalbinden çok daha fazla güvendin, ama o seni asla sevmedi, sana saygı duymadı ve seni duyguları, psikolojik ihtiyaçları ve onuru olan bir birey olarak görmedi. Hiçbir suçluluk duygusu duymadan hayatınızı ayaklar altına aldı. Babamın işlediği suçlar için beni affet. Onun suçlarının cezasını çekmem gerekiyor. Amaya okumayı bıraktı. Gözleri ıslaktı; gözyaşlarının yanaklarından süzüldüğünü hissedebiliyordu."

"Ama babanın suçları için neden acı çekmen gerekiyor Supriya?" Amaya sordu.

"Bu sınırların ötesinde bir aldatmacaydı ve annemi mutlu etmek, ona psikolojik destek vermek, onu intihar eğiliminden kurtarmak için babam kötü davrandı. Görünüşe göre senin aşkın onun için naif, geçici ve zayıftı.

Çektiğin eziyeti, boyun eğdiğin kederi ve yaşadığın acıyı hissedebiliyorum. Yıllarca dünyanın dört bir yanında beni aramış olabilirsin; yüreğin yanmış, rüyanda beni görmüş, uykunda bile beni düşünmüş, benimle en azından birkaç dakika geçirmeyi arzulamış olabilirsin. Bana en güzel ismi, en sevgili anlamına gelen Supriya'yı verdin. Sevgine, dayanıklılığına, özsaygına, inancına ve kararlılığına hayranım. Olağandışı durumlarda bir çocuk, kendisini doğuran kişinin gözyaşlarına dayanamayan ama babanın ağıtlarını görmezden gelebilen babadan ziyade anneyi seçer." Amaya bu paragrafı iki kez okudu.

"Sen benim en sevgili annemsin. Son yirmi dört yıldır çektiğin ıstırabı anlıyorum. Sevgin için sana büyük bir sevgiyle sarılmama izin ver; seni seviyorum, sevgili annem. Sana anne diyebilir miyim?

Senin Supriya'n."

Amaya bir süre sessizce hıçkırdı. "Sevgili Supriya, seni seviyorum," dedi Amaya içinden. Bu gerçekten de hayatını kalıcı olarak değiştiren, dayanılmaz ve sarsıcı, hayal gücünün ötesinde bir aldatmacaydı. Yirmi dört yıl sonra bile her olayı hatırlayabiliyordu. Akşam saat altı civarıydı. Amaya gözlerini açtığında bir grup doktor vardı ve onları görmesi biraz zaman aldı. "Eva," diye seslenen birini duydu. "Eva, iyi olacaksın. Gözlerini kapatma," dedi bir doktor. Doktorlar yatağa oturmasına yardım ettiler. Vücuduna bağlı birçok tüp görebiliyordu ve doktorlar bunları çıkardı. Amaya kendini rahat hissetti ve kendisinin ve çevresinin bilincine vardı. "Bebeğim nerede?" diye sordu aniden. Bir doktor "O iyi," diye cevap verdi. "Onu görmek istiyorum. Lütfen bana bebeğimi gösterin," diye yalvardı Amaya. Doktor, "Biraz daha dinlenmen gerek; ona daha sonra göstereceğiz," diye teminat verdi.

Bir hemşire Amaya'ya içmesi için portakal suyu verdi. Sonra Amaya sabah yedi civarına kadar uyudu.

"Eva, yirmi iki gündür komadaydın. Görünüşe göre şimdi iyisin," dedi doktor ertesi gün kalktığında. Amaya doktorun ona neden Eva dediğini merak etti. Doktora şaşkınlıkla baktı ama bir şey söylemedi.

"Buraya gelir gelmez komaya girdiniz ve hemen sezaryen yaptık. Kızınız iyi, siz de öyle. Komanın nedenini bulamadığımız için biraz endişelendik," diye anlattı doktor.

"Bebeğim nerede?" Amaya sordu.

"O sağlıklı ve dinç. Bugün eve gidip kızınızı görebilirsiniz. Kocanız onu on sekizinci günde eve götürdü. Onu bu kadar uzun süre hastanede tutmanın gereksiz olduğunu gördük," dedi doktor.

"O iyi mi?" Amaya sordu.

"Tabii ki iyi. Sizinki otuz yedinci haftada doğmuş, tam süreli bir bebek. Hastane kurallarına göre anne ve bebek doğumdan kırk sekiz saat sonra evlerine gidebilirler. Siz komada olduğunuz için bebeği daha uzun süre hastanede tutmayı düşündük. Ancak daha sonra eşinizin bebeği eve götürmesine izin verdik," diye açıkladı doktor.

Amaya gülümsemeye çalışarak, "Demek bebeğim evde," dedi.

"Evet, o iyi. Kız kardeşiniz buradaydı ve size ve çocuğa bakıyordu," dedi doktor.

"Kız kardeşim mi?" Amaya biraz şaşırdı ve doktora baktı. Bir karışıklık olduğunu ve doktorun başka birinden bahsediyor olabileceğini düşündü.

"Evet. Kız kardeşiniz bebeğin doğduğu gün geldi. Çok yardımcı oldu, çok nazik ve şefkatliydi. İkinize de çok iyi baktı," diye ekledi doktor. Amaya doktorun söylediklerini anlaşılmaz buldu. Bu bir yanlış kimlik olabilirdi.

"Karan nerede?" Amaya sordu.

"O her gün buradaydı. Böyle sevgi dolu bir adama sahip olduğun için şanslısın. Son dört gündür onu burada göremedim; evde bebekle meşgul olabilir," diye cevap verdi doktor Amaya'nın duygularını incitmemeye özen göstererek, ama Amaya doktorun açıkladığından daha fazla terslik sezdi.

"Yani son dört gündür yalnız mıydım?" Amaya sordu.

"Merak etme. Biz sana bakmak için buradayız. Eminim kocanız bebekle ilgilenecektir," diyerek doktor Amaya'yı teselli etmeye çalıştı.

Amaya hafif bir kahvaltı yaptı. Bebeğini düşünmeye çalıştı ama zihni bomboştu. Ardından Amaya'ya yaklaşık üç saat süren bir dizi tıbbi test uygulandı. Öğle yemeğinden sonra biraz kestirdi ve doktor akşam saat beş civarında geri döndü. "Sağlıklıymışsın, merak etme, istersen bugün eve gidebilirsin; yoksa yarın sabah. İki hafta sonra bebekle birlikte gelin," diye talimat verdi doktor.

"Lütfen faturaları bana verin. Miktarı havale edebilirim," dedi Amaya.

"Kocanız masrafları zaten peşin ödedi. Hesabınızda bir miktar kalmış," diye açıkladı doktor.

"Orada kalsın; biz yine geleceğiz," dedi Amaya.

"Bu arada, dün akşam kocanıza ulaşmaya çalıştım; galiba telefonu kapalıydı," dedi doktor.

Amaya şaşkınlıkla doktora baktı. Bir şey söylemek istedi ama söyleyemedi.

"Bir kez daha deneyeyim mi?" Doktor Amaya'dan izin istedi.

Amaya, "Nezaketiniz için teşekkür ederim doktor, ama onu ben arayacağım," diye cevap verdi.

Doktor gittiğinde Amaya birkaç kez Karan'ı aramayı denedi ama doktorun söylediği gibi telefon kapalıydı.

Bir saat içinde doktor elinde bebeğin doğum belgesinin bir kopyasıyla geri döndü. Doktor, "Kızınızın doğum belgesini kocanıza çoktan verdik," diyerek bir kopyasını Amaya'ya verdi.

Amaya, Ağustos ayının on sekizinde düzenlenmiş olan tek sayfalık belgeyi inceledi. Bebeğin doğum tarihi otuz birinci Temmuz, saati sabah on bir buçuk, cinsiyeti kızdı. Babanın adı Karan A, annenin adı ise Eva Kapoor'du. Amaya gözlerine inanamadı; gerçek dünyada olmadığını düşündü, kendini hareketsiz hissetti ve daha fazla bir şey düşünemedi. Bir süre orada oturup kızının doğum belgesine baktı.

Doktor geri döndü; ona spiral ciltli, yüz sayfalık bir belge olan sağlık raporunu verdi. "Lütfen iyice inceleyin; yardımcı olacaktır. Tekrarlanan testler ve analizlerden sonra bile neden komada olduğunuzu anlayamadık. Nörolojik olarak yüzde yüz sağlıklısınız; hiçbir sorununuz yok. Ancak size önümüzdeki üç ay için bazı vitamin tabletleri reçete ettik. Önümüzdeki bir yıl boyunca her üç ayda bir nöroloğumuza danışın," diye öneride bulundu doktor.

Amaya, "Elbette doktor," diye cevap verdi. "Şimdi eve gidebilir miyim?" Doktordan izin istedi.

"Şoförümüz sizi evinize ulaştırabilir," dedi doktor.

Amaya, "Teşekkür ederim doktor; idare edebilirim," diyerek doktoru rahatlattı.

Doktor Amaya ile el sıkışırken "Kendine iyi bak," dedi.

Amaya, "Size minnettarım doktor," diye cevap verdi.

Arabası hastanenin otoparkındaydı ve Amaya araba kullanmakta sorun yaşamadı. Eve ulaştığında garajın boş olduğunu, Karan'ın arabasının kayıp olduğunu ve motosikletin bisiklet ahırında olduğunu fark etti. "Nereye gitmişti?" Amaya kendi kendine sordu. "Karan," diye seslendi ama cevap gelmedi. "Karan," diye tekrar seslendi Amaya. Binada kimsenin olmadığını fark edince yüreğinde bir ürperti hissetti; içini korku kapladı. Amaya garajı içeriden kilitledi ve evin yan kapısını açtı; karanlık onu korkutuyordu. "Karan, ben Amaya," diye bağırdı ve yankı kulaklarında saniyelerce yankılandı. Amaya ilk kez Karan olmadan evdeydi. Amaya daha önce evlerinin dört duvarı arasında onun yokluğunu hiç yaşamamıştı. Amaya elektriği açtı ve ani ışık onu dehşete düşürdü; evde yalnız olmanın dehşetine dayanamıyordu. Amaya yere yığılmadan önce yüksek sesle "Supriya," diye bağırdı. Nefes almakta zorlandı ama başını kaldırmaya çalıştı; başı uyuşmuştu, ayakları ve elleri soğuktu ve zihni bomboştu. Hiçbir şey düşünemiyordu. Sanki ölüm vücudunun her hücresini delip geçmiş gibiydi. Amaya saatlerce hareketsiz kaldı; sabaha kadar yerde uyuyakaldı.

Aç ve susuz olmasına rağmen Amaya saatlerce yerde kaldı, tavana baktı. Avizeleri, vantilatörü, asılı eşyaları ve duvardaki tabloları izledi. Amaya yavaşça ayağa kalktı, mutfağa doğru yürüdü ve yiyeceklerle dolup taşan buzdolabını açtı. Bir paket yoğunlaştırılmış süt aldı, mutfağa gitti, kaynattı, kahve hazırladı, ocağın yanında durdu ve dolu bir fincan içti. Mutfak raflarında yulaf paketleri vardı, süt ve şeker ekleyerek yulaf lapası yaptı. Amaya bir kâse dolusu yulaf lapası aldı, yemek salonuna doğru yürüdü, masadaki yan sandalyeye oturdu ve birkaç dakika içinde mideye indirdi. Hâlâ aç olduğundan buzdolabında başka bir şey aradı; büyük bir kâsede paella vardı; buzdolabının yanında duran bir tabağa biraz döktükten sonra yavaşça yedi.

Kendini bitkin ve sersemlemiş hissetti ve yere düşüp yemek masasının kenarında Supriya'yı hayal ederek uyudu. Amaya evde Rose ile piyano çalıyordu. Birden kapının hafifçe vurulduğunu duydu. "Anne, biri kapıyı çalıyor. Gidip bakacağım," diyerek Amaya kapıya doğru yürüdü; kapıyı açtı. Rose da Amaya'yı takip etti ve onun arkasında durdu. Amaya karşısında kot pantolon ve tişört giymiş uzun boylu genç bir kadın gördü. "Anne, ben senin Supriya'nım; beni hastanede arıyordun," diye tanıttı genç kadın onu gülümseyerek. Amaya ona baktı; Supriya onun kopyasıydı. "Amaya, o sensin," dedi Rose arkasından. "Supriya," diye bağırdı Amaya ve Mol'e sarılmak istercesine ona doğru koştu. Amaya aniden gözlerini açtı ve yerde yattığını fark ederek şaşırdı. "Supriya!" Amaya bağırdı. "Neredesin? Seni arıyorum." Sesi boğuk çıkıyordu.

Saat sabahın üçüydü ve duvar saati tik tak ediyordu. Yere oturan Amaya etrafına bakındı, gürültü onu korkuttuğu için bir odadan diğerine geçerken irkildi. Karanlıktan, gölgelerden, ışıklardan, durgunluktan ve sessizlikten korkuyordu. Etrafta görünmeyen bir tehdit belirdi ve aşırı panik ve endişe yaratan tehlikelerin üzerinde gezindiğini hayal etti. Evin her yerinde bir şeyler gizleniyordu; yüksek çarpıntı ile terlemeye başladı ve aşırı tetikte etrafına baktı. Ağzı kurumaya başladı, vücudunda bir ürperti ve hızlı bir kalp atışıyla birlikte göğsünde bir ağrı hissetti. Amaya midesinde bir çalkantı ve bulantı hissetti ve tuvalete doğru koştu, titriyor ve defalarca kusuyordu. Pencere kenarında, karanlığa karşı bir sürüngenin gölgesi gibi hareket eden ve tehditkâr görünen bir şey vardı. Yemekhaneye geri koştu ve masanın altına saklandı. Belirsizlikler ve sessizlik onu telaşlandırdı. Bu bir korku korkusuydu, çünkü korkunun kendisini düşünmek korkunçtu. Masanın altında otururken karanlıktan nefret etmek istiyordu ve ışıkları açıp kapatırken sıkıntı duyuyordu, karanlık korkusunun mantıksız olduğunu biliyordu ama tepkisine engel olamıyordu. Işık onu korkutuyordu, burada çıplaktı, buzağı doğuran bir yunus gibi çırılçıplaktı.

Günler geçtikçe karanlık ve ışık korkusu arttı ve Amaya yatak odasında uyumayı reddedip yemek salonunda birkaç battaniye, çarşaf ve yastıkla beşik yapıp kendini daha güvende hissettikçe korku tepkisi daha da kötüleşti. Bazen Karan'ın saçlarının evin farklı köşelerinden sarktığını görüyor ve yüksek sesle çığlık atıyordu. Amaya yemek pişirirken mutfak bıçağını yakınında, kullanıma hazır bir şekilde tutuyor ve bazen bir Samuray kılıç dövüşçüsü gibi, sanki görünmeyen düşmanla savaşıyormuş gibi bıçağı havada defalarca kesiyordu. Amaya, Madrid Loreto'dayken Akira Kurosawa'nın yönettiği "Yojimbo" filmini izlemiş ve filmdeki isimsiz kahramana hayran kalmıştı. Amaya, bir Samuray savaşçısı gibi dövüşmek için yastığının altında bir mutfak bıçağı daha bulunduruyordu. Geceleri lambayı hiç kapatmaz, hafif bir çarşafla örterdi, çünkü mutlak karanlık onu endişelendirir, tam sessizlik taşlaştırır ve gölgesiz ışık onu rahatsız ederdi. Uyumaya çalışırken, dipsiz boğazların binlerce uçurumunun kenarlarını gördü ve orada tuhaf yumruk dövüşleri ve uzaylıların mızrak dövüşleri ve mamut yaratıklarının boğa güreşleri ortaya çıktı. Amaya, doğalın ötesinde bir acı ve ölüm dünyasına sürüklendiğini hissetti. Tepesinde jumbo jet büyüklüğünde kuşlar uçuyor, dua etmek için gözlerini dikmişlerdi ve Amaya bir paranoya ve korku psikozu dünyasına kaydığını hissederek yemek masasının altına saklandı.

Eylem ve düşüncelerindeki halüsinasyon ve sanrıların yanı sıra, başlangıçta kendisiyle temasını kaybetmesi de belirgindi. Var olmayan varlıklar ortaya çıkıyor ve gerçeği kurgudan ayırmakta zorlanıyordu. Görünüşler şimşek gibiydi ve sesler duyuyor, var olmayan kokuları kokluyordu; sanrılar zihnini boğdu, bitmek bilmeyen karışıklıkları şekillendirdi ve kafasına bir çekiçle vurarak veya bir yol silindiri altında ezerek ölmeyi diledi. Zaman zaman bir TV haber kanalında olduğu gibi tartışmaları yönetiyordu. Fransızca, Katalanca, Euskera, İspanyolca, İngilizce, Hintçe ve Malayalam dillerini konuşan diğer kişilerle bitmek bilmeyen tartışmalara girerek şizofrenik semptomlar gösterdi ve katılımcılar boş yere onu sakinleştirmeye çalıştı. Kakofoni saatlerce sürdü; davetli konuşmacılar arasında yumruklaşmalar yaşandı.

Amaya'nın ruh hali değişti; bazen hiç durmadan güldü, saatlerce ona bağırdı, durmadan ağladı ve günlerce üzüntü ve keder yaşadı. Odaklanmakta, yemek pişirmekte, yemek yemekte ve uyumakta zorluk çekiyordu. Yavaş yavaş, yalnızlığını kutlayan ve ellerini ve bacaklarını koordine etmekte sorun hisseden zihnini endişe doldurdu. Banyo yapmakta, dişlerini fırçalamakta, saçlarını taramakta, kıyafetlerini yıkamakta ve evi temizlemekte sorun yaşıyordu. Toleransı azaldı ve stres arttıkça kendine bağırdı. Gece yarısı kalkıp evin içinde amaçsızca koşuyor, düşüncelerinin ve hareketlerinin çeliştiğini ve kendisine garip geldiğini hissedemiyordu. Amaya sabah iki sularında bir kabus gördü ve evin içinde amaçsızca koşmaya başladı, duvara çarptı, yere düştü, bayıldı ve ertesi öğlene kadar orada kaldı. Vücudunda korkunç bir ağrı hissetti, ancak herhangi bir yaralanma yoktu, ancak yeterli ve mantıklı düşünebildiği için bazı değişiklikler yaşadı.

Amaya evin içinde iki buçuk ay geçirmiş, dış dünyayı, onun görünüşünü, renklerini ve seslerini unutmuştu. Akdeniz'in uçsuz bucaksız genişliği, Barselona sahilleri ve eski şehrin labirentleri ona yabancı gelmeye başlamıştı. Birdenbire, evinin güney balkonuna çıkıp akşamlarını kutlayan turistleri görmek için derin bir arzu duydu. Korkularını ve çekingenliğini bir kenara bırakarak kapıyı açtı; güneş ışığını, dünyayı, onun farklı renklerini, hareketlerini ve değişimlerini görünce hayretler içinde kaldı. Galeride uzun süre durdu; kendini yalnız hissetse de bu bir oyun değiştiriciydi.

O gece Amaya oturma odasının bitişiğindeki yatak odasında uyudu. Sabah dişlerini fırçaladı, ılık suyla banyo yaptı ve kahvaltı hazırladı. Amaya öğleden sonraya kadar evi temizledi, kıyafetlerini yıkadı ve yemek pişirdi. Öğle yemeğini yerken akşam sahile gitmeyi düşündü. Sonra çalışma odasına gitti; kitaplar oradaydı, bilgisayar sağlamdı. E-postalarını kontrol ederken çok sayıda e-postanın kendisini beklediğini gördü. Amaya, bankasından gelen ve "adını açıklamak istemeyen bir arkadaşından" gelen beş crore rupilik bir havaleyi görünce şaşırdı. Amaya bunun kan parası olduğunu, bir çocuk yaratmanın bedeli olduğunu mırıldandı. Sonra sessizce ağladı.

Amaya bebeğin babasının Supriya'sını çaldığını kabul etti. "Ama o düşünemez; bebeği satın aldı," diye mırıldandı.

Akşam olduğunda Amaya dışarı çıktı. Dünya yeni görünüyordu ve hızlı hızlı yürüyordu. Sahile varması yaklaşık yirmi dakika sürdü. Deniz mavi ve sakindi, dalgalar yumuşak, esinti yumuşacıktı. Sahil şeridi yüzlerce çocuk, kadın ve erkekle rengârenkti. Amaya varoluşunun tadını çıkarmaya çalışarak yürüdü; kendini denizle, dalgalarla, sahille, gökyüzüyle, yıldızlarla ve tüm evrenle bir hissetti. Bu yeni, nazik bir deneyimdi ve kafasını sakin tutmayı, kaybedilen fırsatlara, bozulan ilişkilere, aldatmaya ve aldatılmaya kızmamayı düşündü. Kilometrelerce yürüdü ve kendini mutlu hissetti. Akşam yemeğini bir büfede yedi; kızarmış balık, tavuk ve paella vardı; ayakta yemek yedi ve tadını çıkardı. Amaya olan biten her şeyi unutmak istiyordu. Sonra eve döndü ve gece yarısına kadar uyudu.

Kahvaltıdan sonra Amaya piyano çaldı; müzik kalbine dokundu. Parmaklarının klavye üzerinde hareket ettiğini görmek onu hayrete düşürüyordu. Piyano onun bedeni ve zihninin ayrılmaz bir şekilde iç içe geçmiş haliydi. Taparcasına seven annesini, Amma'sından, annesinden ve annesinden aldığı ilk hayat derslerini ve hatta piyano çalmayı hatırladı. Ona klasik müzik öğreten Loreto rahibeleri de aynı şekilde empatik bir kalbe sahipti. Amaya akşamları havuzda yüzüyor, suyun içinde süzülüyor ve mavi gökyüzüne bakıyordu.

Haftada bir kez, Amaya şehrin sokaklarında uzun bir yürüyüşe çıkıyor, etrafına bakıyor ve kalabalığın içinde yer alıyor, Brezilya, Arjantin, Şili ve Meksika'dan gelen, İspanya, Portekiz ve Fransa'yı ziyaret eden ve çeşitli müzik aletleri çalan küçük müzisyen gruplarını dinliyordu. Müziklerinin benzersiz bir cazibesi vardı; genç çiftlerin aşk ve ayrılık hikayelerini anlatıyorlardı. Amaya onların çantasına her zaman bir avuç para bırakırdı. Bir gün, renkli kostümler giyen bir Roman çift gördü; genç adam karısıyla birlikte keman ve piyano çalıyordu. Amaya kadından piyano çalmak için izin istedi ve kadın da kabul etti. Bir süre birlikte çalmışlar; sonra kadın Amaya'nın tek başına çalmasına izin vermiş. Amaya aşk ve beraberlik üzerine bazı Hintçe şarkılar çaldı ve bir kalabalık toplandı. Bir saat boyunca klavyede sihir yarattı; çift o gün iki katından fazla para topladıkları için mutluydu. Ayrılırken Amaya'ya paralarının bir kısmını teklif ettiler ama Amaya onlara gülümseyerek geri verdi.

Amaya kendini yalnız hissediyor, sanki hiçbir şey ona neşe vermiyormuş, içinde bir şeyler eksikmiş gibi eve ulaşıyor ve yalnızlığı her geçen gün artıyordu. Boşluk büyüdükçe ve onu içine çektikçe ne yemek yapmak, ne müzik ne de yüzmek ona yardımcı olabiliyordu. Bu istemsiz bir yalnızlıktı, boşluğa, kayıp ilişkilere, hayatını paylaşacak bir insanın yokluğuna maruz kalmaktı. Gecenin bir yarısı aniden kalkıp nerede olduğunu ve neden orada olduğunu merak etti ve Amaya yalnız, tamamen yalnız olduğunu düşünerek etrafına bakındı. Bağlanmak istiyordu; kiminle ilişki kuracağını, konuşacağını ve paylaşacağını bilmiyordu ama kimse yoktu. Sonsuzluğa uzanan kapatılamaz bir boşluk vardı ve defalarca başarısız bir şekilde arayı kapatmaya çalıştı. Dokunaklı, sıcak, rahatlatıcı ve pürüzsüz insan ilişkileri kurmayı başaramadı. Hayaller ve gerçekler onu buruşturdu ve eski, solmuş bir gazete parçası gibi başarısızlıklarının üzerine düştü.

İç sesi ona arkadaşlıktan yoksun olduğunu, yakınında, çevresinde veya içinde olması gereken birinden uzakta olduğunu hissettiğini söylüyordu. Reddedilme duygusu şiddetlendi; yalnızlık yoğunlaştı, başkalarıyla birlik kuramamanın ve özgünlük eksikliğinin farkına vardı. Kerpiç evinin dört duvarı arasında bir şeyler yanlıştı, bir boşluk, hiçlik: fazladan ayak sesleri, ağır nefesler, hareket eden gölgeler ve sevgilinin kokusu yoktu. Kucaklayacak kimse yok, soracak bir ruh yok: "Nasılsın? Nasılsın?" diye soracak ya da selam verecek kimse yok: "Merhaba, Amaya!" Boşluğun varlığı, her yere yayılan hiçlik, boşluğun enginliği ve yalnızlığın kavranamazlığı onu içine çekti. Potansiyel reddedilme, izolasyon, varlığındaki olumsuz önyargıların işaretlerini, ebeveynlerinden bile kaçınmanın ve bir münzevi hayatı yaşamanın daha iyi olduğu hissini, boşluk için her şeyi terk eden bir sannyasin'i fark etti.

Tek başına ölecekti; bu dehşet sarsıcıydı. Tüm kapıları içeriden kilitlediği için kimse fark etmeyecekti; bedeni çürüyüp parçalanacak, boş kafatası ve iskelet evin bir köşesinde ya da yüzme havuzunun yanında yatacaktı. Amaya yüksek sesle güldü, derisiz, tüysüz açık kafası ona gülüyor, sorular soruyordu: "Neden öleyim ki? Neden Supriya'yı aramıyorsun, bulmuyorsun ve küçük sevgilini kurtarmıyorsun?" Onu nerede bulacağım?" Amaya kendi kendine sorarken çalışma odasına doğru koştu. Bütün gün bilgisayarda bebeğinin ve Karan'ın nerede olduğunu araştırdı. Birdenbire Karan'ın tam adını bile bilmediğini fark etti. Bebeğin doğum belgesinde adı Karan A'ydı. Amaya, Karan'ın biyolojik verilerini ya da başka herhangi bir ayrıntıyı boşuna aradı. Zihninde ani bir farkındalık parladı; Karan hakkında hiçbir şey bilmiyordu. Ailesi ve nerede doğduğu, hangi şehir ya da eyalete ait olduğu, adresi, kariyeri ve Hint vatandaşı mı, İspanyol mu, Fransız mı yoksa ABD vatandaşı mı olduğu merak uyandıran sorulardı. Ona güveniyor, ona tamamen inanıyor ve hakkında hiçbir şey sorma zahmetine girmiyordu. Bilgisayarda bile fotoğrafı olmadığı için yüzünü hatırlamaya çalıştı. İspanya'da yaptığı uzun yolculuklar sırasında onun hiçbir fotoğrafını çekmemişti. Evde yemek yerken, piyano çalarken, havuzda yüzerken ya da sahilde yürürken Karan'ın fotoğrafını çekmeyi unutmuştu. Yüzü bir serap ya da kış başlangıcında elma ağaçlarının dökülen yaprakları gibi hafızasından silinmişti. Bir yıl boyunca birlikte yaşadığı, onu çaldığı Supriya'dan hamile bırakan Karan hakkında hiçbir şey bilmiyordu.

Amaya, neden burada bir münzevi gibi kalıyorsun? Burada daha ne kadar kalacaksın? Burada yaşamaktaki amacın ne? Hiçbirine cevap veremedi. Dışarı çıkıp Supriya'yı dünyanın her yerinde arayayım. Kararlı bir karardı bu ve Londra'ya gitmek için bavulunu hazırladı. Ama neden Londra'yı seçtiğini, Supriya'yı Londra'nın tam olarak neresinde ve ne kadar süre arayacağını bilmiyordu. Amaya iki gün içinde Londra'ya uçtu.

Kızını Arıyor

Supriya'nın kaçırılması Amaya'nın hayatındaki en üzücü olaydı ve zihnini Karan'ın bunu yapabileceğine ikna edemedi. Kalbinde bir ürperti, uzun süren düşüncelere daldı. Kayıp acı ve keder yaratırken, Karan'ın eylemleri de utanç ve ıstırap veriyordu. Bazen bu acı dayanılmaz bir hal alıyordu, çünkü başını bir makineye sıkıştırmış gibi hissediyordu. Aşağılanma derin bir sessizlik getirdi; insanlarla konuşmaktan utanıyor ve onlara bakmaktan kaçınıyordu. Londra'daki herkes onun hikayesini biliyordu; bu konuda sohbet ediyor, ona gülüyorlardı, bu da onu münzevi kalmaya zorluyordu. Uzaylılarla dolu çevresiyle bağlantısını kaybetti. Başkalarıyla etkileşim kurmak aşağılayıcı bir deneyimdi; kelimeleri, cümleleri ve dili, hatta nesnelerin ve yerlerin isimlerini bile unuttu. Çoğu zaman bir eylemi açıklamak için uygun fiilleri hatırlayamadı; çevresindeki ortamı nasıl tanımlayacağını ve dünyayı anladığını dil aracılığıyla nasıl ifade edeceğini merak etti.

Amaya yalnızlaştı, üzüldü ve otel odasından dışarı adım atmadan kendinden nefret etmeye başladı. Zihninde her şeyi sorgulayan Amaya, bazen temizlikçinin günlük ziyaretinin kızını kaçırmak için olduğunu hayal ediyor ve Supriya'nın güvende olup olmadığını görmek için çılgınca her yere bakıyordu. Supriya'nın babasıyla birlikte olduğunun farkına varması bir an için teselli yarattı ama hemen ardından üzüntü ve utanç duygularını ve akli dengesini alt üst etti. Supriya'nın güvenliğinden duyduğu sürekli korku nedeniyle başına gelebilecek olumsuz sonuçları hiç düşünmedi. Londra'ya ulaştıktan bir hafta sonra Amaya, Apex Corner'dan geçerken kavşağın diğer tarafında bebek arabasında bebekleri olan bir çift gördü. Amaya aniden yüksek sesle ağladı, kızının adını tekrar tekrar söyledi ve çifte doğru koşmaya başladı. Kendisine şaşkınlıkla bakan yayaları iterek yolun karşısına geçmeye çalıştı. Diğer tarafa ulaştığında bir polis hızla ona doğru yürüdü. "Ne oldu sana? Neden çığlık atıyorsun?" diye sordu polis memuru. "Bebeğim, bebeğim," diye inledi, yaklaşık elli metre ötedeki çifti ve bebek arabasını göstererek. Sözleri titriyordu, vücudu şiddetle sarsılıyordu ve adımları dengesizdi. Telsizinden bir sonraki polise mesajını ileten polis memuru, Amaya ile birlikte hızlı adımlarla çiftin yanına yürüdü ve biraz ileride başka bir kadın polis tarafından durduruldu. Amaya ve polisler karşılarında dururken çiftin yüzünde bir şaşkınlık vardı. "Onlar değil," diye sızlandı Amaya. "Hanımefendi, efendim, verdiğimiz rahatsızlık için özür dileriz," diye üzüntüsünü dile getirdi polis memuru, hiçbir şey olmamış gibi arabayı yavaşça itmeye devam eden çifte. "Hanımefendi, iyi misiniz?" diye sordu ikinci polis Amaya'ya. Ama Amaya ne onun sorduğu soruyu umursadı ne de az önce duyduğu sözleri düşündü.

Günlerce amaçsızca dolaştı, jest ve mimiklerle insanların yüzlerine bakmaktan korktu. Karan'ın yüzünü görmek istemediği için insanların yüzüne bakmaktan kaçınıyordu ama kalbi Supriya'nın anısıyla çarpıyordu. Karan'ın yüzünü hatırlamadan onu tanımaya çalışmak bitmek bilmeyen bir mücadeleydi. Yoldan geçen her insan Karan'dı ve onunla karşılaşacak olmanın verdiği bir iç ürpertisi vardı. Ertesi hafta, National Express Otobüs Terminali'nde oturup otobüs yolcularının iniş ve binişlerini izledi. Sonraki hafta boyunca Victoria Otobüs İstasyonu ve Aldgate Otobüs İstasyonu'ndaydı ve Karan görünür görünmez ona doğru koşmayı ve yüzüne bakmadan bebeğini elinden kapmayı düşünüyordu. Sonra da sevgili kızıyla birlikte usulca oradan uzaklaşacaktı.

Yeraltı metrosunda defalarca seyahat etti, kahramanca karşılaşmalarını, Karan'ın ellerini sıkıp Supriya'yı kurtarışını düşündü, etrafını unutarak yüksek sesle güldü ve ağladı. Alperton girişi, Burnt Oak, Goodge Street, Leyton, Arnos Grove, Croxley ve Woodside Park istasyonlarında saatlerce bir heykel gibi durarak yolcuları şüpheyle izledi. Biri ona yaklaştığında göz teması kurmaya cesareti yokmuş gibi yüzünü çeviriyordu. Bir keresinde Elephant and Castle'da, onun dengesiz adımlarını izleyen genç bir kadın yolun karşısına geçmesine yardım etmeyi teklif etti ve Amaya ona sert bir bakış attı. "Sana güvenmiyorum," diye mırıldandı.

Londra'daki ikinci ayında Amaya günlerce aç kalmış, sipariş verirken garsonla konuşmak zorunda kaldığı için restorana gitmenin kendini aşağılamak olduğunu düşünmüştü. Karnı acıkınca cesaretini toplayıp Green Park yakınlarındaki bir yol kenarı lokantasına gitti ve sipariş vermeden yarım saat boyunca orada bekledi. Otelde oda servisi istedi ama telefonu çevirdikten sonra sık sık ahizeyi yerine koydu. "Hanımefendi, aradınız mı?" Sorular tekrarlanıyordu ve Amaya ölümcül bir sessizlik içinde kalmayı tercih ediyordu. İlk ay otelinden Polonya Savaş Anıtı'nı izledi, ancak daha sonra dış dünyayla temas etmemek için pencereleri sıkıca kapattı. Günde iki saatten fazla uyumak onun için zordu ve gece ile gündüz arasındaki ayrımı unutmuştu. Zaman kavramı sonsuzluğa doğru saniyeler ve dakikalardan oluşan bir ağa dönüşürken, saatler ve günler artık var olmuyordu. Yaşadığı travma sınırsızdı; onu hareketsizlikle sarmaladı, ancak sürekli olarak, pençesinden kurtulmak için kendisiyle güreşti.

Suçluluk duygusu Amaya'yı çaresizlik ve güvensizlikle büküyor ve niyetini sorgulamadan Karan'a güvendiği için kendine lanet ediyordu. Bazen onun neye benzediğini ya da gerçek olup olmadığını merak ediyordu. Ama Amaya'nın onun hakkında hatırladığı bir şey vardı: uzun saçları onu ruhani bir çekiciliğe sahip kılıyordu. Amaya, Karan'ın kendisine gösterdiği sevgi, ilgi ve korumayı unutamadığı için ondan asla nefret etmedi ama onun sadakatsizliğini ve aldatmacasını acı bir şekilde hissetti. Yaşadığı acı Yunan mitolojisindeki Algea'nınkinden yüz kat daha fazlaydı. Bir yıl boyunca sevgisini, güvenini, cinsel hazzını ve samimi birlikteliğini paylaştığı bir insandan çektiği ıstırabın büyüklüğünü durduramadığının farkına varmıştı. Bu farkındalık onun benliğini en derinden yaralamış, kendine ve diğer insanlara olan güvenini yerle bir etmiştir. Eğitimli ve rasyonel bir insanın, dünya çapında seyahat etmiş, farklı durumlarda yüzlerce insanla tanışmış ve çeşitli koşullarda insan davranışlarını analiz etmiş bir kadının başına bu neden ve nasıl gelmişti? En iyi eğitim kurumlarında okumuş, gazetecilik ve hukuk mezunu bir insanın bir kandırmaca kurbanı olmasını kabullenemiyordu. Kendini neden böyle bir bataklığın içine çektiğini araştırdı ve vicdanı sızlayarak fark etti ki, zekâsı genişlemiş, muhakemesi keskinleşmiş ve bilgisi artmış olsa da zihni vahşi ve kontrolsüz kalmıştı. Sonuç olarak, kendini ihanetten ve aldatılmaktan korumak için uygun kararlar alamadı.

Kızını koruyamayacağını bilen Amaya'yı sıkıntı bastı. Fiziksel ve zihinsel olarak hastalandı, bu da yalnızlık, izolasyon ve iyileşmesi için ne yapması gerektiğine dair karar verememesine neden oldu; aynadaki görüntüsünü izlemekten hoşlanmıyordu. Yabani, dağınık elbisesi, dağınık saçları ve şişkin gözleri onu korkutuyordu. Biri yatak odasında, diğeri tuvalette bulunan iki aynayı eski bir gazeteyle örtmek, bu itici figürlerden kaçmak için tek seçenekti. Temizlikçinin ziyaretinden önce, her gün onları kaldırmaya dikkat ediyordu. Ancak bir gün Amaya gazeteyi tuvalet aynasından kaldırmayı unuttu. Her gün yatağın altını açmak, çarşafları, yatak örtüsünü ve havluları değiştirmek ve günlük ihtiyaçları yenilemek için gelen temizlik görevlisi, korumalı aynayı görünce şaşırarak iç çekti. Amaya'ya bakarak "Hanımefendi, iyi misiniz?" diye sordu. Amaya kendini aşağılanmış hissetti ve sonraki iki gün boyunca kendini odaya kapattı. Odasının dışında görülmediği ve kilitli kaldığı için otel müdürü kapısını çaldı. Amaya ile yarım saat boyunca sohbet etti, Amaya'nın görünüşü ve sağlığı konusundaki endişelerini dile getirdi ve uygun sağlık bakımı ve yiyecek olmadan nasıl hayatta kalabildiğini sorguladı. Müdür derhal Amaya'yı ziyaret etmesi için doktoru aradı. Doktor ona bazı ilaçlar yazdı ve düzenli olarak besleyici yiyecekler yemesini ve profesyonel psikoterapi görmesini tavsiye etti.

Orta yaşlı bir psikoterapist akşamları Amaya'yı odasında ziyaret etti ve onun varlığı Amaya'ya güven verdi. Terapist, rolünün Amaya'nın duygusal sorunların üstesinden gelmesine ve psikolojik tedavi kullanarak karmaşık yaşam durumlarıyla başa çıkmasına yardımcı olmak olduğunu söyledi. Terapinin amacı zihni güçlendirmek, duyguları geliştirmek ve duyguları bütünlüğü içinde deneyimlemekti. Amaya'nın yeteneklerini ve kapasitelerini kullanmasını sağlamak için bilinç geliştirmekti ve hedef hayatta neşe ve mutluluğu deneyimlemekti. Terapist, Amaya'ya otelden bir kilometre uzaklıktaki klinikte tedavi programlarına katılıp katılmayacağına karar verme özgürlüğüne sahip olduğunu söyledi.

Amaya kliniğe kadar yürüdü; kliniğe ulaşmak yaklaşık on beş dakika sürdü. Terapist ilk seansta Amaya hakkında temel sorular sorarak onu tanımaya çalıştı, hedef odaklı bir görüşme gibi ama serbest akışlı bir diyalog. Amaya terapiste her şeyi anlattı: Barselona'da doğduğunu, ailesini, Madrid, Mumbai, Bengaluru ve Barselona'daki eğitimini. Karan ile üniversite kafeteryasında tanışmasını, Lotus'taki birlikteliklerini, İspanya'nın her yerine ve Fransa'nın bazı bölgelerine birlikte seyahat etmelerini, hamileliğini, doğumunu ve Supriya'nın kaybını anlattı. Terapist Amaya'yı herhangi bir yorum ya da değer yargısında bulunmadan dinledi ama Amaya kendini güvende hissetti. Duygularını, hislerini ve hikayesini paylaşabileceği birini bekliyordu. İlk seansın sonunda terapist Amaya'ya zihninin sıkıntı yarattığını ve stresle başa çıkmanın kaynaklarına bağlı olduğunu söyledi. Sosyal destek kritik bir kaynaktı ve terapist Amaya'yı destekledi. Destek süreci onun baskıyı kontrol etme ve zihnini yönlendirme becerisini artırabilirdi. Amaya, kontrollü bir ortamda günde yaklaşık iki saat süren on iki gün üst üste psikoterapi gördü.

Terapistin berrak bir sesi vardı; kullandığı dil anlam doluydu. Amaya'nın ne düşündüğünü ve ne hissettiğini zahmetsizce anlayabiliyordu. Sözleri ve hareketleri samimi, sıcak ve cesaret vericiydi; Amaya'yı yargılayıcı olmayan bir tavırla olduğu gibi kabul ediyordu. Amaya, terapistin empati kurduğunu ve mükemmel dinleme becerilerine sahip olduğunu hissetti. Terapist, Amaya'ya düşünme sürecinin başlangıçta eleştirel ancak arkadaşça olacağını ve her kavşakta Amaya'nın önceden tanımlanmış hedeflere ulaşmak için bir ekip üyesi olarak onunla birlikte çalışmasına yardımcı olacağını söyledi. Amaya, kişisel geçmişini tartışırken yoğun duygusal değişimler yaşadı ve kalbini patlatarak ağladı. Bazı durumlarda öfkesini dile getirdi, dışavurumları sel gibiydi ve her seanstan sonra fiziksel olarak bitkin düşüyordu.

Terapist, Amaya'yı gerçekleri analiz etmeye, karşılaştığı sorunları değerlendirmeye, içgörülerini sorun çözmede kullanmaya ve Amaya'nın zihinsel ve fiziksel esenliğe ulaşmasına yardımcı olmak için bilgisini yeniden çerçevelemeye yönlendirdi. Terapist, Amaya'nın sorunlarını anlama ve çözme konusunda kendisini desteklemesine ön ayak olmak için bilgi ve becerilerini bilinçli bir şekilde kullanmıştır. Terapistin olumlu tutumu, danışanının kendini tanımasına odaklandı. Bu, Amaya'nın kendisine zarar veren düşünme sürecinin farkına varmasını sağladı ve Amaya'nın stresle başa çıkma yollarını belirlemesine yardımcı oldu. Ayrıca, Amaya'yı Karan'la olan etkileşimini incelemeye yönlendirerek, umutsuzluk ve depresyondan kurtulmak için düşüncelerini, duygularını ve hislerini dönüştürmesi konusunda rehberlik etti. Nasıl rahatlayacağını ve farkındalığa nasıl ulaşacağını açıklayan terapist, Amaya'ya umut, hayata yeni bir bakış açısı ve başkalarıyla empatik, güvene dayalı ve şefkatli bir ilişki verdi. Tüm etkileşimler danışan merkezliydi ve terapi bir kendi kendine yardım egzersiziydi. On iki seans içinde Amaya, düşünme süreci üzerinde temel bir hakimiyet kazandı, deneyimlerinden dersler çıkardı, bir benlik duygusu yarattı ve özerk olmak için karar verme konusunda kendini güçlendirdi. Kendine güvenmeyi öğreniyor, zihinsel yaralarını iyileştiriyor ve korkularını, utancını ve nefretini hafifletiyordu. Terapist ondan sonraki üç yıl boyunca her yıl psikoterapiyi tekrarlamasını istedi; aksi takdirde nüksetmesi mümkündü.

Psikoterapiden iki hafta sonra, Londra'da geçirdiği dört ayın ardından Amaya, neden oraya gittiğini, Supriya'yı nerede arayacağını ve orada ne kadar kalacağını bilmeden Cenevre'ye gitmek üzere uçağa bindi. Amaya havaalanından taksiye binip Cenevre Gölü olarak da bilinen Leman Gölü'nün batı kıyısındaki otele gittiğinde kar yağıyordu. St Pierre Katedrali'ni ziyaret ederken Amaya küçük bir poster fark etti: Göl kenarındaki küçük bir binanın duvarında "Çocuklarla Sosyal Hizmet için Gönüllülere İhtiyaç Var" yazıyordu. Cam kapıdan Amaya, odanın içinde dizüstü bilgisayarda çalışan bir kadın görebiliyordu ve kapının üzerinde bir yazı vardı: "Hoş geldiniz, lütfen kapıyı açın." İçerisi sıcaktı.

Oturan kişi elini uzatarak "Merhaba, ben Lea," dedi.

"Merhaba Lea, ben Amaya. Sizinle gönüllü sosyal hizmet uzmanı olarak çalışmak istiyorum," dedi Amaya ve Lea ile tanışıp tokalaştı

Lea, "Bu harika Amaya; bugün başlayabilirsin," diye cevap verdi. Amaya, aylar sonra biri adını söylediği için mutlu hissetti.

"Elbette hazırım," dedi Amaya.

"Bizimki yedi kadın tarafından kurulan Child Concern adlı bir kuruluş ve biz kendimizi sosyal hizmet uzmanı olarak adlandırıyoruz. Dünya çapında, özellikle Asya, Afrika, Doğu Avrupa ve Latin Amerika ülkelerinde, özellikle koruyucu aile, sponsorluk, eğitim, beslenme ve sağlık alanlarında çocukların refahı için çalışıyoruz. Uluslararası kuruluşlar ve üye ülkelerdeki politika yapıcıları etkileyerek çocuk işçiliği, evlilik ve çocuk istismarını aktif bir şekilde ortadan kaldırıyoruz. Çocuk refahının tüm yönleri bizim ilgi alanımızdır. Child Concern'de kalıcı bir iş yok; hepimiz gönüllüyüz," diye açıkladı Lea.

O gün Amaya ofiste zaman geçirdi ve işi hakkında bilgi edindi. Gönüllü-sosyal çalışmacıların dört çalışma alanı vardı: fon toplama, fon dağıtımı, yönetim ve saha denetimi. Bir gönüllü, Child Concern ile bir günden yıllara kadar çalışabilir, ancak hiçbir ücret, hatta seyahat ödeneği bile alamazdı. Herkes gönüllü olarak katıldı ve İnsan Hakları Evrensel Beyannamesi adına kuruluşun fonlarını kötüye kullanmadan dürüstçe çalışmaya yemin etti. Kuruluşta hiyerarşi yoktu ve kimse kimseyi yönlendirmiyor ya da takip etmiyordu. Child Concern'i kuran yedi kadın çalışan kadınlardı ve her gün yaklaşık iki saatlerini ana ofiste ya da diledikleri başka bir ofiste geçiriyorlardı.

Benzer şekilde, bir gönüllü çalışmak için bir ülke seçmekte özgürdü ve başka bir ülkede çalışma özgürlüğü vardı. On iki aydan fazla çalışan gönüllüler hükümetlerden, endüstrilerden, firmalardan, bankalardan, kuruluşlardan, vakıflardan, derneklerden ve bireylerden fon toplayabiliyorlardı. Dünya çapında binlerce gönüllü bağış toplama işine dahil oldu; büyük fonlar topladılar. Tüm finansal işlemler dijitaldi ve nakit işlem yapılmıyordu. Ana ofis ve alt ofislerin bilgisayar, yazıcı, fotokopi ve tarama makineleri, iletişim araçları ve diğer tüm ekipman, kırtasiye ve araç gereç gibi ihtiyaçları bağışçılar tarafından karşılandı. Kira, vergi, elektrik, su ve ulaşım gibi giderleri karşılamak için yüzlerce bağışçı vardı ve tüm işlemler dijital ortamda yapılıyordu.

Yönetimde çalışan gönüllüler, çocuk refahı çalışmalarında yer alan çeşitli kurumlardan gelen proje tekliflerini değerlendirdi. Değerlendirme, her bir projenin sorunu, hedefleri, gerekçesi, faydaları ve mali uygulanabilirliği üzerine yapıldı. Saha denetçileri projeyi sunan kuruluşu ziyaret ederek yerinde detaylı bir değerlendirme yaptı ve projenin gerçekliğini, geçmişini ve niyetlerini değerlendirdi. Son kararın verilmesi için Child Concern'in kurum içi web sitesinde kapsamlı bir inceleme yayınladılar. Proje teklifi ve değerlendirme raporu, yönetimdeki sosyal hizmet uzmanları tarafından tekrar ayrıntılı bir şekilde incelendi. Projenin uygulanması için kuruluşa mali yardım verilip verilmeyeceğine karar verdiler. Kurumun, fonlarının sadece proje hedefleri için olduğunu kabul etmesi gerekiyordu. Son olarak, altı aylık fonlar dağıtımla ilgilenen gönüllü sosyal hizmet uzmanları tarafından serbest bırakılacaktı. Child Concern tüm değerlendirme süreçlerini, saha denetimini, raporlamayı ve fonların serbest bırakılmasını altı ay içinde tamamladı. Her ajansın, onaylı bir muhasebeci tarafından denetlenmiş bir mali hesap tablosu ile birlikte dijital olarak yıllık bir anlatı raporu sunması gerekiyordu. Her aşamada kontroller ve karşı kontroller vardı. Child Concern'de bir aydan uzun süre kalmak isteyen gönüllüler idari veya saha denetiminde çalıştılar. Bu gönüllülerin çalışmaları, proje değerlendirmesi ve proje yürütmek için fon başvurusunda bulunan bir kurum ya da kuruluşa saha ziyaretleri için daha fazla zaman gerektiriyordu.

İnsan Hakları Evrensel Beyannamesi adına yemin ettikten sonra Amaya, Child Concern'e gönüllü sosyal hizmet uzmanı olarak katıldı. Yönetimin web sitesi için, gönüllü olarak çalıştığı son güne kadar geçerli olacak bir şifre aldı. Merkez ofiste onunla birlikte sekiz gönüllü daha vardı. Amaya'nın ilk işi, tüm ülkelerde bir önceki gün gece yarısına kadar katılan gönüllülerin bir listesini hazırlamak oldu. Farklı kapasitelerde toplam yüz dört kişi vardı. Ayrıca Child Concern ile çalışmalarını tamamlayan gönüllülerin listesini çıkardı, bir önceki gün emekli olanlar için bir teşekkür mektubu hazırladı ve hem listeleri hem de sertifikaları Child Concern'in web sitesinde yayınladı.

Ertesi gün bilgisayar Amaya'ya Güney Afrika'da tarım ve ev işlerinde çalışan çocukların rehabilitasyonu için bir STK tarafından sunulan bir proje teklifini değerlendirmesini önerdi. Çoğunlukla kadınlar tarafından yönetilen STK, çocuklarla farklı kapasitelerde çalışma konusunda yaklaşık on yıllık deneyime sahipti ve dürüst ve yolsuzluktan uzak çalışma konusunda mükemmel bir geçmişe sahipti. Proje, hayatlarının önemli bir bölümünü tarım ve ev işlerinde geçiren, çoğunluğu kırsal kesimden yaklaşık dört yüz elli çocuğa yönelikti. Çocukların yaklaşık yüzde on beşi okuma yazma bilmiyordu ve yüzde altmış beşi ilkokulu terk etmişti. Çocukların yüzde kırk beşi günde dört saatten az çalışan yarı zamanlı çocuk işçilerden oluşurken, geri kalanı günde sekiz veya daha fazla sekiz saat çalışmaktadır. Önerilen proje faydalanıcılarının tamamı on altı yaşın altındaydı ve yaklaşık yüzde altmış bir gibi büyük bir çoğunluğu kız çocuğuydu. Güney Afrika'da çocuk işçiliği cezai bir suç olmasına rağmen, çocuk kaçakçılığı nedeniyle gelişmiştir. Bu durum, çocukları aşırı yoksulluktan kaçmak için ebeveynleri tarafından tehlikeli işlerde çalışmaya zorluyordu.

Proje beş yıl süreliydi ve tüm çocuklara barınma imkanlarıyla birlikte eğitim, besleyici gıda, modern sağlık hizmetleri, ebeveynler için farkındalık yaratma, toplum katılımı ve rehabilitasyon gibi net hedefleri vardı. STK, her yıl on altı yaşını tamamlayan çocukların eğitimi ve beceri gelişimi için toplum çabalarını başlatacaktı. Gerekli mali yardım çocuk başına aylık yüz yirmi dolardı; bununla birlikte, topluluk tüm altyapı olanaklarını sağlayacaktı. Amaya, sorun açıklamasını mantıklı, hedefleri ulaşılabilir, programları yerel koşullara dayalı ve topluluk katılımını sağlam ve ılımlı bütçeler öngörüyor buldu. "Tavsiye edilir" anlamına gelen "A" notu ile Amaya, değerlendirmesiyle birlikte ikinci bir görüş için idari web sitesinde yayınladı.

Öğleden sonra Amaya, Endonezya'dan ikinci bir görüş için gönderilen bir proje teklifini ve bunu değerlendiren ilk gönüllünün kısa değerlendirme raporunu inceledi. Talep, birbirinden uzak bin beş yüzden fazla adacıktan oluşan Raja Ampat takımadalarında on yıl boyunca yaklaşık on bin çocuğa kitap sağlanmasıydı. Kitaplara erişimin olmaması cehalet benzeri bir durum yaratıyor ve insani gelişimin kalitesini olumsuz etkiliyordu. Bu adalardaki çocukların yaklaşık yüzde seksen beşinin kitaplara erişimi yoktu ve bu da onları işlevsel olarak okuma yazma bilmemeye zorluyordu. Yazılı kelimelerin anlamını kavrayamıyorlardı. Bu durum çocukların duygusal, kişisel, akademik, sosyal ve finansal alanlarında toplumsal gelişimi etkileyen geniş kapsamlı sonuçlar doğurmuştur. Proje önerisinde çocukların kitap edinme fırsatlarının olmadığı ve okuma alışkanlıklarından yoksun oldukları belirtiliyordu. Halk kütüphanelerinden yoksun olan Java, Bali, Sumatra ve Raja Ampat adaları arasında büyük bir eşitsizlik vardı. Proje, on yıl içinde on bin kız ve erkek çocuğunu tamamen okuryazar hale getirmeyi ve gelecek nesiller için projeyi uzun yıllar sürdürmeyi öngörüyordu. Proje teklifini değerlendirdikten sonra Amaya, teklife "şiddetle tavsiye edilir" anlamına gelen "A-Artı notu" veren ilk değerlendirme raporunu okudu. Dikkatli ve kapsamlı bir değerlendirmenin ardından Amaya, "tavsiye edilir" anlamına gelen "A" yazdı ve adaların çoğuna hükümet tarafından bile erişilemediği için saha gönüllülerinin kapsamlı ve yoğun denetimine ayrıca dikkat çekti.

Amaya, Child Concern ile günde yaklaşık on saat geçirdi; ofisin yıl boyunca tatil yapmadan günde yirmi dört saat çalıştığını gördü. Gönüllüler sessizlik içinde çalışıyor, çoğu kolej ve üniversite öğrencisi çocukların sorunlarıyla ilgileniyordu. Bazı sıradan insanlar mesai saatlerinden sonra birkaç saatlik çalışma için oraya gidiyordu. Tatil günlerinde ve pazar günleri doktorlar, avukatlar, bankacılar, mühendisler, mimarlar, aktörler, sanatçılar ve diğer profesyoneller hayatlarında hiç görmedikleri ya da duymadıkları çocuklar için gönüllü olarak çalışmak üzere ofisi ziyaret ediyorlardı. Çocuk haklarına ve insan onuruna inandıkları için bu onlar için yeni bir dindi. Çalışmaları boyunca Supriya'nın anısı Amaya'nın kalbini okşadı ve Afrika, Asya, Latin Amerika ve Doğu Avrupa'daki çocuklar aracılığıyla kızıyla ilgilendiğini düşündü.

Amaya, sonraki birkaç gün içinde bir düzine ajansın altı aylık, yıllık ve proje tamamlama raporlarını değerlendirdi. İlerleme ya da tamamlama raporlarını değerlendirmek zorlu ve inatçı bir görevdi çünkü titizlikle takip edilmesi gereken çok sayıda kriter vardı. Gelişme algılanan değil gözlemlenen bir gerçeklik olduğu için niceliksel parametreler niteliksel olanlara tercih ediliyordu. Amaya, eğitim, beslenme, sağlık hizmetleri, çocuk işçiliğinin önlenmesi, çocuk istismarı ve şiddet alanlarındaki büyüme göstergelerini saymaya çalıştı. Niteliksel değişikliklerde ısrar eden raporlar, proje tekliflerinin hedeflerine ulaşmada somut çalışma, değişim ve büyümeden yoksun oldukları için asıl noktayı ıskaladılar. Sadece niteliksel değişiklikleri sunanlar başarısızlıklarını saklıyorlardı, çünkü önemli niceliksel değişiklikler olmadan niteliksel değişiklik olamazdı. Amaya ısrarla STK'lardan projelerdeki iş başarılarını niceliksel olarak belirtmelerini istedi. Saha gönüllülerine, STK'ların proje tekliflerinin hedeflerini niceliksel olarak uygulayamamaları halinde daha fazla finansmanı durdurmalarını önerdi.

Yüzen hastane, Bangladeş'ten aldığı bir proje teklifinin başlığı olduğu için Amaya için yeni bir kavramdı. Çok sayıda nehir ve su kütlesine sahip olan ülkenin farklı bölgelerine teknelerle erişim, yollardan daha uygundu. Bangladeş proje teklifleri sürekli olarak toplumun tüm katmanlarının geniş katılımını vurguluyordu. Yüzen hastane de böyle bir konsepte sahipti ve su kütleleri aracılığıyla halkın katılımını vurguluyordu. Proje önerisi, sıfır ila on dört yaş arasındaki yoksul gruba mensup bir milyon çocuk içindi. Amaya, Bangladeş'in eğitim, besleyici gıda sağlama, daha iyi sağlık, temel sağlık merkezleri kurma ve güçlü anne ve çocuk bakım programları konularında hızla geliştiğini fark etti. Hükümet halkın gelişimine odaklanmış ve binlerce STK'yı cehalet, açlık, yoksulluk ve sağlıksızlığı ortadan kaldırmak için hükümetle birlikte çalışmaya teşvik etmişti. Hükümet her yere ulaşamazdı ama insanlar onların felsefesini takip edebilirdi. Yüzen hastane proje teklifinde net bir sorun tanımı, spesifik hedefler, açık ve ölçülebilir faaliyetler, kanıtlanabilir programlar ve doğrulanabilir bir bütçe teklifi vardı. Amaya projeye "A-Plus" notu verdi ve ikinci bir görüş için idari web sitesinde yayınladı.

Tamil Elam Kurtuluş Ordusu'nun bir parçası olan yaklaşık iki bin çocuğun rehabilitasyonuna yönelik bir proje teklifi, o gün değerlendirilen bir sonraki projeydi. Proje teklifi kabataslaktı ve net bir sorun tanımı, spesifik hedefler, faaliyetler, sayısal program takvimi ve başarı göstergelerinden yoksundu. Proje teklifini sunan ajans kayıtlı bir kuruluş değildi ve Sri Lanka'da bir banka hesabı yoktu. Amaya, önerilen proje alanındaki çocuklarla empati kurmuş olsa da, proje teklifini onaylamak için hiçbir gerekçe yoktu. "Reddedildi" anlamına gelen "F" notu verdi ve ikinci bir görüş için postaladı.

Cenevre'de, Child Concern'in ofisinde çocuklarla sosyal hizmet çalışmalarına tam anlamıyla katılırken kalbinde mutluluk filizlendi. Psikoterapiden sonra zihni sakinleşti; üzüntü veya depresyon yoktu ve vücudu rahatladı. Yüzlerce çocuk gönüllü çalışmadan yararlandığı için bu iş ona büyük bir memnuniyet veriyordu. Yaklaşık iki buçuk ayını Child Concern'de geçirmiş, elli dört proje teklifini değerlendirmiş ve otuz beşten fazla tamamlama raporunu incelemişti. Amaya, Lucknow'dan Uttar Pradesh'teki Tecavüz Mağdurlarına Travma Danışmanlığı konulu bir proje teklifini değerlendirdi. Proje teklifi ikinci bir görüş içindi ve ilk değerlendirici "A Plus" vermişti. Teklifi bir grup kadın tarafından kurulan bir STK sunmuştu. Sorunun ifadesi oldukça ayrıntılıydı ve arka planını analiz ediyordu. Hindistan hükümetinin bir kurumu olan Ulusal Suç Kayıt Bürosu'ndan alıntı yapan proje önerisi, Hindistan'da her gün ortalama yetmiş beş tecavüz vakası yaşandığını ve Uttar Pradeş'in kadınlara yönelik şiddet suçları da dahil olmak üzere listenin başında yer aldığını belirtiyordu. Polis her on tecavüz vakasından sadece birini kayıt altına almıştır. İktidar partisine mensup politikacılar, seçilmiş temsilciler ve bakanlar, kendi seçim bölgelerindeki suç oranlarına ilişkin pembe bir tablo çizerek polisi vakaları bildirmekten sık sık caydırmışlardır.

Proje teklifinde Hindistan hükümet kaynaklarına dayanılarak Uttar Pradesh'teki tecavüz kurbanlarının yüzde doksan beşinin Dalit, yüzde seksen beşinin ise reşit olmayan ya da çocuk olduğu vurgulanmıştır. Aryan istilası sırasında Hindistan'da gelişen bir medeniyet vardı. Bununla birlikte, yeni gelenler silahsız yerli halkı yenmiş ve onları köleleştirerek angarya işlerde çalıştırmıştır.

Uttar Pradesh'in Bundelkhand bölgesinde, Dalit tarım işçilerinin yeni gelinleri, düğün gecelerinde genellikle "üst kast" toprak sahipleriyle yatmaya zorlanıyordu. Proje önerisi, Dalitlerin "üst kastlar" için "dokunulmaz" olduğunu, ancak "üst kast" erkeklerinin genç Dalit kadınlara tecavüz etmekten çekinmediğini açıklıyordu.

Teklifin belirli somut hedefleri vardı; travma geçiren tecavüz mağdurlarını tedavi etmek için nitelikli profesyonellerden oluşan danışmanlık merkezleri öngörülüyordu. STK, Uttar Pradesh'in Varanasi, Allahabad, Ghaziabad, Gorakhpur, Lucknow, Kanpur, Meerut, Noida Saharanpur ve Agra gibi büyük şehir ve kasabalarında uzun vadeli olarak tedavi merkezleri kurmayı önerdi. Proje teklifinde, projenin süresinin on yıl olduğu ve her yıl en az on bin tecavüz mağdurunun psikolojik destek ve psikiyatrik tedavi göreceği belirtildi. Amaya proje teklifine "A Plus" verdi ve sahadaki ilk değerlendirmeler için saha sorumlusuna gönderdi.

En tatmin edici üç ayı geçirdikten sonra Amaya, çocuklarla çalışmasına izin verdikleri için Lea ve arkadaşlarına teşekkür etti. Kendisini adamasını ve bağlılığını takdir eden Lea, Amaya'ya gelecekte de gönüllü hizmetler için Child Concern'i kullanabileceğini söyledi. Supriya'yı kalbinde sıkıca tutan Amaya, Haziran ayının ilk gününde Supriya ile yüz yüze görüşmeyi umarak müziğin, valslerin ve operetlerin şehri Viyana'ya uçtu.

"Müzik melodi yaratır, melodi de neşe." Otelinden çıkarken Amaya, özel bir müzik aletleri müzesinin üzerindeki dev panoyu okudu. Amaya bir bilet aldıktan sonra içeri girdi ve büyük bir cam kapı onun varlığını algılayarak otomatik olarak açıldı. İçeride piyanolar, kemanlar, gitarlar, flütler, davullar ve daha yüzlerce farklı boyut ve görünümde müzik aleti vardı. "Müzik aletleri, perdeden perdeye ritmik bir hareketle, belirli bir nota dizisinin zamanına sarılmış bir melodi yaratır. Müziğin sesi, insanın ses telleriyle yapamadığı melodi, armoni, anahtar, ölçü ve ritmin nihai halidir." Amaya, Rose'un bu sözlerini hatırladı. Dünyanın dört bir yanından gelen çok sayıda turist çeşitli gösterileri yoğun bir şekilde izliyordu. Amaya müzede yaklaşık dört saat geçirdikten sonra Mozart'ın Don Giovanni'si için Viyana Devlet Operası'nı ziyaret etti. Bir bilet satın aldı ve konser, Mozart'ın büyük oditoryumun her köşesinden yankılanmasıyla büyülü bir deneyim oldu. Ertesi gün bisikletiyle Mozart'ın Domgasse'deki dairesine gitti ve burada Mozart'ın dört perdelik operası "Figaro'nun Düğünü "nü bestelediğini öğrendi. Daha sonra Amaya, "Figaro'nun Düğünü "nün ilk kez sahnelendiği Café Frauenhuber'i ziyaret etti.

Amaya, Mozart'ın son yıllarını geçirdiği ve bitmemiş "Requiem "i bestelediği Rauhensteingasse'de bir dakika boyunca hareketsiz durdu. Mozart'ın ebedi istirahatgahı olan St Marx Mezarlığı'ndaki isimsiz mezarda bir süre diz çöktü. Ayağa kalktığında Amaya hemen arkasında bir kadının durduğunu gördü.

"Merhaba, Mozart'a hayran olduğunuz anlaşılıyor," dedi kadın.

"Elbette, ona bayılıyorum," diye yanıtladı Amaya.

Kadın elini uzatarak, "Ben Carlotta," dedi.

"Ben Amaya," dedi Amaya.

Carlotta ona bir kart vererek, "Ben bir okulun müdürüyüm; eğer müsaitseniz lütfen okulumu ziyaret edin," dedi.

"Elbette," diye yanıtladı Amaya.

"Yarın sabah dokuzda sizi bekleyeyim mi?" Carlotta sordu.

"Sabah dokuzda orada olacağım," diye onayladı Amaya.

Amaya bisiklete bindi ve sabah yeşillikler ve oyun alanları arasında modern binaları olan okula ulaştı. Carlotta onu ofisinin yanında bekliyordu.

Carlotta, Amaya'yı selamlayarak, "Merhaba Amaya, okulumuza hoş geldin," dedi.

Amaya, "Merhaba Carlotta, çevre çok güzel görünüyor," diye yorum yaptı.

Carlotta gülümsedi ve Amaya'yı ofisine bitişik bir salona götürdü. Amaya'ya on yıldır bu okulda çalıştığını söyledi. Dört yıllık ilkokul eğitimini tamamladıktan sonra kabul edilen seksen iki öğrencili bir ortaokuldu. Avusturya'da Volksschule veya ilkokul ve Gymnasium veya ortaokul vardı. Bir çocuk altı yaşında ilkokula başladıktan sonra dört yıl boyunca burada eğitim görüyordu. Daha sonra dört yıl ortaokul, ondan sonra da dört yıl lise eğitimi veriliyordu. Devlet tarafından yönetilen Carlotta'nın okulunda seksen iki öğrenciye on öğretmenin yanı sıra iki müzik öğretmeni, iki spor ve oyun eğitmeni, iki kütüphaneci ve beş idari personel düşüyordu. Müzik birinci sınıftan itibaren zorunlu bir dersti ve her gün en az bir müzik aleti çalmayı öğrenmek de dahil olmak üzere müzik dersleri vardı ve çoğu öğrenci birden fazla müzik aletinde ustalaşmıştı.

Kahve içtikten sonra Carlotta, Amaya'yı her biri belirli bir müzik aleti için ayrılmış ondan fazla ses geçirmez bölmenin bulunduğu müzik odasına götürdü. Her kabinde iki ya da üç öğrenci pratik yapıyordu. Carlotta Amaya'ya hangi müzik aletini çaldığını sorunca Amaya piyanoyu annesinden öğrendiğini ve daha sonra Madrid Loreto manastırındaki rahibelerin yanında mükemmelleştirdiğini söyledi. Kabinlerden birinde üç piyano vardı ve Carlotta Amaya'ya bunlardan herhangi birini çalabileceğini söyledi. Amaya doksan yedi tuşlu Bosendorfer'i tercih etti ve Mozart'tan "Fantasia"yı çalmaya başladı. Carlotta onun çalışını büyülenmiş bir halde hayretle izledi. Süsleme parçasını tamamladıktan sonra Carlotta Amaya'yı tebrik etti, onu diğer öğretmenlere götürdü ve tanıştırdı. Carlotta, Amaya'nın önümüzdeki üç ay boyunca Viyana'da müsait olup olmayacağını sordu. Kısa bir sessizlik ve düşünme sürecinden sonra Amaya Ekim ayına kadar Viyana'da olacağını söyledi. Ardından Carlotta gülümseyerek Amaya'ya Eylül sonuna kadar öğrencilerine müzik öğretmek isteyip istemediğini sordu. Amaya biraz düşündükten sonra istekli olduğunu ifade etti. Carlotta'nın davetini kabul etmenin bir onur olduğunu söyledi. Carlotta aniden ayağa kalktı ve Amaya'ya sarıldı. "Sizi ağırlamaktan büyük heyecan duyuyorum. Öğrencilerimiz kesinlikle faydalanacaktır; onlara sevdikleri bazı popüler Hint film şarkılarını da öğretebilirsiniz." Amaya gülümsedi, yaklaşık on bir ay sonra ilk kez gülümsüyordu.

Ertesi gün Amaya dört aylığına okula katıldı. Amaya için yeni bir dünyaydı; her gün dört sınıfta da birer saat ders veriyordu. Başlangıçta, bir hafta boyunca öğrencilere Hintçe film şarkıları çaldı ve öğretti. "Awaara Hoon," "Aaj Phir Jeene Ki," "Dum Maro Dum," "Kabhi, Kabhi Mere Dil Mein," "Aap Jaisa Koi," "Dheere, Dheere Aap Mere," "Tujhe Dekha," ve bunların çoğu öğrenciler arasında büyük bir hit oldu. Carlotta Amaya'ya öğrencilerin şarkıları çok sevdiğini ve sık sık öğretmenlerinden övgüyle bahsettiklerini söyledi. Amaya, öğretmen-öğrenci ilişkilerinin öncelikle öğretimde eşitlik ve kaliteye dayandığını ve öğrencileri bilgi, beceri ve tutum açısından hazırladığını biliyordu. Ne öğreteceğini önceden coşku ve tutkuyla açıklıyor ve derslere mizah katmayı asla unutmuyordu. Amaya, öğrencilerin ilgi alanlarını kendi yararına kullandığı için öğrenme öğrenciler için eğlenceli hale geldi. Mozart, Beethoven, Bach, Brahms, Wagner ve Debussy gibi büyük bestecilerin hayatlarından hikayeler anlatmayı öğrenme-öğretme sürecine dahil etti.

Okula katıldıktan bir ay sonra Amaya'nın performansı değerlendirildi ve öğrencilerin büyük bir çoğunluğu ona "Üstün" notu verdi. Bir hafta içinde Carlotta, Eylül ayının ikinci yarısında Amaya'ya ortaokul son sınıfta okuyan on bir kız ve dokuz erkek olmak üzere toplam yirmi öğrencinin beş öğretmenle birlikte Viyana'dan Karadeniz'e on günlük bir gemi yolculuğuna çıkacağını söyledi. Bu, Tuna Nehri boyunca insan toplulukları hakkında bilgi edinerek bir grup yaşam deneyimi içindi. Doğayı, kıyısındaki yaşamı, Tuna kıyısındaki on ülkenin ve Karadeniz'in ekolojisini, çevresini, hava ve iklim sistemlerini gözlemlemek de yolculuğun diğer ana hedefleriydi. Öğrenciler tarafından konserler verilecek, valsler ve operalar icra edilecekti. Carlotta, kocasıyla birlikte Avrupa'da birkaç müzik aleti dükkânı sahibi olan eski bir öğrencisinin sponsorluğunda Amaya'yı yolculuğa katılmaya davet etti. Amaya kendisini davet ettiği için Carlotta'ya teşekkür etti, öğrencilere katılmaya istekli olduğunu ifade etti ve Carlotta'ya yolculuk öncesinde ve sırasında öğrencilerin tüm etkinliklere hazırlanmalarına yardımcı olacağına dair söz verdi.

Almanya, Avusturya, Slovakya, Macaristan, Hırvatistan, Sırbistan, Romanya, Bulgaristan, Moldova ve Ukrayna'dan oluşan Tuna ülkeleri, öğrenciler ve öğretmenler için yeni bir deneyim dünyasının kapılarını açacaktı. Eylül ayının başından itibaren Carlotta, Amaya ve tura katılan diğer üç öğretmen öğrencileri vals, operet ve konserler için hazırlamak ve eğitmekle meşguldü. Öğrenciler tek başlarına ve gruplar halinde gösteriler için müzik besteleri geliştirdiler, öğretmenlerinin yardımıyla dans senaryoları ve opera librettoları hazırladılar.

On beş Eylül Pazartesi günü, yirmi öğrenci ve beş öğretmenle gemi yolculuğu başladı. Donau Ruhm adında küçük bir gemiydi, tüm yolcular için bağımsız bölmeler ve bir yemek salonuna bağlı büyük bir oturma odası vardı. Konserler, dans ve operalar için biri otuz, diğeri elli kişilik oturma düzenine sahip iyi donanımlı iki salon vardı. Kütüphane, açık büfe restoran, fitness merkezi, sinema, mağaza, spa ve lido güvertesi gezinti güvertesindeydi. Doğa gözlemi için üç büyük açık balkon vardı. Yolculuk sabah saat onda başladı. Gemi hareket etmeden önce tüm öğrenciler, öğretmenler ve mürettebat bir araya gelerek Avusturyalı besteci Johann Strauss tarafından yazılmış bir vals olan "Auf der schonen, blauen Donau" (Güzel Mavi Tuna Nehri Üzerinde) şarkısını söyledi. Öğrenciler ve öğretmenler, Amerikalı rock grubu Journey'in "Don't Stop Believing" şarkısını büyük bir alkışla söylediler. Şarkının ardından öğrencilerden başlayarak herkes kendini tanıttı. Kaptan dahil on mürettebat vardı.

Avrupa'nın en güzel nehirlerinden biri olan Tuna, Breg ve Brigach adlı iki akarsuyun Almanya'nın Kara Orman bölgesine katılmasıyla ortaya çıkmıştır. Bavyera Platosu boyunca akmış ve bir kanalla Main ve Ren nehirleriyle birleşmiştir. Almanya'da, Avusturya sınırında, Inn Nehri Passau'da Tuna'ya katıldı. Avrupa'nın en uzun ikinci nehri olan Tuna, iki bin sekiz yüz elli kilometre boyunca on ülkeden geçerek Karadeniz'e dökülüyordu. Amaya, diğer öğretmenler ve öğrenciler geminin hareketini görmek için balkona çıktılar. Nehir kıyısında sıralanan kaleler ve hisarlar görkemli görünüyordu.

Uluslar arasında hayati bir ticari otoyol görevi gören Tuna Nehri, birçok ülkenin sınırını oluşturmasının yanı sıra onların kültürel bağı haline gelmişti. Almanya'dan Karadeniz'e Tuna boyunca uzanan bir bisiklet yolu vardı ve Donaueschingen'den Budapeşte'ye kadar uzanan bu yol çok modaydı. Viyana'nın dışında nehrin her iki tarafında da dağlar vardı ve Bohemya Ormanı göz alıcıydı. Öğrenciler Avusturya'nın doğal güzelliğinin tadını çıkarabilsinler diye gemi yavaşça hareket etti ve öğrencilerle öğretmenler arasındaki şenlik havası onları birleştirdi. Öğlen yemeği için toplandılar, çünkü yemek bir kutlamaydı.

Gemi üç saat içinde Slovakya'nın başkenti Bratislava'ya ulaştı ve öğrencileri ve öğretmenleri ortaçağ kentini gezdirmek üzere bir otobüs bekliyordu. Şehir Müzesi, Devin Kalesi, Aziz Michael Kulesi ve birkaç sokağı ziyaret ettikten sonra alana döndüler. Küçük Karpat Dağları'nın içinde, Avusturya, Slovakya ve Macaristan sınırlarının buluşma noktalarının yakınında, Tuna nehri geçitlerden akıyordu ve akşam güneşi muhteşem görünüyordu.

Akşam yemeğinden sonra yedi öğrenci ve iki öğretmen keman, viyola, viyolonsel ve kontrbas ağırlıklı bir konsere katıldı. Müzik direktörü konser üyelerini ve enstrümanları tanıttı. Keman eşsiz bir müzik aletiydi; müziği zihni özgürleştiriyor, huzur, mutluluk ve yaşamda tatmin sağlıyordu. Viyola kemandan biraz daha büyüktü ve daha alçak ve derin bir sese sahipti. Aynı şekilde viyolonsel de keman ailesine ait, yaylı telli bir müzik aletiydi. Müzik direktörü kontrbasın da yaylı bir enstrüman olduğunu ve kemandan çok daha büyük olduğunu açıkladı. Konser yaklaşık iki saat sürdü. Bir öğrenci tarafından senaryolaştırılan ve Avusturya'nın kırsal bir bölgesinde geçen bir kız ve erkeğin aşk hikayesini anlatan operet sürükleyiciydi. Saat dokuz buçukta tüm öğrenciler ve öğretmenler, yarım saat süren yolculuğun planlanması ve yürütülmesini değerlendirmek üzere oturma odasında toplandı ve ardından herkes uyumaya çekildi.

Ertesi gün, kahvaltıdan sonra, saat dokuz civarında herkes oturma odasında toplandı ve güne hep birlikte "Break My Stride" şarkısını söyleyerek başladı. Carlotta, yaklaşık bir saat süren bir önceki günün faaliyetlerinin değerlendirilmesine başkanlık etti. Öğrenciler ve öğretmenler Slovakya ve Macaristan arasındaki iki büyük adayı gördüler. Macaristan tarafında, Tuna'nın sağ kıyısında, Alfold düzlüklerinde ve Karpat Dağları'nın yamaçlarında Arpad hanedanı tarafından inşa edilmiş birçok kale ve katedral vardı. Nehir havzasında su samuru, gelincik, tilki, kurt, siyah ayı, kaplumbağa ve yılan boldu. Öğretmenlerden biri Tuna ekosistemini anlatırken öğrencilere buranın Avrupa kıtasındaki en uzun bataklık olduğunu söyledi. Macaristan'daki Visegrad'da Tuna daraldı ve Amaya kıyılarındaki ağaçlara dokunmaya çalıştı.

Öğleden sonra saat üçte gemi Budapeşte'ye ulaştı. Limanda öğrenciler ve öğretmenler için bir otobüs bekliyordu. Kaleler, kiliseler, meydanlar, köprüler, müzeler, caddeler ve en modern binalarla dolu nefes kesici güzellikte bir şehir olan Budapeşte, Tuna'nın kraliçesiydi. Bir süre sonra öğrenciler etrafta dolaşmayı, evlerindeki yakınları için hatıra ve hediyeler almayı tercih ettiler. Birden Amaya, okuldayken kendisini Avrupa ve Hindistan'a götüren annesini hatırladı. Nepal'den döndükten sonra Amaya, Mumbai'deki okulunun düzenlediği bir gezinin ardından Rose için pek çok hediye almıştı; bunların arasında Rose'un en çok sevdiği meditasyon yapan bir Buda heykeli de vardı. Supriya okuldayken Amaya onu dünyanın dört bir yanına götürür ve bir geziye çıktığında Supriya annesi için hediyeler satın alırdı. Annesi kızından herhangi bir şey almayı çok isterdi, bir deniz kabuğu bile.

Amaya takımdaydı ve başkemancı takımı öğrencilere ve öğretmenlere tanıttı. Piyano, gitar, arplar ve flütler konserde kullanılan enstrümanlardı. Piyano, muhteşem melodiler üretmek için yetenekli ve uyarlanabilir müzik aletlerinin tüm yelpazesini kapsıyordu. Konser şefi, en akıllı gitarın; görünüşü, sesi ve çevikliği ile gençleri büyülediğini de sözlerine ekledi. Arpın müzisyenlerin koruyucu azizi Aziz Cecelia'yı temsil ettiğini, cenneti ve umudu temsil ettiğini, flütün ise bir konsere çekicilik ve güzellik kattığını sözlerine ekledi. Ekibin performansı göz kamaştırıcıydı. Dokuz buçuğa kadar erkekler, kızlar ve öğretmenler "Wannabe," "Smells Like Teen Spirit," "What is Love," "Vogue" ve "This is How We Do it" şarkıları eşliğinde dans ettiler. O akşam Carlotta, Amaya'dan değerlendirmeye başkanlık etmesini istedi.

Dördüncü gün Amaya Tuna Nehri'nde çok sayıda ada gördü, bunların arasında en büyüğü Csepel Adası'ydı. Tuna'nın kolları olan Drava, Tiaza ve Siva nehirleri gemiden heybetli görünüyordu ve Hırvatistan'ın antik toprakları büyüleyiciydi. Öğrenciler tüm faaliyetler konusunda heveshydi ve birçoğu gözlemlerini not aldı. Konserler, operalar ve valsler tüm öğrenci ve öğretmenlerin aktif katılımıyla gün geçtikçe daha canlı hale geldi; bu akşamki konserde kullanılan başlıca müzik aletleri davul, bas gitar ve piyanoydu. "Davul, insanlar ve hayvanlar üzerinde derin bir psikolojik etki yaratabilir; bebekler bile sesine tepki verebilir. Müzik, duygu özgürlüğünün, hayal gücünün ve insan faaliyetlerinin zirve noktasının toplamıdır. Tüm hayvanlar, kuşlar, balıklar, bitkiler ve ağaçlar, kültürler ve medeniyetler arasındaki ortak dil, her şeyi birleştiren en güçlü güç olan müziğin ritimlerine tepki verir. Evrenin bile, Büyük Patlama'nın başlangıcından itibaren evrilen ve tüm galaksiler tarafından anlaşılan bir müziği vardır" dedi.

Ertesi gün gemi Belgrad'a demirledi ve öğrencilerle öğretmenler şehir turunun ve Sırp mutfağının tadını çıkardılar. Amaya, Sırbistan'ın ötesinde sol tarafında Romanya'nın uçsuz bucaksız ovalarını, sağ tarafında ise Bulgaristan'ın yaylalarını görebiliyordu. Drakula'nın Bran Şatosu da dahil olmak üzere pek çok kilise, kale ve hisar, Karpat Dağları tarafından korunan sık ormanlık Transilvanya bölgesine yayılmıştı. Romanya savanlarını ve Bulgar yaylalarını geçmek günler alıyordu. Tuna Nehri yolu üzerinde birçok ada oluşturdu ve Galati'den sonra nehir Moldova'nın güney ucunu birkaç dakikalığına okşamaya başladı. Öğrenciler şarkı söyleyip dans ediyor, Karadeniz'deki hedeflerine ulaşmayı bekliyorlardı. Sabah olduğunda gemi nehrin oluşturduğu deltaya girdi. Birdenbire Supriya Amaya'nın kalbinde belirdi, zihnini bir ıstırap duygusu kapladı ve sanki etrafında başka hiçbir şey yokmuş gibi yalnızlık onu ele geçirdi. Öğrenciler kutlama yapıyordu ve Amaya, Supriya'nın kaybolmasından hemen sonra Barselona'daki günlerine dönüyormuş gibi yalnız hissediyordu.

Dokuzuncu gün Karadeniz'i çok uzaklardan görebiliyorlardı ve onuncu gün gemi nehrin ağzına ulaştı, nehir cezbediciydi; öğrenciler ve öğretmenler birlikte saatlerce sakin sularda yüzdüler. Amaya geminin balkonunda durup bir süre onları izledi ve sonra öğrencilere katıldı. Arkadaşları ve öğrencileriyle birlikte saatlerce zahmetsizce yüzdü ve su toplarıyla oynadı.

Karadeniz'de Ukrayna, Rusya, Gürcistan, Türkiye, Bulgaristan ve Romanya'ya sefer yapan yüzlerce tekne ve gemi panoramik bir görüntü oluşturdu. Akşam, sponsorun şehirde kalışlarını ve ertesi gün Tulcea Havaalanı'ndan Viyana'ya uçuşlarını ayarlaması nedeniyle herkes geceyi geçirmek üzere otobüsle Çataloi'ye gitti. Öğrenciler gece boyunca müzik ve dansla kutlama yaparken Amaya, Carlotta ve diğer öğretmenler de onlara katıldı.

Viyana'da Carlotta, Amaya'ya aktif katılımı için bol bol teşekkür ederken öğrenciler de Amaya ile buluşarak teşvik ve desteği için minnettarlıklarını ifade ettiler. Hep bir ağızdan "Her zaman yanımızdaydınız; sizi unutamayız" dediler. "Hanımefendi, muhteşem ve zarifsiniz; hayatımızı değiştirdiniz. Sizi seviyoruz çünkü çocukları nasıl seveceğinizi biliyorsunuz. "Sizin şerefinize bir şarkı söyleyelim" dediler. Etrafında bir çember oluşturdular ve Toni Braxton'dan "Un-break My Heart" şarkısını söylediler. Amaya onlarla birlikte dans etti, Supriya ile şarkı söyleyip dans ettiğini düşünüyordu. Onunla tanışmayı, oynamayı ve tüm nehirler, göller ve denizler boyunca uzun yolculuklara çıkmayı arzuluyordu.

Sürpriz bir şekilde, Carlotta ve yirmi öğrenci ellerinde gül demetleriyle Amaya'ya veda etmek için havaalanındaydı. Bu, Amaya için yeni bir hayatın başlangıcıydı; Viyana müziğinin gürültüsü ve çocukların rahatlatıcı sözleri birleşerek uzun yıllar boyunca kulaklarında yankılanacaktı.

"Siz yetkin bir öğretmen, olağanüstü bir insansınız. Sizinle tanıştığım ve sizi tanıdığım için kendimi şanslı sayıyorum. Lütfen tekrar gelin ve bizimle kalın," dedi Carlotta, Anaya'nın elini tutarak

"Düşünceli sözlerin için teşekkür ederim Carlotta; onlardan zevk alıyorum," diye yanıtladı Amaya.

Carlotta, Amaya'yı kucaklayarak, "Nazik ve güler yüzlü, kendini işine adamış bir öğretmen olarak büyük bir ün kazandınız," diye ekledi.

Amaya Eylül ayının son günü neden gittiğini bilmeden Helsinki'ye uçtu. Mutlu insanların şehri Helsinki büyüleyiciydi; sokaklar büyüleyici, temiz ve turistlerle doluydu. Ama Amaya yazın hızla çekildiğini, gecelerin uzadığını ve soğuduğunu biliyordu. Otel odasının penceresinden katedralin yeşil kubbelerini görebiliyordu; on iki havarinin heykelleri aşağıya bakıyor, ateistlerin ülkesinde nadiren bulunan inananları arıyordu. Dünyanın en güvenli şehrinde bisikletle dolaştı; uzun bir kışın başlamasından hemen önce restoranlar dolup taşıyordu. Amaya, Suomenlinna Deniz Kalesi'nin merdivenlerini tırmanırken insanın zorlukların üstesinden gelme azmini merak etti. Baltık Denizi sakindi; buzdağlarının zirveleri uzakta görünüyordu. Ekim ayına gelindiğinde parklar ıssızlaştı, kar sağanakları yoğunlaştı ve Amaya kendini yalnız ve kederli hissetti; bir ev özlemi duygusu onu kuşattı. Karanlık onu korkuturken, annesinin arkadaşlığını istiyor, Rose'a kavuşma özlemi duyuyordu. Kasım ayı soğuk bir rüzgârla doğdu; karla kaplı şehir sokakları korkutucu görünüyordu. Amaya, Rose ve Supriya'yı düşünerek o bankta ne kadar oturduğunu hiç fark etmedi. Esabel geldiğinde onun yanına oturdu. Esabel'in dokunuşu yürek ısıtıcı, umut dolu ve insancıldı.

"Esabel, restorandaki besleyici kahve ve sıcak varlığın için teşekkür ederim. Benimle otele kadar yürüdüğün ve beni güvenli bir yere ulaştırdığın için teşekkür ederim; aksi takdirde donmuş bir balık gibi olurdum. Sizi sonsuza dek hatırlayacağım" diyen Amaya, Helsinki'den ayrılmadan önce Esabel'e bir e-posta göndererek minnettarlığını ifade etti. O tek insan Finlandiya'nın toplam nüfusunu temsil ediyordu.

Rose, Amaya'nın oraya ulaştığını bilerek köydeki evine döndü. Kızı bitkin, depresif, suskun ve yalnız görünüyordu ve kendi dünyasında kalmıştı. Bir hiraeth'in kalıntıları, Supriya ve Karan'la birlikte asla geri dönemeyeceği, hiç var olmamış bir eve duyduğu özlem, Amaya'ya eziyet ediyor, duyarlılıklarını ve arzularını eziyordu. Bir cehennem köpeği gibi peşini bırakmıyor, kalbini kemirip paramparça ediyor ve zihninin aynasına et parçaları tükürüyordu; her bir parça bir cennet yılanına dönüşüyor, onu baştan çıkarıyor ve sonsuza dek acı çekmesi için kırıştırıyordu.

Rose, Amaya'yı güneş ışığı ve temiz hava almak, piyano çalmak, zihnini kontrol etmek ve dengesini yeniden kazanmak için bir Vipassana kursuna katılmak üzere evin dört duvarını terk etmeye ikna etti. Üç yıl sonra, Bodh Gaya yakınlarındaki Nalanda onun varış noktası oldu.

Bir Buda Olmak

Bodh Gaya arkaik görünüyordu. Amaya, on günlük Vipassana eğitim kursunu almaya karar verdiği eski bir üniversitenin merkezi olan Nalanda'ya giden bir otobüse bindikten sonra kısa bir mesafe yürüdü. Eski harap yapılar, Bosna kırsalındaki bombalanmış binalar gibi her iki tarafa dağılmıştı. Ancak Indrapushkarini gölü sakin görünüyordu ve batı kıyısındaki meditasyon merkezi güneş ışığında parlıyordu.

Amaya katılımcı olarak kaydını yaptırdı, Vipassana merkezine ulaştı ve kıyafetleri ve tuvalet malzemeleri dışında dizüstü bilgisayarını, cep telefonunu, kalemini, kâğıdını ve diğer kişisel eşyalarını teslim etti. On günlük kurs, yemek ve konaklama dahil olmak üzere tamamen ücretsizdi. Kurallar hakkında bir brifing verildi. Amaya, Vipassana merkezinden ayrıldıktan sonra bile tüm ilişkilerinde ahlaki davranışlara uyacağına dair yemin etti; bu, zihni bilgelik geliştirmek üzere eğitmenin temelini oluşturuyordu. Kurallar arasında beden ve zihin sessizliğini korumak, diğer katılımcılarla göz temasından kaçınmak ve çalmaktan, yalan söylemekten ve herhangi bir yaşam formunu öldürmekten kaçınmak yer alıyordu. İçki, sigara, sarhoş edici maddeler, vejetaryen olmayan yiyecekler tüketmek ve cinsel suiistimal davranış kurallarına aykırıydı. Din, dua, yoga, kutsal kitaplardan ayetler okumak ve dini semboller takmak Vipassana'nın bir parçası değildi. Tüm yönlendirmeler öğretmenin banda ve videoya kaydedilmiş konuşmalarından yapılıyordu. Farklı ülkelerden yaklaşık elli erkek ve kadın katılımcı vardı ve binaya derin bir sessizlik hakimdi. Gönüllüler Amaya'yı banyolu bir yatağı olan odasına götürdüler. Pencereden, Budizm'de manastır yaşamıyla ilişkili bir yüksek öğrenim merkezi olan Nalanda Mahavihara'nın kalıntılarını görebiliyordu.

Akşam ana salonda Vipassana eğitim öğretmeni tarafından bir oryantasyon konuşması yapıldı. Katılımcılar bir araya gelerek lotus pozisyonunda yere çömelip bir avuçlarını diğerinin üzerine koyarak psişik bir birlik oluşturdular. Gönüllüler her katılımcının dilediği gibi rahat bir poz seçmesine yardımcı oldu ve gözetmen herkesi derin bir selamla karşıladı. Öğretmen yumuşak, kesin ve anlamlı bir sesle Vipassana'yı zihni sakinleştirmek için zihinsel gelişim eğitimi olarak açıkladı. Bu, kişinin acı çekmekten kurtulmasına, uyanışa ve nihai hedef olan Nirvana için bilincin gelişmesine giden bir yoldu. Bu nedenle Vipassana, huzur içinde neşeli bir varoluşa dair içgörülere ulaşmak için sakinlik, farkındalık, konsantrasyon ve sükunet geliştirmeye yönelik bir teknikti. Fiziksel ve zihinsel kısıtlamalar ve örnek çabalar yoluyla kişi zihnini disipline edebilir ve faaliyetleri üzerinde kontrol sahibi olabilirdi.

Eğitmen zihni her zaman dalgalar, fırtınalar ve tsunamiler yaratan bir okyanusa benzeterek, zihni sakinleştirmenin denizi susturmak kadar zor olduğunu söylemiştir. Zihin çalkalanırsa, tüm beden etkilenir, düşünceler bozulur, duyumlar doygunluğa ulaşır, gözlem yön değiştirir, konuşma kopar, akıl bozulur ve ilişkiler asimetrik hale gelir. Zihni disiplin altında tutmak, amaçlanan işi yapmak için güçlü bir araç geliştirmek gibiydi ve bu da hedeflerine ulaşmasına yardımcı oluyordu. On günlük Vipassana eğitimi zihni kontrol altında tutan bir araç olarak geliştirmeye yardımcı oldu. Vipassana bir hastalık için tedavi ya da sihirli güçler elde etmek için bir iksir değildi. Ancak, basit bir alıştırma yoluyla, kişi zihin üzerinde hakimiyet kurmayı başarır, bu süreçte benliğini basitliği, çıplaklığı ve bütünlüğü içinde tanır. Öğretmen, doğasını, boyutlarını ve enginliğini anlayarak, yeteneklerinin, kapasitelerinin ve potansiyellerinin farkına vararak benliği güçlendirmek gerektiğini söyledi. Bedenin her bir parçasını, üstlendikleri farklı görevleri, rollerini ve oluşan birliği gözlemlemek meditasyonun bir parçasıydı. Bireyin bedeninin, zihninin, aklının ve bilincinin bütünsel görünümüne ve uyumuna yol açarak aydınlanmayla sonuçlanır. Kişinin kendine, başkalarına ve dünyaya bakış açısını iyileştirmek de aynı derecede önemliydi. "Biz kendimiz hakkında ne düşünüyorsak oyuz," dedi öğretmen. "Kişi kendini çocukluğundan itibaren yaratır; yetiştirme ve doğa bu süreçte baskın bir rol oynar" diye ekledi. Kişinin bakış açısını iyileştirmek, iç huzur, uyum, gelişim ve neşeye yol açan daha iyi bir yaşam sürmesine yardımcı olur. Başarılı bir yaşamın sırrı, geçmişin hain arazilerinde ya da geleceğin vahşi doğasında dolaşmak değil, şimdiki zamanda yaşamaktır." Bunun üzerine öğretmen Vipassana eğitim programının zaman çizelgesini açıkladı:

Sabah 4.00: Sabah zili.

4.30 ile 6.30 arası: Odada veya salonda meditasyon.

Sabah 6.30 ile 8.00 arası: Kahvaltı ve özel çalışma.

8.00 - 9.00: Salonda grup meditasyonu.

9.00 - 11.00 arası: Odada veya salonda meditasyon.

11.00 ile öğlen arası: Öğle yemeği molası.

Öğlen 12.00 ile öğleden sonra 13.00 arası: Süpervizörle tartışma.

13.00 - 14.30: Odada veya salonda meditasyon.

14.30 - 15.30: Salonda grup meditasyonu.

15.30 - 17.00: Odada veya salonda meditasyon.

17:00 - 18:00: Salonda grup meditasyonu.

6.00 - 7.00: Çay molası ve kişisel çalışma.

7.00 - 8.15: Salonda söyleşi.

8.15 - 9.00: Salonda grup meditasyonu.

9.00 - 9.30 arası: Salonda soru-cevap oturumu.

9.30: Işıklar kapanıyor

Bilinmeyen nedenlerle tedirgin olsa da Amaya nispeten rahat bir uyku çekmiş, saat üç buçuk civarında kalkmış ve saat dört buçukta ilk meditasyona katılmak üzere salona ulaşmıştı. Yere oturdu, meditasyon uzun sürdüğünde bu duruş gerekli olduğu için vücudunu dik tuttu. Yaklaşık elli kursiyer, birkaç gönüllü ve bir gözetmen vardı. Amaya meditasyona nefes alıp vermeye odaklanarak başladı, farkındalığını günlük yaşamda doğal olan nefes alıp vermeye sabitledi. Her nefesin farkındaydı, zihnini nefesin doğumdan itibaren var olduğuna ve hayatının her anında, uyurken veya bilinçsizken bile devam ettiğine odakladı. Nefes almak en tanıdık, tutarlı ve doğuştan gelen faaliyetti ama konsantre olmak zordu. On günün üç buçuk günü boyunca sadece nefes alış verişine odaklanıyordu. Zihnini kontrol etmek ve sakinleştirmek için nefesine tamamen dikkat etmesi gerekiyordu. Öğretmen, zihnin konsantrasyonunun beden ve zihin birlikteliğinin bir eylemi olduğu için bireyde iç düzen, huzur ve berraklık sağlayacağından bahsetti. Ayrıca nefes almak, üzüntü, ıstırap ve acıdan kurtulmanın yanı sıra bedeni ve zihni şimdiki gerçekliğe odaklayacaktı.

Amaya'nın yönlendirilmemiş ve eğitilmemiş zihni zayıftı, kararsızdı ve aydınlanmaya ulaşmak için gereken kararlılıktan yoksundu. Geçmişteki olayları yeniden yaratıyor, gerçek durumlardan gerçek dışı, hayali, abartılı işlere atlıyor ve kendini keder, üzüntü ve ıstıraba kaptırmaya başlıyordu. Acı dolu geçmişten kaçmak için zihin hayali bir gelecek yarattı, arzulu düşüncenin çölünde durmaksızın seyahat etti ve varoluşun sevinçlerinin tadını çıkarmak için asla şimdiki zamanda kalmadı. Şimdiki zamana odaklanarak zihnini düzeltmeye çalıştı, ancak zihnini kontrol etmenin alışılmadık derecede zor olduğunu gördü. Amaya zihnini hain geçmişte dolaşmaktan ya da hayali gelecek hayalleri kurmaktan alıkoyarak hedefleri için tutarlı bir şekilde çalışmasını sağladı. Nefes almaya konsantre olarak sürekli pratik yapmak, zihni sakinleştirmek için gerekliydi ve bu kesinliğe ulaşmanın tek yoluydu.

Meditasyon sırasında zihin asla hareketsiz kalmadı. Sürekli şikayet ediyor, tartışıyor, açıklıyor, eleştiriyor, alay ediyor, düzeltiyor, tartışıyor ve yargılıyordu. Amaya gözlerini kapattığında bile zihni aktifti ve ona geçmişini ve doğumevinden döndüğünde Supriya ve babasının kayıp olduğunu fark ettiğinde yaşadığı büyük acıyı hatırlatarak işkence ediyordu. Zihni onu evde tek başına geçirdiği o üzücü dört aya götürüyor, yalnızlığı, yalnız kalma korkusunu ve yürek parçalayan aldatılmayı düşünüyordu. Amaya ağladı, lotus pozisyonunda oturdu, geçmişi hakkında sessizce meditasyon yaptı, iç karartıcı duygular ve baskıcı düşünceler yarattı. Otururken geriye doğru düştü ve başını yere çarptı; düşmenin yarattığı acı dayanılmazdı. Amaya tekrar lotus pozisyonunda oturmaya çalıştı ama bunu zor buldu ve nefes almaya konsantre olamadı. Bir şekilde meditasyona devam etmek, korkunun, acının ve işkencenin üstesinden gelmek için tüm gücünü topladı.

Öğretmeni nefes almaya konsantre olmanın zihnini sakinleştirmek için en etkili yöntem olduğunu söylemişti ve o da geçmişin boşa giden yükünü atmak istiyordu. Geçmişinin üstesinden gelmek için çektiği acıları bir kenara bırakarak yeni bir hayata başlamak istiyordu. Kadınlar, istenmeyen kızlar, reddedilen anneler, sömürülen evlenmemiş kadınlar ve okuma yazma bilmeyen çocuklar için bir şeyler yapmak istiyordu. Vipassana'dan geçmesi, zihnini eğitmesi ve yeni bir insan olmak için geçmişini yakması gerekiyordu. Zihin sürekli isyan etse ya da yorgunluk ve hastalık numarası yapsa da, zihni kontrol etmek ve dizginlemek bu kadere ulaşmak için vazgeçilmezdi. Zihin sık sık Vipassana'nın arkaik, bilim dışı olduğundan ve doğrulama testine dayanamadığından şikayet ediyordu; hepsinden önemlisi, sonuçları belirsiz ve eğikti. Zihin defalarca Amaya'ya Vipassana'nın kişiliğini, statüsünü ve bireyselliğini öldürdüğünü, onu arzularını ve hayallerini yakan bir fırına attığını söyledi. Vipassana eğitim kursundan sonra fiziksel, zihinsel ve entelektüel olarak bir sebze gibi olacaktı, çünkü bu onun tüm inisiyatifini ve güvenini elinden alacaktı. Dilenci hayatı yaşayacak, dünyanın dört bir yanında dolaşacak, sadaka toplayacak ve kendini bir parazite dönüştürecekti; zihin onu korkutmaya çalıştı. Amaya zihne sessiz olmasını, kişisel kararlarına müdahale etmemesini söyledi. On günlük arabuluculuk sürecine girme seçiminin iyi düşünülmüş bir plan olduğunu, bundan yalnızca kendisinin sorumlu olduğunu ve bunu tam bir farkındalıkla yaptığını açıkladı.

Duruşu rahatsız ediciydi ve zihninde fiziksel acı, zihinsel ıstırap ve duygusal çatışmalar yaratıyordu. Bazı durumlarda zihin ona Rose'un evde yalnız olduğunu, bir kaza geçirmiş olabileceğini ve kızı için yardıma ve ilgiye ihtiyacı olduğunu söyleyerek şantaj yapıyordu. Nadiren de olsa zihin ona beş dakikadan fazla meditasyon yapmanın onu deliliğe sürükleyeceğini, sokaklarda dolaşacağını, insanların ona taş atacağını ve polisin onu gözaltına alabileceğini söylüyordu. Birden Amaya'nın aklına Hyde Park'ta iki polisle yaptığı görüşme geldi. Gece yarısına yakındı ve bazı insanlar yakınlarda oturuyor ya da yürüyordu. Amaya yanında duran polis memurunu fark etmedi.

Polis memurlarından biri "Sarhoş musunuz hanımefendi?" diye sordu. Ani olmuştu ve Amaya şaşırmıştı; kim olduklarını anlamak için onlara baktı.

"Hayır, efendim," diye yanıtladı Amaya.

"Evsiz misiniz?" Başka bir soru daha geldi.

"Hayır, yakındaki bir otelde kalıyorum," dedi Amaya.

"O zaman neden bu saatte buradasınız?" Polis bilmek istiyordu.

Amaya'nın verecek bir cevabı yoktu. "Buraya yeni geldim; çok geç olduğunu hiç düşünmemiştim," diye cevap verdi ayağa kalkarken.

"Park gece yarısından sonra kapanıyor. Bazen burada yalnız olmak tehlikeli olabiliyor," diye ekledi polis.

"Bunu hiç bilmiyordum," dedi Amaya.

"Size otelinizde ulaşalım mı?" Polislerden biri sordu.

"Hayır. Yalnız gidebilirim. Güvendeyim. İlginiz için teşekkür ederim. İyi geceler." Amaya hızlı adımlarla uzaklaştı.

"Kendinize iyi bakın hanımefendi. İyi geceler." Nazik bir ses duyabiliyordu.

Londra polisleriyle bir gece yarısı karşılaşmasıydı. Yine de, Vipassana'nın gerçek yolundan kaçtığının aniden farkına varan zihni, dikkatini dağıtmakta ve onu uzak diyarlara taşımakta başarılıydı. Zihni onu

Vipassana'dan ayrılmaya ikna ediyordu, böylece kızını aramak için bir kez daha dünyanın dört bir yanına gidecekti. Amaya zihninin meditasyon sürecini terk etmeye hevesli olduğunu anlayabiliyordu, böylece onun üzerinde hüküm sürebilecekti. Baskı taktikleri uzun süre devam etti ve Amaya kendini zihne karşı korumaya başladı.

Günler boyunca nefes almaya mutlak konsantrasyonun onu doğru düşünceye ve doğru anlayışa götüreceğine karar verdi: kendine ve çevresine dair farkındalık ve bilgelik. Eşsiz bir atmosfer, zihni düzeltme, kontrol etme ve yönlendirme, kendini olumsuz, bozucu etkilerden kurtarma ve tam bir bilinçle üretken, mutlu bir yaşam sürme arayışı onun hedefiydi. Ancak nefes alıp vermeye konsantre olmaya çalışsa da zihni durmadan çocukluğuna, ergenliğine, gençliğine ve Barselona'da geçirdiği yıllara gidip geliyordu. Dört yıl boyunca Avrupa ve Hindistan'da kızını arayışını düşündükçe başı sürekli ağrıyordu. Bu ona sancı ve keder veriyordu ve zaman zaman Amaya ağlıyor, kontrol etmekte zorlandığı gözyaşları yanaklarından süzülüyordu. Defalarca nefes alıp vermeye odaklanarak zihnini kontrol etmeye çalıştı ama bu sinir bozucu bir egzersizdi ve başarılı olamadı. Bir kasırga gibi kontrolsüz, amaçsız ve yıkıcı davranan zihni ona tamamen hükmediyor, duygularını ayaklar altına alıyor ve amaçlarını mahvediyordu. Nefes almaya konsantre olarak zihni izlemenin başarısız olduğunu düşünüyordu, çünkü zihin vahşi doğada dörtnala koşuyor ve Amaya'da aşırı hayal kırıklığı yaratıyordu.

Odadayken, arabuluculuk yaparken, Amaya on günlük Vipassana programını terk etmeyi, umutsuz ve yenilmiş hissettiği için Nalanda ve Bodh Gaya sokaklarında huzur için dolaşmayı düşündü. Kalkıp giysilerini ve tuvalet malzemelerini topladıktan sonra Vipassana'nın bir sahtekarlık olduğunu, zihnini kontrol etmesine yardımcı olmayacağını düşündü. İçinde ifade edemediği duygular ve acılar vardı; yüksek sesle bağırmak ve ağlamak istiyordu, kalbini söküp atma, kafasını parçalama ve kendini yok etme hissi, ani bir intihar eğilimi vardı.

"Amaya," diye bağırdı. "Ne yapıyorsun sen? Delirdin mi sen?" diye sordu kendi kendine.

"Kendini kontrol et, zihnini kontrol et," diye emretti Amaya. İçinde ani bir farkındalık vardı; Vipassana'yı terk etmek kendini akbabalara bırakmak, zihnin diktatörlüğüne teslim etmek demekti. İki seçeneği vardı: zihninin merhametine kalmak ya da zihnini kontrol etmek; biri sefalete, diğeri aydınlanmaya ve mutluluğa götürüyordu. Amaya bunlardan herhangi birini seçme özgürlüğüne sahipti ve hayatında aldığı en zor karar olan ikincisini seçti. Bir kez daha lotus pozisyonunda oturdu, gözlerini kapattı ve iç gözleriyle kendine baktı. "Nefes alış verişine konsantre ol; burnunun ucuna bak," diye zihnini yönlendirdi.

Amaya hareketsiz oturdu; nefesine konsantre olurken ani bir değişim yaşadı. Evrende tek bir varlık vardı, o da kendisiydi, sadece kendisi; tek bir şey yapıyordu, nefes alıyordu ve uzun bir süre hiçbir şey düşünmeden, boşluğun, hiçliğin dünyasında sessizce oturdu.

Amaya deliksiz bir uyku çekti ve saat üç buçuk civarında acıkmış hissederek kalktı, on gün boyunca akşamları çay molasından sonra yemek verilmediği için akşam yemeği yemediğini hatırladı. Akşam çayı sadece bir fincandı ama Amaya Vipassana'ya akşam yemeği yemeden devam etmeye karar verdi. Sabah saat dörtte sabah zili çaldı ve Amaya saat dört buçukta günün ilk meditasyonu için salonda hazır bulundu. Amaya, en azından bir dakikalığına nefes almaya odaklanarak zihnini sıkı kontrolü altında sakinleştirmeye karar verdi. Zihnini kontrol ederek sürekli pratik yaparak aydınlanmayı deneyimleyebileceğini biliyordu ve en iyi teknik nefesine konsantre olmaktı. Amaya tüm olumsuz düşünceleri, tutumları ve nefreti ortadan kaldırmak, empati, nezaket, alçakgönüllülük ve tevazu aşılayarak bilincini güçlendirmek istiyordu. Geçmişinin üstesinden gelmek için sağlam bir kararlılığa sahip olduğunu biliyordu ve şimdiki zamanın sevinçleri, başkalarına yardım etmek ve acılarını ortadan kaldırmak için mutlu bir geleceğe yol açıyordu. Kendini tüm olumsuzluklardan arındırmak, üzüntülerin, ağıtların ötesine geçmek, doğruluk yolunda yürüyerek acıları ve kederleri dindirmek, aydınlığa ulaşmak istiyordu.

Vipassana bir nefes egzersizi değil, her şeyi olduğu gibi bilmeye yönelik bir aydınlanma süreciydi; Amaya öğretmeninin ona gerçekliğe ya da varoluşa dair doğru bir bakış açısına sahip olmasını söylediğini hatırlıyordu. Bir meditatör konsantrasyonun zorluklarına bağlı olarak bunu sığ ya da derin bir şekilde deneyimleyebilir ve kendi bedenini herhangi bir bağlılık olmadan tanıyabilir, böylece kendi varlığının bir gözlemcisi haline gelebilirdi. Geliştirilen bilinç sadece nefes almakla sınırlı değildi; oturmak, ayakta durmak, yürümek, koşmak, gözlemlemek, bakmak, yemek yemek, oynamak, uyumak ya da kişinin yaptığı herhangi bir şey gibi her faaliyetle birlikte tüm bedene nüfuz ederdi.

Meditasyon yapan kişi nefes alıp vermeyi gözlemleyerek, kişinin içindeki ve dışındaki duygular, düşünceler, irade ve fiziksel eylemler gibi çeşitli bedensel hisleri gözlemlemeyi öğrenirdi. Zihnin kontrolünde ustalaşarak, meditasyon yapan kişi duyumun hoş ya da nahoş olup olmadığını ayırt edecek ve herhangi bir bağlanma olmaksızın doğasının ve kaynağının farkında olacaktır. Meditasyon yapan kişi bedenin benlikten farklı bir varlık olduğunun bilincine varacaktır. Dolayısıyla, bedeni sevmek ya da sevmemek bir birey için anlamsızdı.

Amaya yavaş yavaş nefesi burun deliklerinin içinde hissetmeye başladı; nefesin burun deliklerinin en iç kısımlarına dokunup onları doldurduğunu hissediyordu. Nefes içeri girdiğinde serinletici bir etkisi, dışarı verildiğinde ise ısıtıcı bir hissi vardı. His de nefes gibi ayrı bir varlıktı ve üç farklı varlık mevcuttu: beden, nefes ve his. Amaya havanın vücudunun her yerinde dolaştığını hissediyordu; bunu dışarıdan biri olarak gözlemleyebiliyordu. Daha sonra Amaya dikkati dağılmadan yaklaşık iki dakika boyunca nefes alış verişine konsantre olabildi. Zihnin onun talimatlarına uyması ve seçtiği yolda ilerlemesi bir başarıydı.

O günkü konuşma Buddha'nın iki aşırı uçtan kaçınılması gerektiğine dair öğretisi hakkındaydı: bedeni şımartmak veya kendine eziyet etmek, her ikisi de alçakça ve yararsızdı. Bu Amaya için bir vahiydi ve o orta yolu izlemeyi tercih etti. Amaya soru-cevap oturumunda konsantrasyonun nasıl uzatılacağını sordu. Gözetmen ona boş bir zihinle duvardaki hayali bir noktaya bakmasını ve başka bir şey görmeye konsantre olmasını söyledi. Amaya, konsantrasyonunu korumak için zihninin daha fazla eğitime ihtiyacı olduğunu ve ertesi gün daha uzun süre odaklanabileceğini öğrendi. Nefes alma, duyumlar, dikkat ve zihin kontrolü hakkında birkaç soru daha vardı. Cevaplar kısa, bir noktaya kadardı ve günlük arabuluculukta uygulamaya yönelikti. Amaya, Vipassana'sında içeriklerini içselleştirmek için onları dikkatle dinledi. Kademeli, tutarlı ve zor kazanılmış olan ilerlemesini içselleştirdi. Amaya sabah dörde kadar oldukça iyi uyudu ve zili duyarak uyandı.

Üçüncü gün şafak söktü ve Amaya saat dört buçukta salondaydı; sessizlik varlığının içine işledi; derin, nüfuz eden ve her şeyi kapsayan bir durgunluk yaşadı. Kendini ayırdı, belirgin bir şekilde durdu, bedenini, zihnini ve aklını bağımsız olarak gözlemledi. Amaya emretti ve onlar da onun talimatlarını izleyerek ona itaat ettiler. Eylemlerinde ajitasyon ya da direnç olmaksızın araçlar kullanmaya başladı. Yaklaşık bir saat boyunca kesintisiz olarak burnunun ucuna konsantre olurken duyuları, hisleri, duyguları, arzuları ve hayalleri üzerindeki hakimiyetin başlangıcını deneyimledi. Burnunun ucu gözlerini kapattıktan sonra bile görülebiliyordu. Ardından, üst dudakları ile burun tabanı arasındaki üçgene odaklandı; güç kazandığını, bedeni ve zihni üzerinde bir hakimiyet kurduğunu hissetti. Üçgenin altından yavaşça ilerledi, her atomu, parçacığı ve hücreyi deneyimledi. Yolculuk sonsuzdu, sanki sonsuz uzayda, aeonlar, milyonlarca ışık yılı boyunca geziniyordu. Evren kadar geniş olan belirli bir noktada burnunun ucuna kadar süren bir yolculuktu bu. Bu zamansız bir katılımdı, mekansız bir yolculuktu ve o yalnızdı. Yine de etrafındaki Evreni gerçek ve gerçek dışı, sonlu ve sonsuz, sıralı ve sırasız, geçici ve ebedi gibi tanımladı.

Amaya hiçbir şey kalıcı olmadığı gibi değişimi de sonsuz bir şekilde deneyimliyordu. Yine de etrafındaki, ötesindeki her şeyin farkındaydı ve farkındalığının farkında olduğu için uyanıktı. Bu bilgi onu dönüştürdü. Bilinçli olduğu ve aynı zamanda bilincinin, aydınlatıcı bir hissin, içindeki bir ışığın, varlığının yakıcı bir hissinin, en içteki benliğinin bilincinde olduğu için hiçbir şeyin onu yenemeyeceğini, onu alt edemeyeceğini öğrendi.

Bu farkındalık zihnine güç ve aklına yön verdi. Yorgunluk, güçsüzlük, halsizlik ya da hayal kırıklığı hissetmeden konsantre oldu. Sonra bedenine döndü ve ayak parmaklarından başının tepesine kadar bedeninin en küçük parçalarını gözlemlemeye başladı; bu aşamalı, titiz ve yorucu bir süreçti. Amaya zihnini hissi hissetmeye, yargılamadan, önyargısız bir şekilde derinlemesine dokunmaya yönlendirdi. Zihin onu takip etti, her bir sözüne ve komutuna itaat etti ve ne zaman belirli bir hissi deneyimlese tekrar durdu. Zihinden bunu derinlemesine gözlemlemesini, bunun bir parçası değil, sadece dışarıdan bir gözlemci olmasını istedi. Amaya'nın, milyarlarca galaksiye sahip uçsuz bucaksız Evren gibi, milyonlarca ve milyonlarca hisle dolu bedeninin ayrı, aydınlık ve doyurucu olduğuna dair kademeli farkındalığı. Bedenin her bir noktası bir koltuk, bir his ve duygu hazinesiydi. Bu Amaya için daha önce hiç anlamadığı yeni bir bilgiydi. Birdenbire Amaya kendisinin hislerin, duyguların ve farkındalığın bir bütünü olduğunu ama onlardan farklı olduğunu anladı; tıpkı çömleğin kil, ışığın güneş ya da güzelliğin gül olmaması gibi, çünkü onlar kilin, güneşin ve gülün yaratımlarıydı. Duyum onun yaratımıydı, ondan ayrı ve bağımsızdı, eşsiz bir varlıktı, varlık eksi özdü. Amaya tek başına durdu, tek başına gözlemledi ve etrafındaki nesnelerden etkilenmeden bağımsız olarak var oldu; üzüntülerden, acılardan, ıstıraptan ve ızdıraptan ayrı bir kavrayış, çünkü bunlar onun yaratımlarıydı, onun varlığı değil.

Amaya bağımsız olarak var oldu. Duygularını zihninden ayırmış, hislerinin egemeni olduğunu, dolayısıyla bunların kendisine hükmetmemesi gerektiğini fark etmiştir. Böyle bir farkındalığa sahip olmadığı için sayısız acılar çekti; o zamana kadar hislerin ve duyguların kendisi olduğunu ve benlikten ayrılamaz olduklarını düşünüyordu. Bir kişi duyumları, duyguları, bedeni ve zihni bireyin mahrem parçaları olarak gözlemlediğinde, acı çekmeye başladı. Yeni farkındalık, bunların kendisi olmadığıydı ve bu ayrılığın bilgisi ortaya çıktıkça, Amaya baskın çıktı ve bir daha asla acının kölesi olarak kalmayacağına karar verdi.

Amaya bedenini kendi varlığından farklı, ayrı bir varlık olarak düşündü çünkü beden onun varlığının dışsal bir ifadesiydi. Duyumlar bedendeki değişikliklere dair farkındalığıydı ve hisler de duyuların artçı etkisiydi. Ayrı bir varlık olarak bedeninin ve duygularının dışında durabilirdi. Amaya kendini duygulara kaptırdığında, herhangi bir çıkış yolu olmaksızın büyük acılar çekiyordu. Kaçış ancak duyguların ayrılmaz bir parçası değil, bağımsız bir varlık olduğunun farkına vardığında mümkündü. Duygular baskın olduğunda, ıstırabın yıkıcılığı belirgin hale geldi. Düşünürken zihni yoğun ve odaklanmış hale geldi ve Amaya zihnini acıyı ortadan kaldıracak üretken bir araca dönüştürebileceğini düşünerek hatırı sayılır bir zaman harcamaya başladı. Zihnin eğitime, sürekli denetime ve yönlendirmelere ihtiyacı olduğunun bilincindeydi. Aksi takdirde, zihin yıkıcı, zorlayıcı ve özerk hale gelebilir, kendisi için ıstıraplar yaratabilir ve ıstırap ölene kadar devam edebilirdi.

Amaya hiçbir şey düşünmeden, her türlü duygudan sıyrılarak, zihni sanrılardan ve yanılsamalardan arınmış olduğu için kabuslardan yoksun bir şekilde uyudu. Ertesi gün, meditasyon yaparken, Amaya bir mutluluk deneyimi yaşadı, varoluşunun tamlığının kendisi olduğunu ve onu mutlu edenin kendisi olduğunu fark etti. Hiçbir dış güç onun hayattaki tatminini, neşe seçimini reddedemezdi. Bu, üzüntü ve acının varlığının bir parçası olmadığının farkındalığıydı; karar verirse onlardan uzak durabilirdi. Açgözlülük, düşmanlık, kıskançlık, haset, gurur, nefret dolu davranışlar ve bencillik acıya yol açıyordu. Uyuşukluk, kayıtsızlık ve duyarsızlık insanlara ve hayvanlara acı çektirirdi ve başkalarının mutluluğa ve aydınlanmaya ulaşmasına yardımcı olmak herkesin göreviydi. Bedensel zevklere duyulan arzu, zihni köleleştiren maddeler ve düşünceler acıya yol açıyordu; Amaya meditasyon yapıyordu. Buna karşılık derin sessizlik ve kişinin kendi varlığı üzerine düşünmesi mutluluğu artırıyordu. Sessizlik yoluyla kendini araştırırken, kendinden başka doğaüstü, daha yüksek bir deneyimin var olmadığını fark etti.

Amaya, yatmadan hemen önce son üç yıldır Vipassana eğitim programına katılmasını öneren annesi üzerine meditasyon yaptı.

"Anne, sana minnettarım. Vipassana meditasyonuna katılmamı önererek hayatımı değiştirdin. Beni tanınmayacak kadar dönüştürdü ve kim olduğumu, yeteneklerimi ve potansiyelimi tanımama yardımcı oldu. Artık sadece düşünmek ve endişelenmek yerine eyleme geçmeye inanıyorum; zihnim beni bir yıkım aracı olarak kullanmak yerine birlikte çalışabileceğim bir araç haline geldi. Acı çekmenin üstesinden geldim; hayatta olmak, uyanışı, aydınlanmayı deneyimlemek bir keyif," diye içinden okudu Amaya. Birden Rose'un sözlerini hatırladı: "Mutlu olmak için sadece iki şeye ihtiyacın var, sağlıklı bir beden ve sağlıklı bir zihin." Amaya annesinin sözlerini analiz etti ve sağlıklı bir bedene sahip olduğunu ancak sağlıklı bir zihne ulaşmaya çalıştığını gördü. Onu yeniden kazanmak, canlı ve itaatkâr hale getirmek onun sorumluluğundaydı. Zihni sakindi ve Amaya dört yıl aradan sonra ilk kez sabaha kadar huzur içinde uyudu.

Amaya yeni günde onu daha önce hiç keşfetmediği yeni bir gerçeklik alanına götürdü. İki boyutluydu, kendini bilmek ve bildiğinin farkında olmak. Bedeninin ve zihninin dışında dururken bedenini ve zihnini gözlemledi. Bedeninin ve zihninin benlikten farklı olduğunun ve onda bağımsız bir varoluşa sahip olduklarının, ancak onsuz varlıklarını kullanamayacaklarının farkındalığı vardı. Yine de beden ve zihin benliğe boyun eğdirebilir, onun düşünce kalıplarını bozabilir ve düşünme sürecini değiştirebilirdi. Sonuç olarak, zihnin kölesi haline gelecektir. Bedenini şımartarak, bedenin neredeyse tüm bölümlerinde ürettiği sonsuz sayıdaki hissi deneyimlemekte başarısız olacaktır. Bedeni zihnin tahakkümünden kurtarmak için Vipassana yapmak, bedenin ve zihnin dışında durarak onları sadece birer nesne olarak gözlemlemek şarttı. Bu Amaya için açığa çıkarıcı bir bilgiydi; bedenin ve zihnin temel doğasını bilmenin bilgeliğini, onları bilgisinin nesnesi olarak bilerek elde etti ve buna eşzamanlı bilgi adını verdi. Yarattığı ikinci farkındalık, refleksif bilgi olarak adlandırdığı farkındalığını bilmekti. Amaya'nın muazzam bir içsel canlılığı vardı; bu onu duyum, algı, hayal gücü ve yargının köleliğinden özgürleştirdi. "Bildiğini bildiğini" ve hiç kimsenin ilkelerini, değerlerini ve kararlarını değiştirmek için ona boyun eğdiremeyeceğini fark ederek güçlendi. Kendisini üzüntülerden, acılardan ve ıstıraplardan yalnızca kendisi kurtarabilirdi ve eylemlerinden yalnızca kendisi sorumluydu.

Özgürlüğün, sorumlulukların ve görevlerin farkına varılması Amaya'nın refleksif bilgisinin temel sonuçlarıydı. Her şeyden, maneviyattan, dinden, tanrıdan, ideolojilerden, siyasi aidiyetlerden, batıl inançlardan, önyargılardan, kıskançlıktan, kendini karalayan tutumlardan, kendini hor görmekten, aşağılık kompleksinden, üstünlük kompleksinden, kendine zulmetmekten, kendine işkence etmekten ve kendini kandırmaktan özgürleşmekti. Deneyimlediği refleksif bilgi, yok edici, aşağılayıcı ve tahrif edici değil, güçlendirici, geliştirici, varlığının bir kutlaması, hareket etme özgürlüğü ve hayatından tamamen zevk almasını sağlıyordu. Başkalarına boyun eğdirmek ya da onları küçümsemek için değil; ilişkileri yeniden inşa etmek, umudu güçlendirmek ve ödüllendirici bir yaşamı canlandırmak için kötüye kullanmaktı. Bu, başkalarını sömürmekten kurtulup, onların doğmakta olan potansiyellerini gerçekleştirmeleri için onları güçlendirmekti. Amaya, bir şeyi yapmamanın veya birini bir şey yapmaya zorlamanın bir sonucu olduğu için sorumluluk ve ilişkiler üzerine düşündü. Bu sorumluluk gündelik, yasal ve ahlaki olmak üzere çok boyutluydu ve onun ahlaki sorumluluktan anladığı insanlığa karşı olanıydı. Yine de önceden tasarlanmış etik ve evrensel bir düzen yoktu. Amaya'nın Vipassana aracılığıyla edindiği refleksif bilgi, hayatı boyunca elde ettiği en güçlü araçtı.

Amaya sonraki günlerde uyanış ve huzur üzerine meditasyon yaptı; her ikisi de birbiriyle ilişkiliydi, ayrılmazdı ve mutlu bir yaşam için gerekliydi. Konuşma sırasında öğretmen, meditatörlerden yerlerine döndüklerinde etraflarındaki her şeyi abartmadan gözlemlemelerini istedi. Mutlu bir birliktelik ve uyanış için dünyanın objektif bir değerlendirmesi gerekliydi.

Öğretmen sözlerine şöyle devam etti: "Hayat ne çok hızlı ne de çok yavaş olmalı, çünkü bu fiziksel ve zihinsel umursamazlığa, etrafınızda ve içinizde olup bitenlerin farkında olmamanıza yol açar."

Zihni gereksiz yüklerden, öfkeden, intikamdan, düşmanlıktan, cinsel fantezilerden ve zevkten kurtarmak aydınlanmaya ulaşmak için şarttı çünkü sağlıksız yaşam tarzları nesnel ve eleştirel düşünceyi yok ediyordu. Bununla birlikte, soru sormak zorunluydu ve Amaya'nın öğrendiği tüm değişimlerin temelinde keşif yattığı için yalnızca derinlemesine sorgulama cevaplara ulaşabilirdi.

En değer verdiğiniz değerleri ve dogmaları bile sorgulamaktan asla korkmayın. Amaya, hayattaki yanlışları ve gerçekleri sorgulamaktan ve ifşa etmekten korkmayan kişi olmaya karar verdi. Hiç kimse sorgulama eşiğinin ötesinde değildi; hiç kimse tamamen kutsal değildi. Var olan her şeyde bir neden-sonuç ilişkisi vardı ve bu ilişki akıl yürütmenin temeliydi. Akıl, eylemlerinizin ve inançlarınızın temeli olmalıdır; aklın ötesindeki her şey batıl inançtır. İnancın nedeni yoktur; dolayısıyla inanç fantezidir, dedi Amaya kendi kendine.

Amaya son günkü arabuluculuktan çok şey öğrendi ve bu da hayatında önemli kararlar almasına yardımcı oldu. Zihnini dikkatli olmaya yönlendirirken, içsel benliğini dinlemenin keyfini yaşadı: Hayatta az şeye sahip ol, sadece en çok ihtiyaç duyduğun eşyaları kullan. Maddi şeyler bağlılıklar, arzular, kıskançlık ve haset yaratarak onu köleleştirirdi. Onu bağımlı kılan eşyaları atın. Aynı şekilde, sınırlı alanla mutlu olmak da onu memnun ederdi. Sağlıklı, yeterli ve besleyici yiyecekler yiyin, ancak diyet bir heves haline gelmemelidir. Oburluk kötü bir şey olduğu için yemek bir keşişi bile delirtebilirdi. Amaya, sağlıklı bir yaşam için iki öğün yemek yeterli olacağından, yalnızsa öğleden sonra yemekten kaçınmaya karar verdi.

Yeni bilgiler edinmenin, bilgi yaratmanın, kendini gerçekleştirmek ve başkalarının refahı için çalışmanın ve mutlu ve memnun kalmak için her gün yeterince uyumanın gerekli olduğuna karar verdi. Amaya, aktif ve üretken olmak için zihnine odaklanarak zamanında kalkması gerektiğini fark etti.

Durumları kontrolünüz dışında olduğu gibi kabul edin, ancak hayata, dünyaya ve Evrene karşı bilimsel bir tutum geliştirin. Güneşin doğuşunu, ayın parlamasını, yıldızların parıldamasını, kara deliklerin oluşumunu, yer çekimini ve muson yağmurlarını durduramazsınız. Etrafınıza bakın ve olayların nasıl gerçekleştiğini görün. Güneşin doğuşunu, ışığı, gökyüzünü, yıldızları, bulutları ve yağmurları izleyin, mevsimleri gözlemleyin ve hayvanlardan, kuşlardan, bitkilerden ve ağaçlardan öğrenin. Dalgalı dağlara, ormanlara, şelalelere, nehirlere ve göllere bakın. Okyanusun güzelliğinin ve ihtişamının tadını çıkarın, çünkü dalgalar size birçok hayat dersi verebilir, çünkü sürekli hareket halindedirler ve faaliyetlerinden asla yorulmazlar. Etrafınızdaki her şey güzel, büyüleyici ve zorlayıcıdır. Amaya kendine seninle bir ol, dünyayla bir ol ve Evrenle bir ol dedi. Acı çekenlere karşı her zaman empatik bir kalbe sahip olun. Grupların gücüne ve insanlığın birliğine inanın. Son olarak, her gün Vipassana yapın, kalkar kalkmaz bir saat ve akşamları bir saat; bu kesin bir karardı.

On günlük Vipassana eğitim programı yaklaşırken içinde tam bir sessizlik gözlemledi ve bu onu tamamen değiştirdi. Acı çektiği günler sona ererken içinde bir sevinç vardı ve Amaya aydınlanmayı, uyanışı ve nihayetinde kendisiyle barışı buldu. Olumsuzluğunun, benmerkezciliğinin ve uyuşukluğunun üstesinden gelebildiği için kalbi dengeyle doluydu. Hayat yapıcı faaliyetler, yeni kavramlar, fikirler, yapılar ve olaylar içindi. Amaya bunun sürekli bir yaratma ve yeniden yaratma, inşa etme, yeniden inşa etme ve kendini yeni olasılıklara açma destanı olduğunu öğrendi.

Amaya on günlük kursun bir son değil, sadece bir başlangıç olduğunu biliyordu. Tefekkür hayatını benliğinin ayrılmaz bir parçası haline getirmek ve entelektüel olarak canlı kalmak için her gün devam ettirmesi gerekiyordu. Yıllardır taşıdığı ağır yüklerden kurtulmak için hayatı Vipassana'nın canlı bir ifadesi haline gelecekti. Bedenini ve zihnini bu kadar sıkı zincirleyen prangaları kırmak akıl almaz acılar yaratıyordu. Vipassana onu kalıcı olarak rahatlatabilir ve dizginlenemeyen sıkıntıları ortadan kaldırabilir, yaşamın net bir görüntüsünü, zihnin, aklın ve bilincin otantik doğasını sağlayarak umuda, huzura ve sükûnete kavuşmasını sağlayabilirdi. Amaya Nalanda'dan Vipassana'yı günlük yaşamına entegre etmek için sağlam bir kararlılıkla ayrıldı. Her yıl bir aylığına Nalanda ya da Bodh Gaya'ya dönerek on günlük bir meditasyona katılacak ve kalan günlerde gönüllü olarak çalışacaktı.

Rose eve girer girmez Amaya'ya sarıldı; Amaya'daki değişimin gözle görülür, canlı ve kalıcı olduğunu fark etti. Amaya ayık görünüyordu ve dokunuşu nazik, şefkatli ve kibardı.

"Anne, iyi yönde değiştim; başlangıçta dayanılmaz bir acı yarattı ama yüce ve kalıcı oldu. Vipassana zihnime, aklıma ve kalbime girdi. Onu kendiminmiş gibi seviyorum ve hayatımın bir parçası haline geldi." Annesine yakın otururken, Amaya başından geçen olayları anlattı.

"Değişimi gözlemleyebiliyorum; alçakgönüllü, empatik, kanaatkâr ve sevgi dolu görünüyorsun. Hayatında yapacak çok şeyi olan olgun bir yetişkin olan kızımı yeniden kazandım," diye haykırdı Rose.

"Evet anne, yeni bir hayata başlamak istiyorum. Sömürü, boyun eğdirme ve işkenceden muzdarip kadınlara yardım etmek için yapıcı bir araç olan avukatlık yapmaya karar verdim. Mümkün olduğunca çok sayıda kadının adalete kavuşmasına, acılarının dindirilmesine yardımcı olmak istiyorum," diye açıkladı Amaya.

Rose kızına sakin bir zihinle baktı; Amaya'nın inançlarını, niyetlerini ve kararlılığını hissedebiliyordu. "Bu harika bir fikir; tüm desteğim seninle," diye onayladı Rose.

Shankar Menon kızıyla tanışmak için Mumbai'den geldiğinde Rose ve Amaya bu konuyu tartıştılar.

Kızına sarılırken "Amaya, bu anlamlı bir fikir; iyi yapabilirsin; yasal yardıma ihtiyacı olan kadınlara yardım edecek en iyi kişi sensin" dedi.

Birkaç gün içinde Amaya, Rose ve Shankar Menon, Amaya için bir konut ve ofis alanı bulmak üzere Kochi'yi ziyaret etti. Üç gün süren yoğun bir aramadan sonra, mahkemeye yaklaşık üç kilometre uzaklıkta bir villa bulabildiler. Shankar Menon burayı satın aldı ve Amaya'ya hediye etti. Evin bir oturma odası, iki yatak odası, Amaya'nın konut olarak dönüştürdüğü bir mutfak ve ofis amaçlı dört oda içeren bir bölümü. Rose, konut alanının iç yapısal değişikliklerini denetledi ve duvar dolapları, dolaplar, raflar ve mobilyalar inşa etti. Ofis için bilgisayar, yazıcı, fotokopi makinesi ve gerekli elektronik ekipmanı satın aldı.

Rose, Shankar Menon ile birlikte hukuk kitapları, dergiler ve insan hakları, adalet, sosyoloji, psikoloji, ekonomi, sosyal aktivizm ve bilim ve yapay zekâ alanındaki son gelişmelerle ilgili yayınlar için siparişler verdi. Malayalamca, Fransızca, İspanyolca ve İngilizce için yaklaşık yüz adet kurgu ve şiirin yer aldığı özel bir bölüm vardı. Rose ona Buddha ve Vipassana üzerine Amaya'nın çok değer verdiği birkaç kitap hediye etti. Rose'un Amaya'ya verdiği en güzel hediye bir piyanoydu ve hem Amaya hem de Rose birlikte saatlerce en sevdikleri müzikleri çaldılar.

Amaya, avukatlığa başlamadan önce, Barselona'daki villasını, mobilyalarını, bilgisayarlarını, kitaplarını, motosikletini ve arabasını satması ve üç ay içinde Child Concern'e bağışlaması için uluslararası bir ajansa yetki verdi. Bankasında Karan'ın hesabına aktardığı kan parası olan sekiz crore rupi vardı ve Amaya bu miktarı Hindistan'ın farklı bölgelerindeki kız çocuklarının eğitimi için bağışladı.

Amaya iki yıl boyunca, becerilerini ve tutumunu geliştirmesi ve başarılı bir hukukçu olması için kendisine yoğun bir eğitim veren kıdemli bir avukatın yanında çalıştı. Amaya, mülakat yapma, taslak hazırlama, mahkemeye başvuru yapma, temel mahkeme prosedürleri, görgü kuralları ve güçlü argümanlara yol açan davaların etkili, güçlü ve mantıklı bir şekilde sunulması gibi temel dersleri öğrendi. Amaya, en kritik derslerden birini, mahkemede kendisini sert beyaz yakalar ve siyah bir cüppe ile sunarak ve hakimlere alçakgönüllülükle "Lordum" veya "Lord Hazretleri" diye hitap ederek kıdemlisinden öğrendi. Kıdemlisi Amaya'ya birçok hakimin egoist ve narsist olduğunu, başkalarını sevdiklerini ve onlara tanrı gibi davrandıklarını söyledi.

Amaya bağımsız olarak avukatlık yapmaya başladığında, etkili bir avukat olarak kendini kanıtlaması çok zor oldu. Yargıçlar ve diğer avukatlar arasındaki yolsuzluk, adam kayırma, kastçılık ve dini önyargılar onu şaşırttı ve daha önce hiç karşılaşmamıştı. Amaya, üçüncü yılında bir aşirete mensup bir grup kadını temsil ederken kadın grupları ve aktivistlerden eşsiz bir alkış aldı. Bu kadınlar uzun yıllar boyunca orman memurları ve kereste tüccarı maden baronları tarafından cinsel ve mali sömürüye maruz kalmışlardı. Amaya, bu ihlalleri ifşa ederken ölüm tehditleri, sosyal boykotlar ve mesleki yasaklamalarla karşılaştı. Amaya, tecavüz sonucu doğan yaklaşık bir düzine çocuğun ve onların sömürülen annelerinin anlatılmamış hikayelerini gerçek belgeler ve istatistiklerle ortaya koydu. Karar, kamuoyunun ve kadın gruplarının beklediği gibi mağdurların lehine çıktı. Mahkeme mağdurlara önemli miktarda tazminat ödenmesine ve yaklaşık on iki orman görevlisi ve iş adamının uzun süreli hapis cezasına çarptırılmasına karar verdi. Bu dava Amaya'nın hukuk camiasındaki statüsünü değiştirdi ve sonraki on beş yıl boyunca insanların acılarının üstesinden gelmelerine yardımcı olarak başarılı bir yolculuk geçirdi.

Amaya avukatlık mesleğindeki yirminci yılını kutladığı gün, tanımadığı genç bir kadından bir telefon aldı; bu telefon onun hayatını bir kez daha hayal edemeyeceği kadar değiştirdi. Amaya ancak birkaç gün sonra genç kadının kaçırılan kızı Supriya'dan başkası olmadığını öğrendi. Cuma gecesi uyumakta güçlük çekti çünkü ertesi gün, yani telefonun on beşinci gününde kızıyla ilk kez görüşmek üzere Chandigarh'a gidecekti.

Gece yarısına doğru Amaya telefonunun ekranında Supriya'dan gelen yeni bir mesajı fark etti: "Anne, babamın suçlarının kefaretini ödemek istiyorum; ama onu terk edemem. Tek seçenek...." Henüz tamamlanmamış bir mesajdı ama ima ettiği şey Amaya'yı dehşete düşürmüş, kalbinde ani bir sarsıntı yaratmıştı. "Hayır Supriya. Vahşi düşünme," diye bağırdı Amaya, Supriya'nın sözlerinde saklı olan eylem Amaya'nın huzurunu kısa bir an için bozdu. Bu, daha uzun yıllar boyunca çekeceği acılar için korkutucu bir alametti. Amaya hemen, planlandığı gibi öğleden sonra iki sularında Chandigarh havaalanına ulaşacağına dair bir mesaj gönderdi. Zihni yaklaşmakta olan felaketin içinde dolanırken uyku bozuklukları devam ediyor, kafası da beyhudelik bataklığından çıkmak için ajitasyon yapıyordu. Sadece bir saat uyumasına rağmen Amaya sabah dörtte kalktı. Vipassana yaptıktan sonra Sunanda'ya bir e-posta göndererek davalarında onu temsil etmesini ve varsa uzun izni sırasında Amaya'nın ofisini yönetmesini istedi. Ayrıca Sunanda'ya Amaya'nın mülkünü satma ve bir yıl içinde geri dönemezse işlemleri Child Concern'e bağışlama yetkisi verdi.

Uçak Kochi'den saat dokuzda kalktı; Delhi'ye varması üç saatten biraz fazla sürdü. Bir öğleden sonra aktarmalı uçuştan sonra Amaya Chandigarh'a ulaştı. Kızına kavuşacak olmanın heyecanı pasif, karşılaşacağı trajedinin ıstırabı ise endişe vericiydi. Amaya yaklaşık on beş dakika boyunca sabırla bekledi ama onu bekleyen kimse yoktu. Kalbinde hayal kırıklığından çok, yaklaşan felaketin habercisi olan korku gizleniyordu. Supriya'nın evi olan Guguk Kuşu Yuvası'na ulaşmak yaklaşık yirmi dakika sürdü. Amaya, Dr. Karan Acharya İlaç Şirketi'nin merkezini görebiliyordu. Oldukça büyük bir kalabalık vardı ve televizyon kanallarından, gazetelerden ve polis departmanlarından birkaç araç yerleşkeye park etmişti. Birkaç polis memuru tarafından ambulansa itilen beyaz çarşaflı bir sedye karşısında Amaya beklenmedik bir şekilde hareketsiz kaldı.

"Efendim, ben Avukat Amaya Menon, Dr. Poornima Acharya'nın avukatıyım. Kendisiyle hemen görüşmek istiyorum," diyen Amaya bir polis memuruna kendini tanıttı.

"Hanımefendi, bugün onunla görüşemeyeceğiniz için üzgünüm. Kendisi cinayet şüphesiyle tutuklu bulunuyor," dedi memur.

Amaya bir süre suskun kaldı. Kendini toparlayan Amaya, "Onunla ne zaman görüşebileceğim?" diye sordu.

"Kesin bir şey söylemem mümkün olmayabilir. Bugün Pazar olsa da yarın hakim karşısına çıkarılacak ve muhtemelen önümüzdeki on dört gün boyunca polis ya da adli gözaltında tutulacak."

Amaya, "Avukatı olarak onunla görüşmeye hakkım var," diye ısrar etti.

"Bunu biliyorum. Ama onunla görüşmek için bir sulh hâkiminden yazılı izin almanız gerekiyor," diye açıkladı polis memuru.

Amaya, fotoğrafçıların ve basın muhabirlerinin evin girişine park etmiş bir polis cipine doğru koştuklarını, kadın polis memurlarının başını siyah bir bezle örtmüş bir kadını cipe ittiklerini gördü.

"Supriya!" Amaya seslendi ve cipe doğru koştu.

Polis memuru Amaya'yı durdururken, "Hanımefendi, onunla konuşmanıza izin verilmiyor," dedi.

Amaya son haberleri öğrenmek için cep telefonunu açtı ve farklı TV kanallarından canlı yayınlar vardı. "Dr. Karan Acharya dün gece on bir sularında öldü; elli beş yaşındaydı. Acharya İlaç Şirketi'nin Yönetim Kurulu Başkanıydı. Dr. Acharya bir araba kazası nedeniyle üç buçuk aydır komadaydı. Tıbbi raporlar omuriliğinin ciddi şekilde hasar gördüğünü doğrulamaktadır. Sonuç olarak son iki gündür durumu kritikti. Eşi Dr. Eva Acharya üç yıl önce yumurtalık kanserinden ölmüştü. Dr. Acharya'nın şirketin CEO'su olan Dr. Poornima adında bir kızı var. Delhi'de eğitim görmüş, Londra ve Palo Alto, California'da araştırmalar yapmış, Chandigarh'da çalışmış ve uluslararası üne sahip bir cerrah ve bilim adamı olmuştur. Dr. Acharya çeyrek asır önce Alzheimer için bir ilaç geliştirdi ve daha sonra korkunç yan etkileri nedeniyle yasaklandı. Tıp camiası ve ülke yöneticileri zamansız ölümü dolayısıyla en derin taziyelerini ifade ettiler."

Amaya neler olabileceğini hayal edebiliyordu. "Kızımı savunmam gerek," dedi kendi kendine.

Ardından son dakika haberi geldi: "Chandigarh Polisi, Dr. Karan Acharya'nın kızı, Dr. Acharya İlaç Şirketi CEO'su Dr. Poornima Acharya'yı babasını öldürdüğü iddiasıyla tutukladı. Tutuklama Cumartesi günü öğleden sonra gerçekleşti. Kamera kayıtları Dr Poornima'nın Cuma gecesi saat on buçuk sularında babasına bir iğne yaptığını gösteriyor. Tedavi kayıt defterine ayrıntıları girmemiştir. Son üç buçuk aydır Dr. Karan Acharya'ya bakan iki doktor, Dr. Acharya'nın Cuma günü akşam saat onda çoktan ölmüş olduğunu belirtti. Başka bir doktor ise bunun izinsiz bir ötenazi olduğunu söyledi. Ancak Dr Poornima cinayet suçlamalarını henüz reddetmedi."

Amaya Pazartesi sabahı mahkemeye gitti ve Supriya ile görüşmek için izin aldı. Öğleden sonra saat üç sularında karakola ulaştığında, Amaya nezarethanede yerde oturan bir kadın gördü. Kadın duvara doğru bakarken Amaya sadece başının arkasını görebiliyordu.

"Supriya," diye alçak sesle seslendi Amaya, kilitli demir parmaklıkların dışında duran kadına.

Kadın başını kıpırdatmadan, "Evet anne," diye cevap verdi.

"Senin için kefalet başvurusunda bulunmak istiyorum," dedi Amaya.

"Hayır, anne. Kefalet talebinde bulunmana gerek yok," diye tepki gösterdi kadın.

"Neden?" Amaya sordu.

"Babamın suçlarını düzeltmek için acı çekmek istiyorum. Size karşı işlediği suçlar affedilemezdi. Cezasını çekemediği için önümüzdeki yirmi dört yıl boyunca hapiste kalmaya karar verdim," diye açıkladı kadın.

"Supriya, bu sonuçsuz bir uygulama olacak. O artık yok. Seni savunmama izin ver," dedi Amaya.

"Anne, sen beni sevdin. Sevgine ancak acı çekerek karşılık verebilirim. Eğer acı çekmezsem bencil olurum ve huzur bulamam. Yayınlarınızda okudum; cezanın bir suçu telafi etmek için gerekli bir sonuç olduğunu. Bu yüzden hapis cezasına çarptırılmalıyım, çünkü başka seçeneğim yok," diye açıkladı kadın.

"Supriya, sen gençsin ve bir gelecek seni bekliyor. Farmasötik ürünlerinle milyonlarca insana yardım edebilirsin. Hayatın iyi yanlarını düşün," diye kadını ikna etmeye çalıştı Amaya.

"Aynı şekilde, babamın adı, şöhreti ve serveti bana miras kaldı; onun suçları da benim mirasım ve ancak beni demir parmaklıklar ardına kapatarak onları telafi edebilirim. Acı çekmek istiyorum," diye açıkladı kadın.

"Sizi savunmak benim mesleğim. Aramızdaki ilişkileri göz önünde bulundurmayın," dedi Amaya.

"Beni savunmak için mahkemeye yalan söylemeniz gerekiyor. Ama siz gerçeğe ve adalete kefilsiniz. Bir yerde düzenli bir Vipassana uygulayıcısı olduğunuzu okumuştum; öyle olduğunuza inanıyorum. Gerçek tek başına davayı kazanamaz, ancak yalan söylemek Vipassana ilkelerine aykırıdır ve bunu yapmaktan nefret edersiniz. Bu yüzden beni savunmak etik olmayacaktır." Kadın kesin konuşuyordu.

Amaya bir süre düşüncelere daldı. Kızının Vipassana ve gerçek hakkında söyledikleri kalbini derinden etkilemişti. "Supriya, baban Cuma gecesi saat on civarında doğal bir ölümle öldü. Öldüğünü bildiğin için saat on buçukta ona bir iğne yaptın. Ve gece yarısı bana sonradan aklına gelen mesajı gönderdin," dedi Amaya.

Uzun bir sessizlik oldu. Sonra kadın yavaş ve temkinli bir şekilde, "Anne, sen gerçeğin farkındasın ama her durumda gerçek adaleti yansıtmayabilir. Hakikat ve adalet arasında bir çatışma olduğunda, hakikatin yanında durmak esastır. Ancak adalet olmadan hakikat geçersizdir. Ben hakikati reddetmiyorum ama adalet yükümlülüğünü yerine getiriyorum. Adaleti reddederek gerçeğin arkasına saklanamam. Bu ahlaki bir zorunluluktur ve bundan kaçamam. Tek seçeneğim bu olduğu için acı çekmeliyim çünkü babam sizi derinden rencide etti ve artık yok. Onun suçu adalet için haykırıyor ve onu sadece ben cezalandırabilirim. Ayrıca, sen benim annem, o da benim babam olduğu için bundan kaçışım yok. Beni savunmaktan kaçın. Eğer bana engel olursan, hayatımın geri kalanında Oidipus gibi Chandigarh sokaklarında dolaşıp kefaret ödemek zorunda kalabilirim. Güle güle, anne."

"Hoşça kal Supriya," dedi Amaya gitmek için dönerken.

Ertesi gün Amaya Cakarta'ya uçtu; oradan da Raja Ampat takımadalarındaki Waisai'ye aktarmalı bir uçuş vardı. Orada, hayatının tüm günlerinde uçsuz bucaksız okyanusa yayılmış binlerce isimsiz adadaki çocuklara kitap dağıtmak için saha gönüllüsü sosyal hizmet görevlisi olarak Child Concern'e katıldı.

Yazar Hakkında

Varghese V Devasia, Loyola School, Trivandrum'da İngilizce öğretmenliği yapmıştır. Mumbai Tata Sosyal Bilimler Enstitüsü'nde eski bir Profesör ve Dekan ve Tuljapur Kampüsü Tata Sosyal Bilimler Enstitüsü Başkanıdır. Nagpur Üniversitesi, MSS Sosyal Hizmet Enstitüsü'nde Profesör ve Müdür olarak görev yapmıştır.

Harvard'dan Adalet alanında Başarı Sertifikası, Bengaluru Hindistan Üniversitesi Ulusal Hukuk Fakültesi'nden İnsan Hakları Hukuku alanında Diploma, Shenbaganur Sacred Heart College'dan Felsefe alanında Yüksek Lisans, Mumbai Tata Sosyal Bilimler Enstitüsü'nden Sosyal Hizmet alanında Yüksek Lisans, Kolhapur Shivaji Üniversitesi'nden Sosyoloji alanında Yüksek Lisans, Nagpur Üniversitesi'nden LLB, MPhil ve Doktora derecelerini almıştır.

Kriminoloji, Islah Yönetimi, Mağduroloji, İnsan Hakları, Sosyal Adalet, Katılımcı Araştırma alanlarında ondan fazla akademik referans kitabı ve hakemli ulusal ve uluslararası dergilerde çok sayıda makalesi yayınlanmıştır. Olympia Publishers, Londra tarafından yayınlanan A Woman with Large Eyes adlı kısa öykü antolojisinin ve Book Solutions, Indulekha Media Network Kottayam tarafından yayınlanan Women of God's Own Country ve Ukiyoto Publishing, Hyderabad tarafından yayınlanan The Celibate adlı romanların yazarıdır. Mulberry Publishers, Calicut tarafından yayınlanan bir Malayalam romanı yazmıştır. Varghese V Devasia, ilk romanı Women of God's Own Country ile Ukiyoto Yayıncılık tarafından verilen 2022 Yılının Yazarı ödülünün sahibidir. Kozhikode, Kerala'da yaşamaktadır.

E-posta: vvdevasia@gmail.com

www.ingramcontent.com/pod-product-compliance
Lightning Source LLC
LaVergne TN
LVHW041708070526
838199LV00045B/1263